HANNAH RICHELL

Après des débuts dans l'édition en Angleterre, Hannah Richell a décidé de se consacrer à l'écriture. Son premier roman, *Un fragile espoir*, paru chez Belfond en 2014, a rencontré un succès international et a été traduit en quinze langues. Son deuxième roman, *La Maison du lac*, est sorti en 2015 chez le même éditeur.
Hannah Richell vit aujourd'hui en Australie avec sa famille.

UN FRAGILE ESPOIR

HANNAH RICHELL

UN FRAGILE ESPOIR

Traduit de l'anglais
par Michèle Valencia

belfond

Titre original :
SECRETS OF THE TIDES
Publié par Orion Books, une marque de The Orion Publishing Group Ltd, Londres.

MIXTE
Papier issu de sources responsables
FSC® C003309

Pocket, une marque d'Univers Poche, est un éditeur qui s'engage pour la préservation de son environnement et qui utilise du papier fabriqué à partir de bois provenant de forêts gérées de manière responsable.

ISBN : 978-2-266-25657-5

Pour M, J & G

Fièvre du cœur et de l'esprit,
Chagrin, peste, douleur,
Gémissements d'angoisse, rire maniaque,
Tous les maux qui, dorénavant,
Affligeront et tourmenteront l'humanité
Se sont échappés
Des cellules de leur prison ;
Seul l'espoir est resté enfermé.

Extrait du *Masque de Pandore*
Henry WADSWORTH LONGFELLOW

Prologue

Un train cliquetant à moitié vide traverse champs et fermes pour se diriger vers l'étendue bétonnée de la ville. Une jeune femme est recroquevillée au fond du dernier wagon. Tel un voile, ses cheveux cachent ses larmes. Dans sa poche se trouve une broche ancienne. Ses doigts en tâtent l'arrondi froid, puis la tournent et la retournent en suivant le rythme des roues sur les voies. Bientôt, elle n'y tient plus, relâche le fermoir et se plante l'épingle dans la paume.

Malgré la douleur atroce, elle ne s'arrête pas. Elle enfonce encore l'épingle jusqu'à ce que du sang tiède cramoisi coule sur son poignet et éclabousse le sol du wagon.

Enfin, après une secousse, le train ralentit. Les freins crissent.

En arrivant à destination, la passagère fourre la broche sanglante dans la poche de son manteau, attrape son sac et descend sur le quai.

Les gens se hâtent en la contournant. Deux femmes poussent un cri et s'enlacent. Un homme grand en turban se précipite vers les portillons. Un adolescent boutonneux saute d'un pied sur l'autre et, les yeux fixés sur le tableau des départs, se fourre des chips dans la bouche. Autour de la jeune femme, tout semble bruire d'activité tandis qu'elle reste immobile sur le quai, unique point fixe, et prend une profonde inspiration.

Des flèches indiquent le métro, mais elle les ignore, hisse son sac sur son épaule et se dirige vers la sortie. Elle se dépêche de traverser à un passage où les piétons affluent et tourne à gauche vers le pont. Big Ben se profile au loin ; il est midi moins trois.

Elle avance avec détermination ; elle sait où elle va et ce qu'il convient de faire. Pourtant, quand elle voit le fleuve, masse noire mouvante qui se fraie un chemin à travers la ville, elle frémit. En se représentant ce moment, elle avait imaginé une eau grise, plate, et non sombre et aussi visqueuse que de l'huile qui suinte. Aucune importance. Il n'est pas question de reculer.

À la moitié du pont, elle s'arrête et pose son sac contre le muret. Après un rapide coup d'œil autour d'elle, elle enjambe le garde-fou.

Le bout de ses tennis oscille dangereusement sur la corniche en béton. Elle agrippe le muret et tressaille lorsque ses mains en sang raclent la pierre, puis elle se retourne face à l'eau, en bas. Le vent lui rabat les cheveux sur le visage et lui pique les yeux, si bien qu'ils s'emplissent de larmes chaudes. En clignant des paupières, elle les refoule.

« Hé ! » Elle entend un cri derrière elle. « Hé là ! Qu'est-ce que vous faites ? »

Le temps presse.

Elle fixe les yeux au loin, sur une mer de bâtiments gris, et, prenant une dernière inspiration, lâche le garde-fou. Et elle tombe, tombe.

L'eau glacée lui coupe le peu de souffle qu'elle avait encore. Elle lutte contre l'envie de se débattre, s'abandonne à cette noirceur d'encre et laisse le poids de ses vêtements l'entraîner au fond comme une pierre.

Le temps que Big Ben sonne midi, elle a disparu dans les profondeurs obscures.

1

Dora

Aujourd'hui

Il est tard quand Dora rentre chez elle. Après avoir franchi la lourde porte métallique de l'ancienne fabrique de boutons, elle grimpe les trois étages qui mènent à son appartement. Dans la cage d'escalier, il fait froid et sombre mais, dès qu'elle tourne la clé dans la serrure, elle entend de la musique et un bruit chaleureux de vaisselle et de couverts au fond de la cuisine.

« Coucou, chéri, je suis là ! » s'écrie-t-elle.

Elle ôte ses chaussures, véritables instruments de torture, et, d'un coup de pied, les envoie rejoindre le tas de godasses qui grossit près de la porte d'entrée. Une truffe humide et d'immenses yeux marron apparaissent derrière le canapé en cuir miteux, suivis par une longue queue qui s'agite.

« Coucou, Gormley, dit-elle en donnant une tape affectueuse à la croupe du chien. La journée a été bien remplie ? »

Le labrador chocolat de Dan agite de nouveau la queue, bâille et retourne dans le salon.

« N'entre pas dans la cuisine ! braille Dan. Je prépare

quelque chose… d'expérimental… très Blumenthal[1]… tu vas adorer. »

Elle sourit ; ils savent tous les deux que Dan est nul en cuisine. Dora feuillette le courrier posé sur la table, près de la porte. Uniquement des factures.

« Parce qu'on avait des provisions ? demande-t-elle d'un ton soupçonneux.

— Hem… on n'en avait pas. Oh ! merde ! »

Quelque chose vole en éclats.

« Tu as fait des courses ?

— Plus ou moins. N'entre pas tout de suite. C'est bientôt prêt. »

Dora se dirige vers le séjour, une grande pièce ouverte flanquée de baies vitrées de part et d'autre, et sursaute en percevant, du coin de l'œil, un mouvement qui se révèle être son reflet dans la vitre ; elle se sent nerveuse. Obéissante, elle reste dans la pièce, allume plusieurs lampes, remet sur des étagères, près du téléviseur, quelques livres d'art épars. Lové sur sa couche à côté du canapé, Gormley suit d'un œil paresseux ses allées et venues. Dora balaie la pièce du regard et se demande quand elle arrivera vraiment à se sentir chez elle. Ils habitent ici depuis six mois et ont à peine entamé l'énorme projet de rénovation auquel il leur faut s'attaquer. Certes les murs en brique nue ont été peints en blanc, les parquets poncés et cirés.

C'est propre, vaste, mais on dirait un peu une galerie qui attend les œuvres à exposer. Entre une chose et une autre, ils n'ont pas encore eu le temps de s'approprier cet appartement.

Dan l'appelle. « Ça y est, tu peux entrer maintenant ! »

1. Cuisinier britannique renommé, adepte de la cuisine moléculaire. *(N.d.T.)*

Elle pousse la porte de la cuisine, qui bute contre le linoléum déchiré, puis s'ouvre à la volée lorsque Dora donne un ferme coup d'épaule.

Dan se tient devant le plateau branlant posé sur des tréteaux qui leur sert pour l'instant de table de cuisine. D'un grand geste, il montre deux bols fumants de soupe à la tomate et une assiette de tranches de pain blanc beurré. Derrière lui, elle aperçoit la boîte de soupe ouverte sur le plan de travail. Elle s'approche de Dan, lui passe les bras autour du cou et l'embrasse sur son menton pas rasé.

« De toute la journée, je n'ai rien vu de plus agréable.

— À ce point-là ? Comment s'est passée la présentation ? »

Dora hausse les épaules. « Difficile à dire. Les clients n'ont pas laissé voir ce qu'ils en pensaient.

— Mais ton patron était content ?

— Je crois. Bien sûr, il serait encore plus content si on décrochait le contrat. Ce serait une belle avancée pour la boîte… et pour moi aussi, ajoute-t-elle. Je toucherais une commission. »

Dan desserre son étreinte et la guide vers la table. « Viens manger avant que ça refroidisse. »

Dora s'assied et prend une tranche de pain. « Merci pour le repas.

— Ce n'est vraiment pas grand-chose. » Il pousse vers elle un *mug* de thé. « Ça va ? T'es un peu pâle.

— Oui, ça va. C'est seulement que la journée a été longue. Je suis fatiguée. »

Il la considère avec inquiétude. « Tu travailles trop.

— Ça va, répète-t-elle en haussant les épaules. Et toi, comment s'est passée ta journée ? demande-t-elle pour changer de sujet. Est-ce que tu as avancé ? »

Le visage de Dan s'illumine soudain. « Formidable ! Une vraie percée. Je sais exactement ce que sera ma prochaine pièce. Et Kate Grimshaw m'a rappelé pour confirmer sa commande de trois des sculptures que j'avais exposées, donc je vais être occupé pendant plusieurs mois.

— Génial ! » Dora lève son *mug* et le choque contre le sien. « C'est vraiment une excellente nouvelle. »

Tous deux savent que Dan attendait que des idées originales lui viennent. Sa dernière série de bronzes exposée dans une minuscule galerie londonienne a été remarquée par une collectionneuse réputée mais, depuis, le souci de se surpasser mettait Dan sous pression. Dora sait qu'il souffrait en secret de ne pas y parvenir, si bien qu'elle est soulagée d'apprendre qu'il a enfin trouvé l'inspiration.

« Tu veux me parler de cette nouvelle sculpture ? »

Dan secoue la tête. « Non, désolé, c'est une surprise.

— Tu m'intrigues. Je suppose que je ne dois pas aller dans la pièce du fond pour l'instant, c'est ça ? »

Les yeux baissés sur son bol, elle sourit et un silence confortable s'installe. Tous deux mangent leur soupe et bientôt les bols sont vides.

« Je vais faire la vaisselle, propose-t-elle.

— Une minute, je t'ai acheté ça, dit-il en lui tendant deux gélules marron dans le creux de sa main.

— Qu'est-ce que c'est ? » Méfiante, elle les repousse. « On dirait des pilules de tranquillisants.

— Des vitamines. Mme Singh dit que tu devrais commencer à en prendre. »

Il lève sur elle un regard rayonnant. Dora attrape les gélules dans sa main tendue et les pose à côté de son bol vide.

« Merci. » Elle se demande à combien de gens il a déjà annoncé la nouvelle et se rend compte qu'il faudrait vraiment qu'ils en discutent. Mais pas maintenant, il est trop content de tout ce qu'il a fait. Ça peut attendre.

Dans la nuit, elle se réveille en entendant la pluie tambouriner sur le toit au-dessus du lit pendant que Dan court dans la pièce, affolé.

« Tu as besoin d'un coup de main ? demande-t-elle en se redressant sur un coude dans l'obscurité.

— Non, reste au chaud. Je m'en sors. » Il trébuche sur une casserole et l'eau se renverse par terre. « Quel toit merdique ! »

Elle sourit dans le noir et l'entend arranger de nouveau avec art la série de récipients soigneusement assemblés jusqu'au moment où le bruit de l'eau qui goutte sur le métal commence à se fondre dans celui de la pluie dehors.

« L'été va bientôt arriver, risque-t-elle avec entrain.

— Hum… »

Il n'en dit pas plus, ce qu'elle trouve inquiétant, car d'ordinaire il est du genre optimiste. L'agent immobilier qui leur a fait visiter cette ancienne usine croulante qualifiait les lieux de « loft à la new-yorkaise », mais cette expression ronflante ne les a pas abusés. En fait, ils se trouvaient au dernier étage délabré d'une usine désaffectée de l'East End. L'endroit a certes un certain potentiel et peut fournir à Dan l'espace dont il a besoin pour réaliser ses énormes bronzes, mais il reste beaucoup à faire pour créer le bel espace contemporain que Dora a imaginé lors de cette première visite. Y vivre se révèle moins évident et, depuis leur acquisition, c'est Dan qui lui remonte le moral quand elle s'inquiète du parquet pourri, de l'humidité persistante, des fuites dans les canalisations et des trous dans le toit.

Elle tente de le rassurer. « Reviens te coucher. On s'en occupera demain matin.

— On dit ça depuis six mois.

— Je sais, mais on va le faire, d'accord ? »

Dan renonce, plonge sous les couvertures et frotte ses pieds glacés contre ceux de Dora qui pousse un petit cri.

« Excuse-moi, tu es toute jolie et toute chaude. »

Elle lui tourne le dos et se love contre la courbe rassurante de son corps. Ils sont emboîtés l'un dans l'autre. Il lui glisse les bras autour de la taille et ses mains, rugueuses et puissantes, reposent sur son ventre. Elle sent son souffle lent contre sa nuque et se rend compte qu'il somnole déjà. Elle lui envie sa faculté de s'endormir comme un bébé. Il y a bien longtemps qu'elle en est incapable, et maintenant qu'elle est réveillée son esprit s'active.

Tout d'abord, elle repasse dans sa tête la présentation de l'argumentaire pour les céréales Sunrise ; elle se remémore son intervention. Elle pensait que tout s'était bien passé, mais à présent, dans l'obscurité, avec la pluie qui tambourine, elle commence à douter. Si elle se laisse envahir par l'incertitude, elle sait qu'elle ne s'endormira pas avant des heures, donc elle essaie de détendre ses orteils. N'est-ce pas ce que les manuels recommandent quand on ne parvient pas à s'endormir ? Il faut décontracter chaque partie du corps en commençant par le bout des pieds et en remontant peu à peu. Le temps d'arriver au nez, on est censé dormir. Elle est sûre d'avoir entendu ça quelque part.

Sauf que, à peine arrivée aux genoux, une zone sur laquelle il est difficile de se concentrer, Dora sent l'affolement lui étreindre le ventre. Depuis quelques nuits déjà, elle a l'impression d'avoir les viscères noués, glacés, et le souffle coupé, comme si quelque chose de lourd l'écrasait sur le matelas. Son cœur se met à cogner dans sa poitrine.

« Dan ? » lance-t-elle dans le noir.

Pour toute réponse, la pluie tambourine et son cœur bat la chamade.

« Dan, tu dors ? » Elle lui donne un coup de coude.

« Hum… oui, grogne-t-il.

— Il faut qu'on discute. » Elle ne supporte pas de rester seule une seconde de plus.

Les bras de Dan se resserrent autour de sa taille. « Dors. On s'occupera du toit demain matin.

— Il ne s'agit pas du toit, mais… du bébé. » Elle déglutit pour chasser le goût acide qu'elle a dans la bouche et sent les bras de Dan se raidir légèrement et sa respiration s'interrompre sur sa nuque.

« Comment ça, du bébé ? murmure-t-il.

— Je crois qu'il faudrait en discuter.

— Maintenant ?

— Oui. »

Dans le noir, Dan se redresse sur un coude et la regarde.

« Qu'est-ce qui se passe ? »

Elle inspire profondément et essaie de maîtriser le tremblement de ses membres. « J'ai l'impression qu'on ne contrôle plus rien et qu'on se laisse porter par les événements. Je crois qu'il faudrait décider si on veut ce bébé ou non. C'est une immense responsabilité. Et d'abord, comment veux-tu qu'on élève un enfant dans un endroit qui prend l'eau ? » Dora perçoit la note d'hystérie dans sa voix.

Dan reste muet un instant. « On va faire les travaux. Ne t'inquiète pas. Ces nouvelles commandes vont nous renflouer. Maintenant qu'on est au printemps, on réparera le toit, après quoi on supprimera l'humidité dans la cuisine et la salle de bains. Ensuite, il ne restera plus que la décoration. » Il étouffe un bâillement. « On savait depuis le début que cet appartement nécessiterait des travaux et que ça prendrait un certain temps. Je pensais que tu étais partante.

— Oui, je l'étais. Je le suis, rectifie-t-elle. Il ne s'agit pas de l'appart. Pas vraiment. C'est plus que ça. » Elle déglutit. « Tu ne t'es jamais demandé si tu étais prêt à être père ? »

Le silence emplit la pièce.

« Moi, je ne suis pas sûre de vouloir être mère, poursuit-elle d'une toute petite voix. C'est une telle responsabilité. On ne serait plus un couple, mais… une famille. »

Dan soupire. « Je suis certain que tous ceux qui vont devenir parents se posent ce genre de question, Dora. C'est tout à fait naturel. Je sais bien que ce n'était pas prévu… » Il bâille de nouveau. « … mais c'est passionnant, tu ne trouves pas ? Une famille. » Il s'interrompt un instant. « Moi, ça me plaît bien. »

Dora bouge légèrement dans ses bras en se tournant pour scruter le vide au-dessus de leurs têtes. Avec Dan, tout est toujours tellement simple. Il voit les choses en noir et blanc. D'ailleurs, elle aime ça chez lui. Pourtant, la vie n'est pas en noir et blanc, mais dans des tons de gris, comme la peinture à l'huile d'un orage, accrochée au-dessus d'une cheminée. Comment Dan, avec sa légèreté et son optimisme, pourrait-il comprendre ce qu'elle ressent ?

« Dora, est-ce que c'est à cause de ta famille ? À cause de… tu sais bien ? »

Incapable de parler, elle incline la tête dans l'obscurité.

« Je sais que c'était horrible. D'après le peu que tu m'en as dit, je sais que tu vis toujours avec ça. Crois-moi, Dora, je veux vraiment comprendre. »

Elle reste parfaitement immobile.

« Mais tu as là l'occasion d'aller de l'avant, tu ne le vois pas ? » Il resserre son étreinte autour de sa taille et lui caresse le ventre avec des mouvements doux et rassurants. « Une nouvelle vie, un nouveau départ… nous et notre bébé. Nous formerons une famille à nous. Tu n'en as pas envie ? »

Dora ne sait pas quoi répondre. Bien sûr, elle veut vivre avec Dan. Elle l'aime, elle aime la vie qu'ils mènent ensemble à Londres. Il est son point d'ancrage. Pourtant, en même temps, elle se sent complètement paralysée. Malgré les années écoulées, elle a l'impression d'être restée la petite fille qu'elle était à l'époque. Rien n'a vraiment changé. Comment peut-elle même ne serait-ce qu'envisager l'énorme responsabilité de la maternité, comment peut-elle être responsable d'un être humain alors qu'elle s'est montrée irresponsable à un point catastrophique dans le passé ? Et comment fonder une famille à elle quand celle dans laquelle elle a grandi, qu'elle a adorée et qu'elle croyait immuable, a été complètement détruite ? En vérité, elle ne se croit pas digne de fonder une famille. Elle ne mérite pas un nouveau départ avec Dan. Elle ne mérite pas d'être heureuse. Mais comment le lui dire ?

« Rendors-toi, lui murmure Dan dans le cou. La nuit, les choses paraissent toujours plus graves qu'elles ne le sont. Nous en reparlerons demain. » Sa main mollit un peu et Dora sait qu'il dérive déjà vers le sommeil. « Tu te sentiras mieux demain, chuchote-t-il.

— Bonne nuit », dit-elle avant de se retourner dans ses bras pour sonder l'obscurité de la chambre.

Dan se trompe. Dora sait bien qu'elle ne se sentira pas mieux demain matin. Depuis dix ans, elle n'a cessé d'espérer que le lendemain serait mieux que la veille, qu'elle se sentirait mieux. Et chaque matin, elle se réveille, nauséeuse, en se disant qu'elle est responsable de la désintégration de sa famille. Parfois, elle a l'impression qu'ils l'ont tous abandonnée à son sort. Puis elle se rappelle que c'est elle, la fautive. C'est par sa faute qu'ils ont tous été dispersés, tels les débris d'un naufrage. Sa culpabilité l'élance, douleur cuisante.

Lorsque Dan se met à ronfler doucement, Dora ferme les yeux. Elle voudrait bien que le sommeil la gagne elle aussi, mais elle sait qu'elle en est loin et laisse son esprit remonter le temps. Lentement, il la ramène vers une large allée bordée d'arbres. Elle entend presque le vent fouetter les grands sycomores et elle sent l'air marin. Au détour du chemin, la vieille ferme pleine de coins et de recoins apparaît, perchée sur les falaises du Dorset, ses murs chaulés luisant au soleil comme ceux d'un phare. En approchant, elle aperçoit le lierre enchevêtré qui pousse dessus, s'enroule autour de l'avancée du toit d'ardoise grise. Approchant toujours, elle voit la robuste porte en chêne décolorée par les intempéries. Mentalement, elle en pousse le panneau de bois tiède, lisse, et entre dans le vestibule frais, sombre, hanté par les pas d'une génération entière de Tide. Elle passe devant une porte ouverte, ignore la femme brune élégante penchée sur un bureau couvert de livres et de papiers, fuit les rires qui fusent jusqu'en bas des marches bruyantes, passe devant un bel homme blond assis dans le salon, plongé dans la lecture du journal étalé sur ses genoux, et se dirige vers la serre dont les portes ouvertes laissent passer un parfum de roses et de lilas. Elle sort sur la pelouse, attirée par le chant de sirène que les vagues produisent en se brisant au pied des falaises.

Quand elle arrive devant le vieux cerisier tout tordu du verger, elle pivote et observe la maison. Elle lève la tête vers les grandes fenêtres à guillotine pour trouver des réponses dans les ombres qu'elles recèlent, mais le soleil éclatant obscurcit le verre.

Clifftops, le sommet de la falaise. C'est le nom de la maison qu'elle habitait autrefois.

Dan remue, soupire dans son sommeil. En passant les mains sur son ventre encore plat et en envisageant l'avenir, Dora comprend soudain. Impossible de se cacher plus longtemps. Il faut qu'elle retourne à Clifftops. Elle le doit, pour se confronter à son passé.

2

Helen

Seize ans plus tôt

Dans le vestibule, Helen inspectait le tas de plus en plus volumineux de valises, sacs, chaussures et manteaux. Si quelqu'un décidait de supprimer la fête de Pâques, elle n'y verrait que des avantages. Préparer les bagages était déjà pénible. Il fallait trier les piles de linge, vider le frigo, fouiller le placard pour y dénicher les serviettes de plage oubliées depuis une éternité, après quoi, relever un défi impossible : ranger le tout dans le coffre récalcitrant de la voiture. Mais, en plus, Richard répondait à un appel professionnel de dernière minute dans son bureau et les filles erraient dans la maison sans se presser. Helen avait donc envie de hurler pour passer ses nerfs sur quelqu'un.

Elle entra dans la cuisine pour vider la poubelle et trouva Dora assise à la table, le regard rêveur, tourné vers le jardin, par-dessus son bol de céréales.

« Ne me dis pas que tu n'as pas encore fini tes corn flakes ? demanda Helen en se battant avec le sac qui débordait de détritus.

— Mmm.

— Eh bien, dépêche-toi. » Helen réussit à arracher

le sac et à le fermer. « Il faut que je mette le lave-vaisselle en route. »

Dora hocha la tête et porta à sa bouche une minuscule cuillerée de corn flakes. Satisfaite, Helen se mit en quête de Cassie. Elle pensait que sa fille aînée faisait ses bagages à l'étage, mais, quand elle la trouva allongée sur son lit, à moitié habillée, en train de lire un livre de poche tout en suçant tranquillement une mèche de cheveux, ce fut la goutte qui fit déborder le vase.

« Je croyais t'avoir dit qu'on partait avant dix heures ! s'écria Helen. On va être pris dans les embouteillages. » Exaspérée, elle balaya du regard la chambre en désordre. « Et je ne t'ai pas demandé de mettre de l'ordre hier soir ? Tu n'as même pas commencé à faire tes bagages !

— T'énerve pas, maman. J'en ai pour cinq minutes. Y a vraiment pas de quoi s'exciter. On va seulement passer une semaine chez mamie et papy. À vous voir, papa et toi, on pourrait croire qu'on part pour le pôle Nord ! »

Ce ton sarcastique était nouveau. Helen vit les yeux de Cassie retourner au livre qu'elle avait dans les mains et dut résister à l'envie de se précipiter pour le lui arracher et le flanquer par la fenêtre. Elle prit plutôt une profonde inspiration et compta jusqu'à trois. À onze ans, Cassie était maligne et se débrouillait très bien pour faire sortir les gens de leurs gonds.

« Bon, je ne te le répéterai pas », la prévint Helen sur le seuil. Une menace peu efficace, mais elle n'en trouvait pas d'autre. Impossible de laisser sa fille à la maison pour la punir, même si cette idée était tentante.

Elle referma la porte et avança dans le couloir jusqu'à sa chambre. Une vieille valise cabossée était ouverte sur le lit. Helen devait encore décider si elle voulait emporter une robe ou un pantalon supplémentaire. Le pantalon serait plus pratique, mais elle savait que sa belle-mère aimait que tout le monde fasse un effort le dimanche de Pâques. Helen avisa une robe en soie verte dans la penderie, puis un pantalon de velours noir, avant de rendre les armes et de poser la robe sur la pile de vêtements de plus en plus haute. Cette année, elle pouvait au moins essayer de rester en bons termes avec Daphne.

« Jolie, cette robe, je l'ai déjà vue ? » demanda Richard en entrant et en jetant un coup d'œil à la robe rangée dans la valise ouverte.

Helen leva les yeux au ciel. « Tu ne l'as vue qu'un million de fois.

— Oh… n'empêche qu'elle est jolie. On est prêts à partir ? »

Helen se hérissa. Ce n'était pas elle qui avait passé toute la matinée au téléphone. « Les filles lambinent », répondit-elle. En la voyant se battre avec la fermeture à glissière de sa valise, Richard vint peser sur le dessus. « Mais nous devrions être sur la route dans à peu près une demi-heure », conclut-elle.

C'était plutôt optimiste, mais, en secret, elle n'était pas mécontente du retard. Elle n'avait pas vraiment hâte d'aller dans le Dorset pour une semaine de bavardages polis, de promenades dans la campagne et de thé soporifique avec les parents de Richard. Réunir tout le monde dans la grande maison familiale pour Pâques était une tradition chez les Tide, elle le savait, tout comme elle savait que Richard adorait l'emmener avec les filles là où il avait passé son enfance, mais, pour une fois, elle aurait aimé rester tranquillement chez elle pendant les vacances ; faire les magasins de temps en temps, lire, bricoler dans la cuisine, peut-être même jardiner. Inutile de rêver, ça n'arriverait jamais. Dès qu'il s'agissait de traditions familiales, Daphne Tide imposait toujours son point de vue.

« Ma mère attend notre visite avec impatience, dit Richard, qui semblait lire dans ses pensées. Apparemment, elle a fait de la pâtisserie toute la semaine. Et mon père envisage d'emmener les filles faire de la voile.

— Magnifique. » Helen se força à lui retourner son sourire. Elle ferait bonne figure, comme d'habitude, pour ne pas leur gâcher le plaisir. Après tout, ils ne passeraient qu'une semaine à Clifftops.

Quarante-cinq minutes plus tard, après un ultime coup de balai, un réaménagement du coffre et un affolement de dernière minute parce que Dora ne trouvait plus son maillot de bain, la famille Tide ferma sa maison mitoyenne située dans le quartier nord de Londres et monta en voiture. Par miracle, ils firent le trajet jusqu'à Winchester sans que n'éclate une dispute sur la banquette arrière.

« C'est pas juste, j'ai jamais le droit de choisir la musique », pleurnicha alors Dora.

Dans le rétroviseur, Helen la voyait brandir le CD d'un nouveau *boy's band*.

« T'as des goûts dégueulasses, rétorqua Cassie.

— Non.

— Si.

— À ton tour d'arbitrer », marmonna Richard entre ses dents pendant qu'il mettait son clignotant et doublait une énième caravane qui se dirigeait vers l'ouest pour les fêtes.

Helen pivota sur le siège du passager et considéra ses filles l'une après l'autre. Cassie était recroquevillée dans le coin de la banquette, la tête tournée vers la vitre, le visage caché derrière un rideau de cheveux blonds. Helen savait que sa fille têtue ne la regarderait pas. Dora, en revanche, fixait sur elle des yeux verts implorants sous la frange qu'elle avait mal coupée. Helen soupira.

« Vous ne pouvez pas vous calmer, toutes les deux ? Votre père essaie de se concentrer sur la route.

— Mais c'était mon tour de choisir… » Les joues de Dora s'empourprèrent.

« Si vous n'arrêtez pas de vous chamailler, il n'y aura pas de musique du tout.

— M… M… Mais… » Dora se tut en voyant le regard glacial de sa mère qui pivota face à la route.

« Ça va, chérie ? » Richard ôta une main du volant et la lui posa sur le bras.

« Ça va. » Elle inclina la tête et observa le ruban infini de voitures devant eux. Avec le mal de tête qui s'annonçait, elle aurait vraiment apprécié un peu de calme au lieu de ce martèlement impitoyable de pop music. N'empêche, c'était nettement préférable à la crise qu'aurait pu piquer Cassie. Helen soupira en silence ; en douze ans, le trajet n'était pas devenu plus agréable.

Elle se rappelait encore la toute première fois que Richard l'avait amenée à Clifftops. C'était par une journée lugubre de mars, avec un ciel tellement chargé qu'on se demandait si le soleil allait finir par percer un jour. Dans la voiture, elle tressait et libérait sans cesse les franges en cuir de son sac pendant que Richard tambourinait sur le volant. Ils approchaient de la maison où il avait grandi, celle de l'homme et de la femme qu'elle appellerait bientôt ses beaux-parents, si tout se passait comme prévu.

« Ils vont t'adorer, dit Richard pour la rassurer. Presque autant que moi.

— Et le bébé ? » D'une main protectrice, elle caressa le renflement presque imperceptible de son ventre.

Richard suivit son geste des yeux avant de les ramener sur la route. « Laisse-moi m'occuper de ça. Tout ira bien. Fais-moi confiance. »

Ce qu'elle lui avait accordé sans la moindre hésitation, décision surprenante car ils ne se connaissaient que depuis quelques mois. Helen terminait sa dernière année de licence de lettres. Un peu plus âgé, Richard bouclait ses cinq ans d'études d'architecture et allait effectuer un stage dans l'entreprise de son père. Comme la plupart des étudiants, ils s'étaient rencontrés au pub. L'entente avait été immédiate.

Grand, blond, Richard avait les yeux gris ardoise, des épaules larges et l'assurance qui caractérise les enfants uniques choyés par leurs parents. Helen avait remarqué qu'il l'observait du comptoir. Misant sur lui, elle lui avait retourné son sourire et, plus tard, il lui avait avoué que c'était ce premier sourire qui l'avait séduit. Le coup de foudre, disait-il. Il s'était approché de sa table et présenté. Elle avait aimé la façon franche et directe dont il l'avait fait, sans baratin bébête, sans plaisanteries ni clins d'œil à ses amis. Depuis le début, il avait paru honnête et gentil. Et si le peu d'expérience qu'elle avait des hommes avait appris quelque chose à Helen, c'était que ces qualités étaient très rares.

Ils étaient sortis ensemble. Il l'emmenait à des matches de rugby et lui proposait son manteau lorsqu'elle frissonnait dans les tribunes. Il retenait des tables pour des dîners aux chandelles romantiques et lui donnait des cours intensifs d'architecture en lui montrant des monuments et des styles qu'il admirait particulièrement. Ils se disputaient âprement quand ils abordaient les sujets politiques et ne trouvaient jamais de film qu'ils avaient envie de voir l'un et l'autre, mais tout était oublié quand ils se mettaient au lit en fin de soirée, leurs différences suscitant une passion propice aux ébats. Fréquenter Richard était une expérience inédite pour Helen ; il paraissait beaucoup plus adulte que ses précédents petits amis, plus attentif et sûr de lui. Même lorsque, le ventre noué, elle s'était aperçue qu'elle était enceinte, il n'avait pas failli. La pâleur de son visage et le léger tremblement de ses mains prouvaient que cette nouvelle lui causait un choc, mais il avait tout de suite prononcé les mots justes. C'était à elle de prendre la décision et, quelle qu'elle soit, il serait à ses côtés. Quand elle avait choisi de garder l'enfant, il l'avait demandée en mariage à peine une semaine plus tard, en ouvrant l'écrin d'une magnifique bague ancienne en diamant sur la table d'un restaurant italien.

« C'est ce qu'il faut faire, Helen. Donnons toutes ses chances à ce bébé en vivant ensemble. Toi et moi. »

Au début, Helen n'était pas sûre que ce soit la bonne solution. La décision de garder l'enfant avait été bien assez difficile à prendre. La maternité était une chose… quant au mariage…

« De nos jours, des tas de gens ont des enfants sans se marier, avait-elle dit. Nous pourrions être un de ces couples résolument modernes qui… »

Il avait insisté. « Non, Helen, je t'aime. Si nous devons avoir un enfant, autant faire les choses correctement.

— Où allons-nous habiter ? Qu'allons-nous faire pour gagner de l'argent ? J'envisageais de voyager… de trouver du travail…

— J'ai quelques économies. Ma famille… bon, est

assez à l'aise. Nous nous débrouillerons. Nous allons avoir ce bébé et tu pourras commencer ta carrière quand il sera un peu plus grand. » Il avait essayé de plaisanter : « Ce n'est pas une réclusion à perpétuité, tu sais. Tu n'es pas obligée de renoncer à tout, Helen. »

Il s'était montré très rassurant. Avec un grand sourire il lui avait passé la bague au doigt et s'était aussitôt mis à évoquer un voyage dans le Dorset pour lui présenter ses parents. Helen n'avait pu que jeter un regard incrédule à la grosse bague qui jetait des feux invraisemblables sur son annulaire. C'était romantique. C'était terrifiant. À l'évidence, sa vie ne serait plus jamais la même.

Cette première fois, ils se rendirent d'abord sur la plage pour se dégourdir les jambes après le long trajet. Richard espérait qu'ils feraient une promenade romantique sur la grève, mais la mer plombée déferlait sur les galets et un vent glacial fouettait leurs vêtements. Ils avancèrent en titubant et en frissonnant jusqu'au moment où ils s'avouèrent vaincus et coururent à la voiture, la tête rentrée dans les épaules.

« C'était vraiment réussi, railla Richard en tripotant le bouton du chauffage. Rien ne vaut l'Angleterre au printemps, hein ? »

Malgré sa nervosité, Helen se mit à rire et posa une main sur le genou de Richard.

Ils retournèrent dans le hameau endormi de Summertown, passèrent devant des cottages minuscules aux tons acidulés, descendirent des chemins traîtres, sinueux, franchirent enfin une discrète grille en fer forgé et remontèrent une longue allée courbe. Les pneus crissaient sur le gravier pendant qu'ils avançaient entre les sycomores fouettés par le vent.

« Et voilà ! s'écria Richard en montrant une grande bâtisse en pierre au bout. Clifftops. La maison de mon enfance. »

Helen en avait eu le souffle coupé, elle s'en souvenait. Elle ne savait pas trop à quoi s'attendre, mais certainement pas à cette maison centenaire de toute beauté, qui apparaissait et disparaissait entre les branches. Une magnifique ferme du XIXe siècle, aux proportions parfaites, qui s'étendait sur le promontoire en formant un L, comme si le long bâtiment en pierre s'était lassé de la rude étreinte de la mer et s'en était détourné à demi. La plus grande partie des murs blancs était ornée de lierre qui grimpait sur la façade et s'enroulait autour de larges fenêtres à guillotine. Au centre, une voûte en pierre sculptée encadrait une porte en chêne massif polie par les ans. Une chaude lumière orange éclairait chaque vitre et, de part et d'autre du toit en ardoise, une cheminée lâchait vers le ciel de plus en plus sombre des volutes de fumée gris tourterelle. Plus bas, Helen distingua vaguement une longue pelouse menant à un verger clos derrière lequel on apercevait les vagues couronnées d'écume. Sans avoir mis le pied dans la maison, elle savait que la vue y serait spectaculaire. La bâtisse elle-même était déjà d'une beauté sidérante et faisait penser aux fermes décrites dans les livres pour enfants ; sa situation isolée sur la falaise balayée par le vent, surplombant Lyme Bay, la rendait encore plus impressionnante. Helen imagina aussitôt des rendez-vous romantiques et des rencontres secrètes avec des contrebandiers.

« Tu aurais pu me dire que tu étais un fichu châtelain ! s'écria-t-elle, humiliée en pensant à la maison mitoyenne étriquée de ses parents.

— Ce n'est pas aussi grand que ça, répliqua Richard en riant. De ce côté, c'est trompeur.

— Tiens donc ! » lâcha-t-elle.

Il exerça une pression rassurante sur sa main mais, à mesure qu'ils approchaient, la maison semblait occuper tout le promontoire et se dresser fièrement vers le ciel.

« Je vois d'où elle tient son nom », réussit à dire Helen d'une toute petite voix, soudain terrifiée à l'idée de rencontrer les parents de Richard et de passer deux jours dans ce décor intimidant.

Par bonheur, l'accueil qu'on leur réserva fut moins froid que l'air de la plage. Daphne et Alfred Tide étaient ravis de voir leur fils et les présentations furent faites sur un ton chaleureux. Helen trouva le père de Richard charmant. Avec sa haute taille, ses épaules larges, ses cheveux argentés, son sourire facile et ses yeux gris, on aurait dit une version plus âgée de son fils. Il serra la main d'Helen avec enthousiasme dès qu'elle franchit la porte en chêne et, malicieux, fit un clin d'œil approbateur à Richard. En se tournant vers Daphne, Helen comprit aussitôt que la jolie dame aux cheveux gris qui se tenait devant elle serait plus difficile à impressionner. Elle avait un visage vigoureux, sérieux, des yeux bleu vif et le genre de posture qui trahissait des années passées dans des institutions suisses pour jeunes filles de bonne famille. En voyant sa robe élégante en lainage bleu et le rang de perles passé autour de son cou, Helen, qui pourtant avait mis sa plus belle robe, avait la sensation de porter une tenue bon marché bien terne. En se tournant pour répondre au feu roulant de questions que posait son mari, Helen sentit que Daphne, malgré son accueil assez chaleureux, promenait sur elle un regard froid – le regard inquisiteur d'une mère qui scrute la partenaire de son fils pour déceler tout signe de faiblesse ou tout risque de futur chagrin.

Ils prirent le thé dans le salon devant un beau feu de cheminée qui crépitait dans le grand âtre en pierre.

« Nous aimons peut-être un peu trop notre confort, mais, avec ce froid, j'ai pensé qu'un bon feu serait bien agréable », dit Alfred en s'excusant presque quand ils s'assirent sur les canapés recouverts de chintz défraîchi.

Helen sourit et, caressée par la chaleur qui émanait du foyer, tendit les mains vers les flammes pendant qu'ils se livraient à l'échange de politesses usuel. Il fut question du trajet effectué par Richard et Helen, des coussins récemment brodés par Daphne et du temps exécrable. Bientôt, Richard s'éclaircit la gorge et dit qu'il avait quelque chose à annoncer. Crispée, Helen essaya d'ignorer le regard soucieux que Daphne lança à Alfred.

Il commença par la bonne nouvelle. « Helen et moi avons décidé de nous marier.

— Bonté divine ! Quelle surprise ! » s'écria Daphne. Puis, au bout d'un petit moment, elle répéta : « Bonté divine ! » en tripotant son rang de perles. Elle semblait à court de mots et chercha de l'aide en regardant son mari.

Avant qu'Alfred puisse ouvrir la bouche, Richard s'empressa d'ajouter : « Helen est enceinte. »

Alfred parut ravaler ce qu'il était sur le point de dire. À son tour, il considéra sa femme d'un air impuissant.

« Les choses se passent plutôt vite, nous en sommes conscients, reconnut Richard en regardant sa mère, son père, puis de nouveau sa mère. Vous aurez besoin d'un peu de temps pour vous habituer à cette idée, mais il faut que vous sachiez que nous nous aimons, que nous voulons avoir ce bébé et que nous avons décidé de nous marier cet été. »

Le silence s'étira jusqu'au moment où, enfin, Daphne retrouva sa voix. « Eh bien, mon chéri, comme tu le dis, tout se passe effectivement bien vite. Mon Dieu ! Nous devrions peut-être prendre un verre. Qu'en dis-tu, Alfie chéri ? »

Ravi d'avoir quelque chose à faire, Alfred sauta sur l'occasion. « Oui, oui, bien sûr, Daffy. En voilà une bonne idée ! Whisky ? Sherry ? À moins que nous n'ouvrions une bouteille de champagne ? Je crois que nous en avons à la cave…

— Je préférerais un verre de sherry, se hâta de répliquer Daphne, qui n'était visiblement pas prête à fêter l'événement. Et je crois que c'est ce qui ferait le plus de bien à Helen, ajouta-t-elle avec un hochement de tête éloquent. Vous avez l'air un peu fatiguée, ma chère. »

Helen acquiesça car il aurait été malséant d'avouer qu'elle n'aimait pas le sherry.

Alfred s'élança presque au pas de course et mit une éternité à rapporter le flacon et les verres de la salle à manger. Pendant que Daphne lissait les plis de sa robe, Helen buvait des yeux l'élégance nullement guindée du salon. Avec son mobilier usé, son tissu d'ameublement passé, ses tapis persans élimés, la pièce semblait confortable et habitée. Près d'une pendule de voyage d'époque, un vase contenait des fleurs de printemps précoces qui lâchaient leurs pétales sur le manteau de la cheminée. Un châle en cachemire pâle était jeté sur une ottomane au style tarabiscoté. Çà et là, des curiosités, des antiquités : un baromètre aussi vieux que la maison accroché à un mur ; des photos dans des cadres en argent terni posés sur une console ; diverses lampes et peintures qui attiraient l'œil et, près de la porte, un fauteuil Chesterfield en cuir, avachi, avec le rembourrage qui pointait d'un bras écorné. Si ce désordre un peu trop étudié semblait légèrement fouillis à Helen, l'ensemble, sans se cantonner à une époque ou à un style, était de très bon goût.

« Assieds-toi, je t'en prie, mon chéri », intima Daphne à son fils qui, nerveux, faisait les cent pas devant les portes-fenêtres.

Richard obéit, s'installa à côté d'Helen et lui prit la main. Elle sentit la moiteur de sa paume et tous deux sursautèrent quand une bûche tomba dans l'âtre en faisant jaillir des étincelles.

Enfin, Alfred revint, au soulagement général. Il passa les verres à la ronde avant de porter un toast sans enthousiasme excessif :

« Au bonheur du jeune couple. »

Ils burent en silence.

« Eh bien, si vous nous parliez un peu de vous, Helen ? » lança Daphne avec entrain.

L'après-midi s'étira vers la soirée et le repas pris dans la majestueuse salle à manger lambrissée fut assez guindé. La grande table en acajou était couverte d'une nappe en lin, d'argenterie et de deux énormes bougeoirs qui jetaient une lumière dorée, intime. Au moment où Daphne servit la viande et fit passer les légumes, Richard se mit à parler de leurs projets. Pendant ce temps, Helen observa un filet de cire fondue qui coulait sur un bougeoir et formait une flaque qui durcissait petit à petit sur la nappe blanche amidonnée.

« Le plus logique, c'est que nous nous installions à Londres dès que possible. Nous allons chercher un appartement avant que je commence mon stage. » Il prit la main d'Helen et exerça une pression affectueuse. « Ça va être un moment passionnant.

— Oui, et, bien sûr, Helen pourra aménager ton nouvel appartement. Elle aura ainsi quelque chose à faire en attendant le bébé », renchérit Daphne.

Helen haussa un sourcil sarcastique à l'intention de Richard, mais il ne s'en aperçut pas car il se tournait pour attraper la bouteille de vin.

« Il faut absolument que tu en parles à Edmund, suggéra Daphne. Il possède des appartements un peu partout à Londres. Je suis certaine qu'il sera ravi de t'aider. Pourquoi ne pas lui passer un coup de fil ? » Remarquant le regard curieux d'Helen, elle expliqua : « Edmund est mon frère… l'oncle de Richard. C'est un homme d'une extrême gentillesse, et il adore son neveu. »

Helen inclina poliment la tête en mâchant avec soin un haricot vert. En secret, elle se demanda quelle sorte de famille possédait des appartements un peu partout à Londres. Attablé avec ses parents, Richard lui parut soudain encore plus sûr de lui et plus adulte. Elle ne put s'empêcher de comparer l'attitude qu'il adoptait avec Alfred et Daphne à l'impression qu'elle avait en revenant de chez ses parents ; malgré ses efforts, elle agissait encore en adolescente révoltée et non en adulte.

Pendant que la conversation suivait son cours sans elle, Helen observait furtivement la pièce solennelle. Sur un mur, la lueur dansante des bougies ajoutait un charme supplémentaire à une série de peintures, natures mortes et paysages. Sur le buffet en acajou s'amoncelaient divers objets dont un élégant seau à champagne en argent qui aurait eu besoin d'un bon polissage, une carafe, poussiéreuse, en cristal, une coupe en bois sculpté regorgeant de citrons et un assez beau vase en porcelaine représentant deux jeunes femmes debout sous un saule pleureur agité par le vent. Le savant désordre de la pièce était à l'opposé de la salle à manger froide de ses parents, avec sa petite table roulante, son chauffe-plat électrique et les beaux verres à sherry, scrupuleusement essuyés et exposés en permanence. Un monde séparait les Tide et sa mère, qui consacrait toute son énergie aux tâches domestiques.

Le repas se traînait en longueur, mais Helen se forçait à avaler tout ce que Daphne lui servait, même si son estomac se soulevait, jusqu'au moment où, incapable de manger une bouchée de plus, elle les pria de l'excuser en alléguant la fatigue.

« Bien sûr, acquiesça Daphne. Vous devez être épuisée. Je vous ai préparé la chambre bleue, ma chère. J'espère que vous y serez à l'aise. »

Richard l'avait prévenue qu'ils ne dormiraient pas ensemble. Ses parents avaient ce côté vieux jeu.

« Je n'en doute pas. Merci, madame Tide.

— Oh ! je vous en prie, appelez-moi Daphne. Nous allons former une famille, après tout. »

La gaieté feinte tomba à plat.

« Merci, Daphne… Bonne nuit tout le monde.

— Bonne nuit ! » répondirent-ils vaillamment lorsqu'elle battit en retraite.

En grimpant les marches qui craquaient pour se rendre dans la chambre d'amis, Helen éprouva un immense soulagement. Tout habillée, elle s'allongea et inspira profondément. À l'étage aussi, le décor ne manquait pas de splendeur. La chambre était belle, ses murs tapissés d'un papier floqué d'un bleu-vert très pâle ; dans un coin, il y avait une jolie table de toilette avec un tabouret recouvert de velours devant le

miroir tacheté. Des livres reliés en cuir, poussiéreux, occupaient une solide bibliothèque en acajou massif ; sous la fenêtre, quelques coussins en dentelle blanche étaient répartis sur une banquette placée de façon à voir le jardin. Un minuscule vase de perce-neige avait été placé sur la table de chevet et, au pied du lit, une courtepointe confortable brodée à la main avait perdu ses couleurs avec le temps et le soleil. Loin des bougies et des conversations, Helen sentit soudain le froid de la nuit la pénétrer. Elle frissonna et tira la courtepointe sur ses jambes en humant une odeur entêtante mêlant lessive, cire et argent.

Il se dit qu'entrer à Clifftops était un peu découvrir un monde nouveau dont elle ne connaissait pas bien les règles ; elle avait l'impression que le sol se dérobait sous ses pieds, qu'elle pouvait trébucher à tout moment. Les mains posées sur son ventre, elle se demanda pour la centième fois si elle n'avait pas fait une erreur en décidant de garder le bébé, si elle était réellement prête à renoncer à ses rêves et à ses ambitions pour le minuscule être lové en elle, si elle n'était pas folle de lier sa vie à un homme qu'elle avait parfois l'impression de ne presque pas connaître et à une famille dont la position sociale bien assise paraissait à mille lieues de son éducation précautionneuse de petite banlieusarde. Durant tout ce temps, elle s'efforçait en vain d'ignorer un bruit de voix furieuses qui montait dans la cage d'escalier.

Le lendemain matin, la situation ne paraissait pas aussi terrible. Chacun était plus détendu après une bonne nuit de sommeil et, au cours du petit déjeuner servi dans la serre, il ne fut pas question de mariage ni de bébé. Pourtant, Helen fut reconnaissante à Richard lorsqu'il lui suggéra une promenade.

« Pourquoi est-ce que ça s'appelle le Golden Cap[1] ? demanda-t-elle lorsqu'ils grimpèrent le chemin côtier proche de la maison, maladroits dans les bottes et les imperméables gonflés par le vent qu'ils avaient empruntés.

— La falaise que tu aperçois devant nous est le point le plus élevé de la côte sud de l'Angleterre. Elle tire son nom du grès jaune qu'on voit à son sommet. Moi, j'ai toujours trouvé qu'il ressemblait à une couronne dorée. »

Helen contempla la zone dégarnie qui surplombait la falaise. Sous le ciel chargé, elle ne semblait pas dorée, mais d'une couleur moutarde sale.

Richard lut dans ses pensées. « C'est sans doute plus impressionnant par beau temps, mais, de là-haut, la vue est superbe, je t'assure.

— Dis-moi, depuis combien de temps est-ce que tes parents habitent Clifftops ?

— Oh ! ça fait un moment, répondit Richard en lui prenant la main et en l'emprisonnant dans la sienne, plus chaude. En fait, c'est assez romanesque. Mes parents sont tombés sur cette maison pendant leur voyage de noces. À l'époque, elle était dans un état déplorable. L'agriculteur qui possédait la ferme avait perdu beaucoup d'argent et il était tombé malade, de sorte qu'elle était presque en ruine quand mes parents l'ont repérée. Papa a persuadé le vieux bonhomme de la lui vendre et l'a offerte à maman en cadeau de mariage. Depuis, ils passent leur temps à la rénover. C'est un vrai gouffre financier, mais ils l'adorent. Je crois que c'est leur passion pour Clifftops qui m'a poussé à m'intéresser à l'architecture et à la restauration des monuments.

1. Le cap Doré. *(N.d.T.)*

— Il est vrai que cette vieille maison est assez exceptionnelle, reconnut Helen en hochant la tête.

— N'est-ce pas ? Elle te plaît, dis-moi ? »

Helen sentit que sa réponse était importante pour lui. « Je n'en ai jamais vu de pareille. »

Elle ne mentait pas. On avait l'impression de se promener dans un décor de cinéma, dans une succession de pièces ravissantes qu'on avait plaisir à explorer par un après-midi pluvieux. Mais pas plus d'un après-midi, voire d'un week-end. En secret, elle ne pouvait s'empêcher de penser que, au-delà, elle deviendrait folle dans cette vieille baraque isolée, pleine de courants d'air, perchée au sommet d'une falaise, avec à proximité le minuscule hameau de Summertown. Dieu merci, ils habiteraient à Londres.

« Allez, s'écria soudain Richard. On fait la course jusqu'au sommet !

— Attends ! C'est pas juste ! protesta Helen. Je porte un bébé... »

Mais Richard s'élançait déjà sur la pente. Le vent gonflait son Barbour et hérissait ses épais cheveux blonds d'une manière si drôle qu'Helen ne put s'empêcher de rire en voyant sa silhouette s'éloigner.

Ce fut en faisant ses bagages, dans l'après-midi, qu'elle surprit une conversation dans le jardin. Elle jeta un coup d'œil par la fenêtre ouverte et vit Daphne et Alfred côte à côte dans le parterre de fleurs qui longeait l'arrière de la maison. Ils ôtaient le paillis.

« Elle paraît tellement... réservée... distante, peut-être. Tu crois qu'elle l'aime vraiment ? »

Alfred marmonna une réponse qu'elle ne comprit pas.

« Elle est jolie, et même belle, je suppose, continua Daphne. Mais je ne comprends pas comment il a pu être aussi stupide. Bien sûr, il a le sang chaud et il a envie de s'amuser un peu, mais je croyais que nous l'avions mieux préparé à la vie.

— Ce qui est clair, c'est que nous lui avons donné le sens des responsabilités. Je suis fier de la façon dont il a agi », répondit Alfred pour remonter le moral à sa femme.

Daphne baissa la voix, ce qui n'empêcha pas Helen d'entendre ce qui suivit : « Écoute, est-ce qu'il la connaît vraiment ? Richard est un bon parti. D'ailleurs, comment sait-il que le bébé est de lui ? Tu ne crois pas qu'elle pourrait se jouer de lui... essayer de le piéger ? »

Malgré la fureur qui lui faisait monter le rouge aux joues, Helen ne parvenait pas à s'éloigner.

« Richard n'est pas un imbécile, chérie. Et il affirme qu'il l'aime.

— Mais hier, il a pour ainsi dire avoué qu'ils ne se connaissaient que depuis quelques semaines. C'est de la folie, à mon avis.

— Tu oublies une chose, mon bouton-d'or. Moi, j'ai su dès le premier jour que ce serait toi, lui répondit Alfred en soutenant son regard.

— Mon vieux chéri sentimental, viens ici. »

Quand Alfred s'abandonna à la tendre étreinte de sa femme, Helen s'écarta de la fenêtre et eut l'affreuse sensation que ses intestins se tordaient.

Comment osaient-ils la prendre pour une vulgaire aventurière ? Comment osaient-ils imaginer qu'elle avait piégé leur fils ? Elle essayait de faire ce qui convenait pour le bébé – pour leur petit-fils –, et voilà ce qu'ils pensaient d'elle ? Elle enrageait. Richard, lui, continuerait ses études comme prévu. Il passerait son diplôme d'architecte, travaillerait dans l'entreprise familiale et aurait une belle carrière. Non, à l'évidence, celle qui était piégée, c'était elle. C'était elle qui devrait renoncer à ses rêves de voyage et d'enseignement, elle qui devrait troquer les cafés parisiens enfumés et le soleil espagnol brûlant contre des couches sales et des nuits sans sommeil. Comment osaient-ils la croire assez pitoyable et fauchée pour s'abaisser à ce point ? Helen fourra le reste de ses affaires dans son sac. Elle avait hâte de quitter Clifftops et cette fichue Daphne Tide.

Ensuite, les choses s'emballèrent. Helen passa sa licence cet été-là et épousa Richard peu après, au cours d'une cérémonie civile discrète à Londres. Cassie naquit quelques mois plus tard – petit paquet de peau rose fripée, d'yeux bleus et de duvet doré sur le crâne. Dès qu'elle la vit, Helen sut qu'elle avait eu raison. Sa carrière pouvait attendre. Pour l'instant, serrer son bébé contre elle et humer son odeur tiède et sucrée suffisait à son bonheur. La maternité lui fit éprouver un amour intense à nul autre pareil, absolu, pur, et Helen se sentit transformée.

Leur fille exerça un effet tout aussi lénifiant sur Daphne Tide. À la surprise d'Helen, elle vint à son chevet à Londres le lendemain de l'accouchement et lui apporta un petit bouquet de fleurs tardives en lui expliquant :

« Elles viennent de notre jardin. » Elle les tendit à une infirmière qui semblait stressée et lui demanda : « Mettez-les dans l'eau, vous serez bien aimable. » Puis elle se tourna vers Helen. « Puis-je la prendre ? »

Elle tendit les bras et, résistant à l'envie de serrer sa fille encore plus fort contre sa poitrine, Helen la lui passa.

« Qu'elle est belle, susurra Daphne en donnant son petit doigt au bébé. C'est le portrait de son père. »

Helen s'autorisa un petit sourire de triomphe et

observa les incroyables grimaces de clown que Daphne faisait au bébé.

« Dites-moi, Helen, pourquoi avez-vous choisi de l'appeler Cassandra ? »

Helen haussa les épaules. « J'ai toujours aimé ce prénom. Nous l'appellerons Cassie. »

Daphne fit la moue. « Je ne connais pas mes classiques aussi bien que vous, mais Cassandra n'était-elle pas un personnage plutôt tragique ?

— Oui, à la fin. Mais c'était une princesse, l'une des filles du roi Priam… et une prophétesse. D'ailleurs, ce n'est qu'un prénom », ajouta Helen pour réduire le scepticisme de Daphne au silence.

Les deux femmes se turent et jetèrent un regard admiratif sur le paquet vagissant que tenait Daphne.

« J'ai aussi apporté une chose que vous garderez pour Cassandra jusqu'à ce qu'elle soit plus âgée, dit soudain Daphne. C'est dans mon sac, là. »

Daphne lui fit signe de le prendre et Helen en sortit un écrin en cuir. Lorsqu'elle l'ouvrit, il y avait sur le velours noir une ravissante broche ancienne en forme de papillon. Le corps de l'insecte était du filigrane d'or le plus fin, incrusté de minuscules diamants, et les ailes, délicates, en nacre irisée. Helen leva le bras et la fit tourner entre ses doigts pour que les diamants jettent leurs feux sous la lumière crue.

« Elle est magnifique.

— Oui, n'est-ce pas ? C'est le premier bijou qu'Alfred m'a offert. Il appartenait à sa grand-mère. Maintenant, j'aimerais la transmettre à Cassandra, ma première petite-fille. Voulez-vous le lui garder ?

— Bien sûr. » Helen sourit à Daphne. « Merci, c'est très gentil.

— Bon… » Soudain gênée, Daphne regarda autour d'elle. « Où sont donc passés les hommes ? Comment peut-on mettre aussi longtemps pour trouver une machine à café ! »

Avec soin, Helen mit le petit écrin dans son sac avant de tendre les bras pour récupérer son bébé.

Dix-huit mois plus tard, Dora vint au monde et, avec l'arrivée de la seconde représentante de la nouvelle génération de Tide, la place d'Helen au sein de la famille se trouva confortée. Daphne et Alfred étaient gagas devant leurs petites-filles et il suffisait à Helen de regarder leur expression pour savoir qu'ils lui pardonnaient en partie d'avoir « piégé » leur fils. Pourtant, au bout de douze ans, Helen ne se sentait toujours pas à l'aise en se rendant dans la vieille maison élégante. Quand elle errait dans les pièces et les couloirs, elle ne savait pas où était sa place et avait l'impression qu'elle ne faisait pas vraiment partie de la famille Tide. D'ailleurs, pour être tout à fait franche, elle ne se trouvait jamais assez bien pour le petit chéri parfait de Daphne.

« Regardez ! » s'écria Richard en faisant irruption dans les réminiscences de sa femme. Il montra la mer miroitante au loin. « La mer, les filles. Et voilà le soleil ! »

Dora se pencha en avant en donnant un coup dans le dossier de sa mère. « Oui, je la vois ! »

Helen elle aussi la voyait et, même si elle n'était pas particulièrement heureuse de passer ses vacances ici, elle se sentit ragaillardie par le spectacle grandiose des prés et des forêts émeraude qui descendaient à la rencontre de l'eau. Elle baissa sa vitre pour laisser entrer l'air printanier. Londres lui parut soudain bien loin.

« Nous y sommes presque », dit Richard en se

faufilant sur des petites routes sinueuses bordées de haies dans lesquelles perçaient des jonquilles et des primevères sauvages. À peine quelques mètres plus loin, une longue pente menait à Clifftops.

Il y avait plus d'une centaine d'années que la maison était là, toute blanche, se détachant sur le ciel bleu pâle, inchangée depuis la première visite d'Helen. Lorsqu'ils s'en approchèrent, Helen remarqua que la porte d'entrée était ouverte et que, dans l'ombre du seuil, Daphne et Alfred, côte à côte, attendaient patiemment de les accueillir. Comment savaient-ils qu'ils remontaient l'allée ? Avaient-ils guetté leur arrivée pendant des heures ? Cette pensée la fit sourire.

Richard remarqua son expression et lui tapota la main d'un geste rassurant avant de s'adresser à Cassie et à Dora par-dessus son épaule : « Votre palais vous attend. »

Dès qu'ils s'arrêtèrent devant le perron, Dora bondit de la voiture et s'élança vers ses grands-parents. « Mamie ! Papy ! On est arrivés ! » Elle se jeta dans les bras d'Alfred et hurla de ravissement quand il la projeta en l'air.

« Un de ces jours, ton père va se massacrer le dos, marmonna Helen à Richard en voyant son beau-père faire tournoyer Dora. Elle est trop grande pour ces petits jeux.

— Oh ! laisse-le donc s'amuser », répondit Richard avec douceur.

Apparemment, Cassie était pressée elle aussi. Elle attrapa son sac et marcha à grands pas sur le gravier pour saluer ses grands-parents pendant que Richard et Helen bataillaient encore avec leurs ceintures de sécurité et ramassaient cartes routières et emballages de bonbons.

« Cassandra ! s'écria Daphne en étreignant l'aînée de ses petites-filles. Mon Dieu, que tu as grandi ! Et tes beaux cheveux blonds ont encore poussé ! N'est-ce pas qu'elle est jolie, Alfred ? » Daphne recula d'un pas pour admirer Cassie qui gigota et baissa les yeux, gênée d'être examinée de si près.

« Daphne, Alfred, quel plaisir de vous voir ! Joyeuses Pâques, dit Helen en s'avançant sur le seuil.

— Joyeuses Pâques, ma chère petite. Comment s'est passé le trajet ? J'espère qu'il n'y avait pas trop de circulation ?

— Oh ! ça allait plus ou moins. Mais bon, nous voilà. » Helen adressa un sourire poli à Daphne.

« En tout cas, nous sommes ravis de vous avoir tous les quatre, n'est-ce pas, Alfred ? » Daphne serra davantage son cardigan et pivota vers son fils qui approchait en titubant sous un chargement de sacs, de seaux et de pelles. « Mon Dieu, Richard, laisse donc. Tu auras tout le temps de décharger la voiture. Entrez, entrez, j'ai préparé des petits pains de Pâques[1]. Vous devez tous mourir de soif. Une bonne tasse de thé vous fera le plus grand bien.

— C'est vrai, reconnut Dora. Papa et maman se sont horriblement disputés pour savoir si on devait s'arrêter en cours de route. Maman voulait faire une pause et papa disait qu'on devait aller jusqu'au bout. »

Helen sentit ses joues s'empourprer.

Richard toussota. « Ce n'était pas une dispute, mais juste une petite… discussion. »

Ce fut au tour de Daphne de sourire poliment. « Bon, aucune importance. Venez, venez. Cassandra, Pandora, suivez-moi. »

Ils entrèrent tous, Helen et Richard en dernier car elle l'aidait à porter les bagages.

1. Petits pains sucrés traditionnels de Pâques, décorés d'une croix le plus souvent en glaçage, symbole de la Crucifixion. *(N.d.T.)*

« Pourquoi tient-elle à les appeler comme ça ? Elle sait pourtant que les filles ont horreur de ça », siffla Helen entre ses dents.

Richard haussa les épaules. « C'est nous qui leur avons donné ces prénoms, non ? »

Helen haussa les épaules à son tour. Elle ne pouvait pas le contredire.

En entrant dans le vestibule pour gagner le salon, Helen n'eut pas besoin de regarder autour d'elle pour savoir que rien n'avait changé depuis sa dernière visite ni même l'avant-dernière. La même odeur de fleurs et de cire flottait dans l'air, les mêmes tapis persans usés couvraient le sol dallé. Dans le salon, sous la poussière dorée qui scintillait au soleil, Helen vit la même pendule de voyage au tic-tac bruyant sur le manteau de la cheminée, le papier peint défraîchi familier et les meubles au bois qui craquait. Clifftops était comme ça. Rien n'y changeait jamais.

« Asseyez-vous ! s'écria Daphne d'un air affairé. Vous devez être épuisés. Installez-vous à votre aise pendant que je m'occupe du thé. J'en ai pour une minute. »

En s'asseyant sur l'un des canapés en chintz, Helen s'enfonça dans un tas de coussins divers et variés que Daphne, elle le savait, avait confectionnés elle-même. À l'autre bout de la pièce, près de la porte, Cassie s'effondra dans un fauteuil en cuir avachi. En passant, Richard lui ébouriffa les cheveux avec affection avant de s'asseoir sur l'autre canapé, face à Helen. Dora se précipita alors sur ses genoux en riant. En regardant agir ses deux filles, Helen remarqua aussitôt le gouffre qui grandissait entre elles. À neuf ans, Dora était encore une petite fille ingénue, tandis que Cassie semblait devenir de jour en jour plus dégourdie, plus indépendante et plus consciente d'elle-même.

Cette évolution dans la personnalité de leur fille se manifestait peu à peu, de façon furtive. La porte de sa chambre, qu'elle laissait autrefois ouverte pour que la lumière rassurante du palier pénètre dans la pièce, était à présent souvent fermée ; le week-end dernier, sur un petit carton, un message impérieux indiquait qu'il fallait frapper avant d'entrer. Helen savait qu'il était normal de passer par ce genre de phase en grandissant, mais elle n'en fut pas moins blessée en s'apercevant que, si elles allaient acheter des provisions ou des chaussures d'école, Cassie marchait à quelques pas derrière elle, comme si elle était gênée d'être vue avec sa mère. Dora, en revanche, était encore contente qu'on lui donne la main et adorait les câlins.

En y réfléchissant, elle se disait que ses deux filles avaient toujours été à l'opposé l'une de l'autre, et pas seulement physiquement, même si leurs différences d'aspect sautaient aux yeux. Cassie tenait ses cheveux blonds, son teint pâle et ses yeux bleu clair du côté paternel. Dora avait tout de sa mère : cheveux bruns, teint mat, yeux d'un vert d'algues. Richard l'appelait sa petite bohémienne.

Cassie avait déboulé dans le monde en hurlant à pleins poumons et avait continué pendant quelque temps à pleurer à tout propos. Elle avait été un bébé difficile, dont on ne savait pas interpréter les cris, et qui luttait toujours contre le sommeil. Helen s'était fait un sang d'encre parce qu'elle vomissait et ne se nourrissait pas à heures régulières, et bientôt, Cassie s'était transformée en bambin râleur, puis en fillette coléreuse. Maintenant qu'elle frisait la puberté, Helen se doutait qu'il leur faudrait affronter une nouvelle série de difficultés. Si elle aimait le tempérament fougueux de Cassie, elle la trouvait parfois usante.

La naissance de Dora avait été tout le contraire de

celle de sa sœur. Elle était venue au monde très vite, en silence – si bien qu'Helen avait eu peur qu'il y ait un problème jusqu'au moment où la sage-femme lui avait donné une bonne claque sur les fesses. Dora avait alors ouvert sa petite bouche pour lâcher un gémissement de protestation. À la différence de Cassie, Dora s'était tout de suite bien adaptée. Elle restait tranquillement dans son transat en suçant son pouce et en suivant de ses yeux verts les déplacements de sa mère dans la pièce jusqu'au moment où Helen se rappelait qu'il fallait la changer ou la nourrir.

Cassie, quant à elle, s'était un jour couchée par terre dans un supermarché, avait hurlé et donné des coups de pied pour qu'on lui achète les céréales qu'elle voulait pour le petit déjeuner. Tant qu'elle avait la même chose que sa sœur, Dora était contente. Quand Cassie voulait se déguiser et sortait tous les vêtements du carton pour les essayer un par un, de sorte que la pièce paraissait avoir été bombardée, Dora les remettait en place pour qu'elle n'ait pas d'ennuis. Cassie furetait en secret dans les cadeaux de Noël ; patiente, Dora attendait le grand jour pour avoir la surprise. Cassie plongeait aussitôt du côté le plus profond de la piscine tandis que Dora trempait un orteil hésitant avant de se glisser avec précaution dans l'eau. Helen était sidérée d'avoir donné naissance à des créatures aussi dissemblables et fascinantes et savait pertinemment que leurs différences s'accentueraient avec l'âge.

En observant ses filles, Helen remarqua pour la première fois la couleur agressive du vernis à ongles de Cassie – le rouge franc des boîtes aux lettres, celui du vernis très cher qu'Helen s'était acheté au stand Chanel la semaine précédente. En voyant le regard éberlué de sa mère, Cassie regarda ses doigts avant de relever la tête et d'adresser un sourire innocent à sa mère. Helen ravala sa colère. Elle lui en toucherait deux mots plus tard, en privé. Oui, Cassie abordait sans aucun doute une phase difficile.

Alfred rompit le silence. « Comment ça se passe à l'école, les filles ? Cassie, ton père m'a dit que tu avais brillamment réussi ton examen d'entrée dans le secondaire ? »

Cassie inclina la tête. « Ouais, ça s'est pas trop mal passé.

— Elle s'en est très bien tirée, expliqua Helen. Les enseignants pensent qu'elle a un brillant avenir devant elle pour peu qu'elle s'en donne la peine. »

L'air mal à l'aise, Cassie baissa la tête.

« Et notre ourse Panda travaille très bien elle aussi, pas vrai ? ajouta Richard. Elle s'est classée troisième en dictée la semaine dernière.

— Oui, confirma Dora. Je devais épeler philosophie. » Elle l'épela lentement. « J'ai eu une étoile rouge.

— Bravo, s'écria Alfred avec entrain.

— Nous avons des petites-filles très intelligentes, dit Daphne en entrant avec un plateau sur lequel étaient posés une théière fumante et des petits pains de Pâques toastés dont émanaient des effluves de cannelle et de clous de girofle. Allez, servez-vous sans plus de cérémonie. »

Cassie fut la première à se lever. Elle attrapa une moitié de petit pain, puis s'approcha de la porte-fenêtre. « Est-ce que je peux sortir un moment ?

— Non, ma chérie. Nous venons à peine d'arri... »

Daphne interrompit sa belle-fille. « Bien sûr, Cassandra, répondit-elle gaiement. Vas-y. Je suis sûre que l'air de la campagne te fera le plus grand bien. Tu tomberas peut-être sur Bill dans le verger. Nous avons eu des orages terribles par ici ces derniers temps. Bill envisageait de ramasser le bois pour faire un grand feu. »

Helen se hérissa. Ils n'étaient pas arrivés depuis dix minutes que Daphne sapait son autorité. Elle prit une profonde inspiration. Garde ton calme, se dit-elle. Ce n'est pas grave. De toute façon, mieux valait que Cassie s'éloigne un moment.

« Ne me dis pas que le vieux Bill Dryden s'occupe toujours de votre terrain ? » Richard était stupéfait. « Il ne doit pas avoir loin de soixante-dix ans.

— En effet, confirma Alfred, mais ce type est dans une forme éblouissante. »

Aussitôt, le père et le fils se mirent à parler des difficultés propres aux terrains des environs, Cassie se faufila par la porte-fenêtre et Daphne se tourna vers Helen d'un air plein de sous-entendus.

« Depuis quand est-ce que Cassandra se vernit les ongles, Helen ? Vous ne la trouvez pas un peu trop jeune pour ce genre de bêtise ? »

Irritée par la réprobation qu'elle lisait sur le visage de sa belle-mère, Helen lui fit un sourire charmant. « C'est seulement une petite fantaisie pour les vacances. Je ne le lui permets pas le reste du temps. » Pourquoi mentait-elle ? Pourquoi ne pouvait-elle pas reconnaître que c'était la première fois qu'elle voyait Cassie avec du vernis sur les ongles et que l'idée ne venait vraiment pas d'elle ? Parce qu'elle aurait eu l'air d'être une mère faible et incompétente, voilà pourquoi.

Daphne lâcha une exclamation réprobatrice. « De nos jours, les jeunes filles sont pressées de grandir. Les garçons, les vêtements, le maquillage… pour tout ça, elles ont bien le temps. » Helen se préparait déjà à essuyer un sermon, mais Daphne la surprit en changeant soudain son fusil d'épaule. « Alors, comment ça se passe à Londres, Helen ? Tout le monde va bien ? Vous êtes tous très occupés ?

— Oui, confirma Helen.

— Dans ce cas, pour l'instant, vous n'envisagez pas de quitter la ville ? »

Nous y revoilà, songea Helen. « Non, Daphne, répondit-elle d'un ton ferme. Vous savez que notre vie est à Londres. »

Daphne renifla. « Je persiste à penser que vous auriez une bien meilleure qualité de vie si vous vous installiez à la campagne.

— Nous avons une excellente qualité de vie. Londres est une ville merveilleuse, passionnante. Elle a beaucoup à offrir aux filles.

— Je ne doute pas que ce soit un endroit intéressant… pour un jeune couple, ajouta-t-elle d'un ton éloquent. Je pense en revanche qu'un cadre plus champêtre conviendrait mieux à une famille. Je m'inquiète pour les filles.

— Il n'y a pas lieu de s'inquiéter. Elles sont en excellente santé. À leur âge, elles ont plutôt besoin de la stimulation intellectuelle, des sorties et des rencontres qu'offre une grande ville, vous ne croyez pas ?

— Eh bien…, murmura Daphne sans conviction.

— Ce n'est pas votre avis ? demanda Helen.

— Je ne peux pas m'empêcher de trouver Cassie un peu renfermée. C'est une enfant tellement sérieuse, secrète. J'ai entendu parler des écoles londoniennes. Pas d'air, pas d'espaces verts. Ce n'est pas un cadre bénéfique pour elle. »

Les joues d'Helen virèrent au cramoisi. « Cassie se porte très bien. Elle est heureuse et en bonne santé.

— Je me disais seulement…

— Nous ne pouvons pas nous déraciner, Daphne.

J'ai mon travail… mes recherches à l'université. Je ne suis pas prête à y renoncer. C'est là une partie importante de ma vie. »

Daphne fit la moue. « Je suppose que je ne suis pas tout à fait comme vous autres, femmes modernes. J'ai toujours accordé la priorité à mon mari et à ma famille. »

Helen se cabra devant cette accusation. Même si Daphne la jugeait égoïste parce qu'elle tenait à vivre à Londres avec sa famille, il n'était pas question qu'elle abandonne tout pour venir camper sur le seuil de ses beaux-parents et laisse Daphne s'immiscer dans leur vie. Pour Helen, cette perspective était inconcevable.

Richard vint à son aide. « Tu n'as pas l'intention d'essayer de nous convaincre une nouvelle fois de déménager, maman ? Nous venons à peine d'arriver ! Laisse-nous au moins le temps de boire une tasse de thé et de manger un petit pain de Pâques avant de revenir sur ce sujet. À propos, ils sont délicieux, poursuivit-il tout de go. Je peux en prendre un autre ?

— Bien sûr, mon chéri, sers-toi. » Daphne récompensa son fils avec un sourire chaleureux. « Tu n'as pas un peu maigri ? Je vais devoir t'engraisser pendant que tu es là. Nous ne pouvons tout de même pas te laisser dépérir. »

Mon Dieu, donnez-moi la patience nécessaire, songea Helen en tournant la tête vers le jardin pour cacher ses joues écarlates.

« Elle ne veut pas te vexer, dit Richard un peu plus tard pendant qu'ils défaisaient leurs valises à l'étage.

— Crois-moi, elle sait très bien ce qu'elle fait, répliqua Helen avec humeur en fourrant une poignée de culottes et de chaussettes dans un tiroir. Depuis que je la connais, elle n'arrête pas. »

Elle avait du mal à faire comprendre à Richard que les commentaires et humiliations de Daphne lui donnaient l'impression d'être petite et insignifiante. Bien sûr, chaque réflexion prise séparément n'était rien de plus qu'une manifestation d'insensibilité frisant le manque de tact. Mais en les additionnant, Helen se sentait confrontée à un flot de critiques et de récriminations.

« Ce n'est qu'une vieille dame qui se sent seule loin de sa famille et qui aimerait que nous habitions plus près.

— Elle n'est pas si vieille que ça. Et pour ce qui est de se sentir seule, par pitié ! Elle a ton père et, d'après ce que j'ai entendu dire, elle constitue l'un des piliers de la vie locale. Quand ce ne sont pas les stands de gâteaux de l'association des femmes, ce sont les pièces de théâtre amateur ou les fêtes de charité. Et nous ne lui manquons pas. C'est toi qui lui manques. Et les filles ! » Helen ouvrit le placard et attrapa un cintre pour sa robe en soie froissée.

« Allons, ne sois pas comme ça.

— Comme quoi ? J'en ai assez de ses critiques. Je sais qu'elle est incapable de comprendre ça, mais j'ai besoin de mon travail. Il m'aide à garder ma santé mentale. Je ne pourrais pas mener une vie casanière à la campagne, tu le sais.

— Oui. » Richard traversa la pièce et lui prit la main. « Et c'est pour ça que je t'aime. Helen, personne ne dit que tu devrais renoncer à ton travail.

— Ah bon ? » Elle scruta son mari.

« Bien sûr que non. Du moins, pas moi. Je sais à quel point il compte pour toi. Je trouve magnifique que tu fasses quelque chose que tu aimes et, franchement, si c'est bon pour toi, c'est bon pour nous en tant que famille. D'accord ? »

Un peu adoucie, Helen libéra sa main et attrapa la robe.

« Parfois, j'aimerais seulement que tu ne donnes pas l'impression que venir ici est une pénitence épouvantable, risqua Richard d'une voix douce. Ce n'est tout de même pas terrible à ce point, si ? »

Au lieu de répondre, Helen lissa les plis de sa robe avant de la suspendre dans le placard.

Richard soupira et fit une nouvelle tentative : « Ce serait tellement important pour moi si vous pouviez vous entendre toutes les deux.

— J'essaie depuis douze ans, Richard. C'est peut-être à ta mère que tu devrais dire ça. »

En jetant sa trousse de maquillage sur la table de toilette, Helen repensa soudain aux ongles vernis de Cassie et elle fronça les sourcils, irritée. Entre Richard et elle, les choses étaient en général sans aspérités, tranquilles, voire parfois jusqu'à l'ennui, mais, dès qu'il s'agissait de Daphne et de Clifftops, la situation se tendait. Sa mère pouvait faire n'importe quoi, Richard la défendait. Au début, Helen jugeait son attitude admirable, mais elle commençait à en être agacée. Et elle, alors ? Après tout, elle était sa femme, et elle en avait assez de passer toujours après sa mère. Elle attrapa son manteau et se dirigea vers la porte de la chambre.

« Où vas-tu ?

— Dehors. J'ai besoin de prendre l'air.

— Veux-tu que je t'accompagne ?

— Non, pas pour l'instant. » Elle savait qu'elle avait tort de s'en prendre à Richard, mais elle ne pouvait pas s'en empêcher. Dès qu'elle revenait dans cette maison, elle devenait folle.

« Bon, tâche de ne pas être en retard pour le dîner, lança Richard dans son dos. Maman prépare un rôti

– mon plat préféré –, et nous savons tous les deux que je suis horriblement sous-alimenté, n'est-ce pas ? » Il tapota son ventre rebondi et Helen sourit malgré elle.

Les tensions entre les deux femmes couvèrent pendant toute la semaine, mais Helen veilla à ne pas les laisser exploser. D'ailleurs, si elle était franche, Richard n'avait pas tort : venir dans le Dorset n'était pas aussi horrible que ça. La famille commença à se détendre et un nouveau rythme de vie s'imposa peu à peu à elle. Les filles se baladaient dans les environs, emplissaient leurs poumons de bon air marin, et consolidaient leurs os grâce au soleil. Elles jetaient des bâtons dans le ruisseau, au bas du verger, faisaient de longues promenades sur les falaises pour admirer le paysage et, le soir, jouaient aux cartes avec Alfred ou regardaient de vieux films car elles avaient l'autorisation de se coucher plus tard que d'habitude. Helen trouvait le temps de s'installer sur une banquette de fenêtre avec l'un des livres poussiéreux qui tapissaient les rayonnages de la bibliothèque, ou se contentait de regarder défiler les nuages dans le ciel infini. Daphne s'activait dans la cuisine, la grosse cuisinière Aga livrant une ronde apparemment infinie de gâteaux, tartes, rôtis et ragoûts délicieux. Le dimanche de Pâques, Alfred et Richard se levèrent tôt et cachèrent dans le jardin des œufs en chocolat. Helen portait sa robe en soie verte et força ses filles à mettre des robes brodées assorties par égard pour Daphne. Le temps étant pour une fois de la fête, ils passèrent plusieurs heures sur la plage à jouer au cerf-volant, à chercher des coquillages, à patauger dans les flaques des rochers et ils pique-niquèrent, assis sur des nattes posées sur les galets.

La mer était trop froide pour se baigner mais, le dernier jour, par défi, Richard se mit en slip et se jeta dans les vagues. Assise sur une natte, Helen le regarda mouliner des bras et des jambes. Au bord de l'eau, les filles gloussaient. Il était difficile de ne pas admirer la robuste musculature des épaules et les longues jambes fuselées de Richard. Il était bel homme et n'avait pas beaucoup changé depuis qu'ils s'étaient rencontrés à l'université il y avait plus de dix ans. Un peu moins de cheveux au sommet du crâne, peut-être, quelques rides au coin des yeux, mais c'était tout. Il vieillissait bien. En imaginant ses bras mouillés autour d'elle, sa peau froide et salée contre la sienne, elle fut étonnée d'éprouver une soudaine envie de désir. Ils n'avaient pas fait l'amour depuis un moment. Peut-être ferait-elle un effort tout à l'heure ; elle mettrait de jolis sous-vêtements et le persuaderait de se coucher tôt.

Pendant qu'elle l'observait de la plage, Richard sortit de l'eau en courant, la peau rosie par le froid. Il brandissait un long ruban d'algues au-dessus de sa tête et poursuivit d'abord Dora, puis Cassie, qui hurlèrent de joie lorsqu'il les menaça avec les algues vertes gluantes. Helen sourit et attrapa l'appareil photo posé à côté d'elle. Il lui fallut un moment pour faire le point et tous trois arrivaient presque sur elle quand elle appuya sur le déclencheur, figeant à jamais cette image. Cassie était au premier plan avec ses cheveux blonds fouettés par le vent et son regard sérieux, Dora se trouvait un peu plus loin, les joues bien roses, la bouche rieuse, et, encore plus loin, Richard souriait d'une oreille à l'autre en s'ébrouant comme un chien. Ce moment innocent serait conservé pour la postérité comme un vin fin mis en bouteille, et Helen eut un coup au cœur en comprenant que, tout compte fait, c'était ça le bonheur. Il ne s'agissait peut-être pas de la vie dont elle avait rêvé, mais ce n'était déjà pas si mal.

Assise sur les galets, les bras autour des genoux, Helen regarda son mari et ses filles qui se poursuivaient sur la plage en riant avec insouciance et elle sourit. Ce qu'on disait était bien vrai : le plus important, c'était la famille.

3

Dora

Aujourd'hui

Toute la semaine, il a plu sans discontinuer sur Londres et, le samedi matin, une lumière hésitante apparaît. En ouvrant les rideaux, Dora voit un soleil qui ressemble à une jonquille pâle dans le ciel. Il luit sur les toits environnants de Hackney et transforme le paysage gris en quelque chose de plus vif et de plus propre.

« C'est bon signe », dit Dan en exerçant une légère pression sur son épaule alors qu'il passe près d'elle devant la table de cuisine, son café à la main.

Dora espère qu'il ne se trompe pas. Pendant toute la semaine, elle a été dans un état épouvantable, distraite à son travail dans la journée et, la nuit, assaillie de rêves bizarres. Elle ne se rappelle même pas ce que ça fait de se sentir normale et, maintenant que le jour de son voyage dans le Dorset est arrivé, elle a la nausée. Elle n'a cessé de repasser dans sa tête la conversation téléphonique malaisée qu'elle a eue avec sa mère. La question qu'elle n'a pas posée pesait entre elles : « Pourquoi maintenant ? »

« J'aurais aimé que tu viennes avec moi. » Elle sait

que Dan doit travailler, mais, en secret, elle espérait qu'il changerait d'avis.

« Je regrette, chérie. Tu sais que je le ferais si je pouvais, mais il faut vraiment que j'avance. D'ailleurs, il vaut sans doute mieux que je ne sois pas là au moment où vous allez essayer de renouer une relation, tu ne crois pas ? »

Dora se mord la lèvre.

« D'ailleurs, poursuit-il, ta nouvelle sera peut-être exactement ce dont vous avez besoin toutes les deux pour vous rapprocher… tu sais bien, c'est le moment de fêter l'événement… de se tomber dans les bras et de verser des larmes de joie. Je ne suis pas spécialiste de la question, mais est-ce que les mères et les filles ne sont pas douées pour ça ? »

Dora ne répond pas. Au cours des années, les Tide se sont révélés très doués pour pleurer, même si c'était rarement de joie. « Cette nouvelle ne concerne pas que moi, mais nous deux », finit-elle par dire.

Dan lui prend la main et caresse chaque doigt à tour de rôle. Ce geste donne envie de pleurer à Dora.

« Je sais que ça doit être terrifiant de retourner là-bas après tout ce temps, mais, tu vas voir, les choses vont bien se passer. Helen sera contente de te voir. » Il l'attire à lui et lui embrasse le bout du nez. « Il n'en sortira rien de mauvais. Fais-moi confiance.

— Oui, tu as raison. » Mais elle le serre très, très fort et hume son odeur pour la garder dans sa mémoire, à tout hasard.

Elle part après le petit déjeuner en espérant éviter les bouchons du week-end, mais une bonne heure et demie s'écoule avant que sa petite voiture puisse sortir des rues embouteillées de Londres et gagne la M3. Juste au moment où son pied commence à se fatiguer de devoir constamment embrayer et débrayer, la circulation se fait plus fluide et Dora est soulagée de ne plus devoir actionner la pédale. Elle perd sa station de radio préférée, doit en chercher une autre et tombe sur un DJ stupide qui bavasse sur la soirée extra qu'il a passée la veille. Heureusement, son énergie retombe bientôt et il enchaîne des morceaux de danse tous plus ou moins les mêmes qui font oublier à Dora la boule de tension qui est en train de se former dans son ventre.

Enfin, elle quitte l'autoroute et emprunte une série de routes secondaires sinueuses. Chemins et paysages deviennent alors familiers. Même si elle n'a pas encore aperçu la mer, elle baisse sa vitre et prend une bonne goulée d'air frais. Le levier de vitesse grince quand elle rétrograde pour grimper la pente raide d'une colline, puis, lorsqu'elle arrive au sommet, elle voit le petit village côtier endormi qui s'étend devant elle telle une courtepointe en patchwork. Après les tons uniformes de Londres, ces couleurs intenses la surprennent. La beauté du paysage lui écorche l'âme.

En abordant la dernière partie du trajet, Dora aperçoit les maisons aux couleurs acidulées, les échaliers usés menant à des sentiers de promenade sur les falaises, les haies d'aubépine et les jolis jardins des cottages. Malgré les dix ans écoulés, tout lui semble familier, inchangé. Elle met son clignotant pour tourner à droite, salue un groupe de promeneurs qui marchent devant elle, puis accélère pour franchir la grille en fer forgé, s'engage dans l'allée et, levant les yeux, admire Clifftops.

Depuis qu'elle est toute petite, cette maison lui a toujours semblé magique, pittoresque par sa situation et enchanteresse par sa conception. En approchant, elle remarque que les murs de pierre blanche virent au vieux rose sous le soleil de l'après-midi et, surprise, sent un minuscule frisson d'exaltation la parcourir. Ce n'est pas là l'endroit lugubre qu'elle revoyait dans ses rêves. C'est magnifique. Quand elle remonte l'allée, la maison apparaît et disparaît derrière des sycomores et des haies. Elle entend presque son père s'écrier avec ravissement : « Votre palais vous attend ! » Elle s'attend presque à voir ses grands-parents sur le seuil, un chaleureux sourire aux lèvres, les bras ouverts pour l'accueillir. Ces jours d'enfance sont cependant enfuis depuis longtemps, et elle secoue la tête pour chasser ces souvenirs.

Trop tôt, la voiture s'arrête en crissant sur le gravier, devant la maison. Dora écoute un moment le cliquètement du moteur au repos. Elle ne bouge pas. Dans son ventre, le nœud a maintenant la taille d'une boule de billard. Sans s'y attarder, elle attrape son téléphone portable et tape un rapide message à Dan. *J'y suis. Bisous.* Après l'avoir envoyé, elle tourne et retourne le portable dans sa main et regarde l'entrée voûtée. Tout ce qu'elle a à faire, c'est descendre de voiture, avancer sur le gravier et frapper à la porte en vieux chêne, mais, à présent qu'elle est là, effectuer ces quelques pas lui semble impossible, elle a l'impression qu'il s'agit d'une falaise abrupte et glissante qu'elle doit escalader. À cette pensée, elle frissonne.

Il n'est pas trop tard pour rebrousser chemin. Elle pourrait repartir avant qu'Helen se rende compte de son arrivée. Elle serait chez elle avant la nuit, bercée par le bruissement familier de Londres et rassurée par les bras de Dan. Après tout, son existence n'est pas si désagréable. On pourrait même dire qu'elle a réussi sa vie – une carrière brillante, un appartement délabré, un amoureux –, elle a de quoi être fière de sa vie à Londres, que d'aucuns lui envieraient sans doute. À condition de glisser sur la surface, d'éviter les crevasses qui ont commencé à apparaître, de ne pas avoir la terrible impression de basculer dans un gouffre, d'enterrer ses cauchemars et d'apaiser ses crises d'affolement, tout ira bien. Pourquoi remuer les eaux troubles du passé ? Qu'espère-t-elle y gagner ? À quoi bon ? Venir ici était pure folie. Le passé est le passé ; il devrait rester enfoui.

Dès qu'elle envisage de s'enfuir, Dora sent que son rythme cardiaque ralentit. Elle tend la main vers la clé de contact, mais, lorsque ses doigts effleurent le métal froid, son portable émet un son strident. Elle baisse les yeux : c'est un SMS de Dan. *Courage ! Bisous.*

Elle déglutit.

Dan.

Le bébé.

Soudain, tout lui paraît clair : il n'est pas question de battre en retraite. Un petit être pousse en elle. Elle revoit Dan assis face à elle, à peine une semaine plus tôt, qui lui tend les vitamines pour femme enceinte posées au creux de sa main, le regard embrasé par l'espoir et l'anticipation. Voilà qui suffit à anéantir son projet de fuite précipitée vers l'autoroute. À présent, pas question de reculer, elle doit affronter ce qui l'attend dans cette maison. Elle le doit à Dan et à leur avenir, quel qu'il soit.

Les mains tremblantes, Dora prend une profonde inspiration, retire la clé du contact et ouvre sa portière. Il est temps d'affronter le passé, se murmure-t-elle en montant les marches du perron.

4

Cassie
Quinze ans plus tôt

Au bord de l'eau, Cassie regardait l'horizon. La mer s'étalait devant elle, singulièrement plate, feuille de métal écrasée par le lourd ciel gris. Seul un mince rayon de soleil hivernal perçait les nuages et illuminait juste devant elle un ruban d'eau qui brillait comme un miroir. En se concentrant sur cette bande argentée, elle lançait des cailloux d'une main exercée et les voyait ricocher sur la surface scintillante avant de perdre leur élan et de s'enfoncer. Son record était de six rebonds. Elle se baissa pour ramasser un galet froid, humide, le frotta, puis le lança. Elle retint son souffle pendant qu'il ricochait – une fois, deux fois, trois fois – avant de tomber sous les vagues.

« Pas mal », dit son père. Il fit crisser les galets en s'approchant d'elle.

Cassie haussa les épaules. Elle avait encore des progrès à faire avant d'atteindre les neuf ricochets que réussissait son grand-père.

« Il commence à faire froid. » Richard frissonna et serra le col de son manteau autour de son cou. « Il faudrait retourner à la maison. Ta mère et ta sœur vont croire que nous sommes tombés à l'eau. »

Un sourire étant au-dessus de ses forces, Cassie lança son dernier caillou vers l'horizon et pivota pour emprunter le sentier qui l'éloignerait de la plage. Tout en haut, elle apercevait les lumières engageantes de Clifftops.

« Ça va, Cass ? » demanda Richard. Il passa un bras autour de ses épaules pendant qu'ils marchaient tous deux avec difficulté sur les galets. « La journée a été rude. Tu sais, c'est tout à fait normal d'être malheureux ou en colère, ou les deux à la fois. Le chagrin se manifeste parfois de façon déroutante. »

Cassie hocha légèrement la tête. Elle ne savait pas vraiment ce qu'elle éprouvait. Ses grands-parents étaient morts quelques jours plus tôt et on les avait mis en terre ce jour-là. Elle ne parvenait pas à y croire.

« Ça va. » Elle s'interrompit pour réfléchir un instant. « Et toi, papa ? Ça va ? »

Il sembla surpris par cette question. « Oui, ma chérie, ça va, dit-il d'un ton un peu triste en prenant la main de sa fille. Quel gâchis, hein ? À un moment donné, ils étaient là, et celui d'après, ils ont disparu. C'est dur à avaler. »

Cassie inclina la tête et fit semblant de ne pas remarquer les yeux humides de son père. Ces larmes firent grossir la boule qui lui nouait la gorge, bille froide collée à ses amygdales.

« N'empêche, la cérémonie leur aurait plu, reprit son père.

— Oui », reconnut Cassie.

Richard avait raison. Daphne aurait été ravie de voir l'église pleine à craquer et Alfred aurait apprécié les cantiques empreints de gravité et le poème de Tennyson que son fils avait lu d'une voix courageuse et ferme. Les funérailles avaient été longues, lentes et dignes. Pourtant, Cassie aurait préféré se rappeler son grand-père en train de biner les plates-bandes de Clifftops et sa grand-mère en train de s'affairer dans la cuisine au lieu de conserver en mémoire l'image de deux cercueils sombres qu'on descendait côte à côte dans la fosse froide et humide. Le bruit des premières pelletées de terre sur le bois lui avait donné la nausée. Mais, au moins, elle était présente. Elle avait fait partie du monde sérieux des adultes, avec ses deuils et ses chagrins. Pour une fois, on ne l'avait pas traitée en gamine.

« Tu crois au paradis ? » demanda-t-elle soudain en se concentrant sur le martèlement de ses pieds sur la plage au lieu de croiser le regard de son père.

Ce sujet l'avait préoccupée depuis que le coup de fil l'avait réveillée une semaine plus tôt à minuit. On leur annonçait que ses grands-parents avaient été tués dans un accident de voiture sur un chemin de campagne verglacé alors qu'ils revenaient d'un spectacle donné à Bridport.

Curieuse, Cassie avait gagné le palier sur la pointe des pieds et épié entre les barreaux de la rambarde son père, en bas, dans le couloir, l'appareil coincé au creux de son cou. À côté de lui, sa mère était assise sur la marche du bas, sa longue chemise de nuit en soie formant une flaque miroitante autour de ses pieds. Même si Cassie n'entendait pas la voix qui parlait au bout du fil, l'attitude de son père lui prouvait qu'il s'agissait de quelque chose de grave. On aurait dit l'un des pantins de Dora lorsque les fils, emmêlés, ne soutenaient plus les membres. Son père avait l'air brisé.

Une fois qu'il eut raccroché, Cassie vit qu'Helen le réconfortait par de petites tapes et s'efforçait de l'apaiser. Bientôt, il redressa les épaules et s'essuya les yeux sur sa manche, puis se tourna vers sa femme, l'air indécis, pour une fois.

« À ton avis, que va-t-il se passer maintenant ? »

Cassie n'avait pas attendu la réponse de sa mère. Les larmes de son père avaient suffi à lui prouver qu'elle n'aurait pas dû épier ses parents. Toujours sur la pointe des pieds, elle était retournée dans sa chambre en sachant pertinemment que ce qui allait suivre n'apporterait rien de bon.

Et, en effet, il y avait eu une semaine d'émotion, de tension, de chagrin, ses parents passant soudain d'étreintes affectueuses à de furieuses disputes. Les choses s'étaient surtout envenimées lorsqu'il avait été question de l'enterrement. Richard pensait que Cassie et Dora ne devraient pas y assister car il craignait que ce ne soit trop éprouvant pour elles. Helen, en revanche, y tenait. « Nous ne pouvons pas les protéger de la réalité toute leur vie, Richard, avait-elle avancé. Elles ne sont plus des bébés. » Secrètement, Cassie avait été contente. Elle ne voulait pas être protégée et ne voulait surtout pas être exclue de l'événement le plus important qui soit jamais arrivé à sa famille. Elle voulait être traitée en adulte, car elle en était presque une. Après tout, elle allait bientôt avoir treize ans.

« Je… Je ne sais pas au juste », bredouilla Richard. Sa voix ramena Cassie au présent et à la plage balayée par le vent. « C'est un vaste sujet, Cassie. Il existe différentes théories sur la vie, la mort et ce qui vient après. »

Cassie le considéra d'un air surpris. D'habitude, il était capable de répondre à toutes les questions qu'elle lui posait. Le voir aussi peu sûr de lui la déconcertait.

Ils atteignirent l'échalier au bout de la plage. Richard l'escalada puis tendit une main à Cassie pour l'aider, et tous deux gravirent le sentier qui menait à la maison. La pente était raide et leur haleine blanche dans le froid hivernal.

« Mais toi, qu'est-ce que tu en penses ? demanda Cassie en levant les yeux vers son père.

— Écoute, je n'ai aucune certitude. J'aimerais pouvoir me dire qu'il y a une autre vie après celle-ci. Mais la réincarnation ne me tente pas. Tu te rends compte, si je revenais sur terre en cochon ?

— Ou en rat ? suggéra-t-elle.

— Ou en limace ? »

Cassie pouffa.

« La notion de paradis ne me paraît pas aberrante, poursuivit Richard. Ça me plairait bien d'imaginer mes parents là-haut, quelque part, en train de veiller sur nous. Je pense que c'est à ça que je crois.

— Alors, tu crois en Dieu ? »

Richard prit le temps de réfléchir. « Oui, je suppose. » Ils marchèrent un instant en silence. « Et toi, Cassie, tu crois en Dieu ? »

Cassie haussa les épaules et suçota une mèche de cheveux. Jusque-là, elle ne s'était jamais vraiment intéressée à la question. Si elle chantait des cantiques assommants et récitait la prière collective à l'école, c'était uniquement parce que les enseignants les y obligeaient, faute de quoi, les élèves allaient en retenue. Ce n'était pas comme si elle choisissait d'aller à l'église, de prier pour demander autre chose que : « Mon Dieu, faites que je ne me fasse pas choper. » D'ailleurs, en y réfléchissant deux minutes, elle trouvait un peu idiot d'imaginer un homme invisible, aux cheveux gris, qui trônait au ciel et les observait. Après tout, où était-il quand ses grands-parents étaient sortis de la route l'autre soir ? Est-ce qu'il ne les surveillait pas ? C'étaient pourtant de braves gens, qui n'avaient jamais dû faire le moindre mal de toute leur vie, pas comme elle, qui volait des bonbons à l'épicerie du coin et embêtait Charlotte Crumb dans le car scolaire, si bien que cette fille stupide aux joues écarlates versait de grosses larmes et avait le nez morveux. Ce n'était pas logique. Peut-être que les gens ne faisaient que passer sur terre. Peut-être qu'une fois qu'on était mort, on disparaissait sans laisser de traces, comme les cailloux qu'elle venait de jeter à l'eau.

« Je ne pense pas croire en Dieu, finit-elle par dire. Il y a trop de malheurs dans le monde. » Elle se mordit la lèvre. « Et puis, s'il y a un Dieu, pourquoi est-ce qu'Il ne se montre pas ? Pourquoi est-ce qu'Il ne nous prouve pas son existence une fois pour toutes au lieu de nous laisser dans l'incertitude ? Ça résoudrait des tas de problèmes s'Il apparaissait un beau jour en disant : "Coucou, je suis là !" »

Richard lui adressa un petit sourire triste. « C'est très bien de remettre les choses en question dans la vie, Cassie. Tu es une grande fille maintenant, hein ? »

Cassie inclina la tête. Elle se sentait en effet différente de celle qui s'était réveillée ce matin-là.

Dora et Helen étaient assises à la table de cuisine quand Cassie et Richard entrèrent par la porte de derrière.

« Vous voilà, dit Helen. J'étais sur le point de lancer des recherches. Vous vous êtes bien promenés ?

— C'était pas mal. » Cassie gigota pour ôter son manteau et ses bottes, bien contente de sentir la chaleur diffusée par la vieille cuisinière. Elle tendit ses mains gelées au-dessus du fourneau et les frotta énergiquement avant de sortir dans le couloir.

Helen la rappela. « Pas si vite, ma petite demoiselle. Ton père et moi aimerions te parler. »

Helen indiqua une chaise vide et Cassie s'y affaissa à contrecœur. Richard vint s'asseoir à côté d'elle. Soudain, il parut nerveux.

« Qu'est-ce qui se passe ? » demanda Dora. Son regard passa de sa mère à son père, puis se fixa sur Cassie. Sa sœur haussa les épaules ; elle n'en avait aucune idée.

Ce fut leur père qui rompit le silence : « Nous voulions vous demander ce que vous diriez si nous nous installions ici… à Clifftops. »

Dora en resta bouche bée. « On habiterait ici ?

— Oui, répondit Richard.

— Pour toujours ? » demanda Dora.

Cassie leva les yeux au ciel. « Ben non, pas pour toujours, bêtasse. T'as pas l'intention de partir un jour ?

— Je comprends ce que tu veux dire, Panda, glissa Richard d'un ton apaisant. Oui, nous nous installerions ici de façon permanente. Nous quitterions notre maison de Londres pour vivre ici. Ça pourrait être amusant, hein ? Nous tous dans la maison familiale. »

Un silence éloquent lui répondit.

« C'est ce que vos grands-parents souhaitaient, ajouta-t-il. Ils l'ont mentionné dans leur testament. » Il regarda ses filles à tour de rôle. « Leur souhait le plus cher était que Clifftops reste dans la famille. Pour eux, cette maison comptait énormément… Ils l'avaient restaurée ensemble et… bon, ça lui donne beaucoup d'importance pour moi. » Ils notèrent tous que sa voix se fêlait.

« Et pour l'école, comment on ferait ? demanda Dora qui essayait encore d'appréhender l'énorme rupture qu'impliquait la suggestion de son père.

— Vous seriez toutes les deux scolarisées ici », répondit Helen pour laisser à Richard le temps de se ressaisir.

Dora parut pensive. « On pourra avoir un chien ?

— Hum… nous verrons. » Helen ne voulait pas s'engager.

« Cassie, tu ne dis rien, qu'est-ce que tu en penses ? » finit par demander Richard.

Cassie haussa les épaules. Elle ne comprenait pas pourquoi ses parents se donnaient tout ce mal. « Vous avez déjà pris votre décision, non ?

— Bon… ce que vous pensez compte beaucoup pour nous.

— Donc, si je disais que je ne veux pas venir ici, on pourrait rester à Londres… chez nous ? demanda Cassie en regardant son père dans les yeux.

— Eh bien… pas vraiment, répondit Richard en butant sur les mots. Mais nous pourrions faire certaines choses pour vous aider à passer ce cap.

— Et toi, maman ? » Cassie se tourna vers Helen. « Tu veux déménager ? » Incapable de se retenir, elle sentait dans son ventre une sorte de frémissement qui la poussait à la provocation.

« Votre père… euh… il… » Ce fut au tour de leur mère d'hésiter. Richard lui jeta un regard et elle se reprit aussitôt. « Nous pensons que c'est la meilleure solution pour toute la famille. Ce sera un nouveau départ passionnant : une nouvelle école… de nouveaux amis. Votre père peut travailler sur certains projets ici, et sur d'autres à Londres. Il fera la navette pendant un moment.

— Et toi, comment tu feras pour ton travail ? »

Helen lâcha un petit soupir de défaite. « Je suppose que je pourrai trouver un nouveau travail une fois que nous serons installés ici. »

Impossible de ne pas relever son ton agacé.

Cassie réfléchit un instant. Ce serait un grand changement. Ses amis, les magasins, la liberté dont on jouissait en ville, le fait de pouvoir sauter dans le métro ou dans un bus et de trouver un nouveau coin à explorer, tout cela lui manquerait. Mais il y aurait d'autres façons d'être libre à Clifftops : la plage, la campagne, les promenades, et surtout, la vieille maison immense. Plus besoin d'attendre son tour pour aller aux toilettes le matin, ils ne se marcheraient plus sur les pieds dans la cuisine à l'heure du petit déjeuner, inutile de pousser une chaise contre la porte de sa chambre quand elle voudrait avoir un peu d'intimité. Chacun aurait son espace dans l'immense bâtisse. Ça pourrait avoir son charme.

« Alors, c'est vrai, vous avez déjà décidé ? » demanda Dora.

Cassie vit que ses parents se regardaient. Le silence se referma autour d'eux.

Enfin, Richard déglutit. « Oui, Dora, nous avons décidé, dit-il d'une voix douce. Ce sera un nouveau départ pour nous tous. »

Avec douceur, il prit la main d'Helen et Cassie remarqua que sa mère rougissait légèrement et tournait la tête vers la fenêtre. Elle se demanda si elle était la seule à remarquer la veine qui battait sur sa tempe, un battement rapide, à peine visible sous la peau.

Fin février, la famille Tide quitta sa minuscule maison mitoyenne de Londres pour s'installer dans le vaste domaine majestueux de Clifftops. Les jours précédents, ils avaient dû se consacrer au tri fastidieux des livres, vêtements et vieux jouets à donner à des associations de bienfaisance, puis avaient assisté à l'emballage de leurs affaires dans du papier bulle avant que les cartons soient fermés et stockés, prêts au grand déménagement. Il y avait des tas de dispositions à prendre, des coups de fil à passer pour dire au revoir, le tout ponctué par de fréquentes et violentes disputes entre ses parents, jusqu'au moment où, enfin, postés sur le seuil de leur maison, ils avaient fermé la porte pour la dernière fois et quitté Londres pour de bon. Tout compte fait, Cassie se sentait soulagée de partir.

La lumière de l'après-midi déclinait rapidement lorsqu'ils arrivèrent à Clifftops et, tels des intrus, se glissèrent par la porte de derrière.

« Bon, nous y voilà », dit Richard. Il frissonna et frappa du pied les dalles de la cuisine. « Mettons le chauffage en route, on se gèle. » Il tripota le thermostat fixé au mur avant de se pencher sur la cuisinière Aga.

« Je vais préparer du thé », proposa Helen. Elle ouvrit un placard et vit une haute pile de plaques de four et de moules à gâteaux. Elle en essaya un autre, puis un autre encore. « Où sont les tasses ?

— Regarde là-dedans », suggéra Richard en montrant celui qui était près du réfrigérateur.

Helen soupira et traversa la cuisine à grands pas. Sentant qu'une nouvelle dispute se préparait, Cassie s'esquiva discrètement.

Errer dans cette vieille bâtisse était étrange. Cassie rôdait partout, allumait les lampes, étudiait l'effet que cette maison exerçait sur elle maintenant qu'elle était officiellement la leur. Tout était resté en l'état : pas un fauteuil, pas un coussin n'avait été déplacé ; gants de jardinage et plateaux de semis s'accumulaient toujours sur la table de la serre, le placard de l'office contenait une pile de nappes et de draps bien blancs, les pendules du salon continuaient à indiquer l'heure comme s'il ne s'était rien passé d'important. Cassie tomba sur des mots croisés que son grand-père avait commencés dans son bureau et sur le tambour à broder de sa grand-mère, où l'aiguille enfilée était passée dans une lettre du dicton : « Il suffit d'aimer pour se sentir chez soi. » Et il y avait l'odeur particulière que Cassie associerait toujours à cette maison, une curieuse fragrance de bois de cèdre poussiéreux, qui lui emplissait les narines et lui rappelait qu'ils avaient laissé Londres et leur ancienne vie loin derrière eux.

Nerveuse, mal à l'aise, Cassie passait de pièce en pièce et s'attendait presque à voir apparaître Daphne ou Alfred à tout moment. Elle en avait des frissons. Les murs semblaient avoir conservé le souvenir de leur présence et, pour une fois, Cassie était bien contente que sa sœur la suive partout en silence.

Finalement, elles descendirent l'escalier de derrière et revinrent à la porte de la cuisine.

Dora chuchota alors : « Ça fait drôle, hein ?

— Oui », reconnut Cassie.

En poussant la porte battante, elle tomba sur ses parents enlacés au milieu de la pièce. Cassie observa en silence son père qui s'écartait pour examiner le visage de sa mère.

« Nous avons pris la bonne décision, hein ? » demanda-t-il.

Helen lui adressa un petit sourire sérieux et lissa les plis qu'il avait sur le front. « Cesse de t'inquiéter. Nous allons faire en sorte que ça marche. Il le faut bien. »

Ils burent leur thé dans le service de Daphne et suivirent des yeux les camions de déménagement qui s'éloignaient dans l'allée. Ce ne fut que lorsque les radiateurs cliquetèrent et gémirent, et lorsqu'ils virent les cartons empilés autour d'eux, que l'ampleur de ce changement de vie commença à leur apparaître.

La rapidité avec laquelle elle s'adapta à sa nouvelle vie surprit Cassie. Une fois habituée à l'uniforme scolaire qui grattait et au bruit des vagues qui la berçait le soir, elle s'aperçut qu'il y avait de multiples raisons d'apprécier son nouvel environnement. La vie à la campagne s'accompagnait de simplicité et de liberté. À Londres, ses parents voulaient toujours savoir où elle était et ce qu'elle faisait, mais, sur la côte, ils semblaient moins tendus, moins stricts. Cassie se délectait de cette nouvelle liberté et, à mesure que l'hiver s'éloignait, elle se mit à arpenter les sentiers menant aux falaises et s'arrêtait souvent pour se jucher sur un échalier qui craquait ou sur un arbre abattu tout en contemplant les vagues et en rêvassant.

Toujours aussi agaçante, Dora s'agitait, fouillait dans ses affaires, la suivait partout et voulait sans cesse savoir ce qu'elle faisait, mais, peut-être parce qu'il y avait beaucoup plus d'espace, Cassie était moins gênée par sa présence continuelle à ses côtés. En fait, c'était amusant d'aller au magasin du village ensemble le samedi matin, de dépenser leur argent de poche en bonbons, puis de s'asseoir sur le muret pour observer les vagues qui déferlaient et les mouettes qui tournoyaient dans le ciel venteux.

Leur père paraissait ravi lui aussi. Il tâchait de faire l'aller-retour le plus rapidement possible et, s'il devait souvent coucher à Londres, dès qu'il passait la porte, le vendredi soir, il les serrait toutes les trois très fort dans ses bras, un sourire rayonnant aux lèvres.

Tout le monde avait donc vécu cette phase de changement sans grande difficulté. Tout le monde s'était bien adapté à la nouvelle maison. Tout le monde, sauf Helen.

Car Helen semblait rongée de regrets. Presque aussitôt que les cartons avaient été ouverts, son humeur avait changé. Quand elle déambulait à grands pas dans la maison, on aurait dit une adolescente à problèmes. Elle faisait la grimace en ouvrant un placard ou un coffre pour y voir entassés de la vaisselle en porcelaine poussiéreuse, des verres à vin en cristal, ou des sacs de vieux vêtements que personne n'avait eu le cœur de jeter. Hérissée tour à tour par la frustration et la colère, elle ressemblait à un tigre en cage, se disait Cassie.

« Bon sang, qu'est-ce qu'on va faire de tout ce bric-à-brac ? gémissait-elle devant un placard bourré de vieilleries.

— Ce qu'il nous plaira, ma chérie. Nous sommes chez nous maintenant », lui répondit un jour Richard.

Helen le rabroua. « J'ai pourtant l'impression de vivre dans une sorte de musée. Il me semble que ta mère m'observe.

— Nous allons tous mettre un certain temps à nous adapter. N'empêche, les gosses ont l'air ravies, tu ne trouves pas ? » Il jeta un coup d'œil plein d'espoir à Cassie et à Dora qui inclinèrent docilement la tête. « Je sais que c'est parfois décourageant, Helen, ça me fait aussi cet effet, mais je dois à mes parents de m'occuper de cette maison. Ils nous l'ont léguée, après tout. » Comme Helen ne répondait pas, il poursuivit : « Je sais aussi qu'elle est un peu encombrée et que tout n'y est pas à ton goût, mais tu devrais considérer qu'elle t'appartient désormais. Vois dans son aménagement un projet à réaliser, puisque tu ne travailles pas en ce moment. Tu ne crois pas que ça pourrait être passionnant ? Fais ce que tu estimeras nécessaire pour t'y sentir chez toi. »

Helen le considéra d'un air sceptique. « Un projet ?

— Oui, ma chérie. Fais tout ce que tu voudras pour y être heureuse. »

Cassie vit sa mère croiser les bras et balayer la pièce du regard, une lueur menaçante dans les yeux.

Tandis que les Tide s'adaptaient chacun à sa façon au déménagement, certaines choses ne changeaient pas. La silhouette voûtée de Bill Dryden continua à aller de-ci, de-là dans la propriété. On l'apercevait souvent, de la maison, penché sur un parterre de fleurs, en train de biner le potager, comme à l'époque où les grands-parents étaient en vie.

Cassie aimait bien Bill, un homme que son grand-père aurait qualifié de « brave type ». Parfois, lorsqu'elle en avait assez de rôder dans la grande maison, elle sortait et suivait les volutes paresseuses de son tabac pour le dénicher. Elle aimait s'asseoir et le regarder travailler, tantôt dans un silence qui n'avait rien de pesant, tantôt en bavardant à bâtons rompus. Il ne la traitait pas en petite fille, au contraire, il lui parlait comme à une adulte et semblait toujours désireux de connaître son avis.

Un samedi matin, elle s'apprêtait à partir à sa recherche quand Dora la rattrapa à la porte de derrière.

« Où est-ce que tu vas ?

— Je sors, c'est tout.

— Où ça ?

— Nulle part en particulier.

— Je peux venir ? »

Cassie soupira. « Si tu veux. Mais il faut mettre tes bottes, il y a de la boue. »

Dora fouillait déjà dans la pile de chaussures pour trouver ses bottes rouges en caoutchouc. « J'les ai ! On y va. »

Cassie lui ouvrit la porte et, pendant qu'elles descendaient vers le ruisseau, leurs bottes faisaient un bruit de succion sur la pelouse mouillée. La pluie avait enfin cessé. L'air vif leur piquait les joues, mais, de temps à autre, le soleil perçait derrière un banc de nuages gris poussé par le vent et les baignait d'une tiédeur pâle dorée. Cassie apercevait des touffes de jonquilles d'un jaune lumineux oscillant dans les plates-bandes.

« Où on va ? demanda Dora au bout d'un moment.

— Je t'ai dit que je n'en savais rien. On fait juste un tour. »

D'un bond, elle enjamba le ruisseau étroit puis continua le long de la vieille grille rouillée menant au verger, dans le bas du jardin. Les premiers bourgeons apparaissaient sur les branches, vert pâle sur l'écorce brune. Les deux sœurs errèrent un moment entre les arbres dans un silence agréable, puis entendirent, apporté par le vent, un bruit de métal frappant le bois.

« Écoute ! dit Cassie. C'est Bill… viens ! » Elle s'élança au bas de la pente en laissant Dora lui courir après et arriva dans la clairière qui jouxtait le verger juste à temps pour voir l'homme voûté aux cheveux gris abattre une grande hache sur une branche noueuse. « Bill ! appela-t-elle. Bill, c'est nous ! »

L'homme âgé se retourna et plissa les yeux avant de leur adresser un grand sourire. « Ça alors, si c'est pas mes deux petites préférées qui sont là ! Coucou, comment ça va ? »

Dora dépassa Cassie et se précipita dans les bras de Bill.

« Hou, là, là, Nellie ! s'écria-t-il sous cet assaut. Tu as failli m'assommer ! »

Dora se mit à rire. « J'm'appelle pas Nellie, mais Dora ! »

C'était leur petite plaisanterie. Cassie croisa le regard de Bill et sourit.

« Et voilà aussi Cassie ! ajouta-t-il avec son accent traînant de l'Ouest. Dites donc, j'suis verni ! Betty est toujours sur mon dos pour que j'vous emmène à la maison. Elle veut préparer un gâteau au chocolat rien que pour vous…

— On ira », s'empressa de répondre Cassie.

Le gâteau au chocolat de Betty Dryden était réputé.

« Bien, bien, bien, dit Bill en souriant.

— Qu'est-ce que vous faites ? demanda Dora en donnant un petit coup de pied dans le tas de bûches.

— Je nettoie après l'hiver et je coupe du bois pour l'hiver prochain.

— On peut pas vous aider ? glissa Dora avec espoir.

— Si vous voulez. Y a plein de branches à ramasser. Mais c'est dur comme boulot. »

Dora se trémoussa de ravissement. « Je vais commencer par là-bas. »

Elle s'élança à fond de train. Amusée, Cassie observa sa petite sœur qui se battait avec une énorme branche pour la soulever de l'herbe haute.

Bill eut un petit rire. « Ça, elle n'y va pas par quatre chemins. On dirait un chiot. Elle a de l'énergie à revendre. » Il sortit un mouchoir et s'essuya le front. Cassie sourit d'une oreille à l'autre. Elle savait exactement ce qu'il voulait dire. Dora ressemblait à un chiot qui se bat avec un os trop gros pour lui. Pendant un moment, Cassie l'observa, assise sur une souche, en balançant les jambes.

« Alors, comment ça se passe dans la grande maison, Cassie ? Ça vous plaît d'habiter au bord de la mer, les filles ?

— Ouais, c'est génial.

— L'école, ça va ?

— Mouais. » Fascinée, Cassie vit Bill sortir une pipe de sa poche, la bourrer et se la planter au coin de la bouche.

« Tu te fais des amis ? demanda-t-il en allumant sa pipe.

— Ouais. »

C'était vrai. Cassie n'avait eu aucun mal à se lier avec les élèves de sa classe. Tout le monde s'était montré très accueillant, bien qu'un peu intimidé parce qu'elles venaient de Londres.

« Et tes parents ? »

Cassie prit le temps de réfléchir. Elle se demanda jusqu'à quel point elle pouvait se confier au vieil homme, puis opta pour la franchise. « Papa va bien. Il est ravi d'être revenu ici, mais je crois que maman regrette Londres.

— Ah bon ? » Il tira plusieurs longues bouffées, puis relâcha une longue traînée de fumée.

« Oui. Papa est souvent à son travail, mais quand il est là, ils se disputent sans arrêt. » Cassie jeta un coup d'œil en direction de sa sœur pour s'assurer qu'elle ne pouvait pas l'entendre. « Dora a horreur de ça. Elle en est toute retournée.

— C'est vrai ?

— Oui, je crois qu'elle a peur qu'ils divorcent, qu'on soit obligées de retourner à Londres et qu'on n'ait plus jamais le droit d'avoir un chien.

— Et toi, Cassie, tu te fais du souci ? »

Cassie haussa les épaules. « Pas vraiment. Moi, j'ai pas envie d'un chien. »

Bill toussota.

« Je crois que ma mère a besoin d'avoir un travail. »

Bill inclina la tête d'un air avisé. « Tu as sans doute raison.

— Vous savez, parfois je me demande s'ils s'aiment. »

Elle avait sorti cette phrase sans prendre le temps d'y réfléchir et elle rougit de son audace.

« L'amour est une drôle de chose, Cassie. »

Elle releva les yeux.

« C'est comme ici, dans le verger. Regarde autour

de toi. Y a pas grand-chose à voir en ce moment. Tout a l'air somnolent, et même abandonné. Mais les choses marchent par cycles. L'hiver, le printemps, l'été, l'automne. Le véritable amour, je veux parler d'un attachement profond, c'est pareil. Il prend racine, pousse et se transforme. Parfois il a l'air de se faner, parfois il est en fleur. Rien n'est immuable. Les choses changent, avancent. Mais s'il s'agit du véritable amour, de celui qui s'étend à une famille, il couve toujours sous la surface et attend de repartir à la première occasion. »

Cassie regarda les branches marron, dénudées, du pommier sous lequel elle était assise. Çà et là, elle apercevait des pousses vertes, des bourgeons qui donneraient bientôt de belles fleurs, puis de lourdes pommes qui feraient ployer les rameaux.

« Et c'est comme ça que… que vous aimez Mme Dryden ? » Cassie retint son souffle, ne sachant si elle avait le droit de poser une question aussi personnelle.

Mais Bill inclina solennellement la tête. « Oui. Cet été, ça fera cinquante ans qu'on est mariés et je ne regrette pas un seul jour passé avec elle, même ceux où on s'est battus comme chien et chat. Je suis sûr que tes parents sont pareils, Cassie. Malgré tout, ils s'aiment. »

Un peu rassurée, Cassie hocha la tête.

« Qu'est-ce que vous racontez, tous les deux ? demanda Dora en traînant son énorme branche d'un air triomphant.

— Nous nous contentions de refaire le monde, répondit Bill

— Oh ! » Dora parut déçue. « Alors, autant que j'aille chercher d'autres branches, hein ?

— Je serais ravi que tu m'aides, mais, dis-moi, je me trompe ou j'entends ton père qui vous appelle ? »

Cassie tourna la tête et, en effet, elle entendit son père beugler à l'autre bout du jardin.

« C'est l'heure d'aller à la plage ! » s'écria Dora. Elle remonta la pente en courant et lança un au revoir par-dessus son épaule.

Cassie regarda Bill d'un air confus. « Excusez-nous, mais papa avait promis de nous emmener à la plage. »

Bill se mit à rire. « Je comprends. Mon feu ne peut pas rivaliser avec ça. N'empêche, vous viendrez à la maison, un de ces jours ? Quand vous voudrez. Betty sera très contente de vous voir.

— On viendra.

— Très bien. »

Cassie agita la main et pivota pour rejoindre son père qui attendait en haut de la pente.

D'autres visages familiers se montraient aussi, ceux de gens qu'ils fréquentaient dans leur ancienne vie à Londres. En mai, Violet Avery, une amie d'enfance de leur mère, vint passer quelque temps chez eux. Les deux femmes étaient le jour et la nuit, mais elles se connaissaient depuis l'école primaire – Violet racontait volontiers que leur mère l'avait un jour défendue dans la cour de récréation contre une petite peste à qui elle avait donné des coups dans les tibias pour avoir traité Violet de grosse dondon – et Cassie et Dora l'adoraient.

Elle était fascinante, bien différente de leur mère avec son rouge à lèvres écarlate, son rire rauque de fumeuse et son décolleté laissant voir la naissance de ses seins frémissants. Elle arriva à Clifftops dans son antique 2 CV jaune et fit gicler une gerbe de gravier en s'arrêtant devant la porte.

« Coucou ! s'écria-t-elle en grimpant les marches, juchée sur des talons d'une hauteur vertigineuse, un gros bouquet de roses jaunes et une bouteille de gin dans les mains. Qu'est-ce qu'il faut faire dans le coin pour avoir le droit de boire un coup ? »

Enchantées, Cassie et Dora, qui l'avaient guettée par la fenêtre du salon, se ruèrent sur elle.

« Tu es venue ! brailla Dora.

— Bien sûr. Tu croyais peut-être pouvoir te débarrasser de moi ? Doucement, les filles, ces chaussures ne sont faites ni pour marcher… ni pour serrer quelqu'un dans ses bras, ajouta-t-elle pour calmer leurs élans.

— Tes cheveux sont blonds ! s'exclama Dora.

— Oui. Ça te plaît ? Je voulais voir si les blondes avaient une vie plus amusante. » Violet tapota ses cheveux et adressa un clin d'œil à Cassie. « Le jury ne s'est pas encore prononcé. Tiens, Dora, prends les fleurs. Et toi, Cassie, prends ça. » Elle lui mit dans les mains la grande bouteille de gin. « C'est pour tes parents. Bon… » Elle leva les yeux vers la maison. « Je crois que vous feriez mieux de me faire visiter votre château, les filles. »

Dora lui prit la main pour lui faire franchir le seuil. La bouteille serrée contre sa poitrine, Cassie leur emboîta le pas et observa Violet pour tenter d'imiter son déhanchement.

Elles la monopolisèrent une bonne heure durant avant qu'Helen y mette le holà en leur promettant un goûter devant la télévision si elles allaient jouer dehors un moment. Dora partit aussitôt en courant, mais Cassie, réticente à l'idée de quitter le sanctuaire captivant des adultes, alla dans la cuisine et resta devant la porte ouverte pour écouter le tintement des glaçons dans les verres et la conversation fascinante des deux femmes.

« Alors, dis-moi tout », commença Violet d'une voix basse pleine de sous-entendus.

Helen lâcha un petit grognement. « Que veux-tu que je te dise ? Tu vois bien comment ça se passe ici. Parler de village assoupi est un euphémisme.

— Pour moi, c'est plutôt idyllique. Cette maison est incroyable. Il y a des femmes de par le monde qui tueraient pour avoir ce que tu as, Helen… un mari adorable, des gosses extraordinaires, une superbe baraque à la campagne. »

Cassie entendait les bracelets en argent de Violet que ses grands gestes faisaient cliqueter.

« Je sais. » Helen soupira. « Je me trouve d'une ingratitude crasse, mais c'est vraiment mortel ici. Je me sens piégée. Franchement, je suis terrifiée à l'idée de finir par ressembler à ma belle-mère.

— Y a pas de danger ! Dès que tu te mettras à faire de la pâtisserie ou à teindre en bleu tes cheveux blancs, t'auras de mes nouvelles. Sincèrement, je pense que tu ne crains pas grand-chose. »

Malgré elle, Helen se mit à rire. « Ça fait du bien de te voir, Violet.

— Moi aussi, je suis contente d'être venue. »

Les deux femmes choquèrent leurs verres et le silence emplit la pièce pendant qu'elles burent.

« Je m'ennuie tellement, finit par lâcher Helen dans un soupir. Richard est content, lui. Il a toujours son boulot et, si on est venus ici, c'est pour lui, en fait. Avec son sens du devoir exacerbé, il considère la maison comme le magnifique héritage de ses parents qu'il lui faut conserver et entretenir. Pas question de décevoir Alfred et Daphne en vendant cette propriété !

— Il a encore du chagrin, Helen, répliqua Violet d'une voix douce.

— Je sais bien que j'ai l'air terriblement égoïste. Je le plains, je t'assure, mais, maintenant, nous voilà en train d'imiter ses parents. Je lui ai toujours dit que je n'étais pas faite pour une gentille petite vie à la campagne. Et pourtant, c'est celle que je mène. J'essaie de le soutenir, mais je ne peux pas m'empêcher de me demander où est passée ma vie.

— Peuh ! Laisse donc le passé. Prends un nouveau départ. Commence une vie d'oisiveté ; Dieu sait que ça me plairait. Je donnerais n'importe quoi pour ne plus être obligée d'aller une fois par semaine au marché aux fleurs à quatre heures du matin !

— Mais tu aimes ton travail ! s'exclama Helen d'un ton indigné. Si quelqu'un te prenait ton magasin, il te manquerait, crois-moi.

— Bon… peut-être, sauf qu'il ne s'agit pas de moi, mais de toi. Il faut que tu tires parti de ces changements. Je ne sais pas, moi, pourquoi ne pas faire les magasins et organiser des déjeuners ? Inscris-toi à l'association des parents d'élèves. Lance un groupe de lecture. Apprends à faire la cuisine.

— Dis donc, je sais déjà faire la cuisine ! rétorqua Helen avec indignation.

— C'est ça, et moi, je suis mère Teresa. »

Cassie étouffa un gloussement. Seule Violet pouvait se permettre ce genre de repartie et s'en tirer sans dommage. En secret, tout le monde reconnaissait que l'enthousiasme d'Helen pour la cuisine dépassait largement ses capacités. Ils avaient tous avalé sans récriminer ses rôtis durs comme de la semelle, ses gâteaux catastrophiques et ses espèces de bouillies indéfinissables qu'elle voulait faire passer pour des puddings. Mais personne n'avait eu le cœur de la décevoir, personne, sauf Violet.

« Pourquoi est-ce que tu n'essaierais pas de chercher un nouveau boulot dans l'enseignement ? Il paraît qu'on manque toujours de bons profs.

— Hum, répondit Helen sans conviction. Je ne suis pas sûre que ce soit valable pour les lettres classiques.

— Allons, Helen, arrête de te lamenter ! » l'exhorta Violet.

Cassie entendit de nouveau le tintement des glaçons et le chuintement du tonic versé dans les verres.

« En réalité, tu peux faire ce que tu veux ici. Tu es jeune, douée et pas mal du tout physiquement. Trouve du boulot. Mets-toi à tricoter. Fais un autre bébé. N'importe quoi, mais prends les choses en main, d'accord ? Tu te sentiras beaucoup mieux si tu fais quelque chose. »

Cassie devina que Violet avait trop bu. Car sa mère n'était pas jeune, et encore moins prête à tricoter ou à pondre des gosses – cette idée suffit à donner la nausée à Cassie.

« Richard est un type bien, dit Violet d'une voix soudain rêveuse. Ne le considère pas comme allant de soi. Crois-moi, être seule n'est pas marrant. Le week-end dernier, je suis sortie avec un certain Roger et tu ne devineras jamais ce qu'il a fait – c'était notre premier rendez-vous. Avant qu'on ait fini notre salade de crevettes… »

Cassie comprit que Violet était partie pour s'épancher longuement avec force émotion et décida qu'elle en avait sans doute appris assez. Sans bruit, elle s'éloigna pour aller s'exercer à marcher avec les chaussures à talons aiguilles de leur visiteuse.

Ce fut le tableau qui donna enfin meilleur moral à Helen. Un samedi après-midi, après avoir fait des courses en ville, elle revint à la maison en ployant sous deux sacs de provisions et un énorme paquet rectangulaire enveloppé dans du papier marron.

« Qu'est-ce que c'est, maman ? demanda Cassie en le tâtant du pied.

— Ça, ma fille, c'est de l'art… quelque chose de beau, qui élève l'âme.

— Je peux regarder ?

— Bien sûr. Nous allons tous regarder. Ce soir, nous lèverons le voile. »

Helen caressa la ficelle et le papier marron avec révérence. Depuis le déménagement, Cassie ne l'avait pas vue aussi heureuse.

« C'est pour la maison ?

— Oui. » Une flamme brilla dans les yeux verts d'Helen. « C'est exactement ce qu'il faut à cette vieille maison. Et maintenant, file, Cass. J'ai des choses à faire. »

Cassie haussa les épaules et s'éloigna. Elle savait qu'elle n'aurait pas longtemps à patienter.

Juste avant le dîner, Helen les appela tous dans la salle de séjour.

« Et voilà ! » déclara-t-elle en les entraînant dans la pièce avec une surexcitation juvénile.

Un par un, chacun entra et examina les lieux complètement transformés. Tous trois en restèrent abasourdis pendant qu'Helen attendait derrière eux en dansant d'un pied sur l'autre.

« Alors, qu'est-ce que vous en pensez ? » demanda-t-elle.

Depuis son retour, elle s'était affairée, avait repoussé de nombreux meubles sur les côtés ou les avait carrément enlevés. Elle avait roulé et mis dans un coin le beau tapis persan de Daphne. Les ornements, les pendules anciennes et le vieux baromètre poussiéreux bloqué sur « orageux » avaient disparu. Les canapés recouverts de chintz défraîchi étaient toujours là, mais ils étaient installés en fer à cheval devant la cheminée, tandis que des dessertes et leurs lampes élégantes avaient été enlevées. Plus nue, la pièce avait gagné en austérité et, comme Helen en avait eu clairement l'intention, le seul point qui accrochait le regard était à présent l'immense peinture accrochée au mur d'en face.

« N'est-ce pas qu'on en a le souffle coupé ? » Cette fois, Helen se tourna vers Richard.

Cassie avisa le tableau d'un air soupçonneux et sentit que Dora se glissait à côté d'elle pendant que Richard s'éclaircissait la gorge.

« C'est un génie, hein ? s'écria Helen avec enthousiasme.

— Qui donc ? demanda Richard, déconcerté.

— Tobias Grey. C'est un peintre de la région. Je suis allée dans sa galerie à Bridport et je suis tombée amoureuse de ce tableau. Il me le fallait absolument. Je savais qu'il transformerait cette pièce. »

Cassie pivota vers le tableau et essaya de l'appréhender. C'était un paysage marin du Dorset peint à la gouache épaisse. La mer était une giclée inquiétante sur la toile, tourbillons sinueux, visqueux, bleu foncé sur le fond vert de façon à donner une étendue d'eau bouillonnante, sombre et menaçante. Au bas du tableau, des galets formaient une fine bande de la couleur d'un os pâle et rochers et falaises battus par le vent se dressaient d'un côté. En haut, une lueur perçait le ciel orageux et son reflet argenté traçait un petit ruban sur l'eau. C'était la seule touche de lumière dans un paysage par ailleurs sinistre. Cassie frissonna.

« Il fait partie d'une série intitulée *Rêves de noyade*. C'est incroyable, hein ? » poursuivit Helen.

De nouveau, Richard s'éclaircit la gorge. « C'est… euh… plutôt lugubre.

— C'est là tout l'intérêt ! s'exclama Helen, à l'évidence exaspérée. Ça vous fait ressentir quelque chose. Cette unique trace de lumière qui danse sur l'eau est magnifique, vous ne trouvez pas ? » Apparemment, elle n'attendait pas de réponse car elle ajouta, hors d'haleine : « Le peintre m'a dit que ça représente la force brutale de la nature. »

Cassie se surprit à dire : « Ça ne me plaît pas.

— Allons, allons ! Aucun de vous n'apprécie l'art véritable ? s'écria Helen.

— Ce tableau est grand, vraiment très grand. Il a l'air d'avoir coûté cher, ajouta Richard.

— Oh ! je vois, grommela Helen. C'est ça qui t'inquiète ? L'argent ?

— Eh bien, non, mais… combien a-t-il coûté ?

— Je croyais t'avoir entendu dire que je pouvais acheter tout ce qui me faisait plaisir ?

— Oui, c'est vrai. »

Cassie remarqua que son père s'exprimait d'une voix patiente, celle qu'il prenait pour l'aider à faire ses devoirs de maths.

« Mais nous ne pouvons pas nous permettre de dépenser sans compter pour acheter des œuvres modernes. Qu'est-ce qui n'allait pas avec l'aquarelle accrochée au-dessus de la cheminée ?

— Richard, tu veux vraiment le savoir ? fit Helen d'un ton glacial. Tu es peut-être ravi de vivre dans la maison de ta mère, mais pas moi. Il est temps de changer de décor.

— Nous le changerons, mais ensemble et en prenant notre temps. J'aimerais bien choisir ce genre d'objet avec toi. Mais là… » Il leva les bras pour montrer la pièce transformée. « … Ça va trop vite. J'aurais aimé que tu m'en parles.

— Richard, il y a déjà plusieurs semaines que nous

sommes ici. Nous ne pouvons pas passer le restant de nos jours dans un mausolée.

— Je n'y tiens pas plus que toi. Tu es ridicule. » Sachant qu'il avait perdu la bataille, Richard soupira, leva les yeux sur le tableau et frémit. « Sauf que c'est tellement sombre et… » Il chercha le mot juste. « … déprimant.

— Bon, je ne peux pas le rapporter. Le peintre m'a fait un prix. Deux cents livres de rabais… »

Les yeux de Richard s'écarquillèrent. « Deux cents livres de rabais ? Combien coûtait-il à l'origine ?

— Trois.

— Trois cents ? demanda Richard, perplexe.

— Non, trois mille. » Il y eut un silence. « Qu'y a-t-il ? Pourquoi me regardes-tu comme ça ?

— Helen, nous ne pouvons pas jeter l'argent par les fenêtres de cette façon.

— Qu'est-ce que tu racontes ! Et l'héritage que tes parents t'ont laissé, alors ?

— Il n'est pas inépuisable, chérie. Il faut penser aux droits de succession et à l'entretien de cette maison. L'isolation est à revoir et la chaudière arrive en fin de course. » Richard se passa les mains dans les cheveux et soupira. « Nous ne roulons pas sur l'or. Cette propriété est un gouffre financier. Nous devons faire attention. » En jetant un coup d'œil autour de lui, il s'aperçut soudain que deux paires d'oreilles se dressaient avec inquiétude et fixa alors sur Helen un regard appuyé. « Les filles, pourquoi n'iriez-vous pas jouer dehors ?

— On ne mange pas ? demanda Dora. J'ai faim.

— Fais-toi un toast, répliqua Helen. Je vais préparer quelque chose dans un petit moment. »

Cassie haussa les épaules et s'approcha du seuil à

grands pas. « Viens, Dora. Je vais faire des toasts au fromage. »

Les deux filles sortirent de la salle de séjour en essayant de ne pas écouter les voix qui s'élevèrent dès que la porte fut refermée. Elles avaient compris qu'un violent orage menaçait d'éclater une fois de plus.

5

Dora

Aujourd'hui

Dora frappe de petits coups hésitants à la porte d'entrée, comme quelqu'un qui arrive alors qu'on ne l'attend pas. Un grand silence l'accueille. Sa mère doit se trouver dans le jardin, se dit-elle soudain, si bien qu'elle contourne la maison, franchit un portillon en bois et se dirige vers la terrasse en essayant de chasser l'impression d'être une intruse.

De loin, Clifftops a exercé son attrait habituel, charmante illustration d'un livre d'images ; toutefois, en entrant dans le jardin, Dora constate qu'il en va un peu autrement. Certes, le décor est toujours joli. Les arbres du verger sont chargés de fleurs printanières tardives, les branches bruissent et s'agitent dans l'air tiède ; mais certains détails donnent à la propriété un aspect négligé. Une brouette est en train de rouiller près du tas de compost ; trop haute, la pelouse est hérissée de marguerites et de pissenlits ; restes de l'automne dernier, des feuilles s'entassent autour de la terrasse et Dora note qu'une gouttière fuit et que la peinture des fenêtres s'écaille. Pris séparément, aucun de ces détails ne porte à conséquence, un homme à tout faire habile pourrait en venir à bout en quelques jours, mais le tout donne à la maison un air fatigué et un peu miteux. Ce n'est pas le souvenir qu'elle en avait gardé.

« Bonjour, tu arrives juste à temps pour le thé. »

En entendant cette voix, Dora sursaute. « Bonjour, maman. Mince alors, tu m'as fait peur ! »

Helen contourne une treille couverte de clématites et s'avance vers Dora en prenant soin de retirer ses gants de jardinage et d'ajuster son chemisier avant de prendre sa fille dans ses bras. Leur étreinte est raide, gauche, et Dora sent que les lèvres de sa mère lui effleurent à peine la joue.

Helen recule et, les yeux plissés, l'examine. « Tu as l'air fatiguée », dit-elle enfin.

Dora se rend compte qu'elle tripote de petits cheveux qui se sont échappés de sa queue-de-cheval et fourre les mains dans ses poches. « Je suis un peu fatiguée, c'est vrai.

— Comment s'est passé le trajet ?

— Bien, merci. Toi, tu as bonne mine, maman. Et le jardin est… resplendissant. » Dora tressaille. Elle est plus nerveuse qu'elle ne le pensait.

« Oui, reconnaît Helen en considérant le jardin avec inquiétude. C'est beaucoup de travail pour moi toute seule. »

Les deux femmes se taisent un instant et songent aux énormes responsabilités d'Helen.

« Viens à l'intérieur. Je vais brancher la bouilloire. »

En la suivant dans la pénombre de la maison, Dora en profite pour examiner sa mère. Elle n'a pas beaucoup changé. Frisant la cinquantaine, elle est svelte, élégante dans son pantalon en coton et sa chemisette vert cendré. Dora remarque quelques fils blancs dans les cheveux bruns épais, coupés court, qui lui encadrent le visage, quelques rides de plus autour de ses yeux vert jade, mais elle est toujours belle.

Helen pose ses gants de jardinage sur le plan de travail et va emplir la bouilloire. « J'ai bien peur de ne plus avoir de thé en vrac. Je n'ai pas eu le temps de faire des courses ce matin. Ça ne t'ennuie pas que je prenne un sachet ? » Elle soulève le couvercle d'une boîte de sachets d'earl grey qui semblent coûteux.

Dora lui adresse un petit sourire. En général, elle boit ce que Dan qualifie de « thé des travailleurs » : un robuste sachet maison qu'elle laisse infuser dix minutes. « C'est parfait, merci. Alors, ajoute-t-elle pour ne pas laisser la conversation retomber, est-ce que tu te fais à cette vie de village ?

— Oh ! plus ou moins. Nous avons eu un printemps magnifique, agréable et chaud. Les gens du coin étaient affolés à cause de la fermeture de l'épicerie et se sont mobilisés – pétitions et ainsi de suite. Et, bien sûr, les préparatifs ont commencé pour le grand événement annuel. »

Dora lève sur elle un regard interrogateur.

« Eh bien, la fête des fleurs, tu sais bien. Les vieilles filles s'agitent comme des puces, elles font des gâteaux et composent des bouquets. Il paraît qu'il y aura une rude concurrence cette année, surtout dans les catégories confitures et cakes aux fruits. »

La voix de sa mère n'est pas peu sarcastique. Dora ne peut retenir un sourire. Helen n'a jamais apprécié les façons de vivre et les potins d'une vie de village. Quelle ironie qu'elle soit finalement la seule à habiter cette maison, une réincarnation de Daphne Tide en quelque sorte.

« Ah oui, poursuit Helen. Tu es au courant ? Bill Dryden est mort il y a quelques mois. Cancer du pancréas. Tu te souviens de lui ? Il s'occupait de notre jardin. La pauvre Betty, sa femme, était très affligée. »

Helen verse l'eau bouillante dans la théière et pose des tasses dépareillées sur un plateau. Dora l'observe, soudain envahie de tristesse. Elle revoit les gros bras vigoureux de Bill qui la soulevaient du sol et la faisaient tournoyer jusqu'au moment où le vertige la gagnait et où son rire se muait en protestations ; il la posait alors à terre. Il y a des années qu'elle ne l'a pas vu, mais les réminiscences sont encore vives.

« Un si brave homme ! » Helen fait tinter les tasses et sort des cuillères en argent du tiroir bourré de couverts. « Il s'acquittait tellement bien de son travail ici, et il était merveilleux avec vous quand vous étiez petites. Il y a eu un beau service religieux. L'église était pleine à craquer.

— Tant mieux, murmure Dora, encore sous le choc. J'ai toujours beaucoup aimé Bill.

— Bon. » Helen retrouve sa vivacité. « Tu veux qu'on prenne le thé dans la serre ? À cette époque de l'année, c'est très agréable. »

Elle a pris son ton de « dame en visite ». En s'apercevant que sa mère est aussi nerveuse qu'elle, Dora se sent un peu mieux.

Quand Helen attrape le plateau, Dora sort de la cuisine sur ses talons et, en passant devant la porte ouverte de la bibliothèque, jette un coup d'œil au bureau en chêne massif jonché, comme toujours, de papiers et de livres. Dans le couloir, des photos de famille dans leurs cadres en argent poussiéreux et piquetés par l'âge sont exposées sur une console. Il y en a une, sépia, prise le jour du mariage de Daphne et d'Alfred, une de Cassie, boudeuse, assise le dos bien droit, dans son uniforme d'écolière, et une autre de Dora encore bébé, allongée sur une couverture écossaise, mordillant son poing.

Derrière, une plus petite qu'elle avait oubliée. Elle la regarde mieux. Elle montre Cassie, leur père et elle sur la plage. Âgée de onze ou douze ans, Cassie est jolie avec ses cheveux blonds flottant au vent et ses yeux bleus sérieux fixés sur l'appareil. Dora se voit derrière, fillette maigrichonne, riant à pleines dents, et, derrière elles, leur père sourit largement face à l'objectif et le soleil fait luire ses cheveux blonds mouillés. On dirait qu'il vient de nager et, si elle ne se rappelle pas quel jour c'était, elle a un vague souvenir d'un pique-nique à Pâques, par un temps glacial. Pourtant, elle est saisie en voyant cette photo. Tous trois au bord de la mer, si jeunes, heureux et innocents… elle en a le ventre noué. Elle se demande comment sa mère parvient à la regarder. Après un léger frisson, elle se détourne et hâte le pas pour rattraper sa mère qui a déjà disparu dans le couloir avec le plateau du thé.

Elles entrent dans la lumière éclatante de la serre et s'installent dans des fauteuils en osier craquant. La nouvelle qu'elle veut annoncer lui pèse sur l'estomac mais elle n'ose pas encore parler. Il faudra qu'elle le fasse au bon moment, si bien qu'elle laisse Helen poursuivre son monologue sur la vie à Summertown, l'écoute à demi, ne quitte pas des yeux une énorme, lumineuse mouche bleue qui essaie sans succès de sortir par la seule fenêtre fermée de la verrière et se jette sur la vitre dans sa hâte d'échapper à l'atmosphère étouffante de la pièce. Je sais exactement ce qu'elle ressent, songe Dora.

« Et toi ? Comment se passe ta vie à Londres ? Et comment va Daniel ? »

Les questions d'Helen rompent sa rêverie. Dora décide de commencer par des propos anodins. « Dan va bien. Sa dernière expo a été assez réussie et il a des commandes. Une dame qui habite Highgate veut trois de ses bronzes pour son jardin. C'est pour ça qu'il n'a pas pu venir ce week-end. » Dora marque une pause, se demande si c'est le bon moment, puis se dégonfle. « Et j'ai eu une promotion à mon boulot.

— Ah bon ?

— Oui… Je viens de passer responsable d'un compte client. Nous avons décroché un nouveau contrat avec une entreprise qui produit des céréales pour petit déjeuner. Nous avons soufflé l'affaire à des concurrents plus gros que nous. Je l'ai appris hier, mais, franchement, c'est vraiment un joli coup dans le monde de la publicité. Mon patron est au septième ciel, ajoute-t-elle, consciente d'en faire un peu trop.

— C'est merveilleux. »

Helen boit une gorgée de thé et Dora s'interrompt un instant pour observer l'ombre d'un oiseau sur le mur d'en face. Elle ne sait pas comment continuer.

La mouche bleue cesse soudain de bourdonner contre la vitre et la pièce est envahie par un silence de mort.

« Et toi, tu vas bien ? demande Helen en relevant les yeux. Tu me parais un peu pâle. »

Tout à l'heure, elle la trouvait fatiguée. Maintenant elle est pâle. Surprise, Dora est obligée de constater que les observations de sa mère sont davantage des critiques que des manifestations d'inquiétude. « Je vais… bien. » Elle réfléchit une minute. « Oui, je vais bien, répète-t-elle avant de prendre une profonde inspiration et de lâcher : En fait, je suis enceinte. »

Le silence qui suit est lourd.

« De sept semaines à peu près, mais je suis bel et bien enceinte. »

Dora ignore si c'est parce qu'elle a prononcé tout haut ces mots dans l'atmosphère chargée de la pièce, ou parce qu'elle est soulagée d'avoir annoncé sa nouvelle ou peut-être seulement parce qu'elle est terrorisée, mais soudain, elle s'aperçoit avec horreur qu'elle pleure. Son corps se soulève, tremble pendant qu'elle produit des sanglots bruyants dans le silence de la serre.

Elle pleure sans pouvoir se retenir pendant une minute ou deux, flot de larmes qui fait un beau gâchis puis, dans une futile tentative pour se ressaisir, elle passe les doigts sous ses yeux pour effacer les traces de mascara, s'essuie le visage sur sa manche, et tend la main vers sa tasse de thé. Elle est mortifiée. Ce n'est pas du tout comme ça qu'elle imaginait la scène. Elle avale deux gorgées de thé tiède et regarde sa mère. Helen est toujours assise, figée dans son fauteuil, le visage crispé, le teint soudain pâle. Dora la scrute, attendant des questions, un commentaire, une preuve d'inquiétude ou de joie, aussi infime soit-elle, mais Helen reste aussi immobile qu'une statue.

Dora attend encore un peu. On manque d'air dans cette pièce et, soudain, une impression étrange envahit Dora : peut-être n'est-elle pas là et s'agit-il d'un de ses cauchemars. Peut-être n'est-elle qu'un fantôme. Elle a la tête qui tourne. Elle se sent dépourvue de substance. Invisible.

Enfin elle n'y tient plus. « Maman ? Tu ne vas rien me dire ? Rien du tout ? » Son embarras vire rapidement à la fureur.

Helen s'immobilise, sa tasse à mi-chemin de ses genoux et de ses lèvres. Puis elle lâche un petit soupir, un bruit qui n'est pas sans rappeler un coup de vent dans les arbres.

Dora dévisage sa mère. « Maman ? J'attends un bébé. Tu as entendu ? »

Helen finit par se tourner pour regarder sa fille. « Oui, je t'ai entendue, Dora.

— Et alors ?

— Que veux-tu que je te dise ?

— Bon, je ne suis pas spécialiste de la question, mais je crois que “félicitations” me conviendrait très bien. » Dora ne parvient plus à réprimer sa colère. Elle n’avait pourtant pas l’habitude de parler aussi rudement à sa mère ; jusqu’à présent, elle a toujours cherché à éviter la confrontation, à jouer l’apaisement. Mais là, c’en est trop.

« Eh bien, félicitations », dit Helen, mais Dora remarque qu’elle ne soutient toujours pas son regard.

Éberluée, elle secoue la tête. « Tu n’arrives pas à être contente pour moi, hein ? »

Helen garde le silence.

« J’ignore pourquoi j’ai pris la peine de venir. J’espérais que les choses pourraient changer. J’espérais que nous serions capables de tourner la page. Je croyais que la nouvelle que je venais t’annoncer… » Sa voix se perd. « Mais je me trompais. Rien n’a changé. »

Helen garde la tête tournée vers le jardin. Pour Dora, c’est une rebuffade, presque une gifle. Le sang afflue à ses joues. Elle abat sa tasse sur la table et se lève brusquement. Puis, sans qu’elle s’y attende, un flot de paroles sort de sa bouche.

« Tu veux savoir quelque chose, maman ? dit-elle en se dirigeant vers la porte. J’étais presque arrivée à me persuader que je m’étais fait des idées pendant toutes ces années. Je me disais que, au fond de toi, tu m’aimais encore mais que tu ne parvenais plus à le montrer après ce qui s’était passé. » Un rire amer lui échappe. « Je te plains. Je m’imaginais que tu étais… trop… trop abîmée pour me laisser voir tes sentiments. Mais je m’aperçois que je me trompais. » Elle secoue la tête et lâche un nouveau petit rire amer. « Bon sang, j’avais tout faux. La vérité, c’est que maintenant que je porte la responsabilité de ce qui est arrivé ce jour-là, nous ne pouvons plus faire machine arrière. Tu ne me pardonneras jamais, hein ? Au bout de toutes ces années, tu ne peux toujours pas me regarder dans les yeux. »

Après un instant de silence, Helen tourne la tête vers elle. Même d'aussi loin, Dora distingue les paillettes d'ambre doré dans les yeux verts de sa mère.

« Je… je… je voudrais… J'essaie », bégaie Helen avant de se taire. Elle hausse les épaules d'un air vaincu et tourne de nouveau le regard vers le jardin.

« Je… Je… quoi ? Qu'est-ce qu'il y a, maman ? Qu'est-ce que tu ne peux pas me dire ? Pourquoi est-ce que tu t'acharnes à me punir de cette façon ? Qu'est-ce qui cloche chez toi ? Pourquoi tu n'arrives pas à me parler ? »

Elle arrive à la porte, attend, les yeux écarquillés, pleins de larmes, espère que sa mère va lui dire qu'elle se trompe, va se lever, la prendre dans ses bras et lui murmurer des mots réconfortants à l'oreille ; mais son regard reste obstinément fixé sur les arbres qui oscillent dehors.

Une nouvelle bouffée de colère submerge Dora pendant qu'elle la considère encore un instant, puis pivote et sort de la pièce. Il lui faut une grande maîtrise d'elle-même pour ne pas claquer la porte.

6

Cassie
Quatorze ans plus tôt

C'était une mauvaise nouvelle. Cassie le comprit dès l'instant où Dora se précipita dans sa chambre en pyjama rose, trébucha et lâcha sa première question brûlante de la matinée.

« C'est quoi, un heureux accident, Cassie ? » Frissonnante, elle se jeta au pied du lit et glissa les pieds sous la couette.

« Où est-ce que tu as entendu ça ? demanda Cassie, que ces mots et les orteils glacés de sa sœur contre sa peau arrachaient à la brume tiède du sommeil.

— Ben, au téléphone, hier soir, quand maman a appelé Violet, expliqua Dora. Sauf que, la plupart des accidents finissent par des larmes. Du moins, c'est ce que papa dit toujours.

— Ouais », reconnut Cassie. Genoux écorchés, membres brisés, vaisselle cassée et voitures embouties – elle ne voyait pas quel genre d'accident ne tournait pas à la catastrophe. Pour ce qu'elle en savait, rien de bon ne résultait jamais d'un accident.

« On va peut-être avoir un petit chien ? suggéra Dora d'un air plein d'espoir.

— Hum… », murmura Cassie, dubitative, sous les couvertures. Ça n'arriverait jamais.

« Tu crois que la chaudière va encore geler à l'école et qu'on nous renverra chez nous ?

— Je ne sais pas, Dora. » Cassie soupira de lassitude. « Va donc embêter papa avec tes questions. Il est trop tôt pour moi. »

Dora partit en reniflant et sa sœur s'enfonça sous la couette encore chaude et essaya de repousser les horribles pensées qui l'assaillaient soudain. Décidément, non, rien de bon ne résultait jamais d'un accident.

Ce matin-là, Richard et Helen firent asseoir leurs filles et leur annoncèrent la nouvelle.

« Un bébé ? s'écria Dora.

— Oui », confirma Richard, tout fier.

Cassie et Dora se regardèrent.

« C'est ça, l'heureux accident ? » demanda Dora en se tournant vers sa mère.

Helen éclata de rire. « Parce que tu écoutes mes conversations téléphoniques, maintenant ?

— Non… Bon, peut-être. » Dora rougit.

« Eh bien, oui, on peut appeler ça comme ça, admit Helen en souriant. Nous n'avions pas prévu d'avoir d'autres enfants. Ça nous est tombé dessus. Mais, en fait, nous sommes plutôt contents. » Helen exerça une pression sur la main de son mari. « Et nous espérons que vous le serez aussi.

— Vous n'auriez pas pu utiliser des moyens contraceptifs ? » demanda Cassie sans détour.

Richard toussa.

« C'est quoi, des moyens contraceptifs ? voulut savoir Dora.

— C'est ce qu'utilisent deux adultes quand ils font

l'amour mais ne veulent pas avoir de bébé, répondit Helen d'un ton patient.

— C'est ce qu'aurait dû utiliser Sharon Tate quand elle allait encore au lycée, ajouta Cassie d'un air avisé.

— Bon, comme l'a dit votre mère, sexualité et contraception sont réservées aux adultes. Aux adultes qui s'aiment, insista Richard. Et tu as raison, Cassie, nous aurions pu utiliser des moyens contraceptifs. » Richard tenta de dissimuler son embarras. « Mais maintenant que votre mère est enceinte, nous trouvons ça merveilleux. Alors, qu'est-ce que vous en dites ? » L'espérance perçait dans sa voix.

« Moi aussi, je trouve ça merveilleux, dit Dora avec un soupir heureux. On va avoir une petite sœur.

— Ou un petit frère, lui rappela son père.

— Ce sera une petite sœur », répliqua Dora avec assurance.

Il y eut un silence. Cassie sentait peser sur elle l'attente pleine d'espoir de ses parents.

« Et toi, Cassie, qu'en penses-tu ? Tu es contente ?

— Ouais, dit enfin Cassie. C'est super. »

L'air s'agita lorsque Richard relâcha bruyamment son souffle.

« Nous savions bien que vous seriez contentes. Je ne te l'ai pas dit, Helen ? Je t'ai bien dit que les filles seraient contentes. Un bébé ! » Il leur adressa un grand sourire. « Ne vous inquiétez pas, vous vous occuperez des biberons et des couches avant de vous en rendre compte.

— Berk… des couches sales, non merci ! » Dora gloussa.

« Un bébé ! » Émerveillé, Richard secoua la tête. « Qui aurait pu croire que cette vieille maison verrait la naissance d'un nouveau Tide ? Mes parents auraient été tellement heureux. »

La douceur que Cassie lut sur les traits de son père avait quelque chose d'insupportable. Elle se détourna et fixa les yeux sur la fenêtre de la cuisine. Dehors, le sol gelé était surmonté d'un mince ruban de ciel pâle. Plus haut, une couverture nuageuse sombre semblait essayer de peser sur la terre gelée pour l'étouffer peu à peu. Soudain, Cassie eut envie de s'échapper. Peu importait le froid, elle voulait s'élancer dehors, courir jusqu'au moment où ses poumons seraient près d'exploser et ses jambes se déroberaient sous elle. Alors, elle s'allongerait par terre, laisserait le givre de l'herbe imprégner ses vêtements, gagner sa peau et l'envelopper dans un manteau de glace.

« Redescends sur terre, Cassie ! » Richard agita les mains devant son visage pour attirer son attention. « Mon Dieu, tu étais au pays des songes ! Tu m'as entendu ? Je t'ai demandé si tu voulais une autre tasse de thé. »

Cassie secoua la tête et son regard revint se fixer sur la fenêtre. Elle ne parvenait pas à sourire. Un bébé. Ce n'était vraiment pas une bonne nouvelle.

La grossesse transforma Helen. Au fil des mois, elle parut enfler, mûrir, telle la pêche géante du conte préféré de Dora. Si, auparavant, elle n'avait jamais été une acharnée du ménage, elle se mit soudain à laver, à récurer et, par malheur, à cuisiner avec un zèle nouveau, jusqu'au moment où Richard suggéra avec tact qu'il vaudrait mieux garder un peu d'énergie pour le moment où le bébé serait là ; en réalité, aucun d'eux ne pouvait avaler un autre de ses repas de famille sophistiqués et immangeables.

Attirée par le rayonnement qui émanait d'Helen, Dora voltigeait comme une phalène autour d'elle avec un enthousiasme irrépressible. Helen leur avait dit que le bébé entendait déjà leurs voix. Dora lui parlait de tout et de rien, mais Cassie s'était sentie bête la seule fois où elle avait essayé sans savoir quoi dire, si bien qu'elle laissait sa sœur bavasser contre le ventre de leur mère.

Leur père lui aussi avait du mal à contenir sa joie. Tous les week-ends, il revenait à la maison pour préparer l'arrivée du bébé. Il fallait repeindre une chambre d'enfant, poncer et vernir un vieux berceau. Il confectionna des rayonnages en bois qu'il garnit de livres et de jouets neufs. À en juger par l'énergie avec laquelle il se lançait dans l'action, on avait l'impression qu'il voulait inciter le bébé à naître plus vite.

Pendant qu'Helen rayonnait et enflait, le corps de Cassie subissait une transformation curieuse et inconfortable, ce qui n'arrangea pas les choses. Du jour au lendemain, lui semblait-il, des poils s'étaient mis à pousser dans des endroits bizarres. Des boutons rouges émaillaient sa peau et elle avait des bouffées de chaleur et des suées à des moments mal choisis, notamment lorsque Mlle Mackintosh, la prof la plus jolie, s'adressait à elle en classe. Et, pire encore, ses seins avaient commencé à pousser à l'endroit où il n'y avait eu jusque-là que des mamelons plats et roses. À demi agacée, à demi fascinée, elle les examinait et les tâtait devant le miroir de sa chambre. Elle n'était pas sûre d'apprécier ces excroissances et se sentait gênée dans ses chemisiers d'uniforme devenus trop serrés. En secret, elle espérait que sa mère remarquerait sa poitrine et suggérerait un tour dans les magasins, ce qui arrivait aux autres filles de sa classe. Un rite de passage entre mère et fille comprenant achat d'un soutien-gorge, dégustation d'un milk-shake et, si elle avait vraiment de la chance, comme Tamara Hopkins, des oreilles percées. Mais Helen était préoccupée par sa propre vie et celle qui poussait en elle. À mesure que les jours passaient sans que quiconque remarque la transformation de son corps, Cassie s'énervait et finit par ouvrir le porte-monnaie de sa mère. Elle empocha un billet de vingt livres et se rendit dans un grand magasin de Bridport.

Tout ce qu'elle voulait, c'était un soutien-gorge. Comment s'y prendre ? Elle erra un moment au rez-de-chaussée et essaya de rassembler son courage pour en attraper un parmi la collection époustouflante d'articles de lingerie. Il y avait des modèles en dentelle, des brassières sportives, des soutiens-gorge ravissants ornés de fleurs et de rubans, et des machins gigantesques, aux allures de hamac, terrifiants tant ils paraissaient compliqués. Enfin, une vendeuse aimable aux cheveux gris et aux lunettes cerclées d'or juchées au bout du nez eut pitié d'elle.

« Est-ce que je peux te renseigner, ma petite ? » Elle lui sourit.

Cassie aurait volontiers pris ses jambes à son cou, mais elle ne voulait pas retourner à la maison sans soutien-gorge ; à l'école, la situation devenait impossible. Son chemisier était presque transparent et elle avait remarqué que des garçons la regardaient avec insistance.

« J'ai besoin d'un soutien-gorge, s'il vous plaît, finit-elle par marmonner.

— Eh bien, tu es au bon endroit. Allons dans la cabine d'essayage, si tu veux bien. Je vais mesurer ton tour de poitrine et tu pourras alors essayer différents styles. Nous allons te trouver ce qu'il te faut en un rien de temps, d'accord ? »

Cassie inclina la tête et la suivit dans la cabine. La

vendeuse sortit un centimètre et, tout en prenant les mesures, elle continua son bavardage.

« Tu es venue toute seule aujourd'hui, ma petite ?

— Oui.

— C'est ton premier soutien-gorge, hein ?

— Oui.

— Je me rappelle encore quand ça m'est arrivé. Ma mère m'avait emmenée dans un drôle de petit magasin à Exeter. Ce premier soutien-gorge était horriblement inconfortable. Rien à voir avec ce qu'on fabrique aujourd'hui, c'est doux et élastique. Le Lycra a changé la vie des femmes. Celui qui l'a inventé devrait avoir une médaille, si tu me demandes mon avis. Ta maman est allée faire ses courses, c'est ça ? Elle t'a laissée te débrouiller toute seule, comme une grande fille ?

— Ma mère est morte. » Cassie ne savait pas au juste pourquoi elle avait dit ça, mais les mots étaient sortis de sa bouche avant qu'elle puisse les retenir.

« Oh ! » Les mains de la vendeuse se figèrent, le centimètre se déroula et tomba en tas emmêlé sur le sol. « Oh ! mon Dieu. Je suis désolée. Et moi qui jacassais bêtement. Ma pauvre petite. » Il y eut un silence gêné. « Bon, ne t'inquiète pas, ma chérie. Nous allons te trouver quelque chose de confortable. Tu es dans de bonnes mains. Je n'ai encore jamais vu de paire de seins pour laquelle je n'aurais pas déniché quelque chose de bien. »

Cassie lui adressa un faible sourire et fut mortifiée de lui voir les larmes aux yeux. Elle ne savait vraiment pas pourquoi elle avait menti, mais, à présent, elle ne pouvait pas ravaler ses paroles.

La vendeuse se mit en quatre pour elle, prit ses mesures, puis apporta quatre modèles dans la cabine. Elle les lui fit tous essayer et, vingt minutes plus tard, la lâcha avec son premier soutien-gorge 85 A, d'un blanc virginal, simple article en coton orné d'un minuscule nœud violet au milieu.

« Elle aurait été très fière de toi, ça, c'est sûr », lui dit la vendeuse lorsque Cassie s'apprêta à quitter le magasin.

Perplexe, Cassie la dévisagea.

« Ta maman, ma chérie, elle aurait été tellement fière de te voir si grande… une vraie femme ! » et elle fit un clin d'œil à Cassie qui rougit de honte.

En revenant à la maison, elle y repensa. Non, la vendeuse se trompait. Sa mère n'était pas fière d'elle. Elle n'avait même pas remarqué que sa fille devenait une femme. Sa maman pouvait aussi bien être morte pour l'attention qu'elle lui accordait ces temps-ci. Dans le car qui la ramenait, elle enrageait en silence et maudit sa mère, son enfant à naître, et les bretelles de son nouveau soutien-gorge qui lui cisaillaient les épaules.

Ce soir-là, elle en voulait toujours au monde entier et, en voyant Dora assise à la table de cuisine, la tête penchée avec attention sur la couverture ratée qu'elle apprenait à tricoter pour le bébé, elle n'y tint plus. Elle tira une chaise à côté d'elle et attendit qu'elle lève obligeamment la tête du méli-mélo de laine jaune posé sur ses genoux.

« Dora, tu te rends compte, j'espère, que les choses vont changer quand ce bébé sera là ? »

Dora sursauta. Elle était en train de compter, la langue sortie dans son effort de concentration. « Tu m'as fait lâcher une maille ! Qu'est-ce que tu disais, Cassie ?

— Je disais que les choses allaient changer quand le bébé sera là.

— Comment ça, changer ?

— Les bébés réclament beaucoup de soins. Les parents seront fatigués et distraits. »

Dora inclina la tête. « Mouais.

— Tu sais, ce sera leur préféré, ce sera le bébé de la famille, poursuivit Cassie. C'est à lui qu'ils accorderont toute leur attention. Tu ne seras plus la petite, Dora. Toi et moi, nous ne pourrons pas rivaliser, tu comprends ? »

Dora réfléchit un moment. « Je ne vois pas où est la rivalité. Papa et maman nous aimeront autant qu'avant. En tout cas, ils ont l'air heureux, non ? Et moi, ça me fait plaisir. » Dora leva les aiguilles pour considérer son ouvrage et Cassie remarqua plusieurs gros trous dans le long tricot curieusement triangulaire. La couverture allait être une catastrophe, mais Dora tirailla d'un côté et de l'autre, puis se remit à faire cliqueter ses aiguilles sur un rythme lent et régulier.

Cassie secoua la tête. « Ce que tu peux être naïve, Dora ! Si ça te fait plaisir de croire ça, vas-y, mais, au fond, je sais que j'ai raison. Tout va changer. » Incapable de s'arrêter, elle sentait bouillir en elle une rage qui devait sortir, être partagée. « Alors autant te préparer. Maintenant, c'est toi et moi contre le monde entier. Tu le sais, hein ? »

Dora parut réfléchir un instant à ces paroles avant d'incliner la tête. « Oui, je crois. »

En voyant l'expression lugubre de sa sœur, Cassie se calma un peu et ajouta d'une voix plus douce. « Toi et moi… nous nous sommes toujours serré les coudes, pas vrai ? C'est ce que font les sœurs. »

Dora inclina de nouveau la tête mais n'eut pas l'air de vouloir poursuivre la conversation. Les yeux sur son ouvrage, elle continua à tricoter lentement, régulièrement, une maille à l'endroit, une maille à l'envers, jusqu'au moment où Cassie, lassée, sortit de la pièce.

Quelques nuits plus tard, Cassie se réveilla en sentant quelque chose de chaud et d'humide entre ses jambes. Après avoir allumé sa lampe de chevet, elle vit une tache de sang qui s'étalait sur le coton pâle de sa chemise de nuit. Elle soupira.

Ses règles ; enfin elles avaient commencé.

On en parlait à l'école en sciences de la vie. Mme Nelson y allait franchement sans tenir compte des ricanements et des plaisanteries gênées des filles et leur expliquait qu'il serait utile de garder une petite provision de serviettes et de tampons hygiéniques à portée de la main pour le jour où cet événement important, qu'elle qualifiait de « passage à la vie de femme », se produirait. Depuis ce cours, Cassie avait envie d'aborder la question avec sa mère, mais elle n'avait pas trouvé le bon moment. À présent, elle le regrettait.

Elle se traîna hors du lit et, sur la pointe des pieds, alla dans la salle de bains. En arrivant à la porte, elle entendit un curieux cri étouffé. Elle tâcherait de savoir de quoi il retournait dès qu'elle aurait réglé son problème.

Tout d'abord, elle ôta sa chemise de nuit et se lava avec un gant humide. Dans le placard elle trouva un vieux paquet de serviettes hygiéniques laissé là par sa mère. Elles avaient l'air énormes, bien plus grandes que celles que le professeur leur avait montrées en classe. Elle arracha la bande adhésive et mit la serviette dans une vieille culotte. C'était raide et gros entre ses jambes, pas confortable du tout. N'empêche, c'était mieux que rien. Elle attrapa un pyjama en flanelle dans le placard, se hâta de l'enfiler, puis se mit à frotter furieusement la tache rouge vif sur sa chemise de nuit. *Va-t'en, maudite tache !* Ce vers de Macbeth lui revint soudain en mémoire. La tache était passée d'écarlate à marron clair, une couleur de thé, mais elle n'était pas partie. Elle fourra la chemise de nuit mouillée et froissée au fond du placard avant d'éteindre la lumière et de retourner dans le couloir.

Il faisait encore nuit, mais un rai lumineux passait sous la porte de ses parents. Un nouveau gémissement, qui tenait du miaulement, rompit le silence. Sans savoir si elle avait vraiment envie d'apprendre de quoi il retournait, mais incapable de rebrousser chemin, elle s'approcha de la porte et remarqua qu'elle était entrebâillée. Le miaulement gagna en volume, puis cessa. Elle entendit ses parents parler à mi-voix. Après avoir marqué un temps d'arrêt, elle inspira un bon coup et poussa doucement la porte. La scène qu'elle aperçut lui fit écarquiller les yeux.

Helen et Richard étaient tous deux assis dans le lit, adossés à des coussins. Emmêlés, draps et couette formaient un tas par terre. Tout débraillé, son père avait l'air de ne pas avoir dormi et passait un bras protecteur autour des épaules de sa femme. Ravis, ses parents regardaient le petit paquet que tenait Helen. Un autre cri perçant déchira le silence. Helen fit passer le paquet sur un bras et, de sa main libre, déboutonna le devant de sa chemise de nuit. Une petite tête rose pointa et sembla se calmer en tétant. « Il a faim », dit sa mère.

Gênée, Cassie avait l'impression de surprendre un moment d'intimité, un moment sacré dont elle était exclue, et commença à reculer en essayant de ne pas se faire remarquer, mais elle dut se trahir car, soudain, Richard leva la tête, surpris de la voir plantée sur le seuil.

« Cassie ! Entre, entre, viens voir ton petit frère. »

À contrecœur, Cassie avança sur le tapis et se pencha poliment sur le nourrisson emmailloté. Il était rose, boursouflé, avec des lèvres arquées et des yeux obstinément fermés. Son visage paraissait enflé, son nez écrasé comme s'il venait de livrer un combat de boxe en dix rounds. Elle distingua un réseau de veines bleues qui pompaient le sang sous sa peau parcheminée et une trace de duvet blond au sommet de son crâne, de la même couleur que les cheveux de son père. Le bébé ne s'occupait que du sein auquel il s'accrochait, et Cassie pensa soudain aux petits chiots d'une chienne labrador qu'ils étaient allés voir dans la grange de Plummer l'été précédent, horriblement visqueux et translucides, en train de gigoter en tirant sans rien voir sur les tétines gonflées de leur mère.

« Alors, il n'est pas adorable ? demanda Richard.

— Mmm… Je croyais que tu devais accoucher à l'hôpital ! lança-t-elle à sa mère d'un ton accusateur.

— Eh bien, c'est ce qui était prévu, mais ce petit chenapan n'était pas d'accord. Tu aurais dû voir ton père, Cass, il était dans tous ses états jusqu'à ce que la sage-femme lui explique par téléphone ce qu'il fallait faire. Heureusement, parce que ce bébé était vraiment pressé de sortir.

— Franchement, mon rôle a été limité. Ta mère et ton frère ont fait le plus gros du boulot. »

La porte lâcha un craquement sonore et tous trois levèrent les yeux.

« Qu'est-ce qui se passe ? demanda Dora en bâillant. Pourquoi est-ce que personne ne dort ?

— Viens voir ton petit frère, lui suggéra Richard pour l'accueillir dans le cercle familial.

— Il est né ? Déjà ? Pourquoi vous ne m'avez pas réveillée ?

— Allez, viens le voir, ma puce », insista Richard.

Sans avoir besoin d'être autrement encouragée, Dora se précipita sur le grand lit et atterrit bruyamment sur le matelas.

« Attention ! » D'un geste protecteur, Helen serra le paquet contre sa poitrine.

Cassie vit Dora se mordre la lèvre et lui jeter un coup d'œil. Cassie la récompensa d'un regard qui signifiait clairement : « Tu vois, je te l'avais bien dit. »

Les joues de Dora s'embrasèrent et elle s'empressa de baisser les yeux avant de glisser du côté de son père d'un air contrit.

« Il n'y a pas de mal, Panda. » Richard l'entoura de son bras pour l'apaiser. « Vas-y doucement, c'est tout. Il est encore minuscule. »

Dora acquiesça et tapota le bébé qui était toujours dans les bras de sa mère. « Comment il s'appelle ? »

Cassie et Dora échangèrent un nouveau coup d'œil. D'abord Cassandra. Ensuite Pandora. Elles se demandaient bien quelles vicissitudes de la mythologie grecque Helen allait infliger à ce nouveau petit Tide.

« Alfred, pas vrai, Richard ? »

Richard sursauta et dévisagea sa femme. « Je croyais que tu t'étais décidée pour Hector.

— Non. » Helen secoua la tête. « Regarde-le un peu. Il ressemble vraiment à un Alfred.

— Alfie ! s'écria Dora. Comme grand-père ?

— Oui, répondit Richard en souriant, la voix pâteuse d'émotion. Comme grand-père.

— Coucou, petit Alfie, répéta Dora avec satisfaction. Ça lui va bien.

— Oui », dit Helen.

À ce moment précis, Alfie eut un gargouillis et lâcha un petit cri.

« Qu'est-ce qu'il est mignon ! s'exclama Dora. Regarde ses petits ongles. »

Pendant qu'Helen, Richard et Dora s'extasiaient sur les dix doigts et les dix orteils parfaits du nouveau-né, Cassie s'éloigna sans bruit et laissa derrière elle cette touchante scène familiale. Non, décidément, rien de bon ne résultait jamais d'un accident, elle le sentait au plus profond d'elle-même.

7

Dora

Aujourd'hui

Dora s'élance dans le couloir lambrissé en chêne, franchit la porte d'entrée et déboule dans la lumière aveuglante de l'après-midi. Elle ne sait pas où elle va ; tout ce qu'elle sait, c'est qu'elle doit quitter cette maison et chasser une image obsédante : le visage crispé et pâle de sa mère qui se détourne en apprenant sa grossesse. Pour l'instant, Dora ne supporte pas de se trouver sous le même toit qu'elle.

Sans voir le décor, elle traverse à grands pas le jardin et le verger, puis emprunte le sentier des falaises. Le sol est boueux après plusieurs semaines de pluies printanières et elle tâche d'éviter les flaques qui parsèment le chemin. Peu adaptées, ses ballerines font un bruit de succion et projettent des éclaboussures. Bientôt, ses pieds sont mouillés et l'eau glacée trempe le bas de son jean, mais ça lui est égal. Tête baissée, elle fonce en méditant sur ce qui vient de se passer dans la serre.

La réaction d'Helen l'a profondément choquée. Si elle savait que leur conversation ne serait pas facile, elle se rend compte à présent qu'elle espérait au moins une manifestation de joie, voire une parole de soutien, malgré la douleur qui accable encore visiblement sa mère. Au contraire, Helen semble avoir érigé une nouvelle barrière entre elles. Un gouffre qui semble impossible à franchir les sépare à présent.

Qu'est-il arrivé à la mère de son enfance ? Celle qui se glissait dans son lit à minuit et la serrait dans ses bras lorsqu'un orage se déchaînait au-dehors ? Ou la tamponnait avec de la lotion calmante à la calamine quand sa peau la démangeait à cause de la varicelle ? La maman qui cousait les étiquettes à son nom sur son uniforme d'école, lui préparait le déjeuner à emporter, la bordait le soir, nettoyait ses genoux écorchés, embrassait son front fiévreux et essuyait ses larmes ? La mère de son enfance ne paraît avoir aucun rapport avec la femme glaciale de Clifftops. La frustration et le chagrin donnent envie de pleurer à Dora.

Soudain, le chemin se termine ; de chaque côté, des haies d'aubépine pointent et Dora se retrouve sur la falaise qui surplombe Lyme Bay. Inconsciemment, elle est revenue sur les sentiers de son enfance, elle s'en rend compte à présent. À gauche, il y a la plage. À droite, une ancienne église malmenée par les intempéries. Juste devant, la mer miroitante, paisible. Le soleil lui donne l'aspect d'une plaque d'argent plissée par le vent. Peu à peu, le cœur de Dora se calme. De fins nuages tissent une gaze très haut dans le ciel, mais il fait encore chaud et Dora sait que le jour va encore durer quelques heures. Tant qu'on y est, autant aller jusqu'au bout, songe-t-elle avec un sourire amer, et elle prend à droite.

L'église est exactement telle qu'elle se la rappelait, humble bâtiment blanchi à la chaux, avec des vitraux en ogive et une croix en bois grossière suspendue au-dessus de l'entrée. Elle est entourée d'un mur en pierres croulant et, çà et là, les pierres dressées d'une bonne centaine de tombes semblent pousser telles des fleurs sauvages printanières oscillant au vent. Dora hésite un court instant avant de franchir le portail en bois.

Pendant une ou deux minutes, elle se promène parmi les tombes, laisse ses mains errer sur les pierres tièdes, lit les noms et les dates de naissance et de décès. Certaines sépultures sont envahies par la végétation, les stèles sont en ruine, les mots gravés jadis avec soin presque illisibles ; d'autres sont bien conservées et les bouquets déposés trahissent un chagrin, un deuil toujours vif. Il y a là beaucoup de marins, constate-t-elle, des âmes que la mer déchaînée a prises au fil des ans. En avançant lentement vers les tombes de ses grands-parents, Dora regrette de ne pas avoir pensé à apporter des fleurs.

Elle se trouve presque au même endroit que quinze ans plus tôt, lorsque les cercueils d'Alfred et de Daphne ont été mis en terre. Ce souvenir est curieusement brumeux, mais, à présent qu'elle se trouve sur les lieux, la sensation de la main froide de son père qui agrippait sa main gantée lui revient en mémoire. Il lui broyait les doigts comme un homme qui se noie. Ensuite, ils sont tous retournés à Clifftops et Dora, frissonnante, s'est assise sur le seuil et a observé le flot régulier de personnes âgées qui arrivait du village. Bientôt, elle a eu les joues meurtries par leurs pincements de compassion et le frigo s'est retrouvé plein à craquer de ragoûts et de gâteaux. Au bout d'un moment, Dora s'est rendu compte que sa sœur avait eu raison de tourner la page – un deuil est une affaire sérieuse qui concerne les adultes –, et elle est montée la voir dans sa chambre.

« Cassie ? » Elle a secoué la poignée de la porte et entendu la voix étouffée de sa sœur.

« Quoi ?

— Je peux entrer ? »

Un soupir, suivi par le bruit d'une chaise qui racle le sol. Dora a de nouveau appuyé sur la poignée et la porte s'est ouverte toute grande. Cassie était en train de se rasseoir sur son lit, un flacon de vernis à ongles dans une main.

« Qu'est-ce que tu fais ?

— À ton avis ? »

Dora savait qu'il valait mieux ne pas répondre. Quand Cassie était de mauvais poil, il ne lui en fallait pas beaucoup pour exploser ; parfois, la réflexion la plus innocente valait à Dora de se faire éjecter du saint des saints. Elle a donc gardé le silence et s'est contentée d'observer de loin sa sœur qui appliquait une épaisse couche de vernis noir sur les ongles de ses orteils. Leur mère ne manquerait pas de piquer une crise.

« Cass ? a-t-elle risqué au bout d'un moment.

— Mmm ? » Elle n'a même pas levé les yeux.

« Qu'est-ce que tu crois que ça fait d'être mort ? »

Cassie s'est tournée pour considérer Dora de son regard bleu glacial, la main à mi-chemin entre le flacon et ses orteils. Elle a paru réfléchir un instant à la question. « Je pense que ça doit pas être si mal que ça. Paisible, calme… tu vois… » Elle s'est interrompue. « Comme quand tu es dans un bain chaud et que tu te contentes de flotter, la tête vide.

— Alors, ça fait pas mal ?

— Non. On ne sent rien quand on est mort. Tout s'arrête. »

Dora avait été un peu réconfortée, elle s'en souvient. Elle a vu Cassie se pencher, retirer les tortillons de papier hygiénique coincés entre ses orteils, puis vérifier d'un doigt si le vernis était sec. Apparemment satisfaite, elle a lancé à Dora :

« Je m'ennuie. Tu viens ?

— Où ça ?

— Dehors. Je ne supporte plus ces vieux qui envahissent la maison. C'est déprimant ! »

Dora, qui n'attendait que ça, a suivi sa sœur dans l'escalier, attrapé au vol leurs manteaux, leurs chaussures, et est sortie en courant dans le jardin de derrière. Toutes deux ont traversé la pelouse, sont descendues jusqu'au ruisseau, en bas du verger et ont observé en silence leurs bâtons qui glissaient vers la mer.

L'afflux soudain de souvenirs fait tressaillir Dora et, bien que le soleil conserve encore un peu de chaleur, elle frissonne et serre les bras autour de son corps. Est-ce à ce moment-là que les choses ont commencé à se déliter ? Car, à peine quelques semaines plus tard, la famille a quitté Londres pour s'installer à Clifftops. Est-ce à ce moment-là que tout s'est mis à s'effilocher ? Le premier fil qui a lâché dans le tissu de leur famille, était-ce le départ pour le Dorset ?

Dora baisse les yeux sur les tombes de ses grands-parents. Si elle ne peut pas leur offrir de fleurs, il y a quelque chose qu'elle peut faire. À genoux, elle arrache les mauvaises herbes qui ont poussé entre les pierres tombales et ne se soucie pas de l'humidité qui imprègne son pantalon. Pendant qu'elle s'active, elle perçoit le bruit des vagues qui se fracassent contre la falaise, un bruit étrangement apaisant, comme celui de sa propre respiration – inspiration, expiration, flux, reflux, toujours au même rythme.

Une fois qu'elle a arraché toutes les mauvaises herbes des monticules de terre qui recouvrent les cercueils, elle se lève et regarde vers l'horizon. Le soleil pâlit dans le ciel, descendant lentement vers la terre. Dora sait qu'elle doit retourner à Clifftops. À présent, il est trop tard pour rentrer à Londres. Il va falloir qu'elle passe la nuit ici.

Elle se redresse, encore incapable de jeter un coup d'œil à la pierre plus neuve, plus propre, qui se trouve à côté de celles de ses grands-parents et, tournant le dos à l'église, elle repasse le portail et remonte le sentier boueux qui la ramène à la maison.

8

Helen

Onze ans plus tôt

C'était la bousculade habituelle du matin. Même si on était à la veille des vacances scolaires, tout le monde courait, affolé, pour essayer de partir à l'heure. Helen s'arrachait les cheveux.

« T'aurais pas vu mes baskets, maman ?

— Près de la porte d'entrée, là où tu les as laissées, Dora. » Helen se tourna pour poser le lait et les bols de céréales sur la table. « Alfie, descends ! Tu vas tomber et te faire mal. »

Juché sur le dossier d'une chaise, en équilibre précaire, Alfie lui sourit.

« Alfie, je ne plaisante pas. Descends immédiatement. »

Sans se presser, il s'exécuta.

« Où est Cassie ? »

Dora haussa les épaules. « Encore couchée. »

Helen lâcha un gémissement. « Celle-là ! » Elle se précipita hors de la cuisine et se posta en bas de l'escalier. « Cassie ! Viens. Tu vas être en retard pour l'école. »

Richard apparut en haut des marches en bataillant

avec une cravate. Ses cheveux étaient encore humides après sa douche et son visage au teint pâle, qui réagissait violemment au rasage, était gagné par une rougeur prononcée. « Bonjour, chérie.

— Tu veux bien dire à Cassie de descendre en vitesse. Elle va encore rater le car. »

Richard fit demi-tour en pestant.

Vraiment, songea Helen, j'ai parfois l'impression d'avoir quatre gosses. Elle retourna dans la cuisine.

« Je ne les trouve pas, maman, elles ne sont pas là.

— Qu'est-ce qui n'est pas là, Dora ?

— Mes baskets.

— Écoute, si tu les rangeais tous les soirs comme je te l'ai demandé, tu ne les chercherais pas tous les matins. Tu y as pensé ? »

Dora leva les yeux au ciel et se précipita vers la serre.

Helen se hâta de regagner la cuisine et reporta son attention sur le petit déjeuner. Tout en ôtant un toast du grille-pain et en servant du jus d'orange dans les verres, elle demanda à Richard qui arrivait sur le seuil : « Tu le lui as dit ?

— Oui.

— Alors, elle descend ?

— Elle était encore couchée quand je suis entré dans sa chambre, mais elle a compris le message. » Richard s'assit et attrapa un toast. « Tu as acheté de la confiture ?

— Tu sais bien que je n'ai pas arrêté de courir toute cette semaine. Quand voulais-tu que je trouve le temps d'aller faire des courses ? »

Son ton était plus agressif qu'elle ne l'aurait voulu, mais, heureusement, Richard ne prit pas la mouche.

« Tu veux que je fasse un saut au supermarché en rentrant du travail ? demanda-t-il avec précaution.

— Non. » Elle secoua la tête. « Merci », ajouta-t-elle ensuite.

Richard haussa les épaules. « Tu sais, poursuivit-il en étalant du beurre sur la tranche de pain complet posée devant lui, si Cass se couchait à une heure raisonnable, nous n'aurions pas ce problème tous les matins. »

Helen soupira. Elle avait bien essayé, mais sa fille passait par une nouvelle phase. Personne, semblait-il, n'avait le droit de lui dire ce qu'elle devait faire. En voyant entrer Dora, Helen, bien contente de pouvoir changer de sujet, lui demanda : « Tu les as trouvées ?

— Oui.

— Alors, où étaient-elles ?

— Dans la boîte de jouets d'Alfie. C'est lui qui a dû les y mettre. »

Richard sourit avec indulgence. « C'est un petit plaisantin. Bonjour, Panda, tu as bien dormi ?

— Oui, merci. »

Helen ne put ignorer le regard éloquent que son mari lui jeta. Il comparait toujours ses deux filles, mais ce n'était pas juste. Elles étaient tellement différentes. Le jour et la nuit. Dora avait le tempérament de son père, on pouvait compter sur elle. Cassie était plus fougueuse. Ce qui n'était pas forcément un défaut.

« Puisqu'on parle d'Alfie, où est-il ? » dit Helen.

Plus personne ne prononça un mot et tout le monde tendit l'oreille pour savoir si le petit garçon ne faisait pas une bêtise. Tout était d'un calme inquiétant.

« Magnifique ! lâcha Helen dans un soupir. J'y vais. »

Un instant plus tard, elle le découvrit sur le canapé du petit salon. Il était planté devant le téléviseur, toujours dans son pyjama orné de dinosaures, ses cheveux paille encore plus électriques que d'habitude. À côté de lui, il y avait un gros tas de corn flakes. Le paquet vide traînait par terre et Helen apercevait tout juste le bord d'un bol qui pointait sous l'éboulement.

« Tu t'es servi ton petit déjeuner tout seul, Alfie ? » demanda-t-elle en examinant le gâchis.

Il hocha la tête, tendit une main dodue vers le tas de corn flakes et fourra un pétale de maïs dans sa bouche sans quitter des yeux le dessin animé.

« Tu avais faim ? »

Il hocha de nouveau la tête. « Alfie fait tomber. » Il considéra alors Helen de son regard bleu vif. « Pardon, maman. »

La frustration qu'elle avait ressentie en voyant cette pagaille s'évanouit aussitôt. « Bon, mais la prochaine fois, tu me demanderas de te servir ou tu demanderas à l'une de tes sœurs.

— J'arrive tout seul, affirma-t-il, toujours aussi indépendant, en enfournant d'autres céréales.

— Très bien, mais, écoute, Alfie, il ne faut pas se servir tout seul, d'accord ?

— Pourquoi ?

— Parce que si tout le monde se sert, il n'y aura bientôt plus rien dans le placard. »

Il la dévisagea avec intérêt. « Pourquoi ?

— Parce que maman ne fait les courses qu'une fois par semaine.

— Pourquoi ?

— Parce que maman est très occupée entre son travail et vous tous.

— Pourquoi ?

— Parce que c'est ce que font les mamans.

— Pourquoi ? »

Helen soupira. À l'évidence, il était entré dans la phase des « pourquoi ». Elle choisit de ne pas prendre de risque et de mettre un terme à la conversation. « Parce que. »

La tactique sembla efficace. Il retourna à l'écran de télévision, réduit pour un temps au silence. Mais bientôt, il pivota et sourit. « Maman est gentille. »

L'air idiot, elle lui retourna son sourire, le cœur gonflé de gratitude.

Enfin, après avoir plusieurs fois tenté d'arracher Cassie à sa chambre, s'être battue avec le lave-vaisselle, avoir dit sèchement au revoir à son mari et s'être disputée avec Alfie qui ne voulait pas abandonner un dinosaure en plastique, Helen poussa les filles dans l'allée, attacha son fils dans le siège-auto et sauta dans sa voiture. La journée se présentait mal.

Elle n'avait pas encore rejoint la route principale qu'un tracteur apparut un peu plus loin. « Merde ! » jura-t-elle en abattant la main sur le volant, excédée. Une fois de plus, elle allait arriver en retard à son travail.

« Mède, mède, mède ! » gazouilla Alfie à l'arrière.

Dans un sursaut de culpabilité, elle regarda le petit visage joufflu dans le rétroviseur. Richard lui recommandait souvent de faire attention à ce qu'elle disait devant les gosses, mais elle oubliait tout le temps.

« Verte, verte, l'herbe verte, Alfie. C'est ce que maman a dit, tenta-t-elle avec entrain.

— Mède ! » répéta Alfie en gloussant. Il avait presque trois ans et ne se laissait pas embobiner aussi facilement.

Helen soupira. Encore un mauvais point pour elle. À la crèche d'Alfie, elle n'avait déjà pas la cote avec Mme Kendall qui l'avait prise à part la veille et lui avait lâché d'un air réprobateur qu'il fallait vraiment qu'elle vienne chercher son fils à l'heure le soir. Si ça ne s'était produit qu'une fois, elle n'aurait rien dit, mais malheureusement ça devenait une habitude. Helen se consolait en pensant que, dès le lendemain, Alfie, les filles et elle seraient à la maison pour les grandes vacances. Plus besoin de veiller le soir pour préparer des cours à l'intention d'étudiants qui bâillaient et ne s'intéressaient pas à ce qu'elle racontait ; plus de trajets insensés à travers le Dorset ; plus de sentiment de culpabilité en s'apercevant qu'elle n'arriverait pas à l'heure pour récupérer Alfie. Du moins pendant six semaines.

La culpabilité la rongeait ces derniers temps. Helen adorait son métier, mais elle éprouvait de plus en plus de difficultés à jongler avec les différentes composantes de sa vie et avait l'impression de ne pas y arriver. Épouse, mère, professeur… elle essayait de son mieux de tout combiner comme les pièces d'un puzzle compliqué, mais, dès que l'une se mettait en place, la table bougeait et une autre était éjectée. Elle s'était plainte auprès de Richard pendant le week-end, mais il l'avait exaspérée en lui disant d'une voix douce qu'elle devrait peut-être envisager de laisser tomber son travail à l'université si elle avait l'impression de ne pas s'en sortir. Ils n'avaient pas vraiment besoin de son salaire, lui avait-il rappelé, et elle pourrait trouver plaisir à rester un peu plus à la maison. Obligeamment, il avait évoqué les rideaux du salon mangés aux mites qu'il fallait remplacer et l'épaisse couche de poussière qui couvrait les rayonnages de la bibliothèque.

« Qu'est-ce que j'ai dit ? Pourquoi tu me regardes comme ça ? avait-il demandé en voyant les traits de sa femme gagnés par la fureur. J'essayais seulement de t'aider… Je sais que tu aimes ton travail, mais nous ne devrions pas laisser la maison se délabrer. Tu n'as pas besoin d'être autant sous pression, pas pour nous. Pourquoi ne pas te détendre un peu et profiter du calme qu'on a ici au lieu de courir tous les jours à Exeter ? »

Elle avait failli lui jeter à la figure la casserole qu'elle tenait dans sa main. Pensait-il vraiment qu'elle allait renoncer à son travail pour rester à la maison et épousseter les étagères ? La connaissait-il donc si mal ? Elle n'avait pas la moindre intention de s'arrêter de travailler pour l'instant. C'était l'une des rares choses qui la passionnaient. Là-bas, elle se sentait elle-même, et non pas une femme d'intérieur mal fagotée ou une mère épuisée.

Helen suivit le tracteur dans un autre virage en épingle à cheveux et allait lâcher un chapelet d'insanités que n'auraient pas dû entendre de jeunes oreilles quand le conducteur se rangea sur le bas-côté pour la laisser passer. La route fut alors agréablement dégagée et, à peine vingt minutes plus tard, elle traversait en courant le parking de la crèche pour reprendre sa voiture. Elle avait réussi à éviter cette grincheuse de Mme Kendall, à mettre Alfie dans les bras d'une jeune et jolie employée dont elle ignorait le nom et à dire au revoir à son fils en agitant la main avec entrain.

« Amuse-toi bien, petit bonhomme, à cet après-midi. »

La lèvre inférieure d'Alfie tremblota un peu, mais la jeune femme qui le tenait attira habilement son attention sur un gros train rouge qui se trouvait à ses pieds.

Le quitter lui faisait toujours mal au cœur ; pourtant, elle commençait à apprécier l'impression qu'elle avait ensuite en montant dans sa voiture, en allumant la radio et en appuyant sur l'accélérateur. Elle savait ce qu'elle éprouvait : une impression de pure liberté. Était-il normal d'apprécier autant ces moments de solitude ? En devenait-elle pour autant une mauvaise mère ? Une mauvaise épouse ? Bon, songea-t-elle avec un sourire triste en se faufilant sur la route à deux voies, elle savait déjà qu'elle n'était pas une bonne épouse sans avoir besoin que Richard le lui rappelle comme il le faisait souvent ces derniers temps. La dispute de la veille n'était pas exceptionnelle. Elle ne se rappelait même pas comment elle avait commencé, mais elle n'en avait pas moins été rude. Les mots amers de Richard résonnaient encore à ses oreilles.

« Sommes-nous obligés de vivre dans ce chaos perpétuel ? avait-il demandé en flanquant à la poubelle le reste de son dîner. Je n'en peux plus. Ce n'est pourtant pas trop demander, si ?

— Non, bien sûr que tu ne m'en demandes pas trop ! Cassie ne m'en demande pas trop ! Dora non plus ! Et Alfie non plus ! Aucun de vous ne pense en demander trop, mais fais le compte et tu verras que je suis écartelée entre vous quatre. Je n'ai plus de temps pour moi. Je ne sais même plus qui je suis.

— Oh ! ne sois pas aussi mélo. D'autres femmes ont l'air de très bien combiner travail et vie de famille. D'ailleurs, je t'ai déjà dit, ce week-end…

— Alors, pourquoi est-ce que tu n'as pas épousé l'une de ces femmes formidables ? »

Et ils avaient continué à tout déballer, récents petits accrochages, contrariétés, jusqu'à en faire un beau gâchis. Richard était planté à l'autre bout de la cuisine, elle voyait sa bouche s'ouvrir et se fermer comme Charlie Brown lorsqu'il fait ouah ! ouah ! et elle ne pouvait s'empêcher de remarquer une touffe de poils agaçante qui sortait d'une de ses narines et bougeait au rythme de ses paroles. Elle comprit alors que ses sentiments pour lui s'étaient nettement affadis et, si elle ignorait ce qu'elle éprouvait à présent, en tout cas, il ne s'agissait plus de l'amour qu'il lui avait inspiré au début. Sonnée, elle ne comprenait pas comment ils en étaient arrivés là.

Au fil des ans, elle y avait beaucoup réfléchi en se demandant pourquoi elle avait accepté de l'épouser alors qu'ils se connaissaient à peine. La seule conclusion qu'elle avait pu en tirer, c'était qu'il l'avait séduite avec une fausse promesse. Non pas malveillante, mais rusée, subtile. Car son attitude lui avait paru romanesque et spontanée le soir où il l'avait demandée en mariage, les yeux emplis d'adoration et d'espoir, si bien qu'elle avait réussi à se convaincre que Richard était peut-être l'homme qu'il lui fallait. Il n'était pas seulement séduisant, intelligent, et un « bon parti », comme aurait dit sa belle-mère, il semblait en outre passionné et audacieux.

Pourtant, avec les années, la déception qui couvait en elle prit de l'ampleur quand Helen se rendit compte que la spontanéité et l'esprit d'aventure n'avaient pas survécu. La petite flamme n'avait brillé qu'un moment et s'était éteinte à jamais. La façon dont Richard se comportait lui avait promis quelque chose dont elle le savait à présent incapable. Il semblait conscient de sa déception – comment ne l'aurait-il pas été quand elle était aussi frustrée, chatouilleuse et sujette à des sautes d'humeur ? –, mais les précautions qu'il prenait, la voix douce avec laquelle il tentait de calmer le jeu ne faisaient que l'irriter davantage. Franchement, elle aurait préféré le voir hurler de rage, faire preuve d'un tempérament passionné, violent ; mais, à supporter tous les jours ses regards prudents, ses idées conservatrices, ses baisers précautionneux, ses chaussures parfaitement alignées dans le placard, sa façon impeccable de replier le journal, elle sentait monter sa colère, ressort comprimé sur le point de sauter.

Leur relation avait atteint une phase critique, une

sorte d'impasse dont ils ne parvenaient pas à s'extraire. À présent, chaque fois que l'un essayait de se rapprocher de l'autre, de renouer, ça se terminait mal. Les tentatives bien intentionnées de Richard pour lui donner un coup de main avivaient le sentiment de culpabilité d'Helen et la rendaient agressive ; et, quand elle finissait par perdre patience, la frustration et la déception qu'elle tâchait de contenir n'en explosaient que plus violemment. Maladroits, leurs rares efforts de réconciliation les éloignaient encore davantage, tels des aimants qui se repoussent.

En réalité, Helen portait le deuil de l'existence qu'elle s'estimait en droit d'attendre et qu'elle avait cru pouvoir partager avec Richard. Elle voulait lumières de la ville, activités culturelles, vie urbaine trépidante, voyages, aventure. Se retrouver dans un hameau côtier assoupi, habiter la vieille ferme si peu fonctionnelle dans laquelle son mari avait passé son enfance, lui paraissait inconcevable. Depuis le début, elle lui avait dit qu'elle souhaitait travailler, rester à Londres, que la vie de sa belle-mère ne la tentait vraiment pas. Et pourtant, voilà qu'ils étaient de parfaites réincarnations de Daphne et Alfred Tide. La piété filiale exagérée de son mari, qui tenait à honorer la mémoire de ses parents défunts, l'avait obligée à renoncer à ses rêves et à ses ambitions.

On en revenait toujours à cette fichue baraque ! On aurait dit qu'elle se dressait entre eux, ombre énorme qui pesait sur leur relation chancelante. Helen n'était pas stupide au point de ne pas se rendre compte qu'ils étaient installés là pour de bon. Richard ne quitterait Clifftops que les pieds devant ; quant à elle, elle n'avait aucune envie d'en faire autant. À moins de quarante ans, elle était bien trop jeune pour se résigner à une vie campagnarde paisible et somnolente. Cette idée suffisait à la faire frémir.

La vitre baissée de sorte que le vent s'engouffrait dans ses cheveux et les arrachait à leur barrette, Helen filait dans sa petite voiture. On avait annoncé un week-end chaud et elle était soulagée que les vacances soient bientôt là, mais, pour l'instant, elle se contentait de savourer sa solitude pendant le trajet et de profiter du soleil. La matinée était trop belle pour la gâcher en songeant à ses problèmes conjugaux. Elle chassa sa famille de son esprit et pensa aux activités qui l'attendaient. Elle avait un cours à donner, quelques copies à corriger et, ensuite, elle serait libre. Elle alluma la radio et accéléra. Pour une fois, elle sentait le sang battre dans ses veines et sa peau picoter au vent d'été. Pour une fois, elle se sentait vivante. La journée serait bonne.

Quelque vingt minutes plus tard, Helen se gara sur le parking réservé aux enseignants. Par miracle, elle était à l'heure. Elle essaya de ne pas regarder la place d'en face, mais n'y réussit pas. La petite MG verte était déjà là, son capot cabossé miroitant gaiement au soleil. Pour ne pas céder à la bouffée de chaleur qui gagnait son corps, elle attrapa les livres et les feuilles qui s'étaient étalés sur la banquette arrière et se dirigea vers le département des lettres classiques. Un stupide petit fantasme de femme au foyer n'était pas bien méchant.

« C'est notre dernier jour avec les mômes, hein ? lui lança Childs, le doyen, lorsqu'elle passa devant la porte ouverte de son bureau. Comptez-vous vous joindre à nous au pub tout à l'heure pour fêter ça ?

— Oui », acquiesça-t-elle, prise au dépourvu. Elle avait oublié le repas annuel des profs.

« Parfait, parfait. » Le professeur grisonnant hocha la tête. « Ça fait toujours plaisir de retrouver des gens intéressants. Et puis, j'aimerais savoir comment se sont passés vos cours ce semestre. Les étudiants m'en ont dit du bien.

— Formidable ! s'écria Helen avec un enthousiasme feint. Alors, à tout à l'heure. »

Désireuse d'écourter ce bavardage, elle fila au bout du couloir, ouvrit sa porte et la referma derrière elle avec un soupir. Le déjeuner à la cantine des enseignants était donc exclu, et par la même occasion, la possibilité de tomber sur lui.

Le simple fait de penser à une rencontre lui fit palpiter le ventre de désir. Elle se regarda dans le petit miroir accroché derrière sa porte. Ses cheveux mi-longs étaient décoiffés et bouclés après le trajet en voiture, et le vent lui avait rosi les joues. Elle s'était habillée avec soin car elle voulait paraître jeune, mais avait veillé à ne pas forcer le trait et avait l'impression d'avoir trouvé la note juste avec cette jupe aux motifs éclatants, qui descendait à mi-mollet, ce chemisier blanc bien ajusté, la large ceinture en cuir marron et des bottines. Pour une mère de trois enfants, elle n'était vraiment pas mal, même si ça n'avait plus beaucoup d'importance maintenant. Elle soupira. Cela valait sans doute mieux.

L'amphithéâtre était à moitié vide quand Helen y entra. Seul un petit nombre d'étudiants à la ponctualité inhabituelle étaient déjà installés. Elle se dirigea vers le pupitre, aligna ses documents et vérifia une dernière fois ses diapositives. À neuf heures et demie, elle était prête et, pendant que quelques retardataires se faufilaient à leur place, elle baissa les lumières, s'éclaircit la gorge et commença.

« L'*Iliade*. De toutes les épopées d'Homère, c'est peut-être la plus louée, la plus populaire. Et, au cœur de cette tragédie, il y a une femme : Hélène de Troie, fille, sœur, épouse, femme adultère, victime… à moins qu'elle ne soit… une traîtresse ? » Elle marqua une pause théâtrale. « Au cours des siècles, on l'a qualifiée de diverses manières… »

Helen balaya la salle du regard. Dans la pénombre, certains étudiants s'étaient mis à gribouiller furieusement. Elle en apercevait un ou deux adossés à leurs sièges, les bras croisés, les yeux levés vers l'écran. Tout à fait à droite, elle aperçut un étudiant la tête posée sur son pupitre, qui allait somnoler pendant une heure. Elle fit défiler les diapositives qui montraient des détails de fresques et de vases représentant Hélène et s'attarda sur le célèbre portrait exécuté au XIXe siècle par Evelyn de Morgan.

« Il s'agit sans aucun doute de l'une des femmes les plus séduisantes de la mythologie grecque. La beauté de son visage est responsable du funeste lancement de mille vaisseaux, et pourtant, avant que nous fassions sa connaissance dans l'*Iliade*, sa vie était déjà tragique et controversée. »

Du coin de l'œil, Helen vit la porte de l'amphithéâtre s'ouvrir. L'espace d'un instant, la silhouette d'un homme se découpa sur le seuil. Il se glissa sans bruit vers le siège le plus proche et la salle fut de nouveau plongée dans l'obscurité. Le tout ne dura que quelques secondes, mais Helen avait eu le temps de reconnaître l'intrus.

« Nous… Nous savons… euh… qu'Hélène était très belle. »

Elle luttait pour garder son sang-froid. *Concentre-toi sur le cours. Concentre-toi sur le cours.* Elle reporta les yeux sur l'écran, tenta d'ignorer son malaise et poursuivit :

« Mais il faut nous plonger dans le texte pour comprendre l'essence d'Hélène et ce qu'elle représentait à l'époque. Si nous examinons la pièce d'Euripide, écrite au ve siècle avant Jésus-Christ, nous trouvons un portrait d'elle très différent. Dans la première scène, Hélène... »

Elle oublia bientôt la présence de l'auditeur retardataire en s'absorbant dans son sujet. Puis vint le moment des questions des étudiants. Comme d'habitude, personne n'avait envie de se mettre en avant, mais, par miracle, une jeune fille leva la main. Helen n'en revenait pas.

« Oui, Jenny, vous avez une question à poser ?

— Euh... oui, je voulais demander si on ne pouvait pas rendre notre dissertation un peu plus tard ? »

Helen en fut accablée. Elle avait espéré une remarque qui aurait eu un rapport avec son cours. « Les travaux doivent être remis le premier jour de la rentrée. Si vous avez un problème pour respecter ce délai, il faudra venir m'en parler. Y a-t-il une autre question ? »

Elle allait leur souhaiter de bonnes vacances quand une belle voix de baryton rompit le silence.

« Oui. »

Helen eut un coup au cœur. « Euh... oui, monsieur... » Elle feignit de ne pas connaître son nom.

« Grey. Tobias Grey, artiste en résidence à l'université. J'espère que je ne vous ai pas dérangée en venant assister à votre cours aujourd'hui. Je l'ai trouvé passionnant.

— Merci, monsieur Grey, répondit Helen d'un ton solennel. Vous aviez une question ?

— Oui. J'aimerais entendre votre point de vue sur

la tension entre devoir et désir à laquelle est soumise Hélène. À votre avis, que dit Homère de son dilemme ? Est-ce qu'il veut mettre les femmes en garde contre les folies de l'adultère ? Ou bien nous dit-il qu'Hélène avait raison de s'enfuir à Troie avec Pâris ? De suivre les élans de son cœur ? »

Helen prit une profonde inspiration. Elle sentait les yeux écarquillés de ses étudiants fixés sur elle. « Eh bien, vous soulevez là un point intéressant, monsieur Grey. Cette tension est l'un des thèmes que j'ai demandé aux étudiants de développer dans leurs travaux. » Elle se força à se détourner de son regard brûlant pour considérer l'amphithéâtre. « Je crois que les choses sont plus compliquées qu'il n'y paraît et qu'il ne s'agit pas d'avoir raison ou tort. D'autres facteurs sont en jeu dans la vie d'Hélène et d'autres forces interviennent dans cette tragédie. Hélène est une femme complexe qui se trouve dans une situation précaire et, pour ne pas déflorer le sujet, je me contenterai de vous dire que j'ai hâte de savoir comment mes étudiants traiteront son dilemme dans les devoirs qu'ils me remettront au début du trimestre prochain. »

Un grognement se fit entendre dans l'amphithéâtre. Les rares étudiants qui écoutaient encore se rendaient compte qu'Helen ne trahirait rien de son propre point de vue sur la question et qu'il leur faudrait réfléchir par eux-mêmes.

« Y a-t-il une autre question ? »

Rien, hormis le bruissement de papiers et de sacs. Les étudiants se préparaient à partir.

« Bien. Je vous souhaite de passer de très bonnes vacances et j'espère retrouver certains d'entre vous l'année prochaine dans mon cours intitulé sexualité et genre masculin et féminin dans l'Antiquité. »

Tout le monde se rua vers la sortie et la salle s'emplit soudain des bavardages des jeunes gens stimulés et surexcités par leur liberté imminente. Helen secoua la tête et rassembla ses affaires. Elle avait du mal à comprendre les étudiants de premier cycle. À son époque, ils faisaient preuve de davantage de réactivité et d'intérêt pour leurs sujets d'étude, elle en était certaine.

« Hello ! C'était formidable, Helen. » Tobias s'avançait dans l'allée.

« Bonjour. » Elle était mortifiée en se sentant rougir. « Que faites-vous ici ? Je pensais que vous donniez vos derniers cours aujourd'hui.

— Je les ai terminés hier. Je suis juste venu ranger mon bureau et, tout d'un coup, j'ai eu envie de voir ce qui se passait dans le département des lettres classiques. Ça ne vous dérange pas au moins ?

— Non, j'espère seulement que vous ne vous êtes pas trop ennuyé. » Elle savait qu'elle quêtait son approbation, car son jugement comptait beaucoup pour elle.

« C'était fascinant. Vous avez vraiment la manière. Ces gosses étaient pendus à vos lèvres.

— Allons donc ! Sûrement pas. Vous n'avez pas vu Kim Winslow presque endormie au dernier rang ? »

Tobias secoua la tête et sourit. « Vous êtes trop dure avec vous-même. D'après ce que je sais de Kim Winslow, c'est déjà un miracle qu'elle soit venue assister à un cours. »

Helen eut un grand sourire et un silence gêné s'abattit sur eux.

Il s'éclaircit la gorge. « Écoutez, que diriez-vous d'aller déjeuner quelque part ? C'est la dernière occasion avant les vacances. Je vous invite. »

Elle sentait ses yeux scruter les siens et se tourna vers le pupitre pour fixer son attention sur sa pile de documents.

« Après tout, poursuivit-il, moi, je n'ai pas à rédiger de dissertation. Vous pouvez me parler du conflit d'Hélène entre devoir et désir. »

Il flirtait avec elle, elle le voyait bien, et ce n'était pas nouveau. Mais c'était la première fois qu'il l'invitait quelque part. L'excitation hérissait les poils de ses avant-bras.

« Les enseignants sont conviés à un déjeuner pour fêter la fin du trimestre, dit-elle en manipulant ses papiers.

— Oh ! C'est vraiment pas de chance. » Tobias avait l'air déconfit. « Je connais pourtant un endroit formidable… Une autre fois, alors. »

Un horrible affolement submergea Helen. « Je pourrais essayer de me libérer, je suppose… » Les mots étaient sortis de sa bouche avant qu'elle puisse les retenir.

« C'est vrai ?

— Oui. En fait, ce sont les vieilles badernes du département qui vont se réunir et il y aura d'autres déjeuners de ce genre.

— Magnifique, Helen. Vous êtes sûre de pouvoir vous libérer ? »

Helen réfléchit un instant. « Je vais devoir feindre un mal de tête, et nous nous esquiverons une fois qu'ils seront tous partis. Sinon, ils risqueraient de se vexer, vous comprenez.

— Ça me paraît très sage. »

Lorsqu'il lui sourit, ses yeux se plissèrent d'une manière séduisante, et elle sentit une chaleur soudaine irradier du plus profond de son être.

« Si je vous appelais une fois qu'ils seront tous partis ? suggéra-t-elle. Nous pourrons alors y aller. Ça vous convient ?

— Tout à fait. Vous ne le regretterez pas, Helen. Ce

restaurant est excellent. Ils font les meilleures *linguine* au crabe que j'ai jamais mangées. »

Elle sourit. « J'en ai déjà l'eau à la bouche. »

Pendant le reste de la matinée, Helen eut l'impression que l'aiguille des minutes de sa montre se traînait. Elle essaya de s'occuper en classant ses notes et en arrangeant différemment les ouvrages de référence sur ses rayonnages, mais rien ne pouvait l'empêcher de penser à Tobias.

Il y avait longtemps – plus de trois ans – qu'elle était entrée par hasard dans sa galerie pour s'abriter d'une pluie battante. Ce jour-là, elle avait quitté la maison dans une colère noire, suite à une nouvelle dispute violente avec Richard, et avait pris la voiture pour se rendre à Bridport uniquement parce qu'elle voulait fuir son foyer. Elle avait erré sans but dans les rues jusqu'au moment où une averse soudaine l'avait forcée à se réfugier dans ce petit atelier où elle n'avait l'intention de rester que quelques minutes.

La galerie était vide, si bien qu'elle avait posé son parapluie trempé contre le mur et s'était tournée vers les tableaux exposés. Aussitôt, elle avait été fascinée. Les murs étaient couverts de peintures à l'huile sombres montrant la côte du Dorset. On y voyait une représentation réaliste de la nature en train de se déchaîner. Dans un état de surexcitation, Helen s'arrêta devant chaque toile pour l'examiner avec soin. Ces tableaux rendaient à la perfection le maelström d'émotions qui faisait rage en elle depuis qu'ils s'étaient installés sur la côte. Elle savait qu'elle était tombée sur quelque chose d'important, peut-être même sur quelqu'un de merveilleux.

« Puis-je vous aider ? »

Un jeune homme s'était avancé vers elle. Grand, musclé, les épaules larges et les cheveux bruns coupés très court. Il avait un visage volontaire, bronzé, des yeux marron saisissants et des rides d'expression séduisantes autour de sa large bouche. Sa tenue était simple, jean et chemise bleu pâle éclaboussée de peinture, dont les manches retroussées laissaient voir un tatouage celtique qui entourait la peau lisse de son biceps.

« Avez-vous besoin d'aide ? avait-il demandé en s'essuyant les mains sur un chiffon.

— Je jette un coup d'œil. Ça ne vous dérange pas ? »

Lorsqu'il s'était approché, Helen avait éprouvé une drôle de sensation. Son estomac avait fait une curieuse embardée. Incapable de croiser le regard de l'homme, elle s'était tournée vers le tableau le plus proche.

« Ça vous plaît ? »

Elle avait senti qu'il s'approchait toujours davantage et elle avait gardé les yeux fixés sur la toile. « Oui, beaucoup.

— La nature. Nous sommes à sa merci, pas vrai ? » Il avait pivoté et montré le temps détestable et la pluie qui cinglait la vitrine de sa galerie. « C'est pour ça que vous êtes ici, je suppose ? Pour vous abriter de la pluie ? »

Helen était gênée, mais il continuait à lui sourire.

« Ne vous inquiétez pas. J'ai toujours plus de visiteurs quand il pleut. Vous n'avez pas besoin d'être polie. Vous êtes la première personne qui pousse la porte aujourd'hui, alors je suis content de vous voir. »

Helen avait hoché la tête et lui avait adressé un sourire timide, soudain consciente d'être trempée. Il parlait avec un accent gaélique, irlandais, peut-être, mais elle n'en était pas sûre. Elle n'était pas douée pour reconnaître les accents.

« Voilà ce qui m'intéresse… » Il s'était tourné pour regarder le minuscule bateau à voile écrasé par un immense océan déchaîné. « La brutalité de la nature. » Il s'était tu un instant. « Terrifiant, hein ? »

Elle s'était rendu compte qu'elle le dévisageait toujours, si bien qu'elle avait pivoté vers le tableau et incliné la tête. Elle ne savait pas au juste s'il parlait du temps qu'il faisait ou de son œuvre, mais, de toute façon, il avait raison. Il s'était approché un peu plus d'elle et elle avait senti l'air chaud se déplacer autour d'eux.

« Laissez-moi tout vous montrer, avait-il proposé avec un soudain sourire. Je m'appelle Tobias. Tobias Grey.

— Et moi Helen », avait-elle dit en serrant la main qu'il lui avait tendue. Elle avait sursauté en sentant la décharge électrique qui était remontée le long de ses doigts au contact de sa peau.

Avec un grand sourire, il avait suggéré : « Venez, j'ai un tas d'autres peintures à l'étage. »

Elle avait passé une heure à le suivre dans les deux niveaux de son atelier pendant qu'il lui expliquait en détail ses techniques et les influences qui l'avaient marqué et, étonnée, s'était retrouvée dehors avec une grande toile enveloppée dans du papier marron, attachée par une ficelle, et, dans sa poche, une petite carte sur laquelle était noté son numéro de téléphone.

« Appelez-moi si cette toile ne va pas dans votre pièce, avait-il proposé en la raccompagnant devant la porte. Vous pourrez l'échanger contre une autre. Je tiens à ce que vous soyez contente. » Il s'était tu à nouveau. « Ou vous pouvez me téléphoner pour n'importe quelle autre raison. » La lueur malicieuse qui brillait dans ses yeux était éloquente.

Muette, elle s'était contentée de rougir et de tourner les talons en se hâtant pour remonter la petite rue sans jeter un regard en arrière.

Helen consulta une nouvelle fois sa montre. Encore une vingtaine de minutes avant que les enseignants de son département se rassemblent pour aller déjeuner. N'arrivant même plus à faire semblant de travailler, elle ferma les yeux et s'abandonna à ses souvenirs.

C'était seulement en arrivant chez elle et en déballant le tableau qu'elle avait pris conscience de sa force. Il était magnifique et allait très bien au-dessus de la cheminée. Le simple fait de le regarder lui donnait de l'énergie ; et il lui rappelait aussi ces yeux marron qui la sondaient, ce qui ne gâtait rien. En y pensant, elle avait le souffle coupé. Elle tournait et retournait la carte sur laquelle était écrit un numéro de téléphone et se persuadait qu'elle ne devait jamais revoir cet homme.

Et elle s'y était tenue. En revanche, après avoir senti une étincelle rallumer une flamme dans son ventre, elle s'était jetée sur Richard qui, surpris et ravi, avait répondu à son attente. Six semaines plus tard, elle considérait la fine ligne bleue du test de grossesse, tout aussi terrifiée que comblée.

Alfie. Il lui suffisait de penser à lui pour sourire. Sa dernière grossesse représentait un cadeau inattendu. Chaque fois qu'elle songeait à cette tignasse de cheveux paille, à ces dents que découvrait ce grand sourire de travers, à ce rire impertinent, contagieux, elle se sentait fondre. Il était vraiment adorable. Tout le monde le disait.

Bien sûr, il y avait aussi des problèmes. Quelle famille n'en a pas ? Parfois, Alfie se lassait des déguisements qu'aimait Dora, ou ne voulait pas se coucher, et il se mettait en colère. Ou Cassie piquait une crise quand il entrait dans sa chambre et fouillait dans ses affaires. Alfie s'attirait des ennuis plus souvent qu'à son tour, sa curiosité le poussant dans la vie tel un kamikaze, mais les petits garçons étaient comme ça, on ne pouvait pas les élever dans du coton.

Oui, c'était Alfie qui avait mis à distance ces premiers souvenirs agréables de Tobias. De temps à autre, elle se surprenait à rêver devant la peinture accrochée au-dessus de la cheminée et à imaginer ce qui aurait pu se passer, mais c'était un plaisir secret, coupable, un simple fantasme, destiné à le rester.

Jusqu'à ce que, quatre ans plus tard, en commençant ses cours au début du trimestre, elle s'aperçoive que l'université d'Exeter avait invité l'artiste réputé de la région, Tobias Grey, à enseigner la peinture. Elle comprit alors que ce coup du destin allait compliquer sa vie.

Après quelques minutes interminables passées à trier ses mails et à regarder par la fenêtre le flot d'étudiants qui s'écoulait vers la cafétéria du campus, elle entendit frapper à la porte.

« Entrez ! répondit-elle, soulagée.

— Je voulais juste voir si vous vous sentiez mieux. » Joan White, la secrétaire du département, au tempérament maternel, montra le bout de son nez.

Helen se frotta les tempes. « Désolée, Joan, mais j'ai la tête qui m'élance. Je crois que je vais devoir rentrer chez moi.

— Oh ! pauvre petite. C'est vrai que vous êtes un peu rouge. » Joan fit une grimace de compassion. « Ça tombe vraiment mal, juste au début des vacances.

— Oui, le moment est mal choisi. » Helen tenta de

paraître navrée. « Je regrette de ne pas pouvoir venir. Amusez-vous bien. Et passez un excellent été…

— Merci, Helen, vous aussi. »

Joan referma la porte derrière elle et, quelques instants plus tard, Helen entendit les autres enseignants quitter le département. Une fois les lieux parfaitement silencieux, elle décrocha le téléphone. Tobias répondit presque aussitôt.

« Ils sont partis. Je suis libre. »

Il se mit à rire tout bas. « Ah, Helen, j'aimerais vraiment que vous le soyez. »

C'était la première fois qu'il formulait son désir et elle sentit qu'elle en avait la gorge nouée. Qu'était-elle en train de faire ? Une folie ! Elle était mariée et avait trois charmants enfants à la maison. Était-elle vraiment prête à risquer tout cela pour un flirt délirant avec un homme qu'elle connaissait à peine ? D'ailleurs, elle avait entendu dire à l'université que Tobias était marié lui aussi. Alors, et sa femme ? Peut-être avait-elle mal interprété sa proposition. Peut-être désirait-il seulement son amitié. Bon sang, elle réagissait en adolescente ! C'était ridicule.

Elle ferma les yeux. Il n'était pas trop tard. Elle pouvait tout annuler, avant que le mal soit fait. Elle pouvait sauter dans sa voiture et, dans une heure, elle serait à Clifftops, entre les murs étouffants de cette vieille baraque ouverte à tous les vents, considérerait la pile de linge sale de plus en plus haute dans la buanderie ; se demanderait comme tous les jours ce qu'elle allait faire manger à Alfie ce soir-là ; resterait immobile à côté de son mari en train de ronfler, avachi, et se dirait que sa vie fichait lentement le camp.

« Je vous retrouve sur le parking dans deux minutes », dit-elle, et elle raccrocha avant de pouvoir revenir sur sa décision.

Ils sortirent de la ville en empruntant l'A30. Helen avait pris sa voiture et suivait la vieille MG de Tobias en veillant à ne pas perdre de vue son pare-chocs cabossé. Pour ne plus penser à la folle insouciance de son comportement, elle monta le son de la radio. À chaque croisement, elle se disait qu'il fallait faire demi-tour, rentrer chez elle, mettre fin à tout cela, mais elle en était incapable. Ce qui l'attendait lui donnait des frissons dans tout le corps.

Après quelques kilomètres, ils bifurquèrent pour traverser un joli village aux pittoresques maisons trapues et au vieux pressoir à cidre, puis s'arrêtèrent sur le parking en gravier du *Kings Arms*. Ils se garèrent côte à côte et sortirent au soleil. Tobias lui adressa un sourire ravageur.

« Je suis content de vous voir ici. J'avais la curieuse impression que vous risquiez de changer d'avis. Sans arrêt, je regardais dans mon rétroviseur pour vérifier que vous n'aviez pas rebroussé chemin.

— J'y ai pensé, en effet.

— Je suis heureux que vous ne l'ayez pas fait. Vous pouvez repartir quand vous voudrez, mais maintenant que nous sommes là, buvons au moins un verre avant que vous preniez la fuite, d'accord ? »

Helen acquiesça. Lorsqu'ils remontèrent l'allée, le gravier crissa sous leurs pieds et, pour entrer dans la salle enfumée du pub, Tobias posa la main sur le dos d'Helen.

Ils trouvèrent un box dans un coin tranquille et Tobias alla commander les boissons. En s'asseyant sur la banquette en velours, Helen regarda nerveusement autour d'elle. Ils avaient beau se trouver à plusieurs kilomètres de chez elle, l'idée qu'on pouvait la reconnaître l'obsédait. L'un des hommes accoudés au comptoir semblait la dévisager et, durant un instant interminable, elle se demanda s'il la connaissait, ou s'il connaissait Richard.

« Vous êtes ravissante. J'aime bien vos cheveux lâchés. » Tobias déposa leurs boissons sur la table entre eux. Une lueur amusée passa dans ses yeux marron. « Pourquoi rougissez-vous ?

— Je ne rougis pas, c'est seulement qu'il fait un peu chaud ici. »

Tobias sourit. Tous deux savaient qu'elle mentait.

Elle attrapa son verre de vin. « À votre santé.

— À la vôtre. » Sans la quitter des yeux, il but un long trait. « Alors, vous avez faim ? » demanda-t-il lorsqu'il reposa sa chope sur son petit dessous de verre en carton.

Elle haussa les épaules. « Pas vraiment. » L'excitation faisait faire de telles embardées à son estomac qu'elle savait qu'elle ne pourrait rien avaler.

« Moi non plus », reconnut-il.

Tous deux se regardèrent un instant avant d'éclater d'un rire nerveux.

« Ça fait drôle, hein ? dit-il.

— Oui.

— Écoutez, je me suis posé des questions à votre sujet… depuis que vous êtes entrée dans ma galerie. Alors, quand je vous ai vue à l'université, je n'y croyais pas. C'était un peu un signe du destin.

— Vous vous souveniez de moi ? » Helen était étonnée et flattée.

Tobias le confirma et baissa la tête d'un air honteux. « Mais maintenant que nous sommes ici, je ne trouve rien à vous dire. C'est lamentable, n'est-ce pas ? »

Helen était surprise. Donc, Tobias lui aussi était nerveux. « Je ressens la même chose, avoua-t-elle.

— Les mots ne sont pas mon fort. Je me débrouille mieux avec un pinceau. » Il marqua une pause. « J'aimerais beaucoup vous peindre. Vous avez une ossature merveilleuse. Et votre peau est si… lumineuse. »

Helen baissa les yeux sur son verre de vin.

« Pardon.

— Il n'y a pas de mal.

— Je ne voulais pas vous effrayer.

— Je sais. »

Peu à peu, ils s'habituèrent au cadre et, en buvant un autre verre, ils se détendirent, si bien que la conversation devint plus naturelle. Tobias était de bonne compagnie. Il l'amusa avec des anecdotes sur ses étudiants et sur certains clients excentriques de sa galerie et, bientôt, ils rirent et plaisantèrent sans effort.

Soudain il lui demanda : « Dites-moi une chose : que fait une femme comme vous cloîtrée dans un village assoupi de la côte ?

— Que voulez-vous dire par là ? » Helen posa les yeux sur le tatouage sombre qui lui entourait le biceps. Elle avait toutes les peines du monde à se retenir de le toucher.

« Vous êtes différente des gens du coin. »

Helen était flattée. « Différente ? Je ne crois pas, non, même si je le croyais autrefois. Je rêvais d'imprimer ma marque, de faire quelque chose de ma vie. Mais j'ai l'impression de me réveiller dix-sept ans plus tard en femme au foyer mûre qui mène l'existence dont rêve l'Angleterre profonde. C'est déprimant !

— Vous ne me paraissez vraiment pas être ce genre de femme, Helen.

— Je n'ai jamais réellement voulu m'installer dans le Dorset, confia-t-elle. J'étais sûre de devenir folle coincée ici.

— Alors, pourquoi êtes-vous venue ?

— Parce que ça comptait beaucoup pour ma famille.

— Elle passe en premier pour vous ? »

Helen hocha la tête.

« Le devoir l'a emporté sur le désir. » Il sourit, puis redevint sérieux. « Vous êtes quelqu'un de bien. »

Helen haussa les épaules. À ce moment précis, assise face à Tobias, elle se sentait très, très dépravée. Elle jeta un coup d'œil à sa montre. Il était trois heures et demie de l'après-midi. Comment cette chose s'était-elle produite ?

« Est-ce que vous devez partir ? demanda-t-il.

— Non, j'ai trop bu. Je ne pense pas être en mesure de conduire. Du moins, pas pour l'instant. » Elle se sentait effectivement ivre, ivre d'alcool et de désir sexuel.

« Moi aussi, reconnut Tobias.

— Alors, qu'est-ce qu'on fait ? »

Suggestive, sa question resta suspendue entre eux.

Il considéra un instant Helen, puis, sans la quitter des yeux, glissa la main dans sa poche et en retira lentement une grosse chaîne en laiton avec une seule clé qui oscillait au bout. « C'est pour une chambre, à l'étage. Si vous partez maintenant, je ne vous en voudrai pas, Helen. Je ne vous force pas. »

Elle déglutit.

« Mais si vous avez envie de… si vous ressentez ce que je ressens en ce moment… »

Quand il lui caressa la joue, elle trouva tout naturel de nicher son visage dans le creux de sa main. De son pouce, il lui effleura les lèvres, un geste étrange, sensuel qui lui fit tourner la tête.

« Je suis plus âgée que vous.

— Et alors ?

— Je suis mariée.

— Moi aussi.

— J'ai trois enfants.
— Je sais.
— Et vous voulez encore de moi ? »

Il le confirma. « J'ai eu envie de vous dès que vous êtes entrée dans mon atelier ce fameux jour où il pleuvait à verse. »

Helen déglutit et ferma les yeux. C'était maintenant ou jamais. Elle pouvait monter dans sa voiture, partir et ne plus jamais revoir cet homme. Elle pouvait se lever de table, le remercier pour les consommations qu'il lui avait offertes, sortir du pub et mettre le plus de distance possible entre eux.

Elle ouvrit les yeux. La chaîne posée sur la table attirait son regard. D'une main, elle la saisit et la soupesa avec soin. « Personne ne le saura. »

Tobias sourit.

« Je ne plaisante pas. »

Il hocha la tête. « Ce sera notre secret, Helen, je vous le promets. »

Satisfaite, elle avala sa dernière gorgée de vin et se tourna vers lui. « Vous venez ? » demanda-t-elle.

Ils empruntèrent l'escalier étroit qui menait à l'étage en riant et en s'étreignant et se précipitèrent dans leur chambre. Tobias referma la porte, s'y appuya, soudain sérieux, les yeux plongés dans ceux d'Helen.

« Ça va ? demanda-t-il.
— Oui, et vous ?
— Oui. Vous êtes sûre que c'est ce que vous voulez ? »

Helen le confirma.

Il s'approcha d'elle, la prit dans ses bras et l'embrassa à pleine bouche. Ivre de désir, elle se pressa contre lui. Bientôt, il la tint à bout de bras.

« Mon Dieu, que tu es belle. Déboutonne ton chemisier. Laisse-moi te voir.

— Je… euh… » Elle était troublée.

« Chut ! » Il lui mit un doigt sur les lèvres. « Ce n'est pas le moment de parler. »

Lentement, Helen déboutonna son chemisier en soutenant le regard de Tobias et en luttant contre l'envie de cacher ses seins derrière ses mains. Il y avait bien longtemps que personne, sauf Richard, ne l'avait vue nue, et elle savait que son corps avait changé depuis sa jeunesse. Les grossesses et les années étaient passées par là. Tobias parut remarquer son angoisse. Il sourit, la serra de nouveau dans ses bras, l'embrassa sur la bouche avec une telle passion qu'elle oublia sa nervosité et se concentra sur la sensation de velours tiède qui s'emparait de son ventre.

« Tu es jolie, souffla-t-il. J'aimerais te peindre, debout dans ce rayon de soleil, les yeux fermés comme ça. »

Il suivit lentement le contour de sa clavicule, fit courir le bout d'un doigt jusqu'à son poignet. Se regardant toujours dans les yeux, ils s'étreignirent les mains. Puis Tobias ôta la ceinture qu'elle portait à la taille. Helen frissonna lorsqu'il laissa tomber sa jupe sur le sol et s'agenouilla pour l'embrasser. Dès que ses lèvres effleurèrent sa peau, elle lâcha un petit soupir de capitulation et ferma les yeux.

Elle se réveilla en sursaut avec un sentiment de culpabilité. Tobias était toujours couché près d'elle, nu, sur l'affreux couvre-lit à fleurs qu'ils n'avaient pas pris le temps de repousser. Elle considéra un instant la courbe de ses larges épaules, les poils bruns qui parsemaient sa poitrine et couraient jusqu'au bas-ventre et aux longs muscles de ses jambes, ses joues empourprées par le sommeil, ses longs cils recourbés. C'était un homme viril et pourtant étrangement vulnérable quand il dormait, il avait presque quelque chose d'enfantin. Elle sentit une nouvelle bouffée de désir et se maîtrisa. Le soleil avait baissé et la pièce était à présent baignée d'une chaude lumière ambrée. Helen attrapa le poignet de Tobias pour lire l'heure à sa montre.

« Merde, merde de merde ! » Elle sauta du lit.

Tobias ouvrit un œil languissant. « Qu'est-ce qui ne va pas ?

— Je suis en retard. Voilà ce qui ne va pas. » Elle courut dans la chambre pour rassembler ses vêtements, passa les bras dans son chemisier et trébucha en même temps sur sa jupe. Elle se sentait poisseuse entre les cuisses et essaya de ne pas y penser ; elle n'avait pas le temps de prendre une douche.

« Ne me dis pas que tu t'en vas ? gémit Tobias, toujours allongé.

— Il le faut. Alfie va m'attendre à la crèche. Mme Kendall m'a déjà passé un savon cette semaine parce que j'arrivais en retard.

— Corrige-moi si je me trompe… » Tobias bâilla. « Tu ne les paies pas pour s'occuper de ton fils ?

— Si ! s'écria Helen, exaspérée, en cherchant partout ses sous-vêtements. Mais ils ferment à cinq heures et demie et, à ce train-là, je ne vais pas pouvoir y être avant six heures.

— Dis-leur que tu étais coincée dans les embouteillages. »

Helen récupéra sa culotte sous le secrétaire d'époque et la fourra dans son sac à main. « Tu ne comprends pas. Ce n'est pas seulement à cause d'eux. Le pauvre Alfie va m'attendre. » La culpabilité la submergea soudain. Elle imagina son fils seul, le dernier qui restait encore à la crèche pendant que Mme Kendall, impatiente, tournait autour de lui. Que faisait donc Helen dans cette chambre avec cet homme ? Elle avait une famille, un mari, des enfants qui avaient besoin d'elle, bon sang !

Tobias lut ces sentiments sur ses traits et sauta du lit. « Non, Helen, ne fais pas ça. » Il la saisit par les épaules et la força à le regarder. « Ne te sens pas coupable pour ce qui vient de se passer. Nous n'avons pas de méchanceté en nous. Nous ne faisons de mal à personne. Nous ne sommes que deux adultes qui nous amusons un peu.

— Nous sommes tous les deux mariés, Tobias.

— Oui, mais nous ne sommes pas la propriété de nos conjoints. Tu n'es pas une chose que Richard garde sous clé… »

Helen tenta de l'interrompre. Pour être juste, Richard ne lui avait jamais donné cette impression, mais Tobias la fit taire en lui couvrant la bouche. Elle sentit sa propre odeur sur ses doigts et déglutit avec difficulté, envahie par un mélange enivrant de culpabilité et de désir sexuel.

« Helen, tu mérites un peu de bonheur. Aie confiance en moi, nous n'avons rien fait de mal, d'accord ? »

Elle garda le silence. Non, elle n'avait pas l'impression d'avoir fait quelque chose de mal.

« D'accord ? répéta Tobias.

— D'accord, répondit-elle en soupirant.

— Bon, quand est-ce qu'on se revoit ? Et ne me parle pas de la rentrée, en automne, parce que je ne pourrai jamais attendre jusque-là.

— Je ne crois pas que… Avec les vacances… les gosses…, bafouilla Helen avec nervosité.

— Je t'appellerai. » Il leva la main en voyant Helen ouvrir la bouche pour protester. « Pas de problème. Si tu ne peux pas parler, tu n'auras qu'à dire que c'est une erreur de numéro et je raccrocherai. »

Helen acquiesça, attrapa son sac et enfila ses chaussures. « Excuse-moi, il faut vraiment que je parte.

— Je sais. » Il l'embrassa férocement sur la bouche, comme s'il voulait qu'elle soit à lui une dernière fois. « Tu ne regrettes pas ? »

Quand elle lui sourit, il plongea ses yeux marron dans les siens et se pressa contre elle. En sentant qu'il avait une nouvelle érection, elle laissa échapper un petit gémissement. Il lui adressa un sourire triomphant.

« Non, dit-elle enfin. Je ne regrette pas. »

L'été fut étouffant, gorgé de sexe et de frissons dangereux. À plusieurs reprises, submergée de culpabilité, Helen essaya de mettre fin à sa liaison, mais renoncer à Tobias finissait toujours par lui paraître insurmontable. Chaque fois qu'elle le quittait en sentant brûler en elle désir sexuel et culpabilité, elle se disait que c'était la dernière fois qu'elle le voyait. Mais il était comme une drogue pour elle et elle ne pouvait pas supporter d'en être privée. Il était très différent de Richard. Jeune, passionné et tellement convaincant. Avec lui, elle se sentait belle. Aimée. Elle se persuadait qu'il était son plaisir coupable, son unique aventure. Le reste du temps, elle faisait passer les autres avant elle, Richard, les gosses. Tout ce qu'elle voulait, c'était s'amuser un peu. Elle ne faisait de tort à personne. Ce n'était qu'un innocent petit badinage entre deux adultes consentants. Personne n'avait besoin de le savoir.

Pour compenser, ils se montrèrent de plus en plus prudents quand ils se donnaient rendez-vous. Il ne venait jamais chez elle, c'était elle qui se rendait dans son atelier, ou dans l'un des petits pubs perdus du coin. Ils s'arrêtaient souvent sur la route et, tels des adolescents qui n'ont nulle part où aller, se couchaient dans les champs de blé. C'était magique. L'été avait fini par arriver et s'épanouissait en entraînant dans son sillage chaleur et beauté. Les jours où les oiseaux gazouillaient et les arbres offraient leur ombre diaprée, être couchée dans les bras de Tobias et regarder le ciel bleu à travers les branches semblaient la chose la plus naturelle du monde. Là, elle laissait sa vraie vie s'estomper comme les lambeaux de nuages qui filaient au-dessus d'eux.

Même la dernière semaine de vacances, alors qu'elle savait qu'ils retourneraient bientôt à l'université, elle ne put lui résister.

« Je sais que nous allons bientôt reprendre les cours, mais il faut que je te voie, murmura-t-il au téléphone. Ton corps me manque. Ta peau me manque. Ton odeur me manque. »

Helen eut du mal à avaler sa salive. Dora se trouvait juste à côté dans la cuisine et enfournait des céréales. On aurait dit qu'elle faisait partie d'un autre monde. Alfie poussait des voitures faites de boîtes d'allumettes avec force bruitages imitant dérapages et accidents. Cassie était toujours au lit, à l'étage, et profitait de la dernière grasse matinée des vacances. Helen était censée passer la journée avec ses enfants. Les filles retourneraient en classe la semaine suivante, puis le train-train de la vie réelle recommencerait.

« Si tu viens, je te promets de t'embrasser de la nuque, là où les petits cheveux forment une boucle, jusqu'au bout des orteils. »

Helen lâcha un petit soupir involontaire. « Je vais venir.

— C'est vrai ?

— Oui. Accorde-moi une heure.

— Formidable. Alors, à l'endroit habituel.

— Oui. » Helen raccrocha et se tourna vers Dora en souriant. « C'était mon travail, malheureusement, ma chérie. »

Dora leva les yeux sur elle. Sans un mot, elle continua à enfourner des céréales.

« Il faut que j'aille à l'université, des détails de dernière minute à régler. Vous pourrez vous occuper de votre frère aujourd'hui, Cassie et toi ? »

Dora immobilisa sa cuillère entre son bol et sa bouche et considéra un instant sa mère. « Aujourd'hui ?

— Oui, confirma Helen d'un ton patient. Juste pendant quelques heures. »

Dora soupira. « On est obligées ? »

Le sang d'Helen commençait à bouillir. « Oui. »

Il y eut un silence. « C'est pas juste, gémit Dora. Pourquoi aujourd'hui ?

— J'ai des choses importantes à faire. » Helen soupira. « Il faut que range mon bureau, que je trie des papiers et que je revoie les emplois du temps avec le doyen. » Les mensonges lui venaient facilement.

« Tu ne peux pas emmener Alfie là-bas ? demanda Dora.

— Non. »

Dora se leva, jeta son bol de céréales dans l'évier et donna un coup de pied furieux sur le côté du réfrigérateur.

« Dora ! s'écria Helen. Ça suffit. Écoute, pendant tout l'été, je ne t'ai pas demandé grand-chose. Ces dernières semaines, ta sœur et toi avez fait tout ce que vous avez voulu. Je ne vous ai même pas demandé de ranger vos chambres ! Surveiller Alfie pendant quelques heures n'est pas le bout du monde, que je sache ! »

Elle s'attendait à des crises de la part de Cassie, mais Dora était en général d'humeur paisible. Helen espérait qu'elle n'allait pas commencer elle aussi sa rébellion adolescente. Elle ne pensait pas pouvoir tenir le choc si ses deux filles s'y mettaient.

Dora plissa le front. « On peut au moins l'emmener à la plage ? » demanda-t-elle.

Voilà ce qui l'embêtait, elle voulait aller à la plage. Helen scruta un instant sa fille. Toutes deux connaissaient les règles : Alfie n'avait pas le droit d'aller à la plage si un adulte n'était pas présent. Elle consulta sa montre et, exaspérée, reporta les yeux sur Dora. Ses filles étaient sans doute assez grandes, maintenant, supposa-t-elle.

« Vous pouvez l'emmener mais il faudra que vous restiez tout le temps ensemble et que vous ne le lâchiez pas des yeux. Et pas de baignade, d'accord ?

— Même si on emporte les brassards d'Alfie ?

— Dora, n'exagère pas.

— La plage ! s'exclama Alfie, tout excité, sur le sol de la cuisine. Une glace ? demanda-t-il, plein d'espoir.

— Oui, mon chéri. Tu pourras avoir une glace. » Helen sortit un billet de dix livres de son porte-monnaie. « C'est pour tous les trois. Bon, je peux te faire confiance, Dora ? J'espère que je ne le regretterai pas. »

Dora prit le billet qu'elle lui tendait. « Tu peux avoir confiance. »

Helen lâcha un soupir de soulagement. Si elle partait maintenant, elle serait à l'heure.

Il lui fallut dix minutes pour se préparer. Elle ôta son jean et enfila une jupe bleu pâle couverte de minuscules marguerites que Tobias aimait. Ensuite, elle se brossa les cheveux, vaporisa du parfum sur son cou et ses poignets et posa une touche de fard sur ses joues. Elle se regarda dans le miroir. Pas mal ; de toute façon, elle n'avait pas le temps d'en faire plus. Elle attrapa son sac, dégringola l'escalier et, une fois arrivée en bas, lança à Dora :

« À tout à l'heure, ma chérie.

— À tout à l'heure, maman. » La voix de Dora, étouffée, venait du fond de la cuisine.

« Soyez sages », ajouta-t-elle en se sentant d'une hypocrisie monstrueuse lorsqu'elle claqua la porte derrière elle. Elle descendit les marches en courant, sauta dans sa voiture et, en faisant marche arrière dans l'allée, aperçut Dora et Alfie à la fenêtre de la cuisine. Un grand sourire aux lèvres, ils agitaient la main. Les cheveux blonds comme les blés d'Alfie chatouillaient le visage de Dora et la faisaient rire. Helen leur retourna sourire et signe de la main, puis s'éloigna en faisant gicler le gravier. Si elle roulait vite, elle serait à l'heure, à supposer, bien sûr, qu'il n'y ait pas de tracteur devant elle.

Elle eut de la chance.

En un temps record, elle s'engagea sur la route à deux voies et ce ne fut qu'en abandonnant la pédale d'embrayage, une fois sur le chemin de campagne, qu'elle se rendit compte que, dans sa hâte d'aller retrouver Tobias, elle avait oublié d'embrasser ses enfants pour leur dire au revoir.

9

Dora

Onze ans plus tôt

Lorsque Dora avança à grands pas sur la plage, l'air était aussi épais que du miel. Dans une main, elle tenait le sac à dos d'Alfie, dans l'autre, le petit poing tiède de son frère. Devant elle, elle voyait Cassie en train de glousser avec Sam. Telles des conspiratrices, elles marchaient sur la grève, leurs deux têtes rapprochées, l'une blonde, l'autre brune. Dora leur jeta un regard mauvais, essaya de se concentrer sur les galets inégaux et, pour la centième fois de la journée, maudit sa mère. Pour ce dernier jour de liberté, elle avait mille projets et s'occuper de son petit frère n'en faisait pas partie.

« Allez, dépêche-toi, lança-t-elle à Alfie. Si tu traînes, on va les perdre de vue.

— Tu marches trop vite, rétorqua Alfie, haletant, en trébuchant sur les cailloux instables.

— Bon, peut-être que si tu n'avais pas ces bottes en caoutchouc et cette cape idiote, tu pourrais marcher plus vite. »

Dora était en colère. Alfie avait tenu à mettre son costume de Superman pour aller à la plage et les cajoleries n'y avaient rien fait.

« Tu vas avoir trop chaud, avait alors tenté Cassie.

— En plus, tu as vraiment l'air bête », avait ajouté Dora.

Mais Alfie n'en démordait pas. « J'en ai besoin.

— Pourquoi ne pas te déguiser en Clark Kent avant qu'il devienne Superman ? Tu pourrais t'habiller comme d'habitude et personne ne saurait qui tu es. Tu te promènerais incognito ! avait suggéré Dora.

— Tiens, encore mieux, viens donc en homme invisible, avait renchéri Cassie d'un ton sec.

— Non ! Superman. Superman est le plus mieux de tous. »

Les filles s'étaient regardées d'un air exaspéré. Ces derniers temps, Alfie n'en avait que pour les super-héros et il les bassinait avec ceux qui étaient « plus mieux ». Elles cédèrent donc sur le costume et passèrent à la question plus délicate des jouets.

« Tu peux pas emporter tes Lego à la plage, dit Cassie en examinant les jouets qu'Alfie avait empilés près de la porte. Tu les perdrais. Et puis, écoute... » Elle donna un coup de pied dans un objet trapu en plastique de couleur vive. « Qu'est-ce que tu veux faire avec cette voiture ? Les piles ne marchent même pas.

— C'est pas une voiture. C'est une pelleteuse. » Alfie fit avancer l'engin sur le sol, mania la pelle articulée avec habileté et produisit des bruits d'excavation.

Cassie soupira. Les deux sœurs savaient bien qu'on ne pouvait pas le raisonner, mais Dora essaya une nouvelle fois avec un peu plus de patience.

« Si on emportait un sac à dos ? On dirait qu'il contient une fusée ?

— Superman a pas d'fusée, rétorqua Alfie.

— Bon, mais s'il allait à la plage et voulait emporter ses gadgets, où est-ce qu'il les mettrait ?

— Dans son slip ? » suggéra Cassie.

Alfie gloussa.

« Merci, Cassie. Tu m'aides vraiment beaucoup. Non, dit Dora en se tournant vers Alfie, il les mettrait dans un sac à dos. »

Alfie la regarda d'un air hésitant.

Dora appela sa sœur à l'aide. « Pas vrai, Cassie ?

— Bien sûr, répondit Cassie avec un nouveau soupir de lassitude. Bon, écoutez, les mômes, je me fiche de savoir quels jouets vous emportez, mais si vous ne vous grouillez pas, je pars à la plage toute seule, terminé. »

Dora était piquée au vif ; pas seulement par l'affront que venait de lui infliger sa sœur en la mettant dans la même catégorie que son petit frère, mais par l'injustice de toute cette histoire. « Tu peux pas. Maman a dit que toi et moi, on devait surveiller Alfie aujourd'hui, soutint-elle.

— Alors bougez-vous, sinon je m'en vais et tu resteras ici pour t'occuper de lui. »

Dora enrageait. Fichue Cassie avec ses nouveaux amis et son air supérieur ; d'ailleurs, leur mère ne valait pas beaucoup mieux, toujours en train de fermer la porte pour parler au téléphone ou de filer à l'université à cause de réunions importantes. Enfin, c'étaient les grandes vacances ! Elle n'avait vraiment pas envie de passer son temps à courir après Cassie et Alfie. La journée allait être étouffante et Dora avait prévu de se faire asperger par les vagues, de siroter du Coca bien frais à la bouteille et de regarder les campeurs brûlés par le soleil se disputer et démonter leurs tentes pour entamer le long trajet du retour. La journée aurait été parfaite ; les dernières heures avant qu'elle se réveille lundi, enfile ses chaussettes et ses chaussures, attrape son cartable et entre dans l'année que ses parents qualifiaient de « plus importante de sa vie ». Celle qui lui permettrait de passer dans le secondaire. Menaçant, l'examen d'entrée était suspendu au-dessus de sa tête ; et en plus, il y avait Sam Skinner.

Cassie l'avait rencontrée une semaine plus tôt. Elle était arrivée au camping avec ses parents dans une caravane flambant neuve et portait l'uniforme des adolescentes : jean déchiré, tennis éraflées, tee-shirt avec le nom d'un groupe de rock écrit dessus, chemise de l'armée et longs cheveux bruns qui tombaient comme un rideau sur son visage au teint pâle. Dora ne savait pas au juste comment elles avaient fait connaissance, mais elle les avait vues se promener ensemble sur la plage, fumer derrière les poubelles sur le parking ou se jucher sur le muret pour manger des frites et parler à des garçons. Il ne fallait vraiment pas être un génie pour s'apercevoir que Cassie n'avait plus besoin de Dora, remplacée par Sam qui avait l'attrait de la nouveauté.

« J'ai soif, annonça Alfie à côté de Dora. On peut s'arrêter ? »

Ses petites jambes moulinaient, mais, sur les galets qui roulaient sous ses pieds, peinait à rivaliser avec les longues enjambées de Cassie et de Sam. Leurs plantes de pied étaient brûlantes.

« Bientôt, répondit Dora en maudissant sa sœur et cette fille agaçante. Hé ! leur cria-t-elle. Pas si vite, d'accord ? On n'arrive pas à vous suivre. »

Le vent leur apporta le ricanement de Cassie. « Je t'avais bien dit de ne pas emporter tous ces jouets, Dora. »

Elle aurait pu l'étrangler.

Même si Cassie s'était bien gardée de le dire, Dora savait où elles allaient. Au début de la semaine, elle avait déjà vu Cassie et Sam se faufiler au Rocher avec des garçons. Elle n'avait pas espionné, juste gardé l'œil ouvert. Car tout le monde savait que les adolescents n'allaient au Rocher que pour deux raisons : faire la fête et se peloter. C'était l'endroit idéal pour ça. Dora y était allée un jour à la suite d'un pari idiot avec des copines d'école et l'idée d'y retourner maintenant ne la tentait vraiment pas. Mais elle n'avait pas le choix, on leur avait dit de ne pas se séparer.

Il n'était pas encore midi mais le soleil cognait déjà, l'air tremblotait avec la chaleur, brume irréelle. La plage miroitait comme si Dora la regardait à travers la glace déformante d'une fête foraine. Après avoir essuyé la sueur qui coulait de son front, elle regarda sa sœur. Les deux copines s'étaient enfin arrêtées. Leurs silhouettes se détachaient sur le ciel tout au bout de la plage, à l'ouest, à l'endroit où la falaise coupait la ligne d'horizon à la verticale pour rejoindre le rivage. Toutes deux avaient les yeux fixés sur la mer. Dora plissa les siens pour savoir ce qu'elles regardaient. Elle aperçut une tache aussi sombre que du sang sur les galets, presque au bord de l'eau. La marée refluait. Elles avaient bien calculé leur moment.

Sam posa le pied sur une protubérance rocheuse, au bas de la falaise, se hissa, ses longs cheveux soulevés par le vent, puis tendit une main à Cassie. Lorsque cette dernière arriva en haut, elle pivota à demi vers Dora et Alfie.

« Vous venez ou quoi ? » hurla-t-elle.

Dora soupira. « Viens, Alfie. L'aventure nous appelle. »

Son frère lui étreignit la main. « T'inquiète pas, dit-il en levant sur elle de grands yeux ronds. J'ai ma cape. Je peux te protéger. »

Il fit flotter sa cape avec un sérieux attendrissant. Dora lui sourit, puis se tourna vers la falaise. Helen les tuerait si elle apprenait ce qu'ils s'apprêtaient à faire.

Le Rocher était un endroit sacré à Summertown ;

un endroit connu uniquement des adolescents du coin. Le secret était si bien gardé que seuls quelques jeunes venus en vacances avaient été mis au courant. Tout au bout de la plage, là où les falaises de Lyme Bay descendaient vers la mer en formant des rocs déchiquetés parsemés de trous d'eau, il y avait une grotte bien cachée, au fond d'une anfractuosité. Elle avait un côté magique du fait qu'on ne pouvait y accéder qu'à marée basse et qu'il fallait une certaine détermination, voire une certaine intrépidité pour y aller. Son accès difficile, la sensation de danger ajoutaient à l'excitation. Dans la grotte, on était à l'abri de l'eau qui montait et des regards indiscrets, mais la marée haute risquait de vous coincer là pendant des heures en attendant que l'océan condescende enfin à vous libérer. Au collège du coin, on racontait que le frère aîné d'un élève était tombé sur cet endroit en faisant de la spéléologie. Il en avait parlé à quelques amis qui, à leur tour, en avaient parlé à d'autres. La nouvelle s'était répandue et, bientôt, les adolescents s'y précipitèrent en masse pour des fêtes non autorisées et des rendez-vous secrets. Une légende se formait et on racontait de plus en plus d'histoires à ce sujet. Au début, on en fit le repaire d'un vieux contrebandier ; ensuite, la grotte fut censée abriter un ermite local au regard fou et, plus récemment, il fut question d'une tombe pour les victimes d'un tueur en série notoire. Dora savait que tout était inventé, n'empêche, elle n'avait aucune envie d'aller là-bas.

Dora et Alfie s'approchèrent de la saillie rocheuse sur laquelle Cassie et Sam avaient grimpé pour passer de l'autre côté. Soudain, la tête de Sam apparut.

« Tu ferais mieux de faire monter Alfie d'abord, suggéra-t-elle. Je vais le hisser. Avec ses petites jambes, il n'arrivera jamais à escalader la falaise. »

Depuis qu'elle la connaissait, Dora ne l'avait jamais entendue parler aussi longuement.

« C'est de la folie, répliqua Dora. Pourquoi ne pas se contenter de rester sur la plage ? Ça poserait moins de problèmes. » Elle détourna le regard des pancartes clouées à la falaise qui avertissaient des dangers d'éboulement à cause de l'érosion et regarda vers le parking d'un air impuissant. Ce n'était qu'un petit point à l'horizon.

Sam ignora sa plainte et se tourna vers Alfie. « Tu veux voir la grotte aux chauves-souris, pas vrai, Alfie ?

— Ouais ! s'écria Alfie. Des chauves-souris ! »

Et voilà, pensa Dora. Maintenant, on ne va pas y couper. Elle attrapa son frère par la taille et, quand elle le poussa avec brusquerie vers la face rocheuse, sa cape rouge, gonflée par le vent, lui claqua au visage.

« Tends les mains, dit Sam. Allez, mon petit gars, je t'attrape. »

Soudain, Alfie ne pesait plus rien dans les bras de Dora. Elle le lâcha et Sam le fit passer de l'autre côté. Avant qu'il disparaisse complètement, Dora eut le temps de voir deux bottes rouges en caoutchouc qui s'agitaient.

« J'arrive à voler ! » entendit-elle Alfie s'exclamer derrière la saillie rocheuse. Sa voix résonnait d'une façon incroyable, on aurait dit qu'une centaine d'Alfie emplissaient l'anfractuosité. Elle leva la tête vers les parois rocheuses d'une hauteur vertigineuse et frissonna malgré la chaleur.

« Alors, tu viens ? » demanda Sam.

C'était son tour. Elle grimpa en trouvant de bonnes prises pour ses pieds dans la roche rugueuse. Au-dessus d'elle, Sam lui tendait la main, mais elle ne la saisit pas, trop fière ou trop agacée pour accepter son aide. Presque arrivée en haut, au moment de passer par-dessus le rebord, elle perdit son appui et son pied déclencha une averse de cailloux et de gravier. Pour se rétablir, elle agrippa le rebord, affolée, et fit la grimace lorsque ses mains se refermèrent sur une arête coupante.

« Ça va ? »

Dora hocha la tête et lutta pour refouler les larmes qui lui piquaient les yeux. Elle avait bêtement glissé, voilà tout. En tendant les mains, elle vit du sang couler sur le gravier, rouge vif, et des petits cailloux collés à l'une de ses paumes.

« Tu t'es bien amochée, dis-moi.

— C'est rien, juste une égratignure. »

Ne voulant pas reconnaître que ça lui faisait mal, elle s'immobilisa un instant et observa le sang écarlate qui s'accumulait à l'endroit de la coupure, puis coulait lentement sur son poignet et gouttait peu à peu sur la roche couleur d'ardoise, plus bas, en formant sur la pierre tiède une tache aussi luisante qu'une pierre précieuse.

« Tu es sûre que ça va ? » demanda de nouveau Sam.

Dora hocha la tête et leva les yeux vers les falaises sombres et menaçantes. Elle porta la main à sa bouche, suça la plaie, avala le sang au goût métallique jusqu'au moment où l'élancement se calma un peu. Alors, avec un soupir, elle se hissa par-dessus la saillie rocheuse et retomba de l'autre côté dans l'obscurité.

Des parois sinistres se dressaient, abruptes, et se rejoignaient à une vingtaine de mètres au-dessus de leurs têtes. Seule une petite fente dans la voûte laissait entrer un rai de lumière dans l'immense grotte. En levant les yeux, Dora aperçut un éclat de ciel bleu tout en haut, mais dut détourner le regard, étourdie après être restée en pleine chaleur dehors. Elle examina plutôt les parois humides autour d'elle, parsemées de touffes de lichen vert vif et d'algues visqueuses. Partout des graffitis ; un millier de noms et de dates gribouillés ou peints, certains gravés dans la pierre, sans doute par de jeunes et fervents amoureux. Le sol inégal était jonché de détritus, vestiges d'anciennes fêtes : canettes, bouteilles, mégots et pire encore. Un vieux filet de pêche, un casier en bois pourri et un bidon de pétrole oublié avaient été placés à un bout de la grotte, décoration de fortune abandonnée. Une saillie s'élevait du sol, au fond, et, à côté, un disque de cendres blanches comme de l'os tranchait sur la pénombre et indiquait où avait été allumé le dernier feu. Dora frissonna. Elle ne comprenait pas pourquoi les gens venaient là. Bien sûr, on y était à l'abri des regards indiscrets, mais ça puait. L'air était froid, alourdi par l'odeur de végétation pourrissante et de varech humide, saumâtre. Ça vous donnait vraiment la chair de poule.

Pourtant, Alfie n'avait pas l'air de cet avis. Il courait partout en hurlant et en poussant des cris de joie dont les parois leur renvoyaient l'écho retentissant. Une mouette cria dans l'ombre, battit des ailes et fit sursauter Dora.

« Une chauve-souris ! » s'écria Alfie d'un ton ravi.

Dora n'eut pas le cœur de le détromper.

Sam et Cassie s'étaient avancées tout au fond. Dora vit Sam tâter du pied le bidon de pétrole, puis ôter sa chemise de l'armée vert passé et l'étendre par terre. Cassie s'assit sur la moitié du vêtement. Sam se servit ensuite du bas de son T-shirt pour essuyer le rebord d'une pierre curieuse qui ressemblait à un autel sur lequel on aurait immolé des victimes. Dora en avait vu un semblable dans un film avec Indiana Jones qui l'avait terrorisée plus qu'elle ne l'avait laissé paraître. Sam siffla tout bas, longuement.

« Regarde un peu, Cass, murmura-t-elle. Une table parfaite pour dépiauter quelqu'un. Pas mal, hein ? »

Gênée, mal à l'aise, Dora ne savait pas si elle devait aller les rejoindre. Après tout, ce n'était pas là qu'elle voulait venir, elle croyait qu'ils allaient tous rester sur la plage. Et merde ! pensa-t-elle, de mauvaise humeur, avant de s'approcher de sa sœur et de se jucher sur le bidon de pétrole.

« En voilà une idée brillante ! » lança-t-elle d'un ton sarcastique.

Cassie haussa les épaules. « On t'a pas forcée à venir avec nous, Dora.

— Parce que j'avais le choix ? Maman a dit qu'on devait rester ensemble.

— Pourquoi est-ce qu'on devrait tout le temps écouter maman ? Tu es une grande fille, Dora, dit sa sœur d'un ton railleur. Tu n'es pas capable de prendre tes décisions toute seule ?

— Mais il y a Alfie… C'est pas juste… » Elle vit Cassie se tourner vers Sam en levant les yeux au ciel et préféra en rester là. « OK ! laisse tomber. »

Sam attrapa dans la poche de sa chemise un paquet de Marlboro Lights, en sortit une grosse cigarette mal roulée qu'elle alluma avec un Zippo luisant. Après avoir tiré quelques bouffées rapides, elle la passa à Cassie. Dora vit sa sœur aspirer longuement et relâcher la fumée vers le haut en un lent filet régulier. On aurait dit qu'elle avait fait ça toute sa vie. La fumée resta suspendue entre elles, telle une fine toile d'araignée scintillante.

« Ne prends pas cet air choqué, Dora, dit Cassie.

— Je ne suis pas choquée.

— Si. Tu fais ce truc avec tes sourcils.

— Et si… Alfie rapportait ? »

Elle regarda son frère qui, tout heureux, gambadait

sur le sol couvert de sable. Il avait trouvé un long bâton et donnait de grands coups énergiques sur les parois de la grotte.

« Pan ! Pan ! » hurlait-il à d'invisibles ennemis.

Cassie haussa les épaules. « Et alors ? Qu'est-ce que papa et maman pourraient faire ? »

Dora pensaient à des tas de choses que ses parents pourraient faire pour punir Cassie, mais elle ne se donna pas la peine de les énumérer. À l'évidence, sa sœur ne s'en souciait pas.

« Tu veux une taffe ? lui proposa Sam en lui tendant le joint.

— Non ! répliqua Dora un peu trop vite. Euh… non, merci. Je ne fume pas. » Son ton était très compassé. Elle rougit.

Sam se contenta de hausser les épaules, mit le briquet dans sa poche et s'allongea par terre. Cassie l'imita, les mains derrière la tête, les yeux fermés. Pour sa part, Dora ne savait pas quoi faire. Elle chercha Alfie des yeux. Debout sur une arête rocheuse, il observait une flaque d'eau et remuait quelque chose avec son bâton.

« Attention, Alfie ! Ça glisse sur ces rochers. »

Il l'ignora. Super ! Ni Cassie ni Alfie ne désirait sa présence. Lorsqu'elle jeta un coup d'œil à sa sœur, elle la vit murmurer quelque chose à l'oreille de Sam et cette dernière lâcha un rire de gorge.

Dora se tourna de nouveau vers Alfie, le moindre de ces deux maux. « Qu'est-ce que tu as trouvé, Alfie ?

— Un crabe.

— Fais voir. »

Contente de cette diversion, elle alla s'accroupir au bord de la flaque. C'était une petite chose grise presque translucide, d'une taille décevante. Alfie la tourmentait avec son bâton qu'il tenait à deux mains.

« Pan, pan, pan, pan, pan, répétait-il sans cesse.

— Ta cape traîne dans l'eau, Alfie », le prévint-elle. Une tache rouge foncé gagnait à partir du bas du tissu bientôt trempé et maculé de sable. Alfie ne semblait pas s'en soucier. Après avoir examiné les dégâts et haussé les épaules avec nonchalance, il reporta son attention sur la flaque.

« Pan, pan, pan ! »

Ils continuèrent ainsi pendant un moment, Alfie farfouillait et tapait dans la flaque d'eau, Dora le regardait et lui montrait des bulots, des bigorneaux et une vieille anémone de mer aussi encroûtée dans le rocher que si elle était prise dans du béton. Quand Alfie se lassa, ils explorèrent les anfractuosités de la grotte. Sans se consulter, ils se mirent à ramasser des bouts de bois et à les amasser en une énorme pile tout au fond. Aucun des deux ne se demandait ce qu'il faisait ni pourquoi il le faisait. Leur activité les rapprochait et ils érigeaient leur bûcher avec une application tranquille jusqu'au moment où il atteignit près d'un mètre de hauteur. Une fois à l'intérieur du Rocher frais, silencieux, on en oubliait facilement qu'il y avait une plage à quelques centaines de mètres, avec des serviettes de bain étalées et des corps écrasés de soleil ; on en oubliait que les galets cuisaient à cette température de trente degrés ; qu'un nouveau trimestre scolaire allait bientôt commencer ; on oubliait l'heure, les marées, tout ce qui se trouvait en dehors de ce monde secret.

Soudain, Dora sursauta.

« Quelle heure il est, Cass ? » demanda-t-elle.

Sa sœur leva sa tête blonde de deux ou trois centimètres pour consulter sa montre.

« Une heure moins dix », répondit-elle avant de baisser la tête. La fumée s'éleva, languissante, au-dessus d'elle.

« Combien de temps il nous reste avant le changement de marée ?

— Une éternité. Calme-toi, d'accord ? » gronda Cassie.

Dora se rappela le billet de dix livres que lui avait donné sa mère le matin et qu'elle avait dans sa poche. En parfait accord avec son cerveau, son ventre se mit à gargouiller. Alfie gloussa.

« J'ai faim. T'as pas faim, toi, Alfie ?

— Ouais ! s'écria-t-il avec enthousiasme. Une glace ! »

Elle soupira. Il lui faudrait des heures pour retourner au parking avec Alfie qui trottinerait à ses côtés.

« Cass ?

— Quoi ?

— On a faim. Je vais aller chercher des glaces. T'en veux une ? »

Des marmonnements se firent entendre au fond de la grotte. Sam et Cassie se consultaient.

« Non.

— Mais apporte-nous des canettes de Coca, d'accord ? demanda Sam.

— D'accord. J'en ai pas pour longtemps. Tu surveilles Alfie, hein ? »

Cassie grogna au fond de la grotte.

« D'accord ? répéta Dora.

— Ouais, d'accord ! »

Dora se tourna vers Alfie. « Tu restes ici avec Cassie et Sam. J'irai plus vite toute seule. Je te rapporte un cornet.

— Oh… » Alfie se mit à gémir.

« Je reviens dans vingt minutes, grand maximum, je te le promets. »

Alfie la regarda d'un air hésitant.

« En plus, qui va construire la tour en bois si nous

y allons tous les deux ? Essaie de la monter le plus haut possible avant mon retour, d'accord ? » Elle jeta un coup d'œil à sa sœur. Qu'elle ne s'occupe pas d'eux était injuste. « Ou alors, tu peux aller jouer avec Cassie et Sam, ajouta-t-elle, dépitée.

— D'accord, acquiesça Alfie à contrecœur. Un cornet avec deux barres chocolatées ? demanda-t-il, plein d'espoir.

— Oui, deux barres. À tout à l'heure. Au revoir, Cassie », brailla Dora pour s'assurer que sa sœur se rendait compte qu'elle partait.

Un petit rire fusa au fond de la grotte.

« Au revoir », lui répondit l'écho.

Exaspérée, Dora secoua la tête. Quelle nouille ! Pourquoi était-ce à elle de s'occuper d'Alfie toute la matinée ? Et de se propulser à l'autre bout de la plage pour acheter des glaces ? C'était tellement injuste ! Elle regarda derrière elle une dernière fois. Alfie s'approchait lentement des deux filles en traînant une branche derrière lui. Ses bottes couinaient dans la vase et ses petites épaules étaient voûtées de résignation. Malgré son sentiment de culpabilité, Dora était contente de sortir de cette grotte puante. Il lui tardait d'être au soleil et à l'air frais.

Quitter le Rocher se révéla beaucoup plus facile qu'y entrer. De ce côté, la paroi était moins escarpée et quelqu'un avait creusé dans la pierre des appuis pour les pieds, de sorte que Dora put se hisser sans difficulté. Ensuite, il lui fallut à peine quelques secondes pour que ses pieds atterrissent avec un crissement sur les galets brûlants de la plage. Elle s'essuya les mains et laissa un instant ses yeux s'habituer à la lumière vive. Après la fraîcheur sombre de la grotte, la clarté de la plage chauffée à blanc causait un choc.

Lorsque ses yeux purent de nouveau accommoder, elle repéra deux adultes à une trentaine de mètres de l'entrée de la grotte ; deux femmes qui étalaient leurs serviettes à l'ombre étroite que projetait la face de la falaise. Elles étaient les seules de ce côté, les gens préférant se regrouper à l'autre bout de la plage, près du parking et près de la camionnette du vendeur de crèmes glacées. C'était en effet plus raisonnable, songea Dora. En passant devant les deux femmes, elle les regarda mieux. L'une était allongée sur le ventre, mais l'autre, debout, semblait l'observer avec insistance. Dora remarqua ses longs cheveux bruns et ses hanches étroites. Trop étroites pour une femme. C'était bien un homme maigrichon. Elle vit l'éclair blanc de ses dents car il ouvrit la bouche pour faire une grimace ou un sourire, puis il agita la main avec désinvolture. Dora, qui se sentait coupable d'avoir été surprise à crapahuter sur des falaises dangereuses, baissa la tête et se mit à avancer sur la plage en ignorant le filet de transpiration qui lui coulait dans le dos.

Elle décida de marcher au bord de l'eau. Moins espacés qu'en haut de la plage, les galets roulaient moins et on avançait donc plus facilement ; en outre, la mer vous rafraîchissait en vous aspergeant de temps en temps. D'ailleurs, plus haut, le chemin était moins dégagé et les corps, très nombreux, s'offraient en parfaits adorateurs du soleil. Fesses nues, les bambins hurlaient, riaient, couraient entre leurs parents et le bord de l'eau ; des femmes aux énormes seins ballottants et à la peau magenta étaient affalées sur des transats. Dora passa devant des adolescentes aux longues jambes bronzées, débordant d'assurance dans leurs maillots riquiqui, et essaya de ne pas imaginer le pire en les entendant s'esclaffer. Un vieil homme qui amorçait sa ligne la salua aimablement. Elle lui retourna son signe de tête, puis reporta les yeux sur l'horizon et sur sa destination : la camionnette de glaces. Pour la première fois, elle se rendit compte que rapporter des cornets au Rocher sans qu'ils se transforment en bouillie fondue allait se révéler une mission impossible. Fichue Cassandra.

Enfin, elle quitta le bord de l'eau, remonta sur la plage, passa devant un secouriste affalé dans son fauteuil et, bientôt, la camionnette apparut. Joliment peinte en rose et turquoise, elle était garée au rond-point, à l'extrémité du muret. Le nirvana. Dora vit qu'il y avait une queue disciplinée et polie, mais seulement six personnes environ la précédaient. Elle tâta dans sa poche le billet crasseux que sa mère lui avait donné. Ça suffisait pour payer deux glaces et des Coca, mais les rapporter au Rocher ne serait pas une mince affaire. Cassie et Sam n'auraient qu'à se partager une canette. Bien fait pour elles.

« Et pour vous, qu'est-ce que ce sera, ma petite demoiselle ? lui demanda le vendeur replet quand vint son tour.

— Deux cornets avec deux barres, s'il vous plaît. Et trois Coca.

— Tout de suite. » L'homme plongea les bras dans un congélateur derrière lui. « Et voilà, dit-il en lui tendant les canettes. Bien glacées.

— Merci. »

Elle les prit et en pressa une contre son front. La sensation du métal froid contre sa peau était cuisante, mais Dora savoura le frisson qui courait de son front à son cerveau. Puis elle souleva la languette et but un long trait. Trop vite. Les bulles l'étouffèrent, le liquide lui ressortit par les narines et coula sur sa poitrine.

« T'avais rudement soif, dis donc ! » dit une voix amusée dans son dos.

Dora se retourna, gênée, et vit derrière elle Steven Page, le garçon de son âge le plus cool de l'école. Mortifiée, elle vira au cramoisi. « Je… euh… ouais. » Comme elle ne trouvait rien à dire, elle s'affaira à frotter la tache poisseuse sur son tee-shirt blanc, qui paraissait s'étaler sous ses doigts.

« T'as passé de bonnes vacances ? demanda-t-il.

— Pas mauvaises, merci. Et toi ? » Elle était contente de constater que sa voix ne trahissait pas son émotion.

« Bof, tu sais bien, c'est toujours pareil.

— Ouais. » En effet, elle le savait.

« Qu'est-ce que tu fais ?

— Maintenant ?

— Ouais. » Il lui adressa un grand sourire.

« J'achète des glaces. » Bon Dieu, comme si ça ne se voyait pas ! Elle était gênée de sortir une phrase aussi évidente.

Steven ne parut pas s'en formaliser. Il s'approcha d'elle, fourra les mains dans les poches de son jean et braqua sur elle ses yeux d'un bleu limpide sous une frange de cheveux châtains. « Cool. Moi aussi.

— Ensuite, je retourne au Rocher. Ma sœur y est. »

Steven haussa un sourcil. « T'as bien dit au Rocher ? »

Dora rougit. Tout le monde en avait entendu parler. « Euh… ouais… » Elle ne voulait pas qu'il ait une fausse impression.

Le vendeur de glaces s'éclaircit bruyamment la gorge au-dessus d'eux. « Et deux cornets avec deux barres. Ça fera sept livres cinquante, ma poupée. »

Dora lui tendit le billet de dix livres. Pendant qu'elle empochait sa monnaie, Steven reprit la parole.

« Qu'est-ce que tu t'es fait à la main ? » Il montra la vilaine égratignure rouge sur sa paume.

« Je suis tombée bêtement. J'ai trébuché. C'est rien. » Embarrassée, elle se frotta la main.

« Bon, on dirait que tu vas avoir besoin d'aide pour porter tout ça, dit-il en montrant les boissons d'un mouvement de tête. Tu veux que je t'accompagne ?

— Bien sûr. » De nouveau, ses joues devinrent écarlates. « Ça serait super. Si ça t'ennuie pas.

— Cool. Attends une seconde, je vais prévenir James. »

Dora regarda dans la direction qu'il avait indiquée. James Buchan, un autre garçon de l'école, était assis sur le muret et les observait avec intérêt. Elle sentit son cœur cogner dans sa poitrine et eut une soudaine nausée. La glace lui coula sur la main et elle s'empressa de la lécher pour ne pas faire encore plus de cochonneries. Pourquoi s'était-elle commandé un cornet ? Un vrai bébé. D'ailleurs, avec cette chaleur, il faudrait qu'elle se dépêche de l'engloutir avant qu'il fonde et poisse tout. Elle vit les deux garçons échanger quelques mots. James fit un grand sourire à Steven, lui donna un coup de poing dans le bras, puis sauta de son muret et se dirigea seul vers la plage. Steven revint.

« T'es prête ?

— Ouais.

— Cool. Tu ferais mieux de me laisser porter des trucs. »

Elle lui tendit les deux canettes non ouvertes et ils longèrent la plage, Steven d'un pas nonchalant, Dora léchant vainement les deux cornets avec frénésie.

« Alors, qu'est-ce que t'as fait de beau cet été ? »

Dora sentit soudain sa tête vide. « Bof, tu sais, des trucs… »

Steven hocha la tête. « Moi, c'est pareil. »

Silence. Dora se concentra sur le crissement régulier de ses tongs sur les galets et aurait bien voulu que les propriétés chimiques de la glace se modifient pour qu'elle reste gelée.

« Je suis allé voir le dernier *Austin Power* à Bridport, lâcha-t-il enfin.

— Cool, répondit Dora en regardant une traînée blanche gluante dans sa main repliée.

— Ouais, c'était assez marrant. »

Un autre silence s'installa.

« Tu t'es baigné ? tenta Dora en faisant un signe de tête vers la mer.

— Pas question. L'eau est trop froide pour moi.

— Une fois qu'on est dedans, c'est bon. »

Impressionné, il la regarda. « Tu parles sérieusement ?

— Ouais. C'est la période où elle est la plus chaude. À la fin de l'été... » Sa voix se perdit.

« En plus, il a fait beau. Je vais peut-être essayer, alors.

— Oui, tu devrais tenter le coup.

— D'accord. »

Il lui sourit et elle sentit son estomac se contracter.

« Attention ! » brailla-t-il, les yeux sur le cornet qu'elle tenait dans la main gauche.

Elle baissa les yeux juste à temps pour voir toute la glace à la vanille glisser le long du cornet et tomber sur les galets. Une vague l'emporta et, en quelques secondes, elle avait disparu dans la mousse salée sans laisser de traces. Dora considéra le cornet vide qu'elle tenait toujours et soupira.

« Eh merde ! jura Steven. Excuse-moi, j'aurais dû te prévenir...

— T'en fais pas. De toute façon, je n'en avais pas vraiment envie.

— Bon, t'as toujours l'autre. » Il montra sa main droite.

« C'est pour mon frère.

— Écoute, voilà ce qu'on va faire. » Steven était soudain d'humeur à relever un défi. « On va apporter cette glace à ton frère sans rien perdre. Un peu comme dans *Mission impossible.* »

Dora gloussa.

« Ne ris pas. Je ne plaisante pas…

— Excuse-moi. » Dora imita l'expression sérieuse de Steven en essayant de forcer ses lèvres à ne pas se retrousser.

« Alors, viens ! En avant toute ! »

Ils accélérèrent l'allure sur les galets, évitèrent gamins, matelas pneumatiques et restes de pique-niques ramollis, étalés sur des couvertures. La plupart des gens, allongés à plat ventre sur des serviettes, ou affalés dans des fauteuils, somnolaient ou rêvassaient sous le soleil qui, à présent, cognait, aveuglait, rôtissait la plage. Dora repoussa de son front une mèche de cheveux collante de sueur et avança à côté de Steven. Ce fut un soulagement quand ils finirent par arriver au bout de la plage.

« En fait, je ne suis jamais allé au Rocher », avoua Steven en s'arrêtant au pied de la falaise.

Dora était surprise. Elle pensait que tous les gamins cool de l'école y étaient tout le temps fourrés. « Moi, c'est seulement la deuxième fois. Ça n'a rien d'extraordinaire.

— Comment on y entre ?

— On grimpe par ici. Si on ne sait pas ce qu'on cherche, impossible de trouver. Tu vois cette ombre sur le roc, juste à gauche de l'arbre mort ? » De sa main libre, Dora désigna un arbre tordu, voûté comme un vieillard.

« Ouais.

— Bon, juste dessous, il y a une fente. De la plage,

on ne peut pas deviner, on dirait un simple jeu de lumière. On ne la voit qu'en étant presque dessus. »

Dora et Steven s'avancèrent vers la falaise.

« Regarde, tu la vois maintenant ?

— Ah ! oui. Très astucieux.

— Suis-moi. »

Dora se hissa sur la falaise. C'était plus difficile avec le cornet dans une main et l'égratignure encore douloureuse qui lui rappelait qu'elle avait failli tomber, mais elle voulait à tout prix ne pas avoir l'air d'une idiote devant Steven. Elle faillit perdre l'équilibre lorsque sa main glissa, mais elle se raccrocha à une touffe de criste-marine dont les racines tinrent bon et lui permirent de se rétablir. En sautant de l'autre côté et en entrant dans la grotte fraîche, elle éprouva un immense soulagement.

« Ça va ? » demanda-t-elle à Steven.

Un instant plus tard, la tête du garçon apparut. « Bon sang, en te regardant, je m'imaginais que c'était facile. »

Dora sourit. « Il faut attraper le truc… Bon, lance-moi les canettes et descends en posant les pieds sur les creux, là. »

Deux canettes de Coca atterrirent dans le sable à ses pieds, puis Steven se laissa tomber à côté d'elle.

« Alors, c'est ça, le fameux Rocher, dit-il en regardant autour de lui.

— Ouais. Tu vois, je t'avais dit qu'il n'y avait rien d'extraordinaire.

— Où sont ton frère et ta sœur ? »

Dora balaya la grotte du regard. Elle aperçut Cassie et Sam à l'endroit où elle les avait laissées, des mèches blondes de Cassie étalées en éventail sur le sol mêlées aux cheveux très noirs de Sam.

« Hé ! s'écria-t-elle. On est revenus. » Elle ne savait

pas comment réagirait Cassie en s'apercevant qu'elle avait amené Steven. Elle espérait qu'elle ne la mettrait pas dans l'embarras. Cassie pouvait très bien sortir une vacherie.

« T'en as mis du temps ! » Cassie se redressa et se frotta les yeux comme si elle venait de se réveiller. « Tu as nos canettes ?

— Ouais. »

Cassie soupira et la prit dans la main tendue de sa sœur.

« Pas de quoi, lâcha Dora d'un ton sarcastique. C'est Steven », ajouta-t-elle.

Cassie regarda le garçon de haut en bas. « Salut, dit-elle enfin. Moi, c'est Cassie. Et voilà Sam. »

Sam agita vaguement la main et se remit à arracher les pointes fourchues de ses cheveux.

Soulagée, Dora soupira. Apparemment, Cassie allait bien se comporter.

« Où est Alfie ? » demanda-t-elle en scrutant la grotte. La glace qu'elle tenait avait presque fondu, il ne restait qu'une minuscule pointe blanche sur le cornet, avec deux barres chancelantes pour lui tenir compagnie.

Cassie imita un rire sarcastique : « Ha, ha ! »

Déconcertée, Dora la dévisagea. « Comment ça, ha, ha ? Où est-il ? J'ai sa glace et elle ne va pas durer bien longtemps. »

Cassie regarda autour d'elle avant de reporter les yeux sur sa sœur d'un air étrange. « Ben, il est parti avec toi.

— Non. Je lui ai dit de rester avec vous.

— Mais… tu as bien dit que tu l'emmenais ?

— Non. Je t'ai demandé de t'en occuper. En partant, je t'ai dit : “Tu surveilles Alfie.” Je lui ai dit de jouer avec vous.

— Non, Dora, tu as dit que tu le surveillais. Je t'ai bien entendue. Tu ne l'as pas entendue, Sam ? »

Sam se contenta de hausser les épaules.

« Bon, de toute façon, il n'est pas venu avec moi, d'accord, Cassie ? dit Dora en cherchant partout avec irritation. Il doit être quelque part dans la grotte. »

Cassie se leva et épousseta sa jupe en denim avant de sonder la pénombre de la grotte.

« Alfie ? appela-t-elle. Alfie, Dora t'a apporté ta glace. »

Silence.

« Si c'est une blague, Cassie, c'est pas drôle. Je viens de me taper vingt minutes de marche en pleine chaleur pour rapporter cette glace. Alors dis-lui de sortir tout de suite.

— Ce n'est pas une blague. » Cassie regarda Dora dans les yeux. « Je ne sais pas où il est. »

Les deux sœurs se dévisagèrent un instant, chacune essayant de décrypter l'expression de l'autre. Dora aurait voulu que Cassie se fende d'un grand sourire, lève les bras, avoue qu'elle lui avait fait une très mauvaise farce et qu'un Alfie hilare surgisse d'un coin sombre. Mais Cassie la regardait sans comprendre et, finalement, Dora dut détourner les yeux. Elle ne supportait pas de voir la peur apparaître sur les traits de sa sœur.

« Allons, il doit bien être quelque part, il se cache pour s'amuser, c'est tout », dit Steven en essayant de détendre l'atmosphère devenue soudain pesante.

Dora s'approcha du bois que son frère et elle avaient empilé à peine une demi-heure plus tôt. « Alfie ! » Elle entendit l'écho que lui renvoyaient les parois. « Si tu ne sors pas tout de suite, je mange ta glace. Miam, miam… J'ai deux barres de plus ! »

Le silence était total.

« Alfie ! Alfie ! Allez, sors maintenant ! » La voix de sa sœur se joignit à la sienne, un peu plus aiguë, un peu plus affolée.

Elles longèrent les parois, cherchèrent le visage malicieux de leur frère, ravi d'avoir trouvé une bonne cachette. D'un moment à l'autre, il va bondir, songea Dora. Elle arriva au vieux bidon de pétrole, près de la table rocheuse où sa sœur et Sam s'étaient allongées. Elle savait que c'était idiot, mais elle le retourna tout de même.

« Allez, Alfie. Ce n'est pas drôle du tout. Sors, d'accord ? Il va falloir rentrer à la maison dans pas longtemps. »

Rien. Elle se tourna vers sa sœur.

« Où est-il, Cass ?

— J'en sais rien, répondit Cassie dans un souffle.

— Quand est-ce que tu l'as vu pour la dernière fois ? »

Cassie réfléchit un instant. « Ça fait un bon moment. Je ne l'ai pas vu depuis ton départ. »

Exaspérée, Dora se passa les mains dans les cheveux. « Mais qu'est-ce que tu as fait pendant tout le temps où j'étais partie ? Tu ne l'as pas vu, tu ne l'as pas entendu dans la grotte, à côté de toi ?

— Non. » Elle baissait les yeux.

Quelqu'un se racla la gorge. Dora se retourna. Elle avait oublié la présence de Steven.

« Écoutez, ou bien il est là, ou bien il a trouvé le moyen de sortir du Rocher. Est-ce qu'il en serait capable ? Quel âge a-t-il ?

— Il n'a que trois ans…, gémit Cassie.

— À votre avis, il aurait pu escalader la falaise et redescendre sur la plage ? »

La voix de Steven était rassurante. Soudain, Dora se rendit compte qu'elle était contente qu'il soit là.

Les deux sœurs se regardèrent, hésitantes.

« Je… Je ne sais pas. Qu'est-ce que tu en penses, Dora ? » demanda Cassie.

Dora examina le chemin de la sortie. Bien sûr, il était plus facile de sortir du Rocher que d'y entrer, mais… Alfie pouvait-il vraiment avoir escaladé tout seul la falaise ? « S'il m'avait suivie… peut-être. Mais je l'aurais sûrement vu sur la plage en revenant. À moins qu'il soit parti de l'autre côté… tu sais… en passant par-dessus les trous d'eau… »

Sa voix se perdit. Aucune des deux ne souhaitait envisager cette possibilité.

Cassie lâcha soudain un sanglot. « Oh ! mon Dieu, il peut être n'importe où. Il faut le retrouver. » Implorante, elle se tourna vers Sam. « Il faut le retrouver, hein ? »

Mal à l'aise, Sam gigota. « Bon, bon. Réfléchissons un instant. Il est sans doute allé vers la camionnette de glaces… il croyait pouvoir retrouver Dora. On va regarder une dernière fois ici, si on ne le trouve pas, on sort et on se met à le chercher sur la plage. D'accord ?

— D'accord », répondirent ensemble Steven et Dora.

Dora tapota le bras de sa sœur. « Ne t'inquiète pas, Cass, on va le retrouver. »

Cassie se contenta de pivoter, de courir à l'autre bout de la grotte et d'appeler Alfie.

Pendant les vingt minutes qui suivirent, les quatre adolescents passèrent la grotte au peigne fin. Ils cherchèrent en vain des cachettes qu'ils n'auraient pas remarquées, appelèrent le petit garçon d'une voix enjôleuse d'abord, puis de plus en plus affolée. Ils essayèrent même de trouver de petites empreintes de pas dans le sol sablonneux. Alfie semblait s'être évanoui dans la nature. Quand ils se retrouvèrent au bout d'un moment au milieu de la grotte, ils se rendirent compte qu'il faudrait chercher à l'extérieur. Ce fut en silence que, tour à tour, ils descendirent la face rocheuse et sautèrent sur la plage.

Dora était partie acheter des glaces à peine une demi-heure plus tôt, et pourtant, lorsque ses pieds atterrirent sur les galets brûlants, elle eut l'impression que le décor s'était légèrement modifié. En surface, c'était toujours un paysage de carte postale ; le soleil brillait sur un millier de vacanciers heureux ; on entendait des hurlements et des rires ; des corps roses luisaient sous des couches de crème solaire telles des tranches de cervelas grillées sur une assiette brûlante ; les versants couverts d'herbe verte du camping s'élevaient au loin, parsemés de tentes et de caravanes dont les couleurs vives se remarquaient encore davantage par cette belle journée. Le soleil était encore plus féroce. Dora sentait la peau de ses épaules picoter et se contracter. Le chœur des mouettes, les appels métalliques de la camionnette de glaces et les hurlements des enfants se mêlaient en un crescendo frénétique. Semblant venir de très loin, un vent marin s'était levé. Dora s'abrita les yeux de sa main et les plissa pour regarder la mer. Vers l'horizon, elle vit les vagues surmontées d'écume blanche, et plus près du rivage elle perçut le bruit nettement reconnaissable de l'eau frappant la roche. Nerveuse, elle regarda du côté des trous d'eau. L'eau jaillissait, scintillante comme des diamants au soleil, puis retombait, disparaissait tandis que roulait la vague suivante.

La marée avait changé.

Elle ravala une bile aigre-douce, visqueuse, et se tourna vers Cassie avec le sentiment que le temps comptait. « Il faudrait se séparer. »

Cassie acquiesça mais semblait perdue dans sa détresse.

Dora se tourna alors vers Sam. « Vous deux, cherchez près des trous d'eau. Steven et moi nous allons remonter la plage pour vérifier si quelqu'un l'a vu. On se retrouve sur le parking dans vingt minutes, d'accord ? D'accord ? » répéta-t-elle plus fort.

De nouveau, Sam et Cassie acquiescèrent, puis se dirigèrent à vive allure vers les rochers.

Dora se tordit les mains.

Steven tenta de la rassurer. « Ça va aller, tu vas voir. Pendant que nous parlons, il est sûrement en train de faire des bêtises dans le magasin de la plage. Ou de faire la queue pour acheter une autre glace.

— Je l'espère. Je l'espère vraiment. »

Elle s'aperçut que Steven lui prenait la main et exerçait une pression réconfortante. En d'autres circonstances, elle aurait été aux anges de tenir la main de Steven Page. En d'autres circonstances…

Ils regardèrent la plage qui s'étendait devant eux. Soudain, elle paraissait immense.

« Tu crois qu'on devrait se séparer ? demanda Dora, ne sachant par où commencer.

— On n'a qu'à marcher l'un au bord de l'eau, l'autre plus haut sur la plage, à la même vitesse et si l'un de nous le repère, l'autre le saura tout de suite. »

Dora lui sut gré de ce calme et de cette logique.

« Il faut que je sache comment il était habillé. Tu t'en souviens ? »

Dora lâcha un petit hoquet à mi-chemin du rire et du sanglot. « Oh, ça, je n'ai aucun mal à m'en souvenir. Il est déguisé en Superman. »

Steven sourit. « Bon, au moins, c'est original. Il ne devrait pas y avoir beaucoup de Superman aujourd'hui sur la plage. Il sera assez facile à repérer.

— Ouais, reconnut Dora, soudain optimiste. Tu as raison. »

Ils se dirigèrent vers le parking. Steven choisit d'emprunter le chemin le moins commode, en haut, sur les galets brûlants, pendant que Dora effectuait le même trajet que précédemment, au bord de l'eau. Elle traquait la moindre trace signalant la présence d'un enfant, se penchait par moments en vain sur le sol pour chercher des petites empreintes de pas sur les cailloux mouvants. En approchant du parking, elle scruta les familles installées sur la plage, essaya de repérer du rouge et du bleu, demanda si quelqu'un n'avait pas vu un petit garçon déguisé en Superman. Pour toute réponse, elle n'obtenait qu'un sourire indulgent et un signe de tête négatif. De temps à autre, elle tournait son regard vers la mer. Les vagues déferlaient avec une violence accrue. Elle aperçut un père à côté de sa petite fille allongée sur un matelas pneumatique qu'une vague renversa. La fillette disparut sous l'écume et, quelques secondes plus tard, refit surface, hirsute, battant frénétiquement des bras et des jambes, puis sa frayeur se mua en hilarité quand elle vit son père prêt à l'attraper et se rendit compte qu'elle était saine et sauve. Ils récupérèrent le matelas et le remontèrent sur la plage. Incapable d'en regarder davantage, Dora reporta les yeux sur les corps allongés et tenta désespérément de repousser les idées qui l'assaillaient. Alfie ne savait pas nager sans ses brassards.

Steven la rejoignit devant le muret. Lorsqu'il secoua la tête en s'avançant vers elle, une dernière bouffée d'espoir se désagrégea.

« Désolé, personne ne l'a vu. »

Dora se rongea les ongles. « Qu'est-ce qu'il faut faire ? »

Ils décidèrent de se séparer une nouvelle fois.

Steven se dirigerait vers les magasins pendant que Dora retournerait à la camionnette de glaces et examinerait les bancs installés le long du muret. Assis sur l'un d'eux, un vieux couple souriant contemplait l'horizon en silence ; les membres d'une famille qui avaient tous attrapé un coup de soleil se chamaillaient pour décider ce que rapporterait chacun au camping ; et un père à l'air surmené avait les bras chargés de *fish and chips*. Aucun n'avait aperçu son frère.

Quelques minutes plus tard, Cassie et Sam arrivèrent, le visage rouge, en sueur, après leur inspection de la plage. Dora les scruta en espérant voir apparaître, tel un mirage, la silhouette d'un petit garçon blond à côté d'elles. Mais elles étaient seules. Quand elles s'approchèrent, Dora constata que Cassie avait un genou écorché couvert de sang et tenait quelque chose dans ses bras. Dès qu'elle repéra sa sœur et Steven, elle accourut.

« Il est là ? » demanda-t-elle, haletante.

Dora secoua la tête.

« Oh ! Dora ! souffla-t-elle en tendant un tissu mouillé. C'est sa cape de Superman. Sam l'a trouvée sur les rochers près d'une flaque. Elle est trempée. »

Dora déglutit avec difficulté. « Tu es sûre ? C'est vraiment la sienne ? »

Cassie ne répondit pas, mais son expression noua le ventre de sa sœur et lui fit monter les larmes aux yeux.

« Qu'est-ce qu'on fait maintenant ? » Dora se rendit compte qu'elle avait du mal à respirer.

Heureusement, Sam prit les choses en main.

« Dora, tu devrais retourner chez toi pour voir si Alfie n'aurait pas réussi à rentrer tout seul. S'il n'est pas là, appelle tes parents et explique-leur ce qui est arrivé. Nous trois, nous allons continuer à chercher. Je crois qu'il faudrait parler au surveillant de la plage et peut-être demander à d'autres gens de chercher avec nous. »

Cassie gémit. « Alfie ! Oh ! mon Dieu ! Où est-il ? Ça va barder. »

Les pensées tournaient à toute vitesse dans la tête de Dora. Des images d'Alfie la submergeaient. Alfie au bord d'un trou d'eau au moment où une gigantesque vague déferlait. Alfie enlevé sur la plage par des inconnus. Alfie errant sur les chemins dangereux de Summertown, renversé par une énorme caravane. Alfie en train de patauger dans les vagues alors que ses petites bottes s'emplissaient d'eau. Alfie en équilibre précaire au bord d'une falaise, sa cape flottant dangereusement au vent. Ces images lui envahissaient l'esprit et la figeaient sur place. Elle ne voulait pas quitter la plage. Pas sans Alfie.

« Dora ! » Steven lui secoua l'épaule. « Dora, vas-y. Dépêche-toi. »

Elle les regarda une dernière fois tous les trois, plantés sur le parking, puis se mit à courir.

10

Helen

Aujourd'hui

Perdue dans ses pensées, Helen est assise dans la serre au moment où Dora revient. La porte de derrière qui claque lui annonce son retour. Helen ne sait plus depuis combien de temps sa fille lui a appris qu'elle était enceinte, mais le soleil commence à effleurer la cime des arbres et, sous sa chaleur oblique, les vieux joints en bois de la serre grincent et craquent comme des articulations arthritiques. Elle se rend compte qu'elle a mal réagi, même à ses propres yeux. Il est temps de se racheter. Avec raideur, elle se lève, dépose les tasses à thé sur le plateau qu'elle emporte dans la cuisine. Puis, avec lassitude, elle monte l'escalier.

Elle trouve Dora dans la chambre d'Alfie, installée dans le vieux fauteuil à bascule, près de la fenêtre, le visage tourné vers le jardin, les jambes, à présent éclaboussées de boue, rassemblées sous elle. Sur le seuil, Helen observe à la dérobée le profil de sa fille : son cou élégant mais crispé ; sa peau pâle et ses yeux couleur d'algues ; son nez fin et droit ; ses quelques taches de rousseur enfantines ; ses cheveux bruns rebelles rassemblés négligemment en queue-de-cheval. Bien qu'elle soit à présent une jeune femme, Dora n'est pas très différente de la fillette qui, Helen s'en souvient, courait partout dans la maison il y a à peine quelques années, faisait tournoyer un Alfie hilare, ou se blottissait sur les genoux de Richard, tous deux penchés sur un livre ou un puzzle. Comment en sont-elles arrivées là ? Deux femmes abîmées, incapables de communiquer sauf en se lançant des piques virulentes, s'affrontant et se faisant souffrir.

À l'évidence, Dora ignore à quel point elle est séduisante et, après réflexion, Helen se dit que c'est peut-être sa faute. Elle essaie de se rappeler la dernière fois qu'elle a fait un compliment à l'une de ses filles, et, comme elle n'y parvient pas, elle s'autorise un fugace regret. Elle sait qu'elle n'a pas été une bonne mère. À des moments cruciaux de leur vie, elle a négligé ses enfants et elle en paie à présent le prix. Est-il trop tard pour changer ? Dora soupire et bouge dans le fauteuil à bascule. Oui, Dora est belle, belle, mais inquiète.

Soudain, Helen se dit que sa fille est assise à l'endroit même où, environ treize ans plus tôt, elle-même s'occupait d'Alfie jour et nuit et le berçait pour qu'il s'endorme. Elle se remémore l'odeur talquée, sucrée de sa peau incroyablement douce et le mouvement rythmé de sa bouche lorsqu'il la tétait ; mère et nourrisson étaient liés durant ces heures nocturnes par une force universelle aussi naturelle et insistante que le flux et le reflux des vagues sur le rivage. Pourtant, par quelque étrange tour du destin, Dora était aujourd'hui devant elle, enceinte et accablée.

Elle savait que ce jour viendrait. Un million de fois, elle avait imaginé qu'une de ses filles lui annoncerait sa grossesse. Richard et elle en avaient parlé quand leurs filles étaient encore toutes petites, ils avaient rêvé au bonheur qu'ils ressentiraient lorsqu'elles se marieraient et leur donneraient des petits-enfants. À l'époque, innocents, naïfs, ils étaient persuadés que ces moments seraient pleins de joie. D'ailleurs, elle est contente pour Dora. Bien sûr. Mais ce qu'elle n'avait pas prévu, c'est la jalousie invraisemblable qui l'a envahie lorsque sa fille lui a annoncé la nouvelle. C'était très physique : une force violente lui a coupé le souffle, l'a laissée sans voix, tremblante, lorsqu'elle a mesuré l'horreur de ce sentiment. Comment a-t-elle pu être capable d'une chose pareille ?

N'est-elle pas un monstre pour envier autant sa fille, une fille à qui sont accordés un nouveau départ, une nouvelle vie, alors qu'elle-même ressasse ses erreurs, ses regrets et son chagrin accablant ? Elle n'a pas su saisir sa seconde chance et a tout gâché.

Mais, enfin, il est temps de museler la jalousie qui bouillonne en elle, de la maîtriser, de l'étouffer sous le besoin plus urgent de se racheter. Elle voudrait s'approcher de Dora, la prendre dans ses bras, lui assurer que tout va bien se passer ; mais elle en est incapable. On dirait qu'elle est pétrifiée par la peur, le regret et le désir de ne pas envenimer les choses, si bien qu'elle ne bouge pas, respire à peine, jusqu'au moment où Dora pivote tout à coup, surprise de voir sa mère en train de l'observer sur le seuil.

« Je ne t'ai pas entendue monter. » Sa fille parle d'une voix neutre, puis tourne de nouveau son visage baigné de larmes vers la fenêtre. Elle est encore fâchée.

« Je vois. »

Helen ne sait pas quoi dire, ne sait pas comment relancer la conversation restée en suspens, mais elle se force à entrer et s'assied sur le lit, dans le coin de la pièce, et lisse l'édredon bleu.

« Excuse-moi. » Helen s'interrompt, mais Dora garde le silence. Elle sait que c'est à sa mère de jouer maintenant. « Je ne m'attendais pas… Je ne savais pas quelle réaction tu attendais de moi tout à l'heure… » Après une inspiration, elle poursuit : « Comment te sens-tu ? Comment supportes-tu ta grossesse ? »

Le regard de Dora reste fixé sur les fleurs dehors. « Presque tous les matins, des nausées, et le soir, de la fatigue. Je n'ai encore jamais été aussi épuisée, je le sens jusque dans mes os.

— J'avais la même impression quand j'attendais Cassie, se rappelle Helen avec un petit sourire. Ça devrait passer dans quelques semaines. » Nouveau silence. « Est-ce que c'était un accident ? »

Elle voit sa fille frémir. C'était la question à ne pas poser.

Helen fait une nouvelle tentative. « C'est que tu avais l'air tellement bouleversée, tout à l'heure. J'en ai été déstabilisée. Je me suis dit que tu n'étais peut-être pas contente. » Helen se demande si Dan mène la vie dure à Dora. Il a l'air d'un gentil garçon, mais on ne peut jamais être sûr de rien.

Dora soupire et se tourne enfin vers sa mère. « Je suis terrifiée. »

Helen met un moment à formuler sa réponse. « C'est tout à fait normal pour un premier enfant. Ton corps subit une transformation phénoménale. Toutes ces hormones qui se baladent… »

Dora l'interrompt. « Non, il ne s'agit pas de ça. Je suis terrifiée par le passé. Par ce qui est arrivé. J'ai peur que ça se reproduise. J'ai déjà l'impression d'avoir perdu une famille. En fonder une autre est une trop grande responsabilité… Risquer de tout perdre une nouvelle fois est au-dessus de mes forces. Ça me briserait. »

Voilà. C'est dit.

Helen ferme les yeux un instant, tente de trouver des mots réconfortants. « Ce qui est arrivé était terrible… tragique. Mais c'est fini. C'est du passé.

— Comment peux-tu le savoir, maman ? Franchement, aucun de nous n'aurait pu penser que… aucun n'aurait pu imaginer ce qui est arrivé, l'effet que ça a eu sur nous… » Une fois de plus, la voix de Dora se perd. Elle semble incapable de continuer, puis les mots se précipitent hors de sa bouche : « Je ne crois pas pouvoir prendre la responsabilité de devenir mère. Tu comprends, je continue à me demander ce qui se serait passé si j'avais agi autrement ce jour-là, si j'avais été différente. Comment veux-tu que je sois prête à élever un enfant quand je me sens encore moi-même une petite fille, celle qui était sur la plage ?

— Mais justement, Dora, tu étais petite. » Helen essaie de lisser le pli entre ses sourcils et de refouler le mal de tête qu'elle sent venir. « Je crois que nous agirions tous différemment si nous pouvions recommencer », finit-elle par admettre.

Dieu sait que, pour sa part, c'est ce qu'elle ferait. Tant de regrets l'accablent. Elle se demande si le moment est venu de confesser sa faute, de révéler son sale petit secret. Mais Dora reprend la parole.

« Je n'arrive pas à oublier. J'y repense tous les jours.

— Comme nous tous, ma chérie. Mais, il le faudra bien, il faudra que tu te dises : “Ce n'était pas ma faute.”

— Ah bon ? » Dora scrute sa mère. « C'est vraiment ce que tu crois ? »

Helen déglutit. Elle sait que Dora a besoin d'entendre des aveux qui la disculperont, elle sait qu'elle pourrait prononcer ces mots qui tournent dans sa tête depuis ce jour-là. Parle. Parle, s'intime-t-elle. Mais une peur paralysante l'en empêche et, au bout de quelques secondes, elle voit la lueur d'espoir s'éteindre dans les yeux de Dora aussi vite qu'elle s'était allumée. Sa lâcheté l'emplit d'une honte cuisante. Elle tente une autre approche.

« Certains jours, quand je me réveille, le simple fait d'être ici, dans cette maison, me procure un immense réconfort. D'autres jours, avant même d'ouvrir les yeux, je sais que je vais avoir du mal à sortir du lit parce que ça voudra dire commencer une mauvaise journée de plus ; une journée où nous nous retrouverons tous face à notre avenir, à notre vie, piégés dans cet horrible trou noir. » Helen s'interrompt, regarde sa fille avec insistance et ajoute : « Sans lui… sans nous soutenir les uns les autres. »

Dora incline la tête. Elle comprend. Ils ont été séparés, jetés aux quatre vents, chacun enfermé dans son purgatoire personnel. « Est-ce que tu t'es déjà demandé si la police ne s'était pas trompée ? »

Les yeux fixés sur le jardin, Helen ment : « Non.

— Moi si, tout le temps. »

Helen songe à tous les scénarios qu'elle a envisagés nuit après nuit et tressaille de douleur.

« Excuse-moi, c'est trop dur pour toi ? demande Dora.

— Non, ça fait du bien de parler de lui. Nous n'avons jamais… » Elle s'interrompt.

« C'est vrai. Dan dit qu'il ne faut pas laisser passer cette occasion. Il pense que ce bébé me permettra de prendre un nouveau départ, mais il ne comprend pas. Ça n'existe pas, un nouveau départ. On ne s'arrête pas. On n'efface pas l'ardoise. C'est la même vie qui continue. Et pourtant, il fallait que je vienne. Je n'arrive pas à me débarrasser de ce sentiment… Le plus terrible, c'est de ne pas savoir. » Elle se frotte le ventre sans s'en rendre compte. « Je fais des cauchemars.

— Quelle sorte de cauchemars ?

— Je tombe. Je me noie. Il y a aussi celui où je perds une chose importante. Cette chose peut être n'importe quoi, mais j'en suis hantée. Quand je m'aperçois qu'elle a disparu à jamais, je suis anéantie. Ce rêve revient tout le temps. Et puis, la semaine dernière, dans le métro, c'était la cohue. L'heure de pointe. C'était terrifiant, je me sentais emportée par le courant… Je me suis affolée. Cette impression de me débattre dans l'eau, de suffoquer…, j'étais en miettes. »

Helen ferme de nouveau les yeux.

« Excuse-moi, maman. Je sais que ça doit être douloureux pour toi. Mais, à ton avis, est-ce qu'on découvrira un jour ce qui s'est passé ?

— Après tout ce temps, tu crois que ça changerait quelque chose ? Dan a raison. Tu ne devrais pas laisser passer cette occasion.

— C'est bien ce que je compte faire, je t'assure. Je ne veux pas repousser Dan. C'est juste que je ne sais pas si je suis capable d'avancer alors que j'ai l'impression de pouvoir basculer à tout moment. Comment peux-tu accepter de tirer un trait ? Tu ne veux pas obtenir de réponses à ta question ?

— Il n'y a pas de réponses, Dora. Tu crois que nous n'en avons pas cherché ? Nous l'avons fait avec acharnement, mais il n'y en avait pas. Il a bien fallu l'accepter. C'était la chose la plus difficile que j'aie jamais eu à faire, mais je l'ai faite.

— Il reste pourtant tant de points à éclaircir… »

Helen voit sa fille fermer les yeux et se frotter les

tempes, un geste qui lui rappelle tellement Richard qu'elle en suffoque presque.

« N'empêche, je n'y crois pas… je n'y croirai pas avant…

— Dora, il faut que tu lâches prise », la supplie Helen. Elle souhaite désespérément arrêter le flot de paroles qui s'écoule de la bouche de sa fille. « Il est grand temps. »

Dora secoue la tête. « Non, admet-elle d'une voix neutre. Je ne peux pas. Pas encore. » Elle se tourne vers la fenêtre. « Pas encore. »

Voilà qui semble mettre fin à leur conversation.

Helen soupire. L'occasion de parler est une fois de plus passée. Elle a honte de ne pas l'avoir saisie, de ne pas avoir au moins tenté d'alléger le fardeau de sa fille. De toute façon, même si elle révélait son secret, même si elle évoquait son sentiment de culpabilité, elle sait bien que ça ne changerait rien à ce qui est arrivé. Rien de ce qu'elle pourrait dire ne réparerait ce qui a été brisé.

Dora passe la nuit chez sa mère. Helen lui prépare un lit dans son ancienne chambre et, une fois que Dora s'est douchée et changée, les deux femmes s'installent dans la cuisine pour dîner. L'ambiance du repas est tendue. Toutes deux sont embarrassées par la conversation de tout à l'heure, mais aucune ne reparle du jour fatal ni de la grossesse de Dora, et, à neuf heures et demie, Dora prétexte la fatigue et monte se coucher.

Helen reste un moment devant le téléviseur qui scintille et ronronne dans la salle de séjour et auquel elle ne prête aucune attention. Au lieu de regarder les images qui défilent, elle imagine Dora à l'étage, dans le lit en laiton qu'elle a elle-même occupé quand elle est venue pour la première fois à Clifftops. Elle était alors enceinte elle aussi, elle attendait Cassie. Telle une mauvaise plaisanterie, l'histoire se répète et, malgré les efforts qu'elle a déployés dans l'après-midi pour la rassurer, sa fille semble toujours aussi terrifiée qu'à son arrivée. Elle ne peut pas la consoler ni lui promettre que ses craintes sont infondées car, au fond d'elle-même, elle n'en est pas sûre. Helen a appris à ses dépens que la vie peut vous réserver le pire. Si elle parvenait à parler en toute franchise à sa fille, avec la sincérité brutale dont elle n'a pas été capable dans l'après-midi, elle lui conseillerait de fuir ; de fuir le plus vite possible pour échapper aux larmes, au chagrin et à la souffrance terrible que la vie va lui infliger.

Pendant qu'Helen réfléchit au dilemme de Dora, des images du passé tournent dans sa tête, affluent comme autant de polaroïds aux couleurs passées : les filles en train de chercher des coquillages sur la plage, maigrichonnes et bronzées dans leurs maillots de bain ; Richard enfermé dans son bureau à Noël, sa tête blonde penchée avec concentration sur une planche à dessin ; Alfie qui glousse, ses membres potelés battant l'air pendant que Dora le traîne sur le parquet ciré dans le panier à linge ; Cassie qui monte l'escalier, grincheuse, après s'être fait réprimander pour être rentrée plus tard qu'on ne l'y avait autorisée ; Richard qui court devant elle dans la pente menant au Golden Cap, son manteau flottant au vent ; Alfie qui dessine un sourire sur la table de la cuisine avec les petits pois qu'il n'a pas mangés ; ses trois enfants, deux têtes blondes, une brune, penchées pour tresser de longues guirlandes de marguerites ; et enfin, le visage éprouvé de Dora au moment où elle fait irruption dans la cuisine cet après-midi d'été pour annoncer la nouvelle qui a mis leur monde en pièces.

Des scènes de sa vie l'assaillent jusqu'au moment où elle est vaincue par l'émotion et où son détachement contrôlé avec soin n'est plus tenable. Pendant que le téléviseur projette de la couleur sur les murs de la salle de séjour, Helen verse un flot infini de grosses larmes silencieuses. Elle pleure une décennie de regrets et, à nouveau, le petit être qu'ils ont perdu à jamais.

11

Helen

Onze ans plus tôt

En revenant, Helen trouva la maison plongée dans un silence de mort. Elle entra par la porte principale, la referma doucement et appuya un instant son front contre le mur frais. On percevait le bourdonnement familier de l'antique réfrigérateur dans la cuisine et la respiration assourdie de la maison qui bougeait un peu sur ses fondations, mais aucun signe de vie humaine. Les enfants étaient sans doute encore sur la plage et se gavaient de glaces et de boissons gazeuses. Elle sourit. C'était le dernier jour de vacances ; un peu d'indulgence ne nuirait pas. Pour compenser, elle leur ferait manger quelque chose de sain au dîner et ajouterait des bonnes choses pour Richard. Il apprécierait un repas préparé à la maison quand il reviendrait de Londres par le train.

Les joues empourprées, elle était un peu sonnée. Tobias ne l'avait pas ménagée et elle sentait encore le poids de son corps qui écrasait le sien dans l'herbe haute du pré qu'ils avaient trouvé ce matin-là. Hâtive, sordide, leur union n'avait rien eu de romantique. Pourtant, Helen s'était soumise à ses désirs, excitée par le besoin qu'il avait de la posséder. Ensuite, serrée dans ses bras, elle s'était abandonnée pendant qu'il rêvait d'une vie dépourvue de maris, de femmes, d'enfants et de responsabilités. Il aimait se livrer à ce jeu, imaginer la vie qu'ils pourraient mener dans un autre monde, et elle lui passait volontiers cette fantaisie. Allongés sur la terre tiède, ils évoquaient cette autre vie tandis que l'herbe haute et le fenouil bâtard chargé de graines oscillaient sur fond de ciel bleu.

Bientôt, Helen se ressaisit et avança d'un pas léger dans le couloir en fredonnant une chanson pop inepte qui lui trottait dans la tête depuis le trajet de retour. Elle se sentait toujours pleine de vie après un rendez-vous avec Tobias. On aurait dit qu'un courant électrique parcourait son corps, rechargeait ses membres fatigués, lui rafraîchissait l'esprit, débarrassait sa vie des toiles d'araignée du quotidien pour quelques courtes heures. Tobias avait raison ; il lui faisait effectivement du bien.

D'après sa montre, il était près de trois heures. Avec un peu de chance, elle aurait le temps de se doucher et de se changer avant le retour des enfants. En arrivant à l'escalier, elle se retourna pour se regarder dans le long miroir. Oui, la différence était perceptible : elle avait l'air plus légère, plus heureuse. Les autres le remarqueraient-ils ? Pendant qu'elle examinait son reflet avec soin, une tache vert foncé sur sa jupe imprimée de marguerites lui attira l'œil ; une tache d'herbe écrasée, sans doute apparue alors qu'elle était avec Tobias. Bon Dieu ! Elle la frotta tout en sachant qu'elle ne parviendrait jamais à l'effacer tout à fait ; sa jupe était fichue. Avec un soupir, elle tourna la tête vers le haut des marches mais, au moment où son pied se posait sur celle du bas, elle entendit claquer la porte de derrière.

« Maman ? Maman, tu es là ? »

Bon sang ! Dora. Les enfants étaient déjà revenus.

« Oui, je suis là », répondit-elle d'un ton détaché en se passant les mains dans les cheveux, puis en tapotant son visage d'un geste emprunté. Cinq minutes au moins pour s'occuper d'elle ne lui auraient pas fait de mal.

Dora surgit de la cuisine. Les joues cramoisies, elle haletait et prenait de grandes goulées d'air.

« Il est là ? demanda-t-elle en jetant des coups d'œil nerveux dans le couloir.

— Qui donc ? » Helen s'obligea à lui adresser un sourire innocent, mais ne put empêcher le rouge de lui monter lentement au visage. Dora ne pouvait pas connaître l'existence de Tobias. C'était impossible. Mais le teint de sa fille fonça encore et les larmes lui embuèrent les yeux. Nerveuse, Helen déglutit.

« Maman, il est arrivé quelque chose de terrible ! s'écria-t-elle.

— Quoi ? Qu'est-ce qui est arrivé ? » S'il vous plaît, mon Dieu. Comment Dora pouvait-elle être au courant de sa liaison ? Tout, mais pas ça, implora-t-elle.

« C'est Alfie. » Dora sanglota. « Il a disparu. »

Le sourire innocent qui avait joué sur les lèvres d'Helen se figea pendant que les mots faisaient leur chemin. Elle secoua la tête. « Comment ça, il a disparu ?

— On n'arrive pas à le retrouver. »

Helen s'approcha de sa fille, lui agrippa le bras et sonda ses yeux affolés. « Où est-il, Dora ? Où est ton frère ? »

Dora ne put soutenir son regard. Sentant soudain la terreur lui nouer le ventre, sa mère accentua la pression qu'elle exerçait sur son bras. Dora tressaillit et essaya de se dégager, mais Helen ne céda pas.

« Où est-il ? » répéta-t-elle.

Dora lâcha un sanglot hystérique. « J'en sais rien ! On a cherché partout, mais il a disparu.

— Disparu ? Où est Cassie ? » Helen s'interrompit un instant. « C'est une farce stupide que vous avez imaginée pour me faire peur ? Parce que, si c'est le cas, elle n'est pas drôle.

— Non, souffla Dora. Je te jure. On était sur la plage. Je suis allée acheter des glaces. Je croyais qu'il était avec Cassie, mais il a dû me suivre et, maintenant, impossible de le retrouver. Oh ! Maman… » Elle ne put terminer sa phrase. De grosses larmes roulaient à présent sur ses joues.

« Où est Cassie ? répéta Helen.

— Elle est restée sur la plage. »

Helen se hâta d'aller chercher ses clés de voiture sur la table de l'entrée où elle les avait jetées à peine un instant plus tôt. « Idiote ! Je t'avais bien dit qu'il ne fallait pas vous séparer. Attends-moi ici. Je vais aller le chercher et, à mon retour, je m'occuperai de toi.

— Maman, je regrette, vraiment je ne croyais pas… »

Helen leva les mains pour lui imposer le silence. « On parlera tout à l'heure de ta punition. Une fois Alfie à la maison. »

Sans prendre le temps de calmer les sanglots de sa fille, elle sortit en courant, sauta dans sa voiture et descendit l'allée le plus vite possible.

Le trajet n'était pas bien long, mais en arrivant sur le parking, Helen s'était convaincue qu'elle allait trouver Cassie et Alfie en train de l'attendre, juchés sur le muret de la plage. Elle les voyait déjà, leurs deux têtes blondes luisant au soleil de l'après-midi, en train d'agiter la main et de balancer tranquillement les jambes. Toute cette histoire n'était qu'un stupide malentendu. Dora avait dramatisé.

Elle se gara sur un emplacement réservé aux handicapés, descendit à la hâte de sa voiture et s'élança à travers la cohue des vacanciers qui commençaient à lever le camp, chargés de transats, paniers à pique-nique, nattes et matelas pneumatiques. Quelques-uns lui jetèrent un regard surpris en la voyant courir, mais elle les ignora. Il fallait qu'elle arrive sur la plage, qu'elle trouve Cassie.

Et puis elle l'aperçut, à l'endroit exact où elle l'avait imaginée, près du muret. Mais en approchant, elle constata qu'il n'y avait pas de seconde tête blonde comme elle l'avait espéré. À côté de Cassie, il y avait une fille aux longs cheveux bruns et au teint très blanc. Pas la moindre trace d'Alfie.

Helen gémit et fonça.

« Où est-il ? » chuchota-t-elle dès qu'elle fut à portée de voix. Comme Cassie ne répondait pas, elle répéta plus fort : « Où est Alfie ? » Elle saisit Cassie par les bras et la secoua si violemment qu'elle eut l'impression d'avoir une poupée de chiffon entre les mains. Bientôt quelqu'un lui posa la main sur l'épaule et murmura des paroles douces et rassurantes.

« Calmez-vous… les secouristes sont partis à sa recherche… ils vont le retrouver.

— Vous ne comprenez pas, protesta Helen en se retournant vers la jeune femme qui avait tenté de l'apaiser. Ce n'est qu'un bébé.

— Si, je comprends que vous soyez très inquiète, dit la jeune femme d'un ton apaisant. Si vous voulez bien venir avec moi un instant, madame Tide… »

C'est alors qu'Helen remarqua son uniforme de policier. Elle se laissa emmener à l'ombre que projetait la banne d'un petit magasin de plage. Des badauds firent cercle, mais, ignorant les regards et les murmures, Helen scruta l'attroupement pour chercher le visage de son fils, qu'elle voulait tant voir apparaître. Pourquoi ces gens restaient-ils plantés là au lieu de chercher Alfie ?

Au désespoir, elle tourna les yeux vers la plage. Le soleil avait commencé sa lente descente vers l'horizon, parsemant la mer de taches ambrées. Elle distinguait des bateaux de pêche qui revenaient vers le rivage, fatigués par leur journée en mer. Soudain, un regain d'activité se produisit près des brisants ; des mouettes battirent des ailes et crièrent en se disputant les restes d'un pique-nique. Plus loin sur la plage, un sac en plastique voleta sur les galets dans leur direction. Le cœur d'Helen bondit lorsqu'elle vit un petit garçon courir après, mais l'espoir vira à la déception quand elle se rendit compte qu'il ne s'agissait pas de son fils. Non, ce n'était pas Alfie. En pivotant de nouveau, elle s'aperçut que Cassie n'était plus en vue.

« Où est ma fille ? » demanda-t-elle à la femme en uniforme.

La femme posa une main rassurante sur son bras. « On lui pose juste quelques questions.

— Je veux la voir. Je veux écouter ce qu'elle a à dire. Où l'a-t-on emmenée ?

— Dans le magasin, mais il vaudrait sans doute mieux… »

Sans attendre le reste de la phrase, Helen se précipita dans le magasin, le trouva vide et fit irruption dans l'arrière-boutique d'où lui parvenaient des murmures.

La place manquait dans la petite réserve sombre. Cassie était juchée sur des cartons empilés, devant un policier qui prenait des notes à la hâte sur un calepin. Le regard fixé sur le linoléum défraîchi, Cassie tripotait le coin d'un carton ondulé, le déchirant en mille petits morceaux qui retombèrent lentement sur le sol. Quand Helen entra, elle leva la tête, nerveuse, puis baissa le regard vers le sol.

« Si vous permettez, dit Helen au policier. Je suis sa mère. J'aimerais moi aussi entendre ce qu'elle a à dire. » Ce n'était pas une question.

Le jeune policier acquiesça et s'adressa de nouveau à Cassie. « Donc, vous êtes descendus tous ensemble sur la plage en venant du camping. »

Cassie inclina la tête.

« À quelle heure êtes-vous arrivés sur la plage ?

— Vers onze heures. Nous avons d'abord retrouvé Sam et nous sommes allés au Rocher.

— Qui est Sam ? » demanda Helen d'un ton sec.

Le policier la regarda de travers. S'il n'était pas en colère, à l'évidence, il trouvait préférable d'être le seul à poser les questions. « C'est la fille qui est dehors ? »

Cassie le confirma. « C'est mon amie.

— Et où est le Rocher, Cassandra ? » demanda le policier.

Helen avait la tête qui tournait. Elle n'avait encore jamais entendu sa fille parler de « Sam ».

« Tout au bout de la plage, près des trous d'eau dans les rochers. C'est une grotte dans laquelle les jeunes vont parfois pour… vous savez bien… pour passer du temps entre eux. »

Le policier hocha la tête. « Vous pourriez nous montrer cet endroit ?

— Oui, mais on a déjà regardé. Alfie n'y est pas.

— D'accord, mais nous aimerions nous en assurer. Bon, vous êtes allés dans cette grotte vers onze heures ce matin avec Alfie et Sam ?

— Oui. Et Dora, ma sœur. Elle était là, elle aussi. »

Le policier griffonna. « Et vous êtes restés longtemps tous ensemble dans cette grotte ?

— Oui. À peu près une heure. Et puis Dora a dit qu'elle allait acheter des glaces. » Cassie réfléchit un instant. « Non, plus longtemps que ça. Je me rappelle qu'elle voulait connaître l'heure avant de partir. Il n'était pas loin d'une heure. »

De nouveau, le policier hocha la tête et prit des notes.

« Quand elle est revenue, Dora m'a demandé où était Alfie. Je croyais qu'elle plaisantait. Depuis son départ, ni Sam ni moi n'avions vu Alfie. On s'était dit qu'elle l'avait emmené. »

Helen sentit son ventre se nouer et lâcha un gémissement audible. « Alors aucune de vous deux ne l'a surveillé ? Qu'est-ce que je vous avais dit ? »

Le policier leva la main. « Si vous permettez, madame Tide, je sais que ce que vous vivez est très difficile, mais il est capital de connaître l'heure de sa disparition. »

Helen inclina la tête et se mordit la langue.

« Donc, c'est juste avant une heure de l'après-midi que vous avez vu Alfie pour la dernière fois aujourd'hui ? »

Cassie confirma. Helen consulta sa montre. Il était près de quatre heures.

« À votre avis, il a quitté la grotte ? Il a suivi Dora sur la plage ? Est-ce que vous vous rappelez l'avoir entendu parler de ce qu'il avait envie de faire ? De l'endroit où il avait envie d'aller ? »

Cassie secoua la tête. « Il était content d'être dans la grotte. » Soudain, Cassie repensa à quelque chose et laissa échapper un petit sanglot. « Il croyait qu'il y avait des chauves-souris. Il prenait les mouettes pour des chauves-souris. »

Helen sentait les larmes lui piquer les yeux. Son petit garçon était tout seul quelque part.

« Et qu'est-ce que vous faisiez, Sam et vous, pendant que Dora allait acheter des glaces ? »

Cassie rougit. « On… bavardait, c'est tout… et, bon… on a fumé. »

Le sang d'Helen ne fit qu'un tour. Cassie fumait ?

« Je vois, dit le policier en griffonnant sur son calepin. Comment était habillé Alfie la dernière fois que vous l'avez vu ?

— Il était déguisé en Superman. »

Le policier eut un petit sourire en notant la réponse. « Vous pouvez me décrire sa tenue ?

— Un bas de pyjama bleu, des bottes rouges en caoutchouc, un tee-shirt bleu avec Superman écrit dessus, et une cape rouge. » Cassie jeta un coup d'œil à sa mère, puis détourna le regard. « Maman avait cousu un grand S jaune dessus. Mais on a retrouvé la cape près des trous d'eau dans les rochers. C'est Sam qui l'a trouvée. »

L'estomac d'Helen se retourna une nouvelle fois. Elle avait envie de hurler et, pour se forcer à garder son calme, elle mordit son poing.

Le policier hocha la tête. Apparemment, il avait déjà vu la cape. « Est-ce que vous vous rappelez si Alfie a ôté sa cape dans la grotte ? »

Helen retint son souffle, mais Cassie secoua la tête.

« Donc, il a pu sortir de la grotte et la retirer près des rochers ? »

Cassie inclina lentement la tête. Helen avait envie de la secouer mais elle se contenta de mordre plus fort son poing et sentit la douleur irradier sa main.

« Très bien, ça nous a beaucoup aidés, Cassandra. Nous aurons d'autres questions à vous poser, à Sam et à vous, mais je crois que nous avons assez d'éléments pour commencer. Est-ce que votre sœur est ici ? »

Cassie regarda sa mère qui fit non de la tête.

« Je regrette, monsieur, je lui ai demandé de rester à la maison au cas où Alfie réussirait à rentrer tout seul. Je pensais que c'était la meilleure solution. Je suis venue dès qu'elle m'a raconté ce qui s'était passé. »

Le policier nota une dernière chose et referma son calepin. « Bon, nous parlerons à Dora chez vous. » Il marmonna une instruction rapide dans son talkie-walkie crachotant, puis se leva. « Cassandra, vous nous avez beaucoup aidés, répéta-t-il avant de se tourner vers Helen. Ne vous inquiétez pas, madame Tide, nous allons le retrouver. Deux agents le cherchent en ce moment sur la plage et je vais contacter la police côtière par radio. Par pure précaution, bien sûr. Il est sans doute en train de jouer avec des gosses, ou de construire un château de sable sur la plage. »

Helen s'efforçait de ne surtout pas penser à la raison pour laquelle il pourrait être nécessaire de faire appel aux garde-côtes.

Alfie ne savait pas nager.

Helen sentit ses genoux ployer sous elle mais le policier s'avança aussitôt et, de ses bras robustes, l'empêcha de s'effondrer sur le sol.

« Voulez-vous vous asseoir, madame ?

— Non, non, ça va aller. » Elle le repoussa. « Mon mari. Il est à Londres. Il faudrait que je le prévienne. » L'idée de lui annoncer cette nouvelle lui était insupportable, mais il fallait bien le mettre au courant. Il saurait quoi faire. Soudain, Helen éprouva le besoin que son mari la serre dans ses bras. Lui, il retrouverait leur fils.

« Où travaille-t-il ?

— Chez Tide Associates. Dans Fitzhardinge Street. »

Le policier acquiesça. « Nous allons le contacter. »

Helen lui adressa un petit signe de tête reconnaissant, puis sortit dans le bruit et la cohue.

On aurait dit qu'elle était sous l'eau. Elle savait qu'il était important d'écouter ce que lui disaient les policiers mais elle avait du mal à se concentrer sur autre chose que sur les gens qui quittaient la plage en masse. Restez tous où vous êtes, avait-elle envie de leur hurler. Elle aurait voulu que le temps s'arrête et lui permette de passer de groupe en groupe pour chercher Alfie. Dès que la police en eut enfin terminé avec ses questions, Cassie et elle demandèrent à tous les gens qu'ils croisaient s'ils n'avaient pas vu un petit garçon portant un déguisement maison de Superman. Chaque fois, on leur répondait en secouant la tête d'une manière prudente mais compatissante et, bientôt, la plage commença à se vider ; les vacanciers brûlés par le soleil quittèrent leur petit coin choisi avec soin et remontèrent le long chemin menant à leurs voitures puis à leur camping. Finalement, il ne resta plus sur le sable que les inévitables détritus laissés par un millier de vacanciers négligents. Éreintée, Helen regagna le parking en se frayant un chemin au milieu des canettes, bouteilles en plastique, emballages de glaces et sachets de chips vides.

À sept heures du soir, Helen quitta les autres pour appeler Dora. Elle savait qu'il ne fallait pas rêver, que la police l'aurait avertie si Alfie était à Clifftops, mais elle ne pouvait s'empêcher d'espérer qu'il pouvait s'être débrouillé pour rentrer.

Dora décrocha tout de suite.

« Il est revenu ? lui demanda Helen.

— Non. »

Helen allait raccrocher, mais Dora poursuivit :

« Tu veux que je vienne vous aider à chercher ? Je deviens folle ici toute seule. Peut-être que je pourrais… »

Helen raccrocha et se tourna vers le policier le plus

proche. « Il faut que je voie la grotte. Emmenez-moi là-bas avant qu'il fasse nuit. »

Le policier allait répondre quelque chose mais ce qu'il lut dans son regard l'en empêcha. Il fit un bref signe de tête. « Suivez-moi. »

Helen eut du mal à atteindre le Rocher. Sa jupe en coton n'était pas pratique pour grimper sur la falaise et ses espadrilles glissaient dangereusement sur le roc. D'une poigne ferme, le policier qui l'accompagnait l'aida toutefois à passer de l'autre côté. Lorsqu'il la posa à terre, elle sentit sous ses pieds le sol rugueux de la grotte et prit une profonde inspiration.

C'était un endroit sinistre, humide, sombre, puant, à cause de la végétation visqueuse et du poisson (et peut-être pire encore) qui pourrissaient. Qu'est-ce qui avait pris aux filles de venir ici ? Helen ne le comprenait vraiment pas. La mâchoire serrée, elle erra une minute, laissa courir ses mains sur les hautes parois, espérant que ses doigts pourraient ouvrir un passage secret dans la roche pour permettre à son fils de se précipiter dans ses bras, libéré d'un monde souterrain qui l'avait retenu prisonnier jusque-là.

« Vous avez passé cette grotte au peigne fin ? demanda-t-elle.

— Oui, confirma le policier. Nous viendrons avec des chiens demain si nous ne l'avons pas retrouvé d'ici là. »

Helen secoua la tête. « Pourquoi sont-elles venues ici ?

— Votre fille m'a dit que c'était un lieu de rencontre pour les adolescents du coin. » Il montra les parois. « Regardez tous ces graffitis, cette grotte est très fréquentée. »

Helen étudia les gribouillages et frissonna. Elle ne supportait pas l'idée que son petit Alfie avait joué là-dedans. Ce n'était pas un endroit pour un enfant. Elle déglutit. « Je crois que je suis prête à partir. »

Le policier hocha la tête et ils s'approchèrent de la fente étroite dans le roc. Au moment où Helen atterrit de l'autre côté, elle remarqua que le soleil commençait à se coucher. Privé de son dîner, Alfie devait avoir faim.

Ils restèrent sur la plage jusqu'à la nuit tombée et une jeune femme de la police leur conseilla gentiment de rentrer chez elles. Helen ne voulait pas partir, elle ne supportait pas l'idée de rentrer à la maison sans son fils, mais, à l'évidence, on ne pouvait pas faire grand-chose de plus dans la pénombre. L'hélicoptère de la police côtière avait terminé ses recherches pour la journée et, même si on apercevait encore les lumières des bateaux dans la baie, eux aussi n'allaient pas tarder à revenir. Il était trop tard et il faisait trop sombre. Les recherches ne reprendraient qu'au lever du jour.

Helen avait l'impression que son cœur allait se déchirer tant elle souffrait en montant dans sa voiture et en ramenant Cassie à la maison. Aucune ne fit de commentaire en voyant le siège d'enfant vide, à l'arrière, qui les accusait de négligence, et Helen dut mobiliser toute sa volonté pour garder le pied sur l'accélérateur au lieu de faire demi-tour pour aller hurler le nom de son fils sur la plage.

Cassie brisa enfin le silence. « Papa rentre ce soir ?

— Oui. Il est déjà en chemin et ne va pas tarder. »

À l'évidence, elles espéraient toutes deux que Richard saurait ce qu'il convenait de faire.

Helen martela son volant. « Où est-il, Cass ? Où est-il allé ? »

Cassie tripota avec nervosité l'ourlet effrangé de sa jupe en denim. « Je ne sais pas, souffla-t-elle. Je t'assure. Je croyais qu'il était avec Dora. Elle m'a dit qu'elle l'emmenait acheter des glaces. Et puis elle est revenue avec un garçon du collège… »

Quand elles arrivèrent, Dora était assise à la table de la cuisine, une tasse de thé qu'elle n'avait pas bu devant elle, et se rongeait les ongles. Elle se leva aussitôt d'un bond. « Il est avec vous ? »

Cassie secoua la tête et Dora s'affaissa sur sa chaise, flétrie comme un tournesol le soir venu.

Helen s'approcha de l'évier, s'appuya à l'égouttoir, baissa la tête et lâcha un soupir sonore, minuscule échappée de la colère et la tension qui l'habitaient. Elle ne parvenait ni à réfléchir ni à respirer. On aurait dit qu'elle avait pénétré dans une étrange zone ténébreuse, un univers parallèle où tout implosait. Ses yeux perçurent bientôt un objet de couleur vive. C'était le bol en plastique dans lequel Alfie mangeait ses céréales au petit déjeuner. Il était resté dans l'évier où elle l'avait posé à peine quelques heures plus tôt ; des restes de Weetabix adhéraient encore au bord. Terrassée par l'émotion, elle se tourna vers ses filles.

« Bon Dieu, à quoi avez-vous joué aujourd'hui ? » Sa voix était glaciale mais ses yeux lançaient des éclairs lorsqu'ils se posèrent sur Dora, puis sur Cassie, avant de revenir à Dora.

Les deux filles échangèrent un coup d'œil nerveux dans lequel Helen lut la peur.

« Regardez-moi ! s'écria Helen. Racontez-moi ce qui s'est passé.

— C'est ma faute, commença Cassie. C'est moi qui ai eu l'idée d'aller au Rocher. Ça ne tentait pas Dora, mais je lui ai dit que j'y allais de toute façon, et elle m'a répondu qu'il ne fallait pas se séparer. »

Helen secoua la tête. « Je vous avais demandé de

le surveiller. Je croyais que je pouvais avoir confiance en vous. Vous n'êtes plus des gamines. » Incrédule, elle secoua de nouveau la tête. « Je ne comprends pas qu'un petit garçon ait pu disparaître sur une plage aussi fréquentée. »

Honteuse, Cassie baissa la tête.

« Il a trois ans, bon sang ! » La voix d'Helen trembla. « C'est encore un bébé.

— Maman, supplia Dora, on regrette… »

Helen l'interrompit. « Je ne veux pas le savoir, Dora. Je t'avais dit qu'il fallait que vous restiez ensemble tous les trois. Tu as laissé ton frère et ta sœur pour aller acheter des glaces ! Alfie t'a suivie et il s'est perdu. Je t'avais bien dit qu'il ne fallait pas vous séparer.

— Maman, je suis désolée, souffla Dora d'une toute petite voix.

— Tu es désolée ? » Helen se tourna vers Dora. « Tu crois qu'être désolée va aider Alfie, qui est dehors, tout seul, dans le noir… »

Dora se mit à sangloter.

« Tu crois que ça suffira à arranger les choses ? »

Dora secoua la tête.

Cassie fit mine de prendre la parole, mais Helen leva la main pour l'en empêcher.

« Ce n'est pas en étant désolée que tu ramèneras Alfie à la maison, et qu'il pourra être bien au chaud dans son lit. Ce n'est pas en étant désolée qu'il ne craindra rien, qu'il aura le ventre plein et qu'on pourra le serrer dans nos bras. Il y a beaucoup de choses que je voudrais que tu me dises, mais pas que tu es désolée, ma petite ! » Helen tremblait de tout son corps, mais ne pouvait plus s'arrêter de parler. « Je ne sais pas à quoi tu pouvais bien penser, poursuivit-elle avec perplexité. Ce n'est encore qu'un… un bébé. » Lorsqu'elle s'interrompit, la colère s'éteignit et Helen s'effondra lentement sur le sol, comme un pantin dont les fils ont été coupés. « Oh ! mon bébé ! s'écria-t-elle. Mon pauvre petit bébé… »

Pendant un instant, ses sanglots sonores emplirent la pièce. Elle sentit une main sur son épaule et l'écarta, furieuse.

Dora supplia : « Maman, maman… »

Mais Helen ne voulut pas l'écouter, c'était au-dessus de ses forces. « Va-t'en. Ne reste pas devant moi. Pour l'instant, je ne supporte pas ta vue, Dora.

— Maman ? » Cette fois, c'était Cassie.

« Fichez-moi le camp ! Toutes les deux ! Que je ne vous voie plus ! »

Elles ne se le firent pas dire deux fois. Helen les entendit sortir en courant. Les sanglots de Dora retentirent dans l'escalier jusqu'à la porte de sa chambre.

Helen resta longtemps en position fœtale sur le sol de la cuisine, au point que son dos lui fit mal et que les carreaux froids de la cuisine lui engourdirent le corps à travers sa mince jupe d'été. Si cette position était très inconfortable, ce n'était rien comparé à la peur qui lui nouait le ventre quand elle pensait à son petit garçon perdu, tout seul dans le noir. Elle avait cru pouvoir faire confiance à ses filles ; elle s'était dit qu'à leur âge, on pouvait compter sur elles. Mais elle s'était trompée. Elle leur avait demandé de ne pas se séparer et Dora avait désobéi. Si seulement ils étaient restés ensemble tous les trois, Alfie ne serait pas parti à l'aventure.

Un bruit de clés se fit entendre à la porte d'entrée. Helen redressa son corps ankylosé et alla rejoindre son mari. Le visage cireux, le costume fripé, il s'approcha et prit sa femme dans ses bras. Ils restèrent enlacés un long moment, le temps d'appréhender l'horreur de la situation.

« Notre bébé, notre pauvre bébé, il est dans la nature », murmura Helen.

Richard lui caressa les cheveux. « Chut ! dit-il comme s'il parlait à un enfant malheureux. On va le retrouver. »

L'escalier craqua. Helen ne leva pas les yeux mais sentit que Richard tournait la tête, puis, lentement, ouvrait les bras et, bientôt, le corps tiède de leur fille se joignit à leur étreinte. Helen huma la bonne odeur des cheveux dorés de Cassie et ferma les yeux. Richard avait raison ; ils allaient le retrouver.

Pendant quelques instants, tous trois restèrent ainsi dans l'entrée, désespérément accrochés l'un à l'autre, dans l'espoir qu'Alfie les rejoindrait dès les premières lueurs du jour. Quand Helen finit par ouvrir les yeux, elle vit Dora toute seule en haut de l'escalier, qui les regardait avec anxiété, les yeux baignés de larmes. Helen la considéra avec froideur. Comment avait-elle pu rompre sa promesse ? Comment avait-elle pu laisser Alfie et Cassie pour partir avec ce garçon ? Incapable de masquer son dégoût, elle dévisagea encore un instant Dora avant de lui tourner le dos et d'aller dans la cuisine préparer le dîner de Richard.

« J'ai parlé à un policier », dit Richard quelques minutes plus tard. Il l'avait rejointe dans la cuisine et, nerveux, tripotait la table. « Ils vont reprendre les recherches dès l'aube. Avec des chiens. Nous allons le retrouver, Helen, je te le promets. »

Au lieu de répondre, Helen se concentra sur le nuage de vapeur qui sortait de la bouilloire. Elle se demandait combien de temps elle pourrait laisser sa main dans ce jet bouillant.

« Apparemment, beaucoup de gens du coin se sont portés volontaires pour nous aider, poursuivit son mari. Bill Dryden viendra à la maison dès demain matin. Nous allons organiser des recherches sur les falaises jusqu'à la plage. Alfie s'est sans doute perdu et a dû s'endormir dans un petit coin, au chaud, quelque part sur les falaises ; ou dans un fossé, au bord des champs de Plummer. Dans quelques jours, nous en rirons, tu verras. Ce sera une histoire qu'on racontera pour l'embarrasser le jour de ses vingt et un ans. » Son sourire était forcé.

Helen avait envie de le croire. Elle hocha la tête. « Au moins, il ne fait pas froid ce soir, dit-elle, un peu rassérénée. Dieu merci, il a un pantalon et un haut à manches longues. Je n'aurais jamais pensé que son obsession pour Superman pourrait un jour se révéler utile. »

Richard eut un faible sourire.

« Tu as faim ? »

Il secoua la tête.

« Veux-tu que je te prépare du thé ?

— Non, ça va. »

Le sifflement strident de la bouilloire troua le silence et Helen l'arrêta, ne sachant que faire. Finalement, elle tira une chaise face à Richard. Les pieds en bois raclèrent le carrelage avec un bruit lent et pénible.

« La police a proposé de nous envoyer un médecin, mais j'ai dit que ce n'était pas nécessaire. »

Helen approuva.

« Je ne crois pas que nous arriverons à dormir cette nuit, mais l'idée de prendre des somnifères et de ne pas être vraiment là au moment où ils le ramèneront m'était insupportable. Tu crois que j'ai bien fait ? »

Helen hocha la tête. Elle comprenait parfaitement ce qu'il voulait dire. Elle ne voulait pas que son chagrin soit atténué ; elle avait besoin d'en percevoir toute la dureté.

« À ton avis, ça va aller pour les filles ? »

Helen haussa les épaules.

« C'est un peu trop calme là-haut.

— Elles ont dû se coucher. Ça vaut mieux. Je ne suis pas sûre de pouvoir les regarder en face. Dora m'a déçue à un point inimaginable. »

Richard leva les yeux.

« Je lui avais bien dit qu'il ne fallait pas se séparer. Je lui avais dit qu'ils ne pouvaient aller à la plage que s'ils restaient tous les trois ensemble. »

Richard baissa les yeux sur ses mains. « Il me semble que nous leur avons toujours précisé qu'Alfie ne devait pas aller à la plage à moins que toi ou moi ne soyons présents. »

Helen le considéra d'un air coupable. « Les filles sont presque adultes, Richard. Je croyais pouvoir leur faire confiance. Mais, apparemment, Dora a décidé de partir de son côté. Elle est allée acheter des glaces et elle a rencontré un garçon de son collège. »

Richard soupira. Ils gardèrent un instant le silence, puis Richard s'éclaircit la gorge. « J'ignorais que tu devais travailler aujourd'hui, Helen. Je croyais qu'il te restait encore à peu près une semaine de vacances. »

Le rouge de la honte monta aux joues d'Helen. Il lui semblait qu'il y avait une éternité qu'elle s'était allongée dans l'herbe et avait fait l'amour avec Tobias pendant que les oiseaux s'agitaient et que les grillons chantaient. « J'ai été obligée d'y aller… Il fallait que je vérifie mon emploi du temps avec le doyen », lâcha-t-elle.

Richard hocha la tête. « Excuse-moi, je ne veux pas… ce n'est pas… » Il leva les mains. « Une seule chose compte : retrouver Alfie dès demain matin. »

En regardant les yeux fatigués et inquiets de son mari, elle se demanda durant une fraction de seconde si elle ne devrait pas s'ouvrir à lui. C'était censé être un simple petit plaisir. Personne ne devait jamais être au courant. Pourtant, qu'aurait-elle à gagner si elle confiait son secret à Richard et lui dévoilait son infidélité ? La situation désespérée dans laquelle ils se trouvaient en serait-elle vraiment améliorée ?

Non.

Elle ne pouvait pas le faire. Ils avaient bien assez de soucis comme ça. D'ailleurs, l'endroit où elle était allée n'y changeait rien. Elle aurait pu devoir se rendre effectivement à l'université. Leur cauchemar ne disparaîtrait pas pour autant. Non, inutile d'avouer cette liaison. Elle n'était pas coupable. Helen tenta d'ignorer l'impression de vide et de froid qu'elle sentait dans son ventre et posa sa main sur celle de Richard. La chaleur de sa peau la surprit et elle exerça une pression avec ses doigts glacés.

« Je me demande s'il serait capable de revenir tout seul, murmura Richard. Tu crois qu'il connaît le chemin ? »

Helen secoua la tête. « Je n'en sais rien. Moi aussi, je me suis posé la question. C'est un gamin dégourdi. » Elle sonda la nuit, de l'autre côté de la vitre, et frissonna. « Je me dis que, s'il en était capable, il le ferait. »

Richard leva brusquement les yeux. « Comment ça, s'il en était capable ? »

Helen déglutit avec difficulté. « J'ai envie de croire que c'est possible, je t'assure. » Sa voix vacilla et elle dut déglutir une nouvelle fois. « C'est à cause de sa cape, dit-elle enfin à voix basse. Pourquoi était-elle sur les rochers, près des trous d'eau ? Pourquoi l'a-t-il retirée à cet endroit ? »

Richard s'empressa de secouer la tête. « Ça ne veut rien dire. Ne pense surtout pas à ce genre de chose. Nous devons avoir une attitude positive. Nous n'avancerons pas si nous renonçons déjà.

— Je ne renonce pas. C'est seulement que... »

Richard leva la main. « Arrête, Helen. Arrête. » Il se leva en raclant lui aussi sa chaise sur le carrelage. « Je vais prendre une douche. La nuit sera longue. »

Helen alla se coucher dans la chambre d'Alfie ; au moins, elle était dans son lit, sous sa couette, et humait son odeur de petit garçon : shampooing Johnson, pâte à modeler à la vanille et haleine de bébé aussi douce et agréable qu'une brise d'été. Là, elle s'abandonna au monde étrange qui se situe entre le sommeil et l'état de veille, où les rêves deviennent d'une netteté saisissante. Dans sa tête les images tournaient dans une folle ronde : Tobias au-dessus d'elle, les yeux fermés, des gouttes de sueur sur le front ; Alfie, tout heureux, traçant des graffitis de couleur vive sur les parois sombres du Rocher ; Dora faisant irruption dans la maison, une expression terrible sur le visage ; Richard, solide, un Richard sur lequel on pouvait s'appuyer, serrant ses doigts glacés dans sa main chaude, rassurante, en répétant : « On va le retrouver. Je te le promets, on va le retrouver. »

Sans s'en rendre compte, elle dut s'endormir car, soudain, Richard la secouait pour l'arracher à sa curieuse somnolence et lui murmurait à l'oreille : « Il fait presque jour. Il est temps d'aller chercher notre petit garçon. »

Lorsqu'il sortit de la pièce, Helen resta un instant allongée sur le petit lit et laissa de nouveau l'horrible absence d'Alfie déferler sur elle. Sa gorge la picota, puis, lentement, elle eut l'impression que ses entrailles s'emplissaient d'un mercure glacé qui circula avant de se déposer dans ses intestins, flaque lourde, douloureuse. Avec un soupir, elle s'arracha au matelas et sentit la boule de terreur bouger avec elle, puis retomber. Il faisait encore nuit dehors mais elle entendait Richard qui se préparait dans la cuisine. Avant de quitter la chambre, elle fit le lit d'Alfie avec soin ; il serait fatigué quand on le ramènerait à la maison.

Dans la salle de bains, elle s'aspergea le visage d'eau froide et regarda son reflet dans le miroir. C'était une étrangère qu'elle voyait. Ses yeux verts étaient rouges, sans vie, cerclés de traces de maquillage. Il fallait aussi qu'elle se change. Elle portait encore les vêtements de la veille. Elle ôta son tee-shirt, dégrafa son soutien-gorge et fit glisser sa jupe en coton froissée sur ses mollets. Quand elle tomba par terre, Helen aperçut une nouvelle fois la tache d'herbe qui semblait l'accuser. Après l'avoir considérée un instant, elle attrapa la jupe et, en lâchant un sanglot, la jeta dans la poubelle, sous le lavabo.

Puis, assise sur le bord de la baignoire, elle céda à une violente crise de larmes, accompagnée de douloureux hoquets. Tremblant de tout son corps, seule, nue, les mains sur le ventre, elle pleurait son bébé, sentait la douleur de son absence au plus profond d'elle-même.

Quand elle descendit, Richard accueillait Betty et Bill Dryden. Gauche, Bill dansait d'un pied sur l'autre près de la porte et triturait sa casquette dans ses mains abîmées. Betty, elle, s'avança aussitôt vers Helen et la serra contre elle dans une étreinte maternelle.

« Mes pauvres amis, vous devez être fous d'inquiétude. Vous voulez que je mette la bouilloire en marche ? Que je nous prépare une bonne tasse de thé ? »

Reconnaissante que quelqu'un prenne les choses en main, Helen inclina la tête sur les cheveux gris bouclés de Betty.

« On y va, Helen, dit Richard. On rejoint les policiers au parking. Je t'appellerai dès qu'on l'aura retrouvé. »

De nouveau, Helen inclina la tête et suivit des yeux Richard et Bill lorsqu'ils franchirent la porte.

« Venez. » Betty poussa Helen dans la cuisine. « On va mettre cette bouilloire en route. Les filles ne vont pas tarder à se lever et vous avez toutes besoin d'un bon petit déjeuner. Il faut reconstituer vos forces – pour Alfie. »

Helen suivit sa voisine et la regarda s'activer dans la cuisine, attraper des sachets de thé et poser des tasses sur un plateau.

« Je vais mettre un peu de sucre dans votre thé, Helen. On dirait que vous en avez bien besoin. »

Semblant avoir perdu l'usage de la parole, Helen acquiesça d'un signe de tête et se tourna vers le mur où elle avait épinglé quelques mois plus tôt les dessins abstraits aux couleurs vives qu'Alfie avait faits. Elle avait beau les avoir regardés à maintes reprises, elle les considérait à présent d'un œil neuf et observait chaque coup de pinceau, chaque tache de couleur comme si elle les voyait pour la première fois. L'un était intitulé « Bateau pirate et Lune ». L'autre « Dinosaure sur un toboggan ». Leur vue la faisait souffrir, mais elle ne pouvait pas en détourner les yeux. Alfie était dehors, quelque part. Ils allaient le retrouver.

Le deuxième jour fut peut-être encore pire que le premier. Agents de police et amis bien intentionnés envahirent la maison. Chacun voulait à tout prix les aider, mais personne ne savait comment. Les gens erraient de pièce en pièce, se parlaient d'une voix basse chargée d'intensité. Assise à la table de cuisine, incrédule en voyant tout ce monde s'agiter autour d'elle, Helen restait immobile, la tête tournée vers le téléphone, attendant que Richard l'appelle et lui annonce triomphalement qu'ils avaient retrouvé Alfie.

À l'heure du déjeuner, elle vit plusieurs voitures et un gros van blanc se garer au bout de l'allée.

« Qu'est-ce qu'ils veulent ? » murmura-t-elle à un policier qui emportait un plateau de thé. Elle remarqua, sans y porter une attention particulière, qu'ils avaient sorti la plus belle porcelaine de Daphne.

L'homme suivit la direction de son regard. « Les vautours guettent, répondit-il d'un air gêné. Les médias sentent qu'ils tiennent quelque chose. »

Helen haussa les épaules. « Ils peuvent peut-être nous aider. S'ils en parlent, il y a des chances pour que quelqu'un se rappelle un indice important. »

Le policier hocha poliment la tête et la laissa seule dans la cuisine.

Betty déboula un instant plus tard. « Voulez-vous que je vous prépare quelque chose à manger, Helen ? Vous n'avez rien pris de toute la matinée. Vous devriez essayer d'avaler quelque chose… »

Helen secoua la tête. « J'en serais incapable, je vous assure. »

Betty parut soucieuse. « Et les filles ? Je peux leur préparer quelque chose ? »

Helen haussa les épaules. Elle ne les avait vues ni l'une ni l'autre depuis le petit déjeuner. Cassie s'était glissée dans la cuisine, préparé une tasse de thé et avait disparu. Dora était sortie dès la première lueur du jour et avait suivi Bill et Richard dans l'allée, à distance respectueuse. Helen avait été soulagée de la voir partir.

« Vous êtes très aimable, mais non, merci. Je crois que personne n'a vraiment faim.

— Bon, laissez-moi au moins proposer des sandwichs à ces gentils policiers. Ils ont besoin de se remplir le ventre pour pouvoir continuer leurs recherches. »

Helen inclina la tête, puis sortit de la cuisine. La vue et l'odeur de la nourriture lui auraient été insupportables. Elle avait l'impression d'être un poisson rejeté sur un banc de sable, qui essayait désespérément de respirer pendant que l'eau s'éloignait toujours davantage. Chaque goulée d'air lui faisait mal, douleur cuisante qui lui nouait le ventre, chaque expiration voulait dire qu'elle avait passé un moment de plus sans Alfie.

Elle se trouvait dans la serre quand Dora vint la rejoindre un instant plus tard. Helen ne l'entendit pas approcher. Arrivée à quelques mètres, Dora toussa fort et Helen sursauta et se retourna.

« Oh ! c'est toi. » Déçue, Helen pivota vers le jardin.

« Maman, il faut que je te dise une chose. Une chose importante. »

Helen se tourna de nouveau pour scruter sa fille. « Vas-y.

— Hier, quand je suis sortie de la grotte, j'ai vu deux personnes allongées à l'ombre des rochers. Des adultes. Un homme et une femme. Je me rappelle que l'homme m'a souri et a agité la main. C'était plutôt curieux. »

Helen en eut la respiration coupée.

« L'homme avait de longs cheveux bruns, poursuivit Dora en tirant sur ses manches avec nervosité. Au début, je l'ai pris pour une femme. Il portait un jean et un tee-shirt, rouge, je crois. Oui, rouge.

— Et la femme, tu l'as vue ?

— Non, pas bien. Elle était allongée. »

Helen sentit son cœur cogner dans sa poitrine. Des témoins. Ils avaient dû voir quelque chose. Pourquoi ne s'étaient-ils pas présentés à la police la veille ? Peut-être pourraient-ils dire dans quelle direction Alfie était parti. Peut-être pourraient-ils les aider. C'était toujours ça.

« Pourquoi n'en as-tu pas parlé hier ? » lâcha-t-elle d'un ton sec en s'empressant de se lever.

Dora recula légèrement. « J'ai oublié. Il se passait tant de choses. »

Helen la considéra d'un air incrédule. « Tu as oublié ?

— Tout était embrouillé. Je m'inquiétais tellement au sujet d'Alfie… »

Helen tremblait de tout son corps. Elle se dirigea vers la porte et agrippa le poignet de Dora au passage.

« Viens avec moi. »

Elles parcoururent presque au pas de course le couloir lambrissé de chêne et arrivèrent devant le bureau d'Helen. Sans frapper, cette dernière poussa la porte – elle était chez elle, bon sang ! – et dit ce qu'elle avait à dire avant de laisser aux policiers le temps de parler.

« Ma fille vient de se rappeler une chose. Une chose importante. » Elle regarda Dora. « Vas-y. Répète-leur ce que tu viens de me dire. »

Dora leva sur elle des yeux affolés, terrorisés.

« Vas-y, insista Helen. Dépêche-toi ! »

Richard ne rentra pas avant la fin de la soirée, épuisé, le teint gris. En voyant son expression, Helen comprit qu'il était inutile de lui demander ce que les recherches avaient donné.

« Les policiers veulent nous parler dans le salon. Tu t'en sens capable ? »

Helen acquiesça. Il lui fallait absolument des nouvelles, quelque chose à quoi s'accrocher. Depuis qu'elle avait traîné Dora devant les policiers, elle n'avait rien appris de neuf. Alors, oui, elle s'en sentait capable.

Un peu plus tard, elle rejoignit son mari dans le salon. Ils s'assirent l'un à côté de l'autre et se tinrent la main, tandis qu'un responsable de la police prenait place face à eux. Helen observa le soin avec lequel l'homme lissa son pantalon en s'asseyant et remarqua le col amidonné de sa chemise blanche. Il avait de robustes mains bronzées et un visage bienveillant. Sans doute une épouse aimante et une famille heureuse l'attendaient-elles à la maison en ce moment même. Elle éprouva un pincement de jalousie en pensant à cette vie simple, sans problèmes.

« Votre fils a disparu depuis plus de vingt-quatre heures maintenant », commença le policier.

Helen se mordit la lèvre et hocha la tête.

« Nos équipes, aidées par des volontaires, ont couvert une zone importante aujourd'hui. Inutile de vous dire que nous sommes très inquiets pour votre fils. »

Richard exerça une pression sur la main d'Helen, mais tous deux gardèrent le silence.

« Les recherches menées à terre n'ont fourni aucun indice sur ce qui a pu arriver à Alfie. Nous n'avons pas trouvé de traces de lui en dehors de la grotte, ni d'indices attestant qu'il serait parti seul, peut-être en direction du parking pour suivre Dora, ou même pour essayer de rentrer à la maison. Malgré le monde qu'il y avait sur la plage surpeuplée, aucun témoin ne s'est présenté. La seule chose concrète dont nous disposons, c'est la cape retrouvée près des trous d'eau. » Il les regarda tous les deux dans les yeux. « Je n'ai pas besoin de vous dire que la situation est très inquiétante. »

Richard toussa. « Ça ne veut pas dire… d'accord, il est très jeune, mais il n'est pas idiot. »

Le policier hocha légèrement la tête. « Je sais, monsieur Tide. Mais les rochers étaient sûrement glissants et, à ce moment-là, la marée était en train de changer. Les petits gamins sont fascinés par l'eau. Il a peut-être suffi d'une vague pour lui faire perdre l'équilibre. La falaise tombe à pic dans la mer à cet endroit. Nous savons qu'il y a une fissure dangereuse… »

Helen appuya son visage contre l'épaule de Richard pour tenter de repousser l'image mentale qui dansait soudain devant ses yeux.

« C'est un scénario très vraisemblable que nous devons envisager. Il faut vous y préparer. Vous comprenez ? »

Helen se figea. Le visage toujours collé à l'épaule de son mari, elle tâchait de ralentir sa respiration en humant l'odeur rassurante de Richard.

« Et le couple que Dora a aperçu près des falaises ? » demanda-t-elle en se tournant enfin vers le policier. Elle s'efforçait de se raccrocher à quelque chose.

Richard remua légèrement.

« Nous avons interrogé votre fille cet après-midi. Dora se rappelle avoir vu un homme et une femme près du Rocher au moment où elle est allée acheter des glaces. Elle ne les a pas bien observés, mais nous a fourni une description sommaire qui nous permettra d'avancer. Nous allons essayer de retrouver ce couple pour lui poser quelques questions.

— Oui ! s'écria Helen. Il faut retrouver ces gens. Ils ont peut-être remarqué dans quelle direction Alfie est parti. »

Helen eut l'impression que le policier hésitait légèrement.

« C'est possible.

— Il faut les retrouver, insista-t-elle pendant que l'espoir se diffusait dans son corps. Ils l'ont sûrement vu. » Elle se tourna vers Richard. « Tu ne crois pas ? »

Richard lui adressa un très léger signe de tête, mais ne la regarda pas en face. Helen ne comprenait pas pourquoi ils n'exploitaient pas ce filon. C'était pourtant une vraie piste. « D'ailleurs, je ne vois pas pourquoi Dora n'en a pas parlé plus tôt. »

Le policier intervint. « Madame Tide, je crois que dans l'affolement et la confusion, elle n'y a plus pensé. C'est tout à fait normal. Et puis, voyez-vous, elle ne se rappelle pas les avoir vus en revenant avec les glaces. Seulement quand elle a quitté le Rocher pour aller les acheter. »

Richard toussota. « Vous avez un autre scénario à l'esprit, monsieur ? »

Le policier baissa les yeux sur ses genoux et une affreuse pensée surgit dans l'imagination d'Helen, mouche agaçante qui l'importunait. Elle essaya de la chasser, mais elle revenait avec encore plus d'insistance.

« Vous croyez qu'ils auraient pu l'emmener ? » demanda-t-elle dans un souffle.

Ce fut au tour du policier de détourner les yeux pour les fixer au plafond. « Nous avons l'intention de questionner toutes les personnes qui pourraient nous apprendre quelque chose. Dès que nous aurons une piste, nous vous préviendrons.

— On ne peut pas enlever un gamin sur une plage bondée, tout de même ! Quelqu'un s'en serait aperçu. Non, ce n'est pas possible. Il s'est perdu, n'a pas été capable de rebrousser chemin. Il faut que vous le retrouviez. »

Hystérique, sa voix montait dans l'aigu. Richard posa une main sur le bras de sa femme pour essayer de la calmer.

« Chut, chérie, dit-il d'un ton apaisant. S'énerver ne nous aidera en rien. Et ça n'aidera pas Alfie non plus. »

Helen serra les dents et garda le silence. Fichue Dora. Comment avait-elle pu oublier ce renseignement vital ? Tout d'abord, elle avait désobéi en laissant son frère et sa sœur pour aller retrouver un garçon de sa classe, et ensuite, elle avait fait perdre un temps précieux à la police en oubliant un détail de première importance. Helen était également fâchée contre Cassie, bien entendu, mais c'étaient les fautes de Dora qui lui faisaient bouillir le sang.

Le policier se leva de son fauteuil. « Comme je vous l'ai dit, dès que nous aurons de nouvelles informations, nous vous les communiquerons immédiatement. Nous faisons tout ce que nous pouvons. Maintenant, essayez tous les deux de vous reposer. Restez assis, inutile de me raccompagner. »

Richard le remercia, puis prit Helen dans ses bras. « Sois forte, lui intima-t-il. Il faut que nous soyons forts. »

Helen acquiesça, mais elle sentait son cœur se briser lentement, comme une bûche à moitié consumée qui s'effondre sur un tas de cendres froides.

Cette nuit-là, il plut. Helen entendait les gouttes crépiter doucement sur les feuilles, dehors. Elle chercha Richard mais ne vit qu'un espace vide de son côté du lit. Sentant monter l'affolement, elle se leva et courut à la fenêtre. Le temps changeait.

La nuit était d'un noir d'encre. D'épais nuages

voilaient la lune. On ne voyait même pas le verger. Alfie était dehors, quelque part, et se faisait tremper.

Elle enfila sa robe de chambre et descendit à la hâte dans la cuisine sombre, vide et silencieuse à l'exception du bourdonnement sourd du lave-vaisselle. Betty avait dû le mettre en route. Helen sortit par la porte de derrière et marcha sur les carreaux mouillés du patio, sans remarquer l'humidité sous ses pieds nus ni la pluie froide qui tombait sur ses cheveux, sa peau et sa tenue de nuit. Il tombait des cordes, comme aurait dit Alfie. Il n'avait toujours pas compris qu'il ne fallait pas prendre cette expression au pied de la lettre et, dès qu'il pleuvait beaucoup, il se précipitait à la fenêtre pour voir si le ciel lâchait effectivement des cordes. Ce souvenir la fit tressaillir.

Sans savoir où elle allait ni ce qu'elle allait faire, elle erra dans les allées détrempées du jardin, se dirigea vers les arbres du verger qui dégouttaient. Tout ce qu'elle savait, c'est qu'elle ne pouvait pas rester couchée à l'intérieur quand son fils était dehors, seul et effrayé.

La pluie ruisselait sur son visage, se mêlait à ses larmes salées. Son corps commençait à frissonner sous sa chemise de nuit mouillée, mais elle ne rebroussa pas chemin pour autant. Alfie était là, quelque part. Elle le savait.

« Alfie ! cria-t-elle d'une voix aiguë, désespérée. Alfie ! Où es-tu ? »

Seuls le bruit des grosses gouttes qui s'écrasaient sur les poiriers et le déferlement des vagues au loin lui répondirent.

« Alfie, c'est maman. Où es-tu ? Alfie ! »

En vain, elle tendit l'oreille.

Soudain, elle s'affaissa lourdement sur les genoux. L'humidité de l'herbe s'insinuait à travers sa chemise de nuit, mais elle ne s'en souciait pas. Ce n'était rien, rien du tout en comparaison de ce que son fils devait éprouver tout seul dehors. Elle avait besoin de ressentir de la souffrance pour se rapprocher de lui.

Roulée en boule dans l'herbe mouillée, les genoux remontés sur la poitrine, elle laissait la pluie la tremper et sanglotait en répétant sans cesse le nom de son fils et en hurlant au ciel : « Prenez-moi, prenez-moi à sa place. Je ferai n'importe quoi si vous me rendez mon bébé. » Jusqu'à ce que sa voix devienne rauque et que son corps soit parcouru de tremblements incontrôlables. Pourtant, elle était incapable de bouger ; elle ne bougerait pas tant qu'Alfie ne lui serait pas rendu. Elle savait qu'elle ne pourrait pas continuer à vivre sans lui.

Longtemps elle resta là, dans le froid, sous la pluie, jusqu'au moment où des bras robustes, tièdes, la soulevèrent doucement et la portèrent dans la maison. On lui ôta sa chemise de nuit trempée, on l'enveloppa dans une couverture et on plaça une bouillotte sur son ventre. Ses dents claquèrent contre le bord d'une tasse de thé sucré. Elle entendit la voix anxieuse de Richard qui téléphonait au médecin. Et pendant tout ce temps, elle voulait hurler : « Laissez-moi souffrir. » Parce que, au fond de son cœur, elle savait que ce n'était rien comparé à ce qu'Alfie éprouvait, où qu'il soit.

Même avec les petites pilules roses que le médecin lui avait prescrites, les longues heures qui suivirent furent abominables. On aurait dit des montagnes russes. À un moment donné, une bouffée d'espérance la submergeait, son bébé était vivant et bien portant, il attendait seulement qu'on le retrouve. Mais ensuite, le détail le plus anodin – les vêtements d'Alfie tachés de ketchup dans le panier à linge, sa brosse à dents dans la salle de bains, ses petites chaussures alignées près de la porte de derrière – suffisait à la faire replonger dans un abîme de désespoir et de culpabilité. Elle dormait par à-coups, d'un sommeil agité, puis se réveillait en sursaut, assaillie par l'horreur que lui causait l'absence d'Alfie. Pendant ce temps, les recherches se poursuivaient sans résultat.

Tout le monde souhaitait les aider ; tout le monde voulait les soutenir et participer aux recherches. Mais personne ne s'y consacrait avec autant d'ardeur que Richard. Comme s'il désirait compenser son absence le jour de la disparition, il ne ménageait pas sa peine. Il quittait la maison à l'aube et ne revenait pas avant une heure tardive, et seulement pour se doucher, changer de chemise, et ne pas tarder à ressortir, s'arrêtant souvent pour échanger quelques mots avec la troupe de reporters qui campaient au bout de l'allée. La disparition d'un petit garçon alimentait leurs journaux en gros titres bien tragiques et faisait vendre. Si, au début, Helen avait accepté la présence des journalistes, sa patience commençait à être à bout. Elle les trouvait de plus en plus charognards et avait du mal à ne pas les rembarrer, mais Richard était plus tolérant. À son avis, leur aide pouvait se révéler précieuse pour découvrir des indices ou inciter la police à poursuivre les recherches, de sorte qu'il s'arrêtait de temps à autre pour leur rendre brièvement compte de la progression de l'enquête.

Dora le suivait comme son ombre. Helen la voyait entrer et sortir, le visage blême, anxieux. Et, une ou deux fois, du seuil de la cuisine, elle observa Dora assise en face de Betty qui lui tenait la main ou essuyait ses larmes. Mais Helen ne supportait pas de la regarder longtemps. N'ayant aucune parole réconfortante à lui offrir, elle s'éloignait sans bruit avant que Dora ne s'aperçoive de sa présence.

Cassie était elle aussi silencieuse et fuyante. Elle passait des heures enfermée dans sa chambre, n'en sortait que la nuit, quand tout le monde était couché. Helen entendait le plancher craquer lorsqu'elle passait devant leur chambre. Parfois, dans la journée, Helen la voyait dans le jardin, en train d'errer dans l'herbe haute, d'effleurer les anémones roses du Japon que Daphne avait plantées ou de caresser les troncs des sycomores dont les feuilles viraient lentement au jaune-brun. Malgré la distance, Helen voyait les lèvres de sa fille s'agiter avec frénésie, comme si elle se parlait toute seule, ou priait désespérément.

Helen savait qu'elle devrait se rapprocher d'elles. Elle savait que ses filles avaient besoin de réconfort et de compassion, mais elle ne pouvait s'y résoudre. Il fallait qu'elle reste seule avec son chagrin et sa détresse. Elle n'avait rien à donner, de sorte que chacune tournait sur son orbite, telles des planètes éloignées, fuyantes. Chacune semblait enfermée dans sa sphère privée de souffrance et ne pouvait s'approcher des autres, incapable de les regarder en face, de leur parler du tourment qu'elle endurait. Elles avaient été brutalement séparées, comme les feuilles jaunissantes qui commençaient à tomber en voltigeant au vent d'automne glacial.

Les quarante-huit heures devinrent soixante-douze, puis les soixante-douze, quatre jours abominables sans Alfie. Malgré son état de stupeur, Helen commença à remarquer que les gens qui l'entouraient avaient une expression de plus en plus sinistre ; les lèvres se pinçaient, les yeux restaient baissés en sa présence. Elle surprenait des conversations sur les marées et les courants dans la baie. Le matin où elle descendit et entendit un responsable de la police parler des chances qu'ils avaient de retrouver un corps, elle sentit un frisson glacé remonter le long de sa colonne vertébrale.

Un corps.

Ils parlaient du corps d'Alfie, son Alfie aux petites jambes potelées, au sourire malicieux, à la tignasse de cheveux blonds comme les blés, qui rebiquaient même quand elle les coiffait encore et encore. Jusque-là, elle avait nourri une minuscule étincelle d'espoir ; on finirait par le ramener à la maison, exténué mais souriant, enveloppé dans une couverture, et il réclamerait du poisson pané et des haricots avant de prendre un bain et d'aller se coucher. Elle avait imaginé les sourires indulgents et les vivats des voisins au moment où Richard le ferait entrer triomphalement dans la maison, hissé sur ses épaules. Mais, en saisissant certains détails des opérations menées, elle comprit soudain qu'elle avait pris ses désirs pour la réalité.

Puis, au milieu de la première semaine, il y eut un regain d'excitation. En consultant le registre du camping, la police avait découvert qu'un pédophile y avait séjourné au moment de la disparition d'Alfie. Il ne s'était pas présenté et avait filé ce jour-là. Helen se trouvait perverse de souhaiter que son fils ait été enlevé par ce genre d'individu, mais, au moins, il y avait des chances de le retrouver vivant. Elle ne put supporter de prendre part aux longs entretiens entre Richard et la police. Finalement, il se révéla que l'homme en question avait un alibi en béton pour ce jour-là, car il avait joué au bingo à Lyme Regis. Il ne s'agissait donc que d'une simple coïncidence. En ajoutant le couple que Dora avait aperçu sur la plage près du Rocher et qui restait introuvable, toutes les pistes semblaient mener à une impasse. Ils étaient donc de nouveau au plus bas dans les montagnes russes et l'engin, apparemment, s'engouffrait de plus en plus vite dans un tunnel sombre.

Les jours passaient dans une sorte de brouillard, se fondaient les uns dans les autres, et, le douzième, le gentil policier aux robustes mains bronzées revint chez eux. Il s'assit à la même place dans la salle de séjour et annonça à Helen et à Richard que les recherches se termineraient le lendemain et que l'enquête se poursuivrait au poste de police. Faute de pistes et d'indices révélant un comportement criminel, il n'y avait pas lieu de soupçonner quelque chose de louche. La disparition d'Alfie ne paraissait donc rien de plus qu'une excursion sur la plage qui avait mal tourné.

« Rien de plus ? Rien de plus ? murmura Helen. Comment pouvez-vous dire ça ? Notre fils a disparu. Tant que j'ignore ce qui lui est arrivé, comment voulez-vous que j'abandonne tout espoir ? Vous voulez me le dire ? Vous n'avez même pas retrouvé le couple que Dora a vu. Où sont ces gens ? Quelle sorte d'enquête menez-vous donc ? Ils pourraient avoir enlevé notre fils, ils pourraient avoir enlevé notre fils ! lâcha-t-elle en sanglotant.

— Madame Tide, cela fait presque quinze jours, dit gentiment le policier. Nous n'avons négligé aucune piste, mais le plus probable, je le crains, c'est qu'Alfie jouait sur les rochers. S'il a basculé dans la mer, il avait peu de chances de s'en tirer. Sous la falaise, l'eau est profonde et les courants très forts. » Il s'interrompit un instant et poursuivit : « J'ai bien peur que nous ne retrouvions jamais son corps. »

Helen ferma les yeux et se prit la tête dans les mains.

« Encore quelques jours, s'il vous plaît, supplia Richard. Si c'est une question d'argent, je suis sûr…

— Il ne s'agit pas d'argent, lui assura le policier.

Nous ne classons pas l'affaire, bien entendu, au cas où des faits nouveaux surgiraient, mais nous sommes forcés de mettre fin aux recherches pour redéployer nos forces. Une enquête sur les circonstances de la mort se déroulera plus tard.

— Vous ne pouvez pas faire ça ! » C'était Dora, sur le seuil, les yeux écarquillés d'horreur, les traits tirés et pâles. Elle avait une mine affreuse. « Vous ne pouvez pas faire ça ! Il faut continuer à le chercher ! hurla-t-elle. Il le faut. Alfie est là-dehors. Je le sais. »

Helen se tourna pour regarder sa fille. « Va-t'en ! ordonna-t-elle avec colère.

— Mais, maman, ils ne peuvent pas faire ça. Alfie est là, quelque part.

— Je t'ai demandé de partir. Tu as fait assez de mal comme ça.

— Je… Je… Je voulais seulement… » Dora s'accrocha à la poignée de la porte, le visage exsangue.

Helen lui coupa la parole. « Sans toi, Alfie serait toujours avec nous.

— Helen ! protesta Richard. Dora, ta mère est folle de chagrin. Elle ne pense pas ce qu'elle dit. Pourquoi n'irais-tu pas dans la cuisine ? Fais-nous chauffer de l'eau. J'arrive dans un instant pour t'expliquer ce qui se passe. »

Statue immobile sur le seuil, Dora était pétrifiée par le regard glacial de sa mère. Les yeux fixés sur elle, elle murmura : « Tu crois que c'est ma faute ?

— Dora, va dans la cuisine ! Tout de suite ! » lui intima Richard.

Dora tourna les talons et s'enfuit pendant qu'Helen se mettait à osciller d'avant en arrière. Elle se mordit la joue jusqu'au sang et lâcha un étrange cri plaintif. « C'est ma faute. Tout est ma faute. Je suis sa mère ! s'écria-t-elle. Je suis sa mère, je suis censée protéger mon fils. Il est innocent, ce n'est qu'un bébé. C'est ma faute. C'est moi qui devais le protéger. Punissez-moi, punissez-moi, mais ne vous acharnez pas sur mon bébé ! »

Car l'idée s'était soudain imposée à son esprit. Oui, c'était sa faute s'il avait disparu. C'était sa faute si son bébé n'était plus là. Une mère était censée protéger ses enfants. Une mère était censée les défendre comme une tigresse s'ils étaient en danger. Alors qu'elle était une abomination, un monstre, qui se préoccupait davantage de ses petits plaisirs égoïstes que de ses enfants. Elle avait causé la perte d'Alfie et leur malheur à tous, et elle ne pensait pas pouvoir supporter plus longtemps cette culpabilité et cette honte. Si seulement elle n'avait pas répondu à ce coup de téléphone ! Si seulement elle avait refusé de voir Tobias et était restée chez elle avec ses enfants au lieu d'aller jouer à ces petits jeux sordides avec son amant. Si seulement…

Pendant qu'elle s'appesantissait en silence sur sa culpabilité insoutenable, Richard l'attira sur sa poitrine et la serra contre lui.

« Chut… Chut, je ne veux pas entendre ça, d'accord ? »

Elle perçut le martèlement de son cœur à travers son pull. Il battait trop vite.

Le policier baissa les yeux sur ses souliers. « Je suis navré, vraiment. » Il était incapable de croiser leur regard. « De la part de toute la police, je voudrais vous présenter nos condoléances les plus sincères. »

Helen lâcha un nouveau sanglot.

« Je suis absolument désolé, mais nous avons fait notre possible. Comprenez-le. »

Ils ne le comprenaient pas. Ils ne pouvaient pas le comprendre.

Mais ils n'avaient pas d'arguments à opposer au policier. Les recherches allaient prendre fin.

Le lendemain, les policiers rangèrent leurs dossiers, burent une dernière fois du thé dans la cuisine, rincèrent leurs tasses et prirent solennellement congé de la famille. Même la journaliste la plus tenace, la dernière à rester au bout de l'allée, avait rangé ses affaires et était repartie. L'espoir de débusquer une grosse affaire était retombé. Il y avait d'autres tragédies à traquer. Le monde avait apparemment fait une croix sur Alfie. Dans la maison, il ne restait plus que quatre Tide qui devraient rassembler les morceaux de leurs vies brisées, une famille en lambeaux qui ne serait plus jamais la même.

12

Dora

Aujourd'hui

À en juger par l'immobilité de l'air, il paraît évident que l'appartement est vide, mais Dora se sent tout de même obligée de hurler dès que la lourde porte métallique claque derrière elle : « Dan, je suis revenue ! »

Silence.

Après avoir jeté son sac de voyage dans l'entrée, elle se dirige vers la salle de séjour. Elle est contente d'être de retour, mais déçue de ne pas trouver Dan qu'il lui tardait de revoir. En errant dans la pièce blanche où résonne un certain écho, elle arrive devant la porte fermée de l'atelier de Dan. Elle sait ce qu'il y a derrière. Une pièce austère au sol en béton, avec une belle lucarne et de larges baies vitrées, un parfait atelier de sculpteur. Dan était tombé amoureux de cet espace dès la première visite et, en le voyant parcourir la pièce et caresser les murs de brique, elle avait compris que l'appartement serait à eux. C'est là que Dan conçoit ses sculptures, moule la cire et coule le bronze.

Le moulage à la cire perdue… Des souvenirs lui reviennent soudain en mémoire. Lors de leur deuxième, ou peut-être troisième, rendez-vous, Dan lui avait montré le modeste atelier qu'il louait à Camden et les quelques bronzes qui attendaient d'être expédiés dans une galerie de Bristol. C'étaient de grandes sculptures représentant des gens légèrement déformés, dans des poses qui suggéraient une photo prise à l'improviste. Un vieil homme dans un coin, douloureusement courbé pour ramasser quelque chose par terre. Un petit garçon aux chaussettes tire-bouchonnées sur les chevilles donnait un coup de pied énergique dans un ballon de football. Une longue silhouette élancée – un homme d'affaires, avait-elle supposé en voyant son attaché-case – avançait d'une démarche assurée, le téléphone portable à l'oreille et, la bouche ouverte, il braillait avec aplomb. Une jeune femme à l'air fatigué, un panier à provisions sur un bras, se haussait sur la pointe des pieds, la main tendue vers le rayon invisible d'un magasin. Les statues emplissaient tout l'espace de leur forte présence métallique.

Lentement, elle les avait contournées en admirant la complexité des détails – ongles, cheveux, un genou couronné. Chacune était réaliste et, en même temps, curieusement impressionniste de par ses dimensions plus grandes que nature. Sous son regard, elles semblaient fondre, se muer en morceaux indéfinissables de lave en fusion.

Quand Dan lui avait expliqué la méthode longue et complexe qu'il adoptait pour les réaliser, elle était restée sans voix. Elle n'y avait jamais réfléchi auparavant. Elle supposait qu'il prenait un gros bloc de métal et le taillait pour faire apparaître l'image qu'il avait à l'esprit. Mais, bien sûr, la réalité était très différente. Elle trouvait fascinant qu'il lui faille d'abord un moule en argile qui formerait la base de sa sculpture en bronze. S'il était content de cette première sculpture, il la recouvrait d'une couche de cire, puis d'une autre couche d'argile. Enfin, quand ce merveilleux gâteau d'argile et de cire était achevé, le moule était chauffé, la cire fondait, coulait, et un creux apparaissait entre les couches d'argile, prêt à recevoir le bronze liquide.

« Ça revient très cher. Il ne faut pas se tromper, avait-il avoué.

— Je vois. »

Admirative, elle avait caressé la manche de l'homme d'affaires. Ses petits boutons de manchettes avaient la forme de pièces d'échecs.

« Et tout ce travail sur l'argile et la cire, c'est juste pour créer un vide dans lequel verser le métal ? Tu ne trouves pas ça frustrant ? Ça ne te paraît pas du gaspillage de voir fondre la cire, ou de retirer l'argile ? Pourquoi ne pas travailler l'argile, tout simplement ?

— Mais c'est ça qui en fait tout le prix, justement ! s'était écrié Dan avec passion. Le moment où on retire l'argile et où on voit la sculpture apparaître comme un papillon qui sort de son cocon est un moment de vérité, en bronze pur. Il y a quelque chose de solide, de permanent, de réel, dans le bronze.

— Et les premières sculptures en argile et en cire ? Tu y passes beaucoup de temps, et puis tu les jettes. Cette idée me rend un peu mélancolique. De la cire perdue ! Même l'expression est triste ! »

Dan s'était mis à rire. « Tu es sentimentale. Regarde les choses sous un autre angle : ces premières sculptures sont nécessaires. C'est ce qui donne vie au bronze qui est devant toi. Sans elles, il ne pourrait pas exister. Ça fait partie d'un processus, d'un cycle de vie. »

Pas tout à fait convaincue, Dora avait hoché la tête. « Je ne sais pas si j'aurais la patience », avait-elle avoué.

Dan avait secoué la tête. « Il ne s'agit pas de patience, mais de passion. Ou peut-être d'obsession, avait-il reconnu avec sincérité. Je suis obsédé par l'envie de saisir un moment, ce moment dans la vie d'un être humain où tout peut changer. J'essaie de le trouver, puis de le capter à la fraction de seconde près, de l'immobiliser dans le temps. » Il s'était interrompu et, de nouveau, il avait secoué la tête. « En fait, c'est plus que ça. Plus que figer un instant. Pour moi, le défi, c'est de fixer un mouvement fluide dans l'un des matériaux les plus résistants qui soient. On ne fait pas plus permanent que le bronze. Tu comprends, le mouvement éphémère opposé à la résistance et à la durée. »

Dora était un peu perdue, mais elle savait qu'elle aimait ses sculptures. Elles étaient vivantes, excitantes, apportaient de la vitalité à l'atelier miteux. Avec le recul, elle savait à présent que c'était à ce moment-là qu'elle était tombée amoureuse de Dan. En le voyant au milieu de ses œuvres, avec la poussière voletant dans le rayon de lumière qui éclairait son visage empourpré, elle avait perçu sa passion, et quelque chose de chaud, de palpitant et de terriblement réel l'avait remuée au plus profond d'elle-même.

C'était trois ans auparavant, et la voici maintenant dans l'appartement qu'ils partagent, devant une porte fermée, en train de guetter un signe de sa présence. Tout est silencieux, elle sait donc qu'il est sorti. Un instant, elle est tentée de se faufiler dans l'atelier pour jeter un coup d'œil à son travail en cours, mais elle se ravise. Ce ne serait pas loyal puisqu'il n'est pas là. Ce serait l'espionner en quelque sorte. Elle a bien le temps d'apprendre où il en est. Tout d'abord, elle a besoin d'une tasse de thé.

Dans la cuisine, elle trouve partout des traces de Dan. Des tasses de café à moitié pleines et des assiettes sales empilées dangereusement près de l'égouttoir. Un bloc de griffonnages et d'esquisses a été abandonné près du téléphone. Dora en feuillette les pages et reconnaît son coup de crayon en voyant des cous, bras, jambes et épaules de femme. Sur les feuilles blanches, les croquis au fusain ressortent bien et montrent des membres curieusement disloqués. À côté du bloc se trouvent des factures de ses fournisseurs. À l'évidence, le week-end a été productif. Elle est contente pour lui et accepte mieux d'être partie dans le Dorset quand elle comprend que Dan s'est attaqué à sa nouvelle réalisation. En se tournant vers l'évier pour rincer une tasse, elle voit son petit mot sur la table, maintenu en place par un bol sale qui a contenu des céréales.

Bon retour, chérie. Tu nous as manqué. On est avec les grizzlis. Viens nous rejoindre. Bisous.

Dora sourit. « Grizzlis » est le nom qu'ils donnent tous les deux aux vieux bonshommes grognons qui ne décollent pas du comptoir au pub du coin. Elle attrape l'écuelle de Gormley, la vide et la remplit au robinet. Quand elle la pose par terre, un peu d'eau se renverse sur le lino. Après tout, elle ne va pas boire de thé. Le temps qu'il fait donne plutôt envie de jazz en sourdine et d'une bouteille de vin blanc bien frais. Autant profiter du reste du week-end avant que le lundi matin vienne vous rappeler aux réalités. Elle éteint le feu sous la bouilloire et attrape ses clés.

Elle a bien roulé en venant de Summertown et il fait encore jour au moment où elle marche dans les ruelles de Dalston pour se rendre au pub. Autour d'elle, la ville tentaculaire semble bourdonner. Revenir à Londres revient un peu à s'envelopper dans une couverture confortable ; un bruit rassurant de circulation et de présence humaine converge vers elle et, bientôt, elle n'est presque plus capable d'isoler chaque son. Cette toile de fond sonore rappelle le ronronnement familier d'un vieux réfrigérateur. Dora bouge les épaules pour chasser la tension et, soudain, elle se rend compte qu'elle est soulagée à un point inimaginable d'avoir quitté le mode de vie statique d'Helen à Clifftops et les paysages pittoresques du Dorset. C'était une visite de confrontation et Dora en est ressortie profondément insatisfaite, puisqu'elle n'a pas trouvé ce qu'elle était allée y chercher.

Toute la ville a l'air de fêter le premier week-end de vraie chaleur. Une voiture roule à toute vitesse, avec les vitres baissées et du hip-hop qui braille. Dora passe devant un homme et une femme qui se promènent bras dessus, bras dessous et s'arrêtent pour s'embrasser. Lorsqu'elle traverse la rue, une bande de jeunes à capuche file sur des skate-boards, en riant et en jurant très fort, avec l'insolence risque-tout de la jeunesse. La ville palpite à la lumière du soleil de ce début de soirée. Dora se rend compte qu'elle a hâte de voir Dan et accélère le pas.

Le Fox se trouve à deux pas de chez eux, ce qui est pratique. « Un peu trop près, a plaisanté Dan. Nous allons devenir alcooliques en moins d'un mois », a-t-il ajouté en trinquant avec elle. Ils étaient installés à l'une des tables en bois branlantes du pub et, pour fêter l'acquisition de leur appartement, ils avaient commandé une bouteille de vin rouge.

Dan et Dora adorent cet endroit qui est un peu leur deuxième maison. Ils l'ont découvert par un après-midi sombre d'hiver, alors que l'agent immobilier venait de leur montrer l'ancienne usine de boutons. C'est là, assis sur les banquettes de velours rouge défraîchies, à côté du poêle à charbon qui fumait, qu'ils ont pesé le pour et le contre avant d'acheter l'appartement. Ils avaient essayé d'être rationnels, de garder le sens des réalités en discutant des trous dans le toit et des lames de parquet usées, de la cuisine en mauvais état et du carrelage taché de la salle de bains, mais, en leur for intérieur, ils savaient que cet espace était fait pour eux, et, à mesure qu'ils parlaient, ils ne pouvaient cacher l'excitation grandissante qui s'emparait d'eux. C'est dans ce pub qu'ils s'étaient souri et avaient choqué leurs verres pour sceller l'achat de leur premier appartement. Et c'est là qu'ils étaient retournés quelques mois plus tard, une fois l'acte signé et les clés en leur possession pour fêter, boire et rire avec nervosité en songeant à l'énormité de ce dans quoi ils s'étaient lancés.

Dora pousse la lourde porte en bois et pénètre dans la salle sombre. Comme toujours, les habitués sont affalés sur le comptoir, tout en bedaines et en bajoues. En repérant Dan de l'autre côté, assis à sa table habituelle, la tête baissée sur le supplément dominical du journal, le verre de sa bière pression à moitié vidé, elle prend le temps de l'observer, profite de ce moment privilégié pour l'examiner avec un regard détaché, extérieur.

Sa chaise est à l'évidence trop petite pour sa haute et mince stature, mais Dora sait à présent qu'il n'en a cure. Elle a beau lui répéter qu'il n'a pas l'air à son aise là-dessus, il y revient toujours. Il semble aimer le bois dur, inconfortable, et l'austérité de ce siège étroit. Ses longues jambes croisées dessous, ses épaules penchées vers la table, il ressemble à un Gulliver moderne au milieu de Lilliputiens. Il porte sa combinaison de travail et, comme Dora aperçoit une tache d'argile rouge sur sa joue, elle sait qu'il est venu directement de son atelier, ce qui n'a rien de surprenant vu l'état dans lequel elle a trouvé l'appartement. Son beau visage est immobile, concentré, ses yeux marron fixés sur le journal ; et il doit être fatigué car il porte ses lunettes cerclées d'or ; en général, il n'en prend pas la peine. Ses cheveux bruns effleurent le haut de ses oreilles et commencent à friser sur la nuque. Une coupe sera bientôt nécessaire. Il tourne une page, puis, machinalement, baisse la main et caresse la tête de Gormley qui, couché à ses pieds, ouvre un œil et, reconnaissant, fourre le museau dans la paume de son maître.

Dora comprend ce que ressent Gormley. Le soir de leur rencontre, ce sont les mains de Dan qu'elle avait remarquées en premier chez lui. Elle buvait du chardonnay tiède lors du lancement du livre de l'ami d'un ami quand quelqu'un les avait présentés. « Dora, tu devrais faire la connaissance de Dan. Il est le cousin d'Alice, et c'est un artiste génial. »

Dora ignorait qui était Alice… quelqu'un qui avait un rapport avec le livre, supposait-elle, mais ça lui était égal. Lorsqu'il avait tendu la main, elle avait observé qu'elle était large, robuste, avec une paume aux lignes très prononcées, rugueuse au toucher. Ses articulations étaient noueuses et une cicatrice très rouge courait sur le dos de sa main gauche. Dora avait été captivée. C'étaient là les mains d'un ouvrier, de quelqu'un qui avait connu accidents, douleurs, apaisement ; qui savait ce qu'elles représentaient et dans quelle direction elles allaient ; c'étaient les mains d'un homme véritable, de quelqu'un qui avait vécu. Pendant leur poignée de main, elle était restée muette et avait essayé de maîtriser la rougeur qui lui montait au visage ; elle n'avait pas pu s'empêcher d'imaginer le contact de ces mains sur sa peau. Et elle avait eu la chance de le découvrir plus tard ce soir-là.

Comme elle n'avait pas prévu de tomber amoureuse, au début, elle s'était rassurée en se disant qu'il s'agissait seulement de désir sexuel, d'une attirance vorace à laquelle elle n'avait pas pu résister. Elle aimait sa façon de lui faire l'amour, au point qu'elle en oubliait qui elle était et où elle était. Avec Dan, elle parvenait à vivre dans l'instant, et cet instant lui faisait du bien. Elle n'avait pas prévu de se confier à lui, de lui révéler ses secrets. Ils se rencontraient, dînaient ensemble, finissaient la soirée au lit, puis celui qui n'était pas chez lui quittait furtivement l'appartement le lendemain matin.

Pourtant, quelque chose changeait. Alors qu'elle ne s'y attendait pas, un sentiment s'était immiscé dans son cœur. Quitter Dan chaque matin devenait de plus en plus difficile. Quand il n'était pas là, elle se surprenait à penser à lui, avait envie de sentir ses bras l'enlacer, ses lèvres courir sur sa peau. Et surtout, elle avait envie de passer du temps avec lui en dehors de la chambre. Elle voulait faire de longues promenades dans la neige à Primrose Hill et lui tenir la main au cinéma. Elle voulait lire le journal, boire une orange pressée le samedi matin et une bonne petite bière avec des amis au soleil le dimanche après-midi. Et surtout, avait-elle compris, elle voulait partager sa vie avec lui.

Cette idée l'avait terrifiée. Pourtant, il n'était pas question non plus de le perdre – avec lui, elle ne s'était pas sentie aussi équilibrée depuis bien longtemps, donc, elle avait lutté contre la voix qui hurlait dans sa tête : « Non, ne fais pas ça ! Ne le laisse pas trop approcher ! » et elle avait ouvert sa vie et son cœur à Dan.

Comme s'il sentait le poids de son regard, Dan lève la tête pour regarder de l'autre côté de la salle. Il plisse le front, s'efforce d'ajuster sa vue et se fend d'un large sourire. Le temps qu'elle arrive près de lui, il s'est levé.

« Tu es déjà rentrée, c'est fantastique ! » Il l'attire contre lui et l'embrasse avec empressement sur la bouche. « Comment ça va ?

— Ça va. J'ai bien roulé, non ? » Elle consulte sa montre. « Et toi, qu'est-ce que tu fais ici par une aussi belle soirée ? Je pensais que tu serais en train de bosser dans ton atelier, ou, du moins, que tu te serais installé dehors pour profiter des derniers rayons de soleil.

— Tu me connais. J'ai eu envie de l'ambiance démodée et un peu populaire de ce pub. Mais toi, comment te sens-tu ? demande-t-il, les yeux inquiets. Tu es fatiguée ? Tu veux qu'on aille s'installer dehors ? Tu veux boire quelque chose ?

— Du calme, Dan. Je suis enceinte, pas infirme. Je me sens très bien ici. Et ce que j'aimerais vraiment boire, c'est un double gin tonic avec des glaçons et une rondelle de citron vert… »

Dan lui lance un regard soucieux.

« Je plaisante ! » Elle lève les mains en guise d'excuse. « Je vais prendre un jus d'orange. »

Dan lâche un soupir de soulagement et hoche la tête. « Je reviens tout de suite. »

Gormley donne des coups de queue languissants pour saluer l'arrivée de Dora qui se penche et le caresse. « Coucou, Gormley. Je t'ai manqué ? »

Le chien agite de nouveau la queue, bâille en montrant une langue rose épaisse et lui souffle au visage son haleine tiède qui sent la viande.

« Je considère ça comme un oui. »

Dora s'assied à la table et attrape la page du journal que Dan lisait. Il s'agit d'un article sur la rénovation de maisons avec des matériaux écologiques : récupérateurs d'eaux usées, composteur et panneaux solaires. C'est bien si on peut se l'offrir, se dit-elle en poussant le journal devant la place vide de Dan. Quand il revient, il dépose devant elle un verre de jus d'orange, puis se rassoit sur sa chaise.

« Alors, comment s'est passée cette visite ? demande-t-il.

— Pas mal. Tu m'as manqué. Et Gormley aussi. Comment s'est passé le week-end pour toi ? »

Sa tentative pour esquiver la question est maladroite, mais Dan n'insiste pas. Elle sait qu'il est patient et attendra le moment favorable.

« Tout va bien ici. J'ai passé le week-end dans mon atelier.

— Je sais. »

Dan lui jette un regard interrogateur.

« L'appart… c'est un vrai foutoir !

— Ah oui ! Excuse-moi. J'allais nettoyer un peu, mais ce sacré Gormley tenait à venir fêter l'événement au pub. Il a bien fallu que je m'exécute.

— Et quel événement vous fêtez au juste, tous les deux ? demande Dora en souriant.

— Oh ! » Dan ouvre les bras avec conviction. « Le soleil, un os gratuit que lui a donné le boucher, le début d'une nouvelle sculpture, ton retour… » Il s'interrompt pour la regarder dans les yeux. « Et le bébé. »

Dora tend la main vers son verre et boit une grande gorgée de son jus d'orange épais et sirupeux. Le genre de boisson qui est restée trop longtemps dans une bouteille à ramasser la poussière au fond d'une étagère tandis que les oranges ne sont pas restées assez longtemps à mûrir au soleil d'Espagne. Il lui laisse de la pulpe fibreuse sur la langue.

« Alors, comment se présente la sculpture ? Tu ne comptes pas m'en parler ? »

Dan soutient son regard. « Non, pas tout de suite,

je regrette, c'est une surprise. Mais j'en suis vraiment content. J'ai commencé le modèle en argile ce week-end. Cette fois, j'ai vraiment pris une nouvelle direction, comme on dit.

— Ça paraît intéressant.

— Oui. Je suis tout excité. Les commandes de Kate Grimshaw, c'est bien. Ça paie les factures, mais ça ne révolutionne pas vraiment la sculpture, pas vrai ? »

Dora hoche la tête.

« Oh ! avant que j'oublie. Ton père a appelé.

— Ah bon ? » Dora marque un temps d'arrêt. « Tout va bien ?

— Oui. Il nous a invités à déjeuner le week-end prochain. Ça te dit ? Je peux inventer une excuse si tu n'en as pas envie… »

Dora réfléchit une minute. « Je crois que nous devrions accepter. Ça fait une éternité que nous ne sommes pas allés les voir. En plus, nous devrions leur annoncer la nouvelle, je suppose.

— Tu supposes ? Est-ce que ça veut dire que… » La voix de Dan se perd.

Dora hausse les épaules. « Bon, je l'ai bien annoncée à maman, non ?

— D'accord. » Dan est déconcerté. « Raconte, comment se sont passées les choses là-bas ? Comment allait ta mère ?

— Oh ! ma mère était comme d'habitude. Rien n'a changé.

— Vous ne vous êtes pas rapprochées ? »

Dora hésite un instant. « Non, je ne pense pas.

— C'est vrai ? demande Dan en buvant une gorgée de bière. Elle a pourtant dû être contente d'apprendre que tu attendais un bébé ? »

Dora perçoit l'espoir dans la voix de Dan. C'est lourd à porter pour elle, si bien qu'elle choisit ses mots avec soin. « Bon, c'était plutôt de la stupéfaction. Quant à être contente, je ne sais pas. Elle laisse rarement deviner ce qu'elle ressent. »

Dan insiste : « Mais elle t'a bien dit quelque chose. Ce n'est pas tous les jours qu'on apprend qu'on va être grand-mère. »

Dora ne sait pas comment évoquer la conversation qu'elle a eue avec sa mère. Elle n'a pas envie d'avouer qu'elle s'est mise à pleurer, à hurler de frustration avant de sortir furieuse de la serre ; elle ne tient pas à parler de la gêne qu'elles ont ressentie toutes les deux jusqu'à son départ. Dan est plus ou moins au courant de ce qui est arrivé à Alfie, mais il ne peut pas savoir, il ne pourra jamais comprendre à quel point sa disparition les a tous affectés. Elle ne veut surtout pas le décevoir, mais, par ailleurs, elle est incapable de mentir.

« Nous avons parlé. De la grossesse et… d'Alfie. J'ai enfin trouvé le courage de lui demander si elle me reprochait ce qui s'était passé.

— Et alors, qu'est-ce qu'elle a répondu ? »

Dora réfléchit un instant. « Elle m'a dit qu'il était temps de lâcher prise.

— Bon, là, elle a raison. »

Dora secoue la tête. « Mais elle n'a pas pu aller jusqu'au bout, tu comprends. Elle n'a pas pu me dire : "Dora, ce n'est pas ta faute." »

Dan frotte une tache d'argile sur sa main. « Je suis sûr qu'elle voulait dire…

— Non. » Dora secoue la tête. « J'en ai assez de lui trouver des excuses. Je l'ai trop fait jusqu'ici. Maintenant, j'en ai marre. Elle m'a dit que je n'étais qu'une enfant à l'époque. Elle m'a dit de lâcher prise. Mais elle n'a pas pu me faire une réponse claire quand je lui ai demandé si elle estimait que c'était ma faute.

Alors, tu vois bien, j'avais raison depuis le début. Elle m'a toujours reproché la disparition d'Alfie. »

En prononçant ses mots, elle sent les larmes lui monter aux yeux. Dan exerce une légère pression sur sa main.

« Dans ce cas, tu as peut-être ta réponse. Aussi douloureux que ce soit, tu avais besoin d'aller dans le Dorset pour constater que tu n'arriveras pas à combler le fossé qui s'est creusé entre vous deux. N'empêche que tu as essayé, d'accord ? Si votre relation est aussi désastreuse que tu le penses… tu ferais peut-être mieux de ne pas voir ta mère pendant un moment. Est-ce que tu te sentirais mieux ? »

Dora hoche la tête et se mord la lèvre. « J'espérais… tu sais bien… je voulais seulement… après tout, c'est ma mère. » Les larmes roulent en silence sur ses joues.

« Je sais. » Dan lui étreint de nouveau la main.

« Je me rappelle un jour, il y a une éternité, bien avant Alfie, avant sa naissance. Nous n'étions pas à Clifftops depuis longtemps et papa n'était pas là. Une grosse tempête soufflait de la mer. »

Dan lui adresse un sourire bienveillant.

« Cassie et moi, on s'était couchées dans le lit de maman et on écoutait toutes les trois le vent qui malmenait la maison. On était blotties au chaud sous la couette, on partageait ce moment. Et tu sais ce que maman m'a dit ? »

Dan secoue la tête.

« Je ne l'oublierai jamais. Elle m'a regardée avec une expression de douceur incomparable dans les yeux et elle m'a dit : "N'aie pas peur. Nous sommes ensemble. Rien d'autre ne compte." » Dora lâche un petit sanglot. « Je croyais qu'elle m'aimait, qu'elle ferait n'importe quoi pour moi. Et voilà ! » Elle hausse les épaules. « Je suis allée la voir pour lui demander de l'aide. Pour qu'elle réponde à mes questions. Et elle m'a pour ainsi dire repoussée. »

Dan lui caresse la main.

« Je suppose que ça n'a plus d'importance maintenant. Ça ne change plus rien. Ce cauchemar s'est bel et bien produit. Nous vivons avec ça tous les jours.

— C'est vrai, mais il faut l'accepter, Dora. L'accepter pour avancer. Vis ta vie. Vis de ton mieux avec les gens que tu aimes. Ne reviens pas sur le passé. »

Dora se hérisse. « Je ne reviens pas sur le passé, Dan. Je vis ma vie, celle qu'on m'a donnée, la seule que j'ai… avec ses bons côtés et son gâchis merdique. Mais je ne peux pas ignorer… ce truc qui m'est arrivé. Qui nous est arrivé à tous. Je ne peux pas l'oublier. » Elle s'interrompt, essaie de refouler ses larmes et regarde Dan d'un air implorant. « Tu ne comprends pas ? C'est Alfie. Ça m'est tombé dessus. Ça nous est tombé dessus à tous. Et je suis incapable de l'oublier, de lâcher prise. Je ne peux pas oublier Alfie, je ne peux pas vivre en sachant le rôle que j'ai joué dans sa disparition. Alors comment veux-tu que j'avance et que je sois une bonne mère pour un enfant innocent ? Bon Dieu, ce sera une nouvelle vie qui va sortir de moi. J'en serai responsable et ça pèse trop lourd. Je ne crois pas être à la hauteur.

— Nous serons tous les deux responsables de cet enfant, Dora. N'oublie pas que ça me concerne aussi. Je serai là. »

Dora regarde Dan. Il a les yeux si remplis d'amour et d'inquiétude qu'elle a envie de pleurer de plus belle. « Seigneur, ces hormones ! Elles me tapent sur le système. Excuse-moi. » Elle attrape le mouchoir qu'il lui tend.

« Dora, je ne sais plus quoi faire pour t'aider. Mais

une chose est sûre, il faut que tu te décides. Le temps ne joue pas en notre faveur.

— Je sais.

— Et tu sais aussi ce que je ressens, n'est-ce pas ? » Il la dévisage avec une expression sérieuse. « Dora, j'ai vraiment envie de garder ce bébé, mais si tu penses que tu n'es pas prête… si tu as l'impression que tu dois faire un autre choix… eh bien… » Sa voix s'éteint.

« Je croyais qu'aller dans le Dorset m'aiderait. Retourner là-bas, me replonger dans mes souvenirs… discuter avec ma mère. Mais, apparemment, je n'ai qu'une seule pièce du puzzle, et toute petite. Tu comprends ce que je veux dire ? »

Dan secoue la tête. Non, il ne comprend pas.

« J'ai juste besoin d'un peu de temps. »

Dan soupire, attrape son verre et le vide. « Je crois que j'aimerais rentrer à la maison. Et toi ? »

Elle laisse sur la table le jus d'orange qu'elle n'a bu qu'à moitié. Un rond de buée s'est formé dessous, vilaine tache blanche sur le bois sombre. Elle la frotte sans conviction, puis se lève pour suivre Dan vers la sortie.

Sans un mot, ils avancent dans la pénombre. Dora voudrait que Dan lui prenne la main, mais il marche un pas devant elle, avec Gormley qui trotte loyalement sur ses talons. Ce n'était pas comme ça qu'elle imaginait leurs retrouvailles. Les sensations urbaines rassurantes ont disparu. Elle entend une sirène stridente au loin et voit d'horribles saletés un peu partout dans la rue – détritus, verre brisé et crottes de chien. Même l'usine de boutons, silhouette familière, paraît soudain voilée d'ombres menaçantes. Ils grimpent l'escalier en silence et elle est soulagée quand Dan introduit sa clé et ouvre la porte de l'appartement.

« Tu veux boire quelque chose ? demande-t-elle pour atténuer la tension qui règne entre eux.

— Non. Je vais travailler encore un peu avant de me coucher. »

Dora est peinée par cette rebuffade, mais elle ne réplique pas.

Debout près du canapé, elle le suit des yeux pendant qu'il se dirige vers son atelier, l'ouvre, allume les lumières et ferme la porte derrière lui pour se retirer du monde et surtout pour s'isoler d'elle. Elle soupire. Ce qu'il veut l'entendre dire, elle le sait. Il veut entendre qu'elle garde ce bébé, que c'est la meilleure chose qui leur soit jamais arrivée, qu'elle a hâte d'être mère. Mais elle en est incapable tant elle est terrifiée par le changement que cette naissance induira dans leur relation, terrifiée par la responsabilité qui lui incombera et surtout terrifiée à l'idée de perdre non seulement le petit être qui pousse en elle, mais aussi tout ce que Dan et elle ont construit ensemble. Les familles sont fragiles. Elle le sait mieux que personne, et Dan, malgré ce qu'il peut dire, ne le comprend pas parce qu'il n'a pas vécu ce qu'elle a vécu. Pendant longtemps, elle s'est protégée, elle a vécu comme l'une des sculptures de Dan, dans un moule en argile tiède. Elle s'est débrouillée comme elle a pu pour rester à l'abri de la douleur et du chagrin qui peuvent survenir quand on donne trop de soi. Mais elle n'est plus seule. Il y a Dan, et bientôt leur bébé. Comment s'est-elle fourrée dans ce pétrin ?

Avec un soupir, elle se tourne pour balayer le séjour du regard. La surface modeste qu'ils possèdent est encombrée de détritus. Elle entraîne Gormley dans la cuisine, attrape un gros sac poubelle noir, passe dans le séjour, s'active avec méthode, jette vieux papiers et factures, fleurs fanées, bouteilles de vin vides, toasts à moitié mangés, restes difformes de bougies. Elle range les livres d'art de Dan sur les rayonnages, emporte la vaisselle sale dans la cuisine. Il lui faut vingt minutes pour la laver, puis dix pour faire la poussière et passer l'aspirateur, mais, lorsqu'elle a terminé, l'appartement est impeccable.

En regardant l'atelier fermé, elle perçoit du mouvement derrière la porte. Dan est plongé dans son travail, ou alors il est encore fâché contre elle. De toute façon, elle sait qu'elle va se coucher seule.

Cette nuit-là, elle rêve qu'elle plonge pour attraper des pièces de monnaie. L'eau est verte, sombre, mais elle aperçoit de l'argent qui luit au fond. À plusieurs reprises, elle plonge, ses mains tâtonnent dans la vase, ses poumons brûlent au moment où elle attrape le métal froid et remonte à la surface, en prenant chaque fois une bouffée d'air triomphante.

Il n'en reste plus qu'une au fond, qui l'appelle. Elle ne peut la laisser. Haletante, elle se force à descendre dans l'eau ; ses poumons lui font mal, mais la pièce est à sa portée ; plus que quelques mètres, elle le sait.

Ses mains se tendent dans la pénombre, elle sent du gravier entre ses doigts. Pas de pièce.

Il lui faut remonter, son corps a besoin d'air, mais son esprit insiste. C'est là, juste une seconde de plus.

Ses mains tâtent le fond et, soudain, elle touche quelque chose ; pas froid comme du métal, mais une texture tiède qui ressemble étrangement à de la chair. Quelque chose d'humain. Ses yeux s'ouvrent, affolés, dans l'obscurité. Elle n'arrive plus à respirer. Son corps est en feu, elle a la tête qui tourne. Elle essaie de remonter à la surface, mais la chose qu'elle a touchée l'agrippe. Des doigts insistants, robustes, refusent de la lâcher.

Elle essaie de se dégager, son corps se débat, guidé par l'instinct de survie.

Mais la main ne la lâche pas.

Dans une ultime tentative, elle s'arrache à cette poigne mortelle, puis ouvre la bouche pour hurler.

Le son strident du réveil la tire du sommeil. Il est sept heures. Elle arrête la sonnerie, reste au lit un moment à écouter la pluie tambouriner sur le toit et l'eau goutter dans les seaux et casseroles que Dan a répartis autour du lit, le temps de laisser son cauchemar se dissiper. Un nouveau lundi pluvieux s'annonce, elle ne sait pas comment elle va pouvoir rassembler assez d'énergie pour se doucher, s'habiller, prendre le métro, aller travailler, surtout avec cette horrible sensation de nausée qui s'empare déjà d'elle, alors qu'elle n'a même pas ouvert les yeux, bon Dieu. Ces derniers jours, quand elle se sentait nauséeuse le matin, Dan avait été adorable. Il lui avait apporté au lit du thé et un toast. Lorsqu'elle tend la main dans le lit, elle ne rencontre que du vide. L'oreiller de Dan est chastement posé près du sien, bien gonflé. Il a dû dormir sur le divan de l'atelier. Elle a horreur qu'ils passent la nuit séparés, fâchés l'un contre l'autre.

Titubante, elle va dans la salle de bains et reste quelques minutes sous un jet d'eau brûlante, puis s'habille et se rend à la cuisine en ravalant de la bile. Elle prépare du thé et une écuelle de croquettes pour Gormley avant de remarquer que quelque chose de duveteux dépasse du sac-poubelle noir qu'elle a rempli la veille. Elle en sort l'objet par une jambe. C'est un ours en peluche, à la fourrure douce, fauve, et aux membres articulés. Il porte encore l'étiquette du prix : 65 livres, ce n'est pas bon marché. Dan a dû l'acheter pour le bébé. C'est un nounours vraiment mignon : un ventre rebondi, compensé par des pattes et des oreilles gigantesques. Ses yeux noirs fixes à l'expression douloureuse éveillent en elle un remords irrépressible. Elle le pose sur la table de la cuisine, ouvre le sac-poubelle, mais fixe encore un instant le nounours. Puis, avant de pouvoir changer d'avis, elle attrape le téléphone.

« Oui ? » Une voix répond dès la première sonnerie, comme si cet appel était attendu.

Elle prend une profonde inspiration. « Papa, c'est moi… c'est Dora. »

13

Cassie
Dix ans plus tôt

Assise sur son lit, entourée de ses notes, Cassie était censée réviser son programme d'histoire pour passer l'examen de fin d'études secondaires, mais elle avait le cerveau ramolli et, prise d'une envie irrésistible, ne pensait qu'à une chose, à la petite broche en forme de papillon cachée au fond du tiroir de sa table de chevet.

D'un coup de pied, elle repoussa ses notes, sortit le bijou en nacre et en diamant et le tourna dans sa main. Magnifique, il lui renvoyait les reflets miroitants de ses couleurs pastel, même dans la faible lumière d'un après-midi pluvieux. Après l'avoir contemplé un moment, elle ouvrit le fermoir et en vérifia l'aiguille du bout des doigts. La pointe était loin d'être émoussée.

Remontant la manche de son pull, elle appliqua l'aiguille à l'intérieur du coude, là où la peau pâle était très sensible et où la marque ne se verrait pas sous les vêtements. Puis elle retint son souffle et tressaillit lorsque le métal s'enfonça dans sa chair. Du sang rubis jaillit autour de l'aiguille. Cassie observa les perles rouges qui grossissaient et enfonça encore davantage la pointe. L'élancement qu'elle ressentit lui arracha un profond soupir. Elle répéta plusieurs fois l'opération et observa avec satisfaction le motif curieusement entrecroisé que dessinait le sang en ruisselant sur son bras. Lorsque le vertige la gagna, elle s'allongea sur le lit et laissa la douleur la submerger. Ça faisait du bien de sentir au moins quelque chose.

Quand la piqûre ne lui causa plus qu'une douleur diffuse, Cassie revint au moment présent. Le monde réel l'entoura de nouveau et elle se dit que sa vie était vraiment chiante. Non seulement Jessica Goldstein avait flirté avec Charlie Simpson devant elle le week-end dernier à la soirée dansante du club de rugby, mais sa mère lui avait interdit de se faire percer le nombril avant de passer ses examens. Elle entendait les pulsations sourdes de la musique pop que passait Dora alors que, bloquée dans sa chambre, elle essayait de se concentrer sur ses révisions d'histoire. Et, par-dessus le marché, la pluie battante la retenait prisonnière à l'intérieur. Oui, la vie était chiante, encore plus que la somme de tous ces désagréments.

Elle appliqua un mouchoir en papier sur son bras qui saignait, puis tapa contre le mur. « Baisse le son ! »

Le dernier groupe de filles dont Dora s'était entichée perdit un ou deux décibels pour devenir un bruit sourd de l'autre côté de la cloison ; c'était déjà mieux, mais elle n'arrivait toujours pas à se concentrer. La Réforme du XVIe siècle était d'un ennui sans nom et avec Dora enfermée dans sa chambre, le rez-de-chaussée était silencieux et engageant. Helen avait quitté la maison il y avait plus d'une heure – Violet passait quelques jours chez eux et toutes les deux étaient parties dans sa petite voiture cabossée pour se rendre à un marché de producteurs locaux. Richard ne risquait pas de revenir à l'improviste de son travail, et le seul bruit que Cassie entendait était celui d'une scie lointaine ; sans doute

Bill s'occupait-il du jardin quelque part. La maison était à elle.

Elle baissa sa manche sur sa blessure, remit la broche dans sa cachette, puis sortit sur la pointe des pieds dans le couloir, passa devant la porte de Dora avant de se diriger vers la chambre d'amis où Violet s'était installée. Pour plus de sûreté, elle frappa de très légers coups avant de se glisser à l'intérieur et de refermer tout doucement derrière elle. Immobile, elle tendit un instant l'oreille, mais n'entendit rien d'autre que le martèlement étouffé de la musique de Dora. Cassie savait qu'il n'y avait plus que sa sœur à la maison.

Ouverte à un bout du lit, la valise de Violet avait versé une partie de son contenu par terre. Cassie ramassa quelques vêtements. Violet les aimait très ajustés, de couleurs vives, et Cassie fit la grimace en les plaquant sur elle un par un devant la glace – vraiment pas son style. Elle les remit exactement à leur place et s'avança vers la coiffeuse. Violet n'était pas quelqu'un de soigneux. Flacons, pots, poudre compacte, rouges à lèvres, ombres à paupières, bijoux et foulards s'accumulaient dans un beau désordre. Cassie attrapa un vaporisateur de parfum et, en l'approchant de ses narines, sentit une odeur florale piquante. Elle le reposa et lui préféra une crème qui paraissait coûteuse. Méfiante, elle la passa sous son nez avant d'en prélever une bonne dose et de s'en masser le visage jusqu'à la faire pénétrer complètement, puis se farda les lèvres avec un bâton de rouge rubis et peaufina son maquillage avec une ligne épaisse de khôl noir sous chaque œil. En reculant pour examiner son reflet dans le miroir, elle trouva qu'elle ressemblait aux filles sur les couvertures des anciens exemplaires de *Girl's World* que Dora avait retouchées à grands traits de feutre furieux. Sous son maquillage, Cassie remarqua des cernes qui avaient la couleur d'ecchymoses datant de quatre jours. Ces derniers temps, elle ne dormait pas bien. Elle essuya le rouge à lèvres avec un mouchoir en papier et se frotta les yeux.

Elle balaya d'un regard chargé d'ennui le reste de la pièce. Un livre de poche ouvert à l'envers était posé sur la table de chevet. La couverture promettait un livre « torride et irrésistible ». Une chemise de nuit en dentelle écarlate pointait sous un oreiller et plusieurs paires de chaussures à talons d'une hauteur invraisemblable étaient alignées par terre sous la fenêtre, mais, sinon, il n'y avait rien de très intéressant. Cassie sortit et descendit à la recherche d'autres interdits à transgresser.

Le bureau de sa mère était l'endroit le plus indiqué. Depuis la disparition d'Alfie, Helen s'y enfermait encore plus souvent, la tête penchée sur un livre. À en juger par le peu d'attention qu'elle leur accordait certains jours, Cassie se demandait si elle n'avait pas oublié qu'elle avait deux filles bien vivantes. Bien sûr, être ignorée présentait certains avantages. Cassie se tirait sans dommages de situations qui auraient valu à la plupart de ses amies une interdiction de sortie pendant plusieurs semaines.

Lorsqu'elle pénétra dans la pièce sombre, elle fut assaillie par une odeur entêtante : papier, cuir et le parfum citronné de sa mère. Après avoir allumé le plafonnier, elle se dirigea vers le bureau, s'assit dans le fauteuil en cuir et le fit pivoter jusqu'à ce que le vertige l'oblige à arrêter. Des feuilles jonchaient la surface de travail. Au hasard, elle en prit certaines et lut quelques lignes avant de remettre chaque page à sa place. Des cours assommants. Elle fouilla dans les tiroirs, poussa de côté un paquet de pastilles de menthe forte, le papier à lettres personnel de sa mère, des élastiques, des trombones, des vieux stylos à bille et des Post-it. Au moment où elle allait renoncer, ses doigts effleurèrent le bord d'un petit paquet fourré tout au fond.

Son cœur eut un raté quand elle vit ce que c'était : des photos d'Alfie bébé. Elles semblaient usées, écornées par un millier de caresses et tachées par un torrent de larmes. Cassie regarda un instant le grand sourire et les yeux bleu vif de son frère. Sur l'une, il avait une grosse croûte sur le front. Cassie se rappelait encore le bruit terrible que sa tête avait fait en heurtant la table basse et le hurlement strident qui avait suivi. Sur une autre photo, il était juché sur une balançoire et ses petites jambes potelées s'activaient furieusement pour le faire monter de plus en plus haut, vers le ciel bleu. Et sur une troisième, il regardait l'appareil sous un volumineux chapeau de paille au bord souple orné de fleurs – sans doute le chapeau de sa grand-mère. En les passant toutes en revue, Cassie sentit une boule dans sa gorge. Elle les replaça au fond du tiroir qu'elle referma brutalement. Ça lui apprendrait à fureter dans les affaires des autres.

Le téléphone sonna pendant qu'elle vérifiait si elle n'avait pas laissé de traces et se préparait à quitter la pièce. Sans réfléchir, elle décrocha.

« Allô ?

— Helen, c'est toi ? Ne raccroche pas. »

Cassie retint son souffle. Même si elle ne reconnaissait pas l'homme qui parlait au bout du fil, son ton pressant l'obligea à garder le silence au lieu de le décourager.

« Helen, écoute-moi, s'il te plaît. Je deviens dingue ici. J'ai besoin de te voir. Je sais bien que tu ne veux plus rien avoir à faire avec moi, mais je ne peux pas te laisser me quitter comme ça. Je ne mange plus, je ne dors plus. Et je n'arrive plus à peindre. Dieu sait que j'ai essayé, mais, sans toi, rien n'a plus aucun sens. Je t'aime. C'est aussi simple que ça. Toi non ? Tu ne penses pas du tout à moi ? »

Cassie était figée sur place, paralysée par ce qu'elle entendait.

« Helen, dis au moins quelque chose ! Je t'en supplie ! »

Ne sachant que faire, Cassie raccrocha doucement et s'enfuit. Le choc et la colère lui brûlaient le visage.

Frissonnante, elle tirait sur une Marlboro Light dans le patio lorsque Violet s'approcha.

« Ne t'inquiète pas, dit Violet en la voyant sursauter. Je ne dirai rien. Tu m'en passes une ? »

Cassie lâcha un soupir de soulagement et tendit le paquet à Violet qui, un cocktail dans une main, s'efforça de sortir une cigarette et, ce faisant, fit tinter ses bracelets. Enfin, elle parvint à en extraire une, la planta entre ses lèvres rouges et se pencha vers l'allumette qu'avait craquée Cassie. L'espace d'une seconde, le visage rond de Violet fut éclairé avant que l'obscurité revienne les envelopper toutes les deux. Côte à côte, elles se tapotaient les bras pour se réchauffer et fumaient de conserve.

« On a peine à croire que c'est bientôt l'été, hein ? dit Violet en riant. On se gèle bigrement.

— Oui », reconnut Cassie. Elle décida d'essayer de faire un brin de causette. « Alors, comment était ce marché ?

— Plus bordélique que Glastonbury et plein de hippies qui vendaient du miel bio hors de prix et des vêtements en chanvre. Pour être franche, ce n'est pas vraiment un endroit pour moi. »

Cassie sourit dans l'obscurité.

« N'empêche, il y avait un bel étal de fleurs, avec de ravissants bouquets noués à la main. »

Sachant que Violet gérait ses propres magasins de fleurs, Cassie hocha poliment la tête. « Tu aimes ton boulot, hein ?

— Oui. J'ai de la chance. Je ne pourrais pas passer mes journées à faire quelque chose que je déteste, comme beaucoup de malheureux y sont obligés. J'adore les fleurs. Oh ! je sais que nombre de gens les considèrent comme quelque chose de frivole et d'inutile, mais imagine un peu la naissance d'un bébé sans bouquets pour la fêter, une mariée qui s'avance vers l'autel sans jolies fleurs dans les mains, une malade hospitalisée qui n'a rien de beau à regarder pour retrouver le moral ou une tombe sans fleurs ni couronnes. »

Ce dernier exemple fit frémir Cassie, mais, perdue dans son monologue, Violet ne s'en aperçut pas.

« Mon travail marque le passage du temps, tout comme la ronde des saisons règle le cycle de vie des plantes. Il célèbre tous les moments importants de l'existence, du début à la fin. » Violet secoua la tête, émerveillée. « Le travail d'un fleuriste est vraiment extraordinaire quand on y réfléchit. »

Cassie en convenait. Jusque-là, elle n'avait pas vu les choses sous cet angle.

« Et toi, ma petite Cassie ? Comment va la vie pour toi ?

— Oh ! ça va. » Du bout d'une tennis, Cassie gratta la mousse accumulée sur une dalle.

« Je me rappelle l'époque où j'ai passé mes examens. Une vraie torture. Je n'avais qu'une envie : faire la fête avec mes amis. »

Cassie approuva.

« Alors, est-ce qu'il y a de gentils garçons autour de toi qui vaudraient la peine que tu m'en parles ? Ne t'inquiète pas, s'empressa-t-elle d'ajouter, je ne dirai rien à ta mère. »

Cassie secoua la tête. « Non, pas vraiment.

— Tu m'étonnes, une jolie fille comme toi ! J'aurais cru que tous les garçons seraient à tes pieds. »

Cassie considéra Violet dans l'obscurité. Pendant une fraction de seconde, elle fut tentée de s'ouvrir à elle, puis changea d'avis. Violet était cool, d'accord, mais comment savoir si on pouvait vraiment lui faire confiance ?

« Et Dora ? poursuivit Violet. Elle a un petit ami ? »

Cassie haussa les épaules. « Je n'en sais rien. On n'aborde pas ce genre de sujet. D'ailleurs, ces derniers temps, chacune reste dans son coin. »

Violet tira sur sa cigarette et relâcha la fumée vers le ciel nocturne. « C'est dur pour vous deux, n'est-ce pas ? À ton avis, comment tes parents s'en sortent-ils ? »

De nouveau, Cassie haussa les épaules. « Ils sont malheureux. On l'est tous. »

Violet inclina légèrement la tête. « Oui, ça mettra un certain temps. Mais toi, tu dois avoir hâte d'aller à l'université, non ? De prendre un nouveau départ ? »

Cassie déglutit et hocha la tête. « Est-ce que tu es allée à l'université ?

— Moi ? » Violet eut un petit rire. « Ça non. Je n'étais pas assez intelligente. C'était beaucoup plus indiqué pour ta mère. À l'époque, j'étais trop distraite, oui, vraiment trop distraite. » Elle gloussa. « Entre nous, l'idée d'étudier trois ans supplémentaires me faisait horreur. J'avais hâte d'entrer dans la vie active… d'avoir un boulot, de gagner de l'argent, de devenir vraiment indépendante. »

Cassie la considéra avec intérêt. « Alors, tu ne regrettes pas de ne pas y être allée ?

— Oh ! ça, je ne sais pas. Avec le recul, je ne comprends pas pourquoi j'étais aussi pressée d'entrer dans la vie active. Trois ans de plus à glander ne m'auraient pas fait de mal – et m'auraient peut-être aidée dans ma vie affective. Apparemment, plus de vingt pour cent des gens rencontrent leur futur conjoint à l'université. Tu le savais, Cass ? » Violet tira une longue bouffée. « Vingt pour cent ! Tu te rends compte, l'homme de ta vie est sans doute déjà là-bas à t'attendre.

— Hum… peut-être, dit Cassie avec un petit sourire. Je suis sûre que l'homme de ta vie t'attend aussi quelque part.

— Tu crois ? Ce serait bien. L'espoir fait vivre. »

Elles restèrent un moment côte à côte à fumer et à frissonner, puis Cassie trouva le cran d'orienter la conversation vers le sujet qui l'avait obnubilée tout l'après-midi.

« À ton avis, maman a trouvé l'homme de sa vie en rencontrant papa ? »

Surprise, Violet tourna brusquement la tête. « Oui, bien sûr. Pourquoi, ce n'est pas ton avis ? »

Cassie haussa les épaules. « Je n'en suis pas certaine.

— Tes parents sont faits l'un pour l'autre, Cassie.

— Mmm… » Cassie se remémora la voix insistante au téléphone : *Je t'aime... Tu ne penses pas du tout à moi ?* Qui était-il ?

« Fais-moi confiance, Cassie. » Violet avala une gorgée de son cocktail. « L'épreuve que ces deux-là ont traversée suffirait à détruire n'importe quelle relation. Ils vont s'en sortir. Il leur faudra un peu de temps pour guérir. »

Cassie leva les yeux. Le gros nuage avait fini par se dissiper et elle aperçut quelques étoiles argentées qui dansaient dans le ciel nocturne. Un peu de temps pour guérir ? Est-ce que c'était là tout ce dont ils avaient besoin ?

« Oui, reprit tranquillement Violet. Il vous faudra à tous un peu de temps. » Soudain, elle s'éclaircit la gorge. « Et, en attendant, vivement septembre… tu vas tracer ton avenir. Ça va te faire du bien, Cassie. Je parie que tu en meurs d'envie. »

Cassie opina mais garda le silence et espéra que les effets de l'alcool inciteraient Violet à parler, mais, tout à coup, elle semblait ne plus en avoir envie.

« Hou, là, là ! Il fait vraiment froid ici, finit-elle par dire. Nous devrions rentrer avant qu'ils se demandent où nous sommes passées, Cass. »

Cassie acquiesça, déçue de ne pas avoir débusqué le moindre indice sur l'identité de l'homme qui avait téléphoné.

« Et puis, pas un mot au sujet des clopes, hein ?

— Bien sûr. » Cassie suivit une Violet titubante et toutes deux franchirent la porte de derrière pour gagner la chaleur de la cuisine.

Cassie réussit de justesse ses examens et le soulagement sembla pour un temps arracher ses parents à leur état de douloureuse stupeur. Richard ouvrit même une bouteille de champagne lors d'un des dîners les moins ratés d'Helen, et ils trinquèrent avec les flûtes en cristal de Daphne et Alfred.

« Bravo, Cassie ! nous sommes très fiers de toi. »

Cassie savait qu'elle ne méritait pas ces éloges, mais elle n'en but pas moins le champagne. C'était aigre et pétillant dans sa bouche.

« Alors, je suppose que tu vas partir pour Édimbourg en septembre », ajouta Helen d'un ton un peu triste.

Cassie remarqua que Dora baissait la tête au-dessus

de son assiette. Elle n'enviait pas sa sœur, coincée deux ans de plus dans le Dorset, à tourner dans cette maison hantée.

« Il faudra faire des courses, acheter des bricoles pour ta chambre d'étudiante, dit Richard. Ce sera amusant de t'emmener là-bas. Il y a des années que je ne suis pas retourné à Édimbourg. »

Le moment n'était pas plus mauvais qu'un autre pour aborder le sujet, décida Cassie. « En fait, papa, je me demandais si je ne pourrais pas y aller en train… toute seule. Il me semble que je préférerais faire mes premiers pas toute seule, m'installer, rencontrer des gens. » Elle vit ses parents échanger un regard mais poursuivit quand même : « Vous pourriez venir quelques semaines plus tard pour voir comment je m'en sors. Je vous ferais visiter les lieux. Je serais contente de revoir des visages connus. Toi aussi, Dora, tu pourrais venir. » Une fois son discours bien rodé terminé, elle attendit avec angoisse la réaction de ses parents.

Helen souleva son verre d'eau. Richard reposa ses couverts sur son assiette et replia les doigts avec soin, signe infaillible qu'une discussion allait avoir lieu.

« Tu veux aller là-bas toute seule ? demanda-t-il. En train ? »

Cassie hocha la tête et, pour ne pas croiser le regard de son père, coupa le dernier haricot vert dans son assiette.

« Mais comment vas-tu te débrouiller pour emporter toutes tes affaires ?

— Je n'emporterai pas grand-chose, du moins pas tout de suite. Juste quelques vêtements, des livres, des draps et une couverture. De toute façon, je pourrai acheter la plupart des choses là-bas, non ? » Elle les regarda à tour de rôle et sourit d'un air encourageant.

« L'idée d'y aller seule, de tracer moi-même mon avenir, me plaît beaucoup. » Délibérément, elle avait employé l'expression de Violet. Elle lui semblait bien choisie pour ses parents. « Vous comprenez, n'est-ce pas, après tout ce qui arrivé ? » Elle retint son souffle. C'était sa première allusion à Alfie depuis les funérailles l'année précédente. Elle ne savait pas si elle avait franchi ou non la ligne jaune.

Richard hocha lentement la tête et s'éclaircit la gorge. « Oui, je crois. Helen, qu'en penses-tu ? »

Helen soupira. « Je peux comprendre que tu aies besoin de respirer. Mais tu es sûre que tu seras en sécurité ? Et tu ne te sentiras pas isolée ? La plupart des autres étudiants auront leurs parents à leurs côtés. Nous ferions pourtant notre possible pour ne pas te gêner. D'ailleurs, nous pourrions passer le week-end là-bas, qu'en dis-tu ?

— Tu pourras venir, maman, mais dans quelques semaines, une fois que je serai installée.

— Ce serait amusant de lui rendre visite, tu ne trouves pas, Helen ? risqua Richard en parvenant enfin à parler d'un ton enthousiaste. Pourquoi ne pas y aller juste avant Noël et profiter du voyage pour acheter nos cadeaux et pour descendre dans un hôtel agréable ? »

Cassie sauta sur l'occasion. « Oui. Il paraît que la ville est jolie à cette époque de l'année. » Les choses avançaient.

« Tu n'auras pas peur de voyager toute seule ? Il faudra que tu changes de train à Londres. Tu ne te perdras pas ? » Helen s'inquiétait.

« Maman, je suis sur le point de quitter la maison. Si je ne suis pas capable de prendre le train du Dorset à Édimbourg, je suis vraiment mal partie.

— Hum... », murmura Helen. Les plis soucieux ridaient de nouveau son front.

« Alors, tu es vraiment décidée ? demanda Richard une dernière fois.

— Oui, répondit Cassie.

— Bon, j'espère que tout se passera bien. » Richard marqua une pause. « Mais si tu changes d'avis, pas de problème. Je serai ravi de t'emmener.

— Je sais, papa, merci. » Elle était sûre de ne pas changer d'avis.

« Tu peux me passer l'eau, chéri ? »

Cassie lâcha un petit soupir de soulagement. La question semblait réglée.

Richard se pencha pour passer la carafe à Helen. Cassie remarqua que sa mère sursauta légèrement lorsque leurs doigts se frôlèrent par hasard, comme si ce contact l'avait brûlée. Oui, ce serait bon de partir.

La veille de son départ, Dora frappa doucement à la porte de sa chambre. Cassie lui ouvrit et vit que sa sœur regardait l'énorme sac à dos posé près du lit.

« Alors, ça y est, t'as tout préparé ?

— Ouais. »

Trop tard, Cassie vit que les yeux de Dora se posaient sur les marques rouge vif qui lui striaient le bras. À la hâte, elle baissa ses manches et se jeta sur le lit. Détournant les yeux du regard horrifié de sa sœur et souhaitant éviter toute réflexion de sa part, elle se remit à gribouiller avec frénésie dans son journal intime. Un lourd silence s'installa.

Dora comprit. Elle attrapa un vieux numéro de *Cosmopolitan* sur une pile à côté du lit et se mit à le feuilleter distraitement. « À quelle heure tu t'en vas ?

— Maman va me déposer à la gare à neuf heures. »

Il y eut un autre silence.

« T'en as de la chance.

— Tu trouves ?

— Oui ! Tu vas pouvoir t'évader, redémarrer dans un lieu complètement nouveau. »

Cassie considéra sa sœur. « Tu sais, Dora, l'université n'est pas vraiment un but en soi. Ce n'est qu'une école améliorée. Des gens te disent encore ce qu'il faut faire, à quel moment il faut le faire, quel devoir rédiger, quand le remettre, quels livres lire et quels examens passer. Il ne s'agit pas de véritable liberté. Ce n'est pas ce que j'appellerais s'évader.

— C'est mieux que rien ! gémit Dora. Moi, je vais être coincée ici toute seule. Juste maman… et papa, quand il sera là. » Dora s'interrompit un instant car elle venait de tomber sur un article décrivant « la position du mois ». Ses yeux s'écarquillèrent, puis elle s'empressa de tourner la page. « Tu peux imaginer quelque chose de pire ?

— Mmm… » Cassie mâchonnait le capuchon de son stylo. La situation de Dora n'avait en effet rien d'enviable. Elle mentit : « Ça va aller. Tu seras partie d'ici plus vite que tu ne le penses.

— Je pourrai venir te voir ? »

Cassie ne répondit pas tout de suite. « Oui, bien sûr. C'est-à-dire, si les parents te le permettent. »

Dora inclina la tête. Toutes deux savaient que leurs parents pouvaient passer d'un extrême à l'autre ; tantôt ils se montraient protecteurs à un point insupportable, exigeant de connaître les moindres détails d'une sortie, tantôt ils étaient curieusement absents, distraits, et se rappelaient à peine l'existence de leurs filles.

« Parfois, je donnerais n'importe quoi pour partir d'ici, déclara soudain Dora. Je ne comprends pas pourquoi on ne déménage pas. Je crois que ça ne fait qu'aggraver la situation. Tu comprends, si on était partis, si on avait pris un nouveau départ ailleurs… ou même si on était retournés à Londres, ce serait plus facile. On aurait peut-être de nouveau l'impression de former une famille.

— C'est possible.

— Sauf que, si Alfie est ici quelque part, il ne pourrait pas nous retrouver ? »

Cassie secoua la tête. Dora n'avait toujours pas pigé. « Je ne crois pas que maman et papa veulent arranger les choses. C'est justement ça le problème. Ils se complaisent dans leur malheur. Ils adorent s'y vautrer.

— Je ne sais pas… » Dora était sceptique. « Ils ont l'air de ne rien aimer en ce moment. » Dora se mordilla la lèvre. « Cass ?

— Oui ?

— Tu penses souvent à lui ?

— Non », répliqua brutalement Cassie. C'était un nouveau mensonge.

« Moi oui. »

Cassie ne voulait pas parler d'Alfie. Elle se redressa, referma son journal et le jeta sur son lit en espérant que ce geste mettrait un point final à la conversation. Lorsqu'il tomba sur la couette, plusieurs enveloppes bleues non ouvertes s'échappèrent de la couverture. Elles étaient toutes adressées à Cassie et la personne qui les avait envoyées avait pris la peine de dessiner un petit cœur sur le *i* de son prénom, à la place du point. Cassie s'empressa de les rassembler et de les fourrer entre les pages de son carnet, mais c'était trop tard, Dora les avait vues.

« Tu ne les ouvres pas ? » demanda-t-elle.

Cassie haussa les épaules. « Non.

— Qui c'est qui te les envoie ? »

Cassie soupira. « Sam.

— Hein ? La Sam de l'été dernier ?

— Ouais.

— Pourquoi elle t'écrit ?

— Comment veux-tu que je le sache ? Je n'ai pas ouvert ses lettres.

— Pourquoi ? »

Exaspérée, Cassie fronça les sourcils. Comment expliquer à Dora qu'elle n'avait vraiment pas envie d'affronter les messages contenus dans ces enveloppes bleues anodines. Elle voulait oublier Sam et cette journée d'horreur sur la plage.

Pourtant, Dora parut lire dans ses pensées. « Il ne t'arrive jamais de te demander si c'était pas notre faute ? » lança-t-elle d'une petite voix.

Cassie ne dit rien et se contenta de fourrer le journal sous son oreiller, puis elle s'effondra sur le lit et ferma les yeux.

« Tu sais, je ne peux pas m'empêcher de penser que… si on n'était pas allés au Rocher… et si je ne vous avais pas laissés pour acheter ces glaces stupides…

— Dora, tais-toi, d'accord ? »

Dora eut l'air blessée. Les larmes lui montèrent aux yeux. « Personne ne parle jamais de lui, personne. On dirait qu'il n'a jamais existé. Ça me rend dingue. Moi, tout ce que je voudrais, c'est parler de lui à quelqu'un. De ce qui est arrivé. Juste pendant quelques minutes. C'est tout ce que je demande.

— Dora, je ne te le répéterai pas deux fois. » Les joues de Cassie étaient rouges de colère. « Tais-toi ! Tais-toi, ou sors de ma chambre.

— Pourquoi est-ce que tu ne veux pas me parler ? Avant, on passait beaucoup de temps ensemble. Maintenant, tu t'enfermes en permanence. On dirait que tu ne supportes pas ma présence.

— Dora, je te préviens… »

Dora soupira et se leva. Elle jeta le magazine par terre, devant Cassie. « Qu'est-ce qui cloche dans cette famille ? Tout le monde m'ignore. Alors que je veux seulement me souvenir d'Alfie. Parce que je commence à l'oublier et que ça me rend triste. » Dora était au bord des larmes.

Cassie eut l'impression d'être une garce, mais elle ne put s'empêcher de répliquer : « Tu ne t'es jamais dit que les souvenirs pouvaient nous rendre encore plus tristes ? C'est pour ça que nous essayons tous d'oublier. Et tu viens nous parler d'Alfie toutes les cinq minutes. Ça ne nous aide pas, Dora. C'est pas étonnant que les parents ouvrent à peine la bouche. Ça aussi, c'est sûrement ta faute. Et, bon Dieu, c'est pas étonnant non plus que j'aie envie de me barrer de cette fichue maison. J'aimerais bien un peu de tranquillité. Loin de toi ! Alors, laisse tomber, d'accord ? Bon sang, tu n'as plus l'âge de jouer à la gamine. »

Sans un mot, Dora sortit à grands pas de la chambre et claqua la porte.

Cassie s'allongea et essaya de ne pas entendre les sanglots de sa sœur dans le couloir. Elle attendit que Dora referme la porte de sa chambre pour attraper son journal sous son oreiller. Avant de pouvoir changer d'avis, elle en sortit les quatre enveloppes bleu pâle et les déchira avec leur contenu en petits morceaux illisibles qui tombèrent en tournoyant sur le sol comme des cendres après un incendie. Ce qui était écrit ne pouvait plus la blesser. Les mots avaient disparu.

Les yeux fermés, de nouveau étendue sur son lit, elle sentit un début de démangeaison dans la face interne des bras, un picotement brûlant qui se fit de plus en plus insistant, si bien que, après avoir tenté de l'ignorer, elle n'y tint plus. Elle ouvrit les yeux et sortit du tiroir la petite broche en forme de papillon. Résister était au-dessus de ses forces. Elle se piqua avec l'aiguille tachée de sang.

Cette nuit-là, un cauchemar la réveilla en sursaut. Son oreiller était trempé de sueur et de larmes. Même si elle savait que ce n'était qu'un rêve, elle n'en alluma pas moins sa lampe de chevet pour chasser les ombres qui s'attardaient dans son esprit. Elle se trouvait dans la grotte, s'agrippait désespérément aux parois, frappait la roche implacable et hurlait le prénom d'Alfie. Bien réveillée à présent, elle avait encore mal aux mains dont le roc lui avait déchiré la peau et cassé les ongles. Frissonnante, elle remonta la couette jusqu'au menton.

Pourtant, elle avait cru que les choses commençaient à s'arranger. Au cours des dernières semaines, elle n'avait pas rêvé de lui. Et puis, tout à coup, voilà qu'il se manifestait. Fichue Dora qui avait provoqué cette dispute. Pourquoi n'essayait-elle pas d'oublier comme les autres ? Bon sang, aucun d'eux n'avait envie de revivre chaque nuit le même film d'horreur qui repassait en boucle depuis l'année dernière.

L'horreur absolue.

Son ventre était noué.

Ses yeux erraient désespérément dans sa chambre en essayant de trouver quelque chose de normal à quoi se raccrocher pour maintenir ce cauchemar à distance, pour l'empêcher de devenir réel. Elle essaya de compter les rangées de CD dans les rayonnages en face. Une, deux, trois, quatre… trop tard. Les images importunes l'assaillirent.

Seigneur ! Voilà qu'elle était au bout de la plage avec Sam, brûlée par le soleil, le cerveau embrumé parce qu'elle avait fumé trop d'herbe, chancelante au milieu des trous d'eau. Toutes deux appelaient Alfie d'une voix rauque, affolée. Sa langue était empâtée par la marijuana, elle avait soif, tellement soif qu'elle avait du mal à sortir un son de sa bouche. Une vague déferla soudain sur les rochers, si bien que l'eau pénétra dans ses chaussures. Le froid lui arracha un cri. Puis Sam hurla. Cassie pivota et la vit agiter quelque chose au-dessus de sa tête. Ne fais pas l'idiote, pensa-t-elle, nous cherchons mon frère, pas des trucs rejetés par la mer, puis elle regarda mieux et, le souffle coupé, reconnut l'objet que Sam tenait à la main : la cape de Superman d'Alfie.

Elle se précipita, trébucha, tomba une fois et s'écorcha les genoux sur les rochers, mais ne s'arrêta pas avant d'avoir rejoint Sam.

« Non ! Non, non, non ! » Elle se mit à pleurer.

Ébranlée, muette, Sam l'observa.

Elle se tira violemment les cheveux pour essayer de reprendre le contrôle de cette situation démente qui lui échappait. Puis elle se tourna vers les vagues qui se fracassaient sur les rochers et scruta l'eau en cherchant son frère.

« Écoute… ça ne veut pas dire… » D'un mouvement de tête, Sam montra les vagues. « Il a peut-être eu trop chaud, il a retiré sa cape et il a longé la plage jusqu'à la camionnette de glaces. » Elle fit une nouvelle tentative. « Ou alors il est parti à la recherche de ta sœur. »

Cassie lui jeta un regard plein d'espoir. « Tu as raison. » Elle ignora le tissu mouillé que Sam tenait. « Il est sûrement sur le parking, avec Dora et son ami. Cette cape ne veut rien dire. » Cassie sécha ses larmes. « On ferait mieux d'aller voir si Dora et Steven l'ont trouvé.

— D'accord. »

Toutes deux avaient hâte de quitter cette saillie rocheuse et de revenir sur la plage, avec ses bruits normaux de familles qui passaient là une journée de vacances.

Cassie ferma les yeux et se força à déglutir. Quand

elle les rouvrit, elle vit les roses imprimées sur la housse de couette, dans le rond de lumière projeté par la lampe de chevet. Comme une folle, elle froissa le tissu entre ses doigts pour chasser les images qui défilaient devant ses yeux. Mais ça ne servait à rien.

À présent, Helen accourait du parking. Malgré sa détresse, Cassie trouva une allure étrange à sa mère. D'ordinaire parfaitement maîtresse d'elle-même, voilà qu'elle trébuchait sur le goudron dans ses espadrilles, les traits déformés par une horrible grimace, masque de théâtre grec évoquant rage et frayeur.

« Où est-il ? » souffla Helen une fois à portée de voix. Comme Cassie ne répondait pas, elle hurla : « Où est-il, Cassie ? »

Sa mère lui agrippa les bras et la secoua avec violence. Comme une poupée de chiffon, Cassie devint toute molle et laissa sa mère la brutaliser. Elle n'avait aucune réponse à lui fournir.

« Euh… mademoiselle, vous êtes bien Cassandra Tide ? » Un gros policier en tenue la regardait d'un air soucieux.

« Oui.

— Il faudrait que je vous pose quelques questions. Pour nous aider à retrouver votre frère. D'accord ? »

Cassie acquiesça et se laissa emmener dans le magasin de la plage. On étouffait là-dedans, mais, au moins, on était à l'écart des regards indiscrets. Elle répondit à toutes les questions. Même quand Helen fit irruption dans l'arrière-boutique étriquée et regarda sa fille en dissimulant mal son dégoût, Cassie riva les yeux au sol, sur une tache qui avait curieusement la forme d'un éléphant, et répondit de son mieux. Les seuls détails qu'elle omit de déclarer étaient ceux qu'elle ne pouvait révéler : le goût âcre du joint qu'elle avait partagé avec

Sam et qui lui avait brûlé la gorge et épaissi la langue ; les doigts de Sam qui remontaient lentement sur sa cuisse, sous sa jupe en denim ; le contact velouté des lèvres de Sam sur les siennes, le goût de sa langue si douce. Oui, c'étaient là les détails qu'elle taisait, mais elle le savait, ils n'auraient facilité en rien les recherches. Ils n'auraient rien changé.

L'horreur n'en finissait pas. En repensant aux heures de désespoir qu'elle avait passées à arpenter la plage avec sa mère, Cassie avait encore des frissons. D'innombrables fois dans un sens et dans l'autre, au point qu'elle se disait que le bruit des galets sous ses pieds allait la rendre dingue. Avec un sentiment de culpabilité, elle se rappela son soulagement quand les policiers leur suggérèrent gentiment de rentrer chez elles. Mais le pire était à venir. Dans la cuisine, sa mère s'en prit à Dora et à elle. Cassie ne l'avait encore jamais vue aussi furieuse. C'était terrifiant. À ce moment-là, elle essaya bien de parler, prise d'une envie de tout avouer. À l'évidence, c'était Dora qu'Helen accablait parce qu'elle avait quitté le Rocher et rencontré Stephen, mais Helen leva alors la main et les mots que Cassie voulait prononcer pour défendre sa sœur restèrent coincés dans sa gorge. Rouge de honte, elle les ravala.

Une heure plus tard, Richard arriva. Cassie entendit le crissement des pneus de sa voiture sur le gravier, ses pas rapides, puis la porte qu'il claquait derrière lui. Elle frotta ses yeux rouges et gonflés et sortit de sa chambre.

En descendant l'escalier, elle vit ses parents enlacés dans l'entrée. Sa mère lui tournait le dos, mais Cassie apercevait le visage de son père. Pâle et angoissé, il n'était pas bien éclairé à cause de l'abat-jour du plafonnier. D'une main, il serrait Helen contre lui, de l'autre, il lui caressait les cheveux pendant qu'elle sanglotait et s'accrochait à lui. Il lui parlait tout bas, exactement comme un dresseur de chevaux murmurait à l'oreille d'un poulain sauvage dans un documentaire qu'elle avait regardé. Pourtant il avait dû l'entendre descendre l'escalier parce qu'il leva les yeux et, au moment où leurs regards se croisèrent, Cassie s'arrêta au milieu des marches, ne sachant si elle devait venir les rejoindre. L'espace d'un instant, le temps parut s'arrêter, les figer tous les trois : Cassie avait un pied en l'air, Richard la regardait fixement, sa main pâle se détachait sur les cheveux châtains d'Helen. Elle ne pouvait pas déchiffrer son expression. Il avait l'air de ne pas la voir du tout, et ça lui faisait peur, mais, soudain, le temps reprit son cours. D'un mouvement de tête, Richard l'invita à se joindre à eux. Elle dévala l'escalier, Richard ouvrit les bras et tous les trois s'enlacèrent en pleurant.

Elle se rappelle qu'ils sont restés longtemps ainsi, à s'accrocher les uns aux autres, chacun perdu dans son monde de souffrance.

On aurait dit qu'ils se noyaient.

Qu'ils se noyaient lentement dans cette étreinte.

À présent, elle était bien réveillée. Elle savait qu'elle ne dormirait plus, qu'elle éteigne la lampe tout de suite ou dans une heure. Tout déferlait sur elle d'une manière insoutenable. Malgré les sept mois écoulés, elle avait l'impression que c'était hier. Elle regarda le réveil sur sa table de chevet : 3 h 14. Il restait encore plusieurs heures d'obscurité. Elle remonta sa couette jusqu'au menton et ferma les yeux, mais en vain.

Sam appela au moment où les policiers remballaient leurs affaires pour quitter la maison. Le cœur de Cassie se serra quand Richard lui tendit le téléphone. Ç'aurait été trop beau qu'elle disparaisse avec ses parents et ne donne plus jamais signe de vie, Cassie le savait bien, n'empêche qu'elle s'accrochait à cette idée. Elle n'avait pas envie de lui parler. Mieux valait arrêter là leur relation et essayer de tout oublier. Elle attrapa l'appareil et tourna le dos à son père.

« Allô ?

— C'est moi. Sam.

— Salut.

— Comment ça va ? »

Ne sachant que répondre, Cassie resta muette.

« Est-ce qu'il y a du neuf ?

— Non. »

Ce fut au tour de Sam de garder le silence. Pendant un instant, on n'entendit que le bourdonnement distant de la ligne et la respiration des deux interlocutrices.

« Est-ce que la police t'a recontactée ? »

Cassie chercha son père des yeux. Il regardait par la fenêtre en lavant des tasses dans l'évier et semblait à des milliers de kilomètres. Elle s'éclaircit la gorge. « Ils ont pris nos dépositions… mais ils ne pensent plus pouvoir le retrouver. Pour eux, il a basculé des rochers dans la mer. » Sa voix n'était qu'un murmure. Prononcer ces mots était presque insoutenable.

Sam lâcha un drôle de son étranglé. « Oh, Cassie, c'est horrible ! J'ai du mal à supporter une chose pareille.

— Tu n'as pas besoin de le faire. Ce n'était pas ton frère. » Au moment où elle le dit, Cassie nota qu'elle employait pour la première fois le passé pour parler d'Alfie. Ce constat lui donna la nausée.

« Je sais… Je veux dire… » Sam se torturait l'esprit pour trouver les termes qui convenaient. « Je suis désolée. C'est vraiment trop affreux. Je suis navrée. Je ne sais pas quoi dire. » Elle s'interrompit de nouveau. « Cassie, tu crois que tu aurais dû dire à la police que… »

Cassie ne voulait pas en entendre davantage. « Il faut que je raccroche. Quelqu'un a besoin du téléphone. Merci d'avoir appelé.

— Attends, ne t'en va pas… »

Mais Cassie raccrocha sans la laisser terminer.

« Qui était-ce ? demanda son père, le visage toujours tourné vers la fenêtre.

— Oh ! juste une camarade de classe… tout le monde est désolé pour ce qui est arrivé à Alfie. »

Richard hocha la tête. « C'est gentil de leur part.

— Oui. » Elle sortit de la pièce avant que son père puisse lui poser une autre question.

Cassie attendit longtemps que le couperet tombe. Elle savait que c'était une question de temps, qu'une fois la maison vidée des personnes bien intentionnées et des policiers, elle ne pourrait plus se cacher. Elle s'armait de courage pour affronter les questions et les accusations de ses parents. Si elle s'était elle-même fait ces reproches un million de fois, ce serait pire de les entendre dans la bouche de ses parents. Les regarder dans les yeux et avouer : *Oui, tout est ma faute* lui paraissait au-dessus de ses forces. Mais c'était ce qu'elle méritait et, au bout du compte, ce serait un soulagement, se dit-elle. Cloîtrée dans sa chambre, elle s'attendait à tout moment à ce qu'on vienne frapper à sa porte.

Mais personne ne le fit.

En revanche, les disputes commencèrent.

La première concerna les obsèques.

Richard souhaitait qu'il y en ait, contrairement à Helen.

« Il n'y a pas de corps », déclara Helen un matin en fourrant sans aucune précaution les assiettes et les couverts dans le lave-vaisselle. Elle parlait de la voix monotone qu'elle avait adoptée depuis le départ des policiers. « Pourquoi des funérailles puisque nous n'avons pas de corps ? L'enquête n'était qu'une vaste blague, ce n'étaient que pures conjectures. Je ne comprends pas que tu n'aies rien dit. »

Cassie se figea. Elle pliait du linge dans la buanderie et ne voulait pas attirer l'attention.

« Parce que c'était la seule chose à faire, répliqua Richard. Tout comme un service funèbre s'impose maintenant. Il faut que nous lui disions au revoir.

— Je lui dirai au revoir quand je verrai son corps.

— Chérie, tu sais que ça n'arrivera peut-être jamais. La police nous l'a expliqué. Tous les indices convergent vers la noyade. » Richard essayait d'être patient, mais son ton était agacé. À l'évidence, cette conversation les épuisait tous les deux. « Écoute, tu ne veux pas t'arrêter une minute ? C'est important. La vaisselle peut attendre. »

Des bols heurtèrent bruyamment le plan de travail. « Je ne comprends pas pourquoi tu es si pressé de tourner la page, Richard. J'aurais cru que tu serais le premier à exiger des réponses à toutes les questions qui restent en suspens. D'ordinaire, tu t'attaches aux plus petits détails. » Cassie perçut de la colère dans la voix de sa mère. « Ne devrions-nous pas essayer de savoir ce qui est vraiment arrivé à notre fils avant d'abandonner tout espoir et de passer à autre chose ? » Helen s'interrompit un instant. « Parfois, j'aimerais pouvoir l'oublier. J'aimerais rayer ce cauchemar de ma mémoire. Mais pour moi, c'est encore trop tôt. »

Richard explosa. « Je ne l'ai pas oublié ! Comment peux-tu seulement penser une chose aussi horrible ? »

Il se tut et, quand il reprit la parole, Cassie dut tendre l'oreille pour saisir ses paroles. « Je suis consumé de chagrin. Depuis la disparition d'Alfie, tous les jours sans exception, je revis ce cauchemar, exactement comme toi. À chaque seconde qui passe, je me demande ce que j'aurais pu faire… si j'aurais pu agir autrement… mieux le protéger, être un meilleur père pour lui… » Sa voix chancela. « Je me demande si je n'aurais pas pu le sauver.

— Et tu crois que je ne me le demande pas ? hurla Helen, la souffrance et la fureur la rendant hystérique.

— Je ne sais pas, Helen. C'est vrai ? Ce que je ne comprends toujours pas, c'est où tu étais ce jour-là et pourquoi les gamines l'ont emmené à la plage. Nous avions fixé des règles… des règles strictes. Alfie ne devait pas y aller si l'un de nous deux ne l'accompagnait pas.

— Oh ! arrête un peu ton cinéma, Richard. Les gamines, comme tu les appelles, sont des adolescentes, presque des adultes. J'ai dû aller à la fac. Qu'est-ce que tu voulais que je fasse, que je l'emmène ? »

Richard ignora sa question. « Dora m'a dit que tu leur avais demandé de surveiller Alfie, qu'elles avaient la permission d'aller sur la plage et que tu lui avais même donné de l'argent pour acheter des glaces. »

Il y eut un silence. Quand Helen reprit la parole, sa voix était basse et froide. « Richard, en aurais-tu parlé avec Dora derrière mon dos ? Est-ce que tu me reproches ce qui s'est passé ce jour-là ? Dis-moi, tu trouves que c'est ma faute ? »

Au lieu de répondre, il préféra changer de tactique. « Je veux seulement savoir ce que tu avais à faire d'aussi important à l'université pour que ça n'ait pas pu attendre la rentrée.

— Bon sang, Richard, tu as un sacré toupet ! Est-ce que je t'ai jamais demandé ce que tu avais à faire d'aussi important pour que tu sois obligé de passer tes journées à Londres et de travailler à toute heure du jour ?

— Ce n'est pas la même chose.

— Ah bon ? Et pourquoi donc ?

— Parce que je n'étais pas censé m'occuper des gosses pendant les vacances scolaires. »

Helen commençait à répliquer, mais Richard cria plus fort qu'elle.

« Si j'avais su que tu avais une réunion de travail, j'aurais peut-être pu m'arranger et travailler à la maison ce jour-là. Mais tu ne m'as jamais dit que tu devais aller à l'université. Je ne pouvais pas le deviner.

— On m'a prévenue à la dernière minute ! hurla Helen. Le doyen avait besoin de nous voir pour discuter des emplois du temps et… » Elle se tut soudain. « Sérieusement, Richard, à quoi tu joues ? Tu veux m'obliger à me justifier ? Tu cherches à accuser quelqu'un ? Et les filles, dans ce cas, hein ? Cassie qui passe la journée Dieu sait où avec ses nouveaux amis ? Dora qui s'amuse sur la plage, batifole avec des garçons sur le parking alors qu'elle aurait dû être avec Alfie ? »

Cassie retint son souffle.

« Ne sois pas ridicule, Helen. Ce n'est pas à Dora qu'il faut reprocher ce qui s'est passé. »

Richard baissa la voix. Cassie ne saisit pas la suite, même en collant l'oreille contre la porte. Ce fut Helen qu'elle entendit.

« Je t'en prie, arrête, dit-elle en sanglotant. Ça ne nous aide en rien. Ça ne va pas nous ramener Alfie.

— Je sais, répliqua Richard avec froideur. C'est bien pourquoi je pense que nous devrions organiser des obsèques. »

Et ils continuèrent ainsi, pris dans un maelström de chagrin et de colère, d'insultes et de larmes.

Ses vêtements sous le bras, Cassie sortit de la buanderie sur la pointe des pieds. Elle n'avait pas envie d'en entendre davantage.

Finalement, Richard l'emporta. Les obsèques eurent lieu quelques semaines plus tard, par un après-midi d'octobre humide. Cassie s'habilla avec soin, vieille jupe noire et polo sombre, et escorta sa sœur qui sanglotait dans l'allée de l'église bondée. Les visages étaient familiers. En arrivant, Cassie aperçut Sam au fond, avec ses parents. Pendant une fraction de seconde, leurs regards se croisèrent. Sam paraissait la dévisager avec intensité, comme si elle avait quelque chose à lui dire, mais Cassie ne put se résoudre à s'arrêter pour lui parler, si bien qu'elle se contenta d'un petit signe de tête et continua à avancer en s'efforçant d'ignorer les yeux qui lui vrillèrent la nuque pendant tout le service funèbre.

Elle se rappelait avoir fait semblant de chanter les hymnes religieux et avoir ressenti la même impression que chez le dentiste lorsqu'il passe sa fraise sur une dent cariée. Quelqu'un, elle ne savait pas qui, avait pensé à mettre les jouets préférés d'Alfie près du cercueil. Ça fendait le cœur de voir alignés là ses petits trains en bois, son tricycle bleu et jaune sur lequel il se baladait à toute vitesse, éraflant les plinthes dans un bruit qui mettait Helen en fureur. Jamais plus elle ne verrait son sourire coquin pendant qu'il déboulait au coin de la maison. Jamais plus elle ne le découvrirait dans sa chambre, la culpabilité se lisant sur ses traits, les mains tachées de maquillage et des colliers passés autour de son petit cou. Jamais plus il ne happerait avec joie des flocons de neige avec sa langue et dirait « miam, miam », ou n'empoisonnerait sa sœur en voulant tout le temps jouer aux vaisseaux spatiaux et aux dinosaures, ou en réclamant qu'elle lui lise ses histoires préférées. Jamais plus il n'appuierait sa petite tête contre sa jambe et ne lui demanderait où allait la lune le matin.

Elle se rappelait son père qui, les mains et la voix tremblantes, parlait au lutrin de son « beau petit garçon », jusqu'au moment où les mots s'étranglèrent dans sa gorge et où le pasteur s'avança pour lui tapoter maladroitement l'épaule et lui glisser une parole réconfortante. Elle se rappelait les sanglots hystériques de sa mère lorsque le minuscule cercueil, poignant, qui ne contenait que de l'air, fut soulevé de son support et sorti à la lumière grise de l'après-midi. Et elle se rappelait être restée figée au cimetière, les lèvres obstinément fermées, le corps rigide de tension, terrorisée à la pensée que, si elle se relâchait une seule seconde, elle risquait de hurler à pleins poumons : « C'est ma faute. C'est moi qui l'ai tué. »

Après l'enterrement, une fois persuadés qu'Alfie ne reviendrait pas à la maison, tous quatre se retrouvèrent dans l'obligation de reprendre le cours de leur vie. Avec le recul, Cassie se disait que ce moment avait été le plus difficile. En effet, malgré la souffrance et l'agitation des jours qui avaient suivi la disparition, l'angoisse, la tension leur avaient permis de ne pas s'écrouler, étrange énergie qui, dans ce grand malheur, leur donnait la force de s'habiller le matin, de descendre au rez-de-chaussée, de faire face à la brutalité de la situation. Mais, après les obsèques, un retour à la vie « normale » s'imposait.

Chacun réagit à sa manière.

Son père disparut, se retira dans sa chambre aux

volets clos et, allongé dans l'obscurité, tournait le visage vers le mur. Quand il finit par se lever, il n'était plus que l'ombre de lui-même – d'une pâleur spectrale, il rôdait dans la maison, son sourire facile et sa bonne humeur envolés.

En revanche, sa mère laissait éclater sa douleur. Pendant la journée, elle s'affairait dans la maison, lèvres serrées, raide de tension, mais le soir, incapable de se maîtriser plus longtemps, elle se retirait pour fondre de chagrin maternel. Cassie entendait ses gémissements et ses sanglots derrière la porte de la salle de bains, ou dans la chambre d'Alfie où elle trempait son oreiller nuit après nuit.

Franchement, elle voulait les fuir. Elle ne supportait plus de voir les traits affligés de son père ni d'entendre les manifestations de douleur de sa mère en pleine nuit. Mais surtout, elle ne voulait pas être obligée de lire dans les yeux de Dora la stupéfaction, le chagrin et les questions qui se pressaient dans sa tête. Transparent, son visage la renvoyait à son propre questionnement. Cassie l'évitait donc le plus possible, se réfugiait dans ses devoirs scolaires, sortait avec ses amis, ou, quand elle était à la maison, s'enfermait dans sa chambre avec un écriteau « Ne pas déranger » collé sur sa porte.

Ironiquement, elle n'avait jamais été aussi populaire en classe. Tout le monde semblait vouloir approcher cette fille qui avait fait une telle expérience. Elle entendait ses camarades chuchoter autour d'elle, elle les voyait se pousser du coude et la regarder en dissimulant mal leur admiration craintive quand elle passait dans les couloirs, et ce, dès le premier jour de son retour au lycée. Soudain, on l'invitait à se joindre aux filles les plus populaires et à participer aux fêtes les plus échevelées. Quand le sommeil ne venait pas, ou quand les cauchemars menaçaient de la tenir éveillée toute la nuit, ou encore quand elle avait peur de poser sa tête sur l'oreiller, elle se faufilait hors de la maison pour échapper à son atmosphère affligée écœurante.

Avec les nouveaux amis vinrent les nouvelles expériences. Alcool, drogue, clubs, sexe. Elle n'hésita pas, fit n'importe quoi pour atténuer la souffrance. Elle adorait le picotement de chaleur qui lui emplissait le ventre lorsqu'elle sifflait les verres qu'on lui tendait ; et la belle lueur dorée comme le miel que prenait le monde une fois qu'elle avait avalé les petites pilules blanches qu'on lui fourrait discrètement dans la main. Soudain, tout allait bien ; tout le monde souriait ; tout le monde était heureux. On dansait, on frappait dans ses mains, on riait et elle tournait sous un éclairage stroboscopique avec une ferveur obsédante. Elle aurait voulu que ces moments ne se terminent jamais.

À la fermeture des clubs, elle entraînait les autres sur la plage. « Allons regarder le lever du soleil, on va bien s'amuser », s'écriait-elle, gagnée par l'hilarité générale.

Ils avançaient sur les chemins dangereux et se garaient au rond-point, près du muret, puis Cassie marchait en tête sur les galets jusqu'au bord de l'eau.

« Qui vient se baigner ? proposait-elle en se déshabillant.

— Tu plaisantes ?

— Pas de danger, l'eau est glacée.

— Poules mouillées ! » raillait-elle et, ôtant son soutien-gorge et laissant glisser sa jupe sur ses jambes, elle se jetait, nue et hilare, dans les vagues glacées, y plongeait jusqu'au moment où elle n'arrivait presque plus à respirer.

« Elle est folle, les entendait-elle chuchoter.

— Tu sais ce qui est arrivé à son frère, pas vrai ?

— Elle a vraiment un problème, cette fille. »

Et peu à peu, une par une, ses nouvelles connaissances se fondaient dans l'ombre, l'abandonnaient sur les galets où elle frissonnait, fumait et se maudissait de ne pas avoir eu le courage de rester assez longtemps sous l'eau.

Elle prit l'habitude de s'installer seule à la friterie, près de la vitre, et d'observer la buée qui coulait le long de sa canette de Coca Light et ses frites en train de refroidir dans l'air hivernal. C'est là qu'elle rencontra l'homme à la fine alliance en or et au message *Dites-le si vous voulez rouler plus vite* collé sur le pare-chocs de sa Ford Escort. Il l'emmenait sur des aires de stationnement discrètes et faisait des choses à son corps qui l'obligeaient ensuite à rester des heures dans un bain, à verser des larmes tièdes et salées dans l'eau de plus en plus froide et à se demander pourquoi elle ne parvenait pas à éprouver quoi que ce soit.

Elle avait commencé à se blesser pour cette raison. C'était le seul moment où elle avait l'impression d'exister, où elle ressentait vraiment quelque chose. La piqûre du métal sur sa peau, le sang chaud qui coulait le long de ses bras et s'accumulait dans ses mains ou tombait en gouttes écarlates sur la faïence blanche de la baignoire, voilà ce qui lui donnait la sensation d'être vivante, présente au monde et de maîtriser sa vie. Et surtout, elle se sentait punie pour ce qu'elle avait fait, pour ce qu'elle ne pourrait jamais confier à quiconque.

La nuit, elle souhaitait la fin du monde. Si elle avait pu arrêter la Terre sur son axe et l'empêcher de tourner d'un millimètre vers une nouvelle journée, elle l'aurait fait. Pourtant, le matin venait et il se présentait toujours mal, et même affreusement mal. Quand la lueur grise de l'aube trouait l'obscurité, la gueule de bois lui flanquait un gros coup de cymbales sur les tempes et, à ce moment-là, elle souffrait. Elle tremblait sous ses couvertures, le corps transpercé et meurtri, et fermait les yeux pour ne pas voir la réalité de sa vie. Elle aurait voulu que ça s'arrête d'une façon ou d'une autre et frémissait, incrédule, à l'idée que ses parents étaient distraits au point de ne pas remarquer ses frasques nocturnes, et surtout de ne pas deviner la vérité insoutenable qui se dissimulait derrière sa souffrance.

Cassie apercevait un triangle de lumière grise par les rideaux de sa chambre qui ne joignaient pas bien. Le jour n'allait pas tarder. En repensant à sa dispute de la veille avec Dora, elle eut mauvaise conscience. Si elle ne voulait pas parler d'Alfie, elle savait aussi qu'elle n'avait pas besoin d'être aussi garce. Après tout, elle partait et Dora devrait rester deux ans de plus avec les parents et les souvenirs de cette terrible journée. Sa sœur ne pouvait s'échapper, du moins, pas encore.

Une dernière fois, elle s'efforça de fermer les yeux. À présent, elle se sentait fatiguée. Elle avait passé la moitié de la nuit à revivre mentalement la tragédie. C'était épuisant d'éprouver un chagrin aussi intense, une culpabilité aussi secrète. Elle avait hâte de quitter le Dorset, de tout laisser derrière elle. Au moment où son corps se détendait sur le matelas et son esprit commençait à sombrer dans un oubli bienvenu, un bruit étrange, une sorte de soupir faible et triste, la ramena à l'état de conscience. Elle crut avoir rêvé, mais elle l'entendit de nouveau.

Cassie ferma obstinément les yeux. Non, non, implora-t-elle en silence. Encore ? Ce n'est pas possible.

Des pas traînants se firent entendre, puis un autre soupir.

« Va-t'en, supplia-t-elle. Tu n'es pas réel. Je le sais. »

Mais le faible soupir se fit entendre encore une fois, venant du coin de la chambre.

Son cœur cognait contre sa cage thoracique, son sang lui martelait les oreilles. Alors qu'elle n'avait vraiment pas envie d'ouvrir les yeux, une curiosité morbide l'y obligea pourtant. Ouvrant tout d'abord un œil, puis l'autre, elle balaya l'obscurité. Ses yeux s'écarquillèrent de terreur lorsqu'elle aperçut la petite silhouette tapie dans le coin opposé de la pièce.

Dans l'ombre, ses traits étaient difficiles à reconnaître, mais deux yeux d'un bleu perçant, bien particulier, la dévisageaient avec mélancolie. Elle distingua tout juste ses cheveux hérissés et, serrée dans sa main, la vieille couverture sale qu'il traînait partout. C'était terrifiant de voir son image aussi nette, aussi fidèle à la réalité. Toutefois, c'était l'expression de ses yeux qui l'effrayait le plus tant ils exprimaient reproche et insoutenable tristesse.

« Cassie, souffla-t-il. Cassie, joue avec moi. »

Son petit frère. Alfie.

Cassie étouffa un cri et se tassa sous les couvertures en sanglotant furieusement.

« Va-t'en ! Écoute, va-t'en. Je ne l'ai pas fait exprès. Je ne voulais pas te faire de mal. »

Il y eut un autre soupir, un souffle si proche qu'elle le sentit sur sa peau, elle aurait pu le jurer.

« Cassie… Cassie… Cassiiiie.

— Laisse-moi tranquille. S'il te plaît, laisse-moi tranquille. »

Tremblante sous sa couette, elle attendit de voir le soleil matinal darder ses premiers rayons entre ses rideaux et d'entendre ses parents s'affairer en bas.

À la fin, ce fut la course. Helen conduisit comme une folle pour rattraper leur retard et elles arrivèrent juste à temps. Le train de Waterloo entra en gare pendant que Cassie achetait son billet. Après s'être soumise à une dernière étreinte de sa mère, elle attrapa son sac à dos et grimpa les marches du wagon de queue. Le train s'ébranla, sa mère devint de plus en plus petite, jusqu'à bientôt ne plus être qu'un point gris indistinct à l'horizon. Quand elle disparut complètement, un petit soupir de soulagement s'échappa des lèvres de Cassie.

Enfin, songea-t-elle, et elle glissa la main dans la poche de son manteau pour attraper la broche froide en forme de papillon qu'elle avait fourrée tout au fond.

14

Dora

Dix ans plus tôt

Trois jours s'écoulèrent sans que Cassie donne de ses nouvelles. Dora voyait ses parents continuer à vivre avec une étrange équanimité. Extérieurement, ils semblaient prendre avec sérénité l'entrée de leur fille aînée dans le vaste monde mais, s'ils jouaient bien le jeu, Dora n'était pas dupe. Elle remarquait les frémissements d'inquiétude sous la surface lisse. À la façon dont son père tournait la tête chaque fois que le téléphone sonnait ou aux petits soupirs que sa mère poussait dès que le prénom de Cassie était prononcé, elle savait bien qu'ils étaient anxieux de savoir comment les choses se passaient à Édimbourg.

« Elle va appeler ce soir, dit Richard d'un ton rêveur pendant le repas du troisième soir, le front creusé de plis profonds. Elle doit trop s'amuser pour se préoccuper de nous… Elle rencontre sans doute des tas de gens, cherche ses marques et boucle son emploi du temps. D'ailleurs, c'est très bien comme ça.

— Oui, reconnut Helen. Et puis, ça ne doit pas être facile de dénicher un téléphone. Tous les étudiants font sûrement la queue pour appeler leur famille. Je regrette qu'elle n'ait pas emporté le portable que nous lui avons offert.

— C'est plutôt curieux, non ? Un geste d'indépendance. J'admire ce côté chez elle. Ne t'inquiète pas, chérie, je suis sûr qu'elle va appeler dès qu'elle n'aura plus la gueule de bois. » Richard essayait de détendre l'atmosphère, mais sa plaisanterie tomba à plat.

Muette, Dora estimait que Cassie faisait preuve d'un égoïsme forcené en ne se manifestant pas, elle qui était pourtant bien placée pour savoir que ses parents ne manqueraient pas de s'inquiéter. Car si elle avait échappé à Clifftops et pris un nouveau départ, les autres n'avaient pas eu cette chance. Se sentir jalouse de sa sœur était déjà pénible, mais devoir écouter les excuses que ses parents trouvaient à Cassie rendait Dora complètement dingue.

Le lendemain matin, dans le car de ramassage scolaire, elle était encore furieuse contre Cassie. Il pleuvait à verse, de grosses gouttes s'écrasaient sur les vitres et ruisselaient en diagonale. Le car était complètement embué et, toutes les cinq minutes, le chauffeur essuyait le pare-brise avec un chiffon sale, mais, pire encore, tout sentait mauvais – chaussures de sport mouillées et puanteur écœurante des sandwichs aux œufs que Billy Cohen avalait méthodiquement. Elle appuya la tête contre la vitre, le regard perdu sur le paysage qui défilait sans qu'elle le voie, et canalisa sa colère en imaginant sa sœur en train de se balader dans toute l'Écosse.

À en juger par les dernières soirées, les deux prochaines années de lycée allaient être pénibles. Elle aurait du mal à rester seule avec ses parents. Ils étaient là physiquement, bien sûr, mais avaient l'esprit ailleurs. Elle avait l'impression de vivre avec ces zombis qu'on voit au cinéma : deux silhouettes pâles, muettes, qui erraient dans la maison et semblaient sans vie jusqu'au moment où, animés d'une colère venimeuse, ils se déchaînaient l'un contre l'autre et grinçaient des dents. À vrai dire, Cassie n'était pas beaucoup plus agréable, mais, au moins, elle avait offert une forme de distraction avec sa musique, son maquillage et des vêtements à lui chiper. Maintenant qu'elle était partie, il y avait un nouveau grand vide dans la maison, un espace plein d'écho qui ne pouvait être rempli. Dora n'avait plus personne à qui parler, avec qui passer un moment. La solitude la minait.

« Salut, comment ça va ? »

Ces mots l'arrachèrent à ses pensées. Elle leva la tête et croisa le regard bleu serein de Steven Page qui était debout dans l'allée. Ses cheveux châtains souples avaient pris l'eau et, décoiffés, lui tombaient sur le visage. Le cœur de Dora eut un raté.

« C'est occupé ? » demanda-t-il en désignant le siège libre à côté d'elle.

Dora ressemblait à un lapin pris dans le faisceau des phares d'une voiture. Elle rougit, secoua la tête, le regarda, incrédule, se glisser près d'elle et se frotter les cheveux, projetant des gouttes sur eux deux.

« Excuse-moi, dit-il en essuyant le bras de Dora avec sa manche. Je me suis fait tremper en attendant le car. »

Dora sentit un picotement à l'endroit qu'il avait touché et eut conscience de la soudaine chaleur de sa cuisse qui se pressait contre la sienne. Elle déglutit. Dis quelque chose, s'intima-t-elle. N'importe quoi. « Oui, finit-elle par articuler. Il pleut vraiment à verse. »

Il pleut vraiment à verse ! Elle n'avait rien trouvé de mieux ? Elle se tourna vers la fenêtre pour lui cacher à tout prix ses joues brûlantes.

« Tu vas bien ? Je ne t'ai pas beaucoup vue ces derniers temps. »

En se rendant compte qu'il l'observait, elle rougit encore plus. « Oui, je vais bien. » Rien n'était plus faux.

« C'est curieux, nous n'avons presque pas parlé depuis cet été-là… depuis que ton frère… » Ses mots se tarirent et tous deux se dévisagèrent avec gêne. « Je suis venu à son enterrement, tu le savais ? »

Dora inclina la tête. Elle ne l'avait pas vu, mais, par la suite, Cassie lui avait dit qu'il était là. Elle déglutit. « Oui. Merci, tu n'étais pas obligé. »

Steven haussa les épaules. « Bien sûr que si. » Ils se turent un moment, puis il reprit la parole. « Ça fait un an maintenant. Est-ce que c'est plus facile à supporter ? »

Dora hésita.

« Excuse-moi, ça ne me regarde pas. » Il leva les mains. « C'est idiot de ma part de te poser cette question.

— Pas du tout. Il n'y a pas de problème. Personne ne parle vraiment d'Alfie. Tout le monde glisse sur ce qui s'est passé. En fait, ça fait du bien d'en parler. En fait, non, ajouta-t-elle, ça ne devient pas plus facile à supporter, pas encore.

— J'ai du mal à imaginer ce que ça fait. »

Dora ferma les yeux. « C'est comme si on vivait avec une blessure. On croit que ça commence à guérir, on se sent un peu mieux, une croûte se forme, mais tout à coup, quelque chose se passe, on entend ou on voit quelque chose, n'importe quoi… la camionnette d'un marchand de glaces, un petit garçon qui apprend à faire du vélo… et ça fait aussi mal qu'au début. C'est horrible. Franchement, je ne sais pas si ça ira mieux un jour. » Elle leva les yeux sur Steven en se demandant si elle n'en avait pas trop dit. Un simple « non » aurait suffi. Mais il la regardait d'un air compatissant.

« Ça doit être terrible. »

Elle haussa les épaules.

« Et tes parents, comment vont-ils ? »

Elle lâcha un petit rire sec. « Disons que notre maison n'est pas un endroit très folichon en ce moment. »

Steven hocha la tête et parut réfléchir un instant. « Je me demandais… Écoute… peut-être que ça te dirait de sortir un jour… avec moi ? On pourrait se manger une pizza… ou aller au cinéma ? Le vendredi soir, avec des copains, on va au *Dog and Duck*. J'ai décroché mon permis de conduire la semaine dernière. Je pourrais passer te prendre… tu comprends, au cas où tu aurais envie de sortir un peu ? »

Le souffle de Dora se bloqua dans sa gorge. Elle avait bien entendu ? Steven Page, le fameux Steven Page lui proposait de sortir avec lui ? *Oui, oui, oui*, avait-elle envie de hurler, *bien entendu que j'ai envie de sortir avec toi, quelle fille sensée n'en aurait pas envie ?* Dora eut un coup au cœur et sentit que quelque chose palpitait dans son ventre… d'excitation, de bonheur ?

Elle cherchait quoi lui répondre, quels mots choisir pour construire une phrase cohérente, quand une violente bourrasque plaqua la pluie contre la vitre. L'eau s'écrasa en les faisant tous deux sursauter.

« Eh bien ! s'écria Steven. Il pleut vraiment des cordes. »

Des cordes.

Le sourire de Dora s'effaça. Aussitôt elle revit Alfie en train de regarder la fenêtre mouillée à Clifftops alors qu'un orage d'été faisait rage sur la mer. « Où sont les cordes, Dora ? avait-il demandé avec une innocence toute enfantine. J'les vois pas. »

Et voilà, la souffrance était revenue. Pendant quelques secondes bienheureuses, elle avait oublié. Elle avait eu l'impression d'être une fille de seize ans normale à qui un garçon qu'elle aime bien propose un rendez-vous. Mais l'euphorie était aussitôt retombée. La blessure s'était rouverte, lancinante, et la plombait. Elle ne pouvait pas sortir avec Steven. Qui cherchait-elle à abuser ? Être avec lui ne servirait qu'à lui rappeler ce jour fatal sur la plage et la façon dont elle avait manqué à tous ses devoirs. Elle ne méritait pas d'oublier. Il fallait qu'elle ait mal, bien mal, pour Alfie, sans que ça ne s'arrête jamais.

« Alors, qu'est-ce que tu dirais de vendredi soir ? demanda Steven.

— Merci, mais, en ce moment, je suis assez occupée.

— Oh ! » Steven parut déçu. « Et dans une semaine ou deux, tu ne pourrais pas te laisser tenter ? »

Elle secoua la tête. « Non, je ne crois pas. »

Ce fut au tour de Steven de rougir. « Bon, très bien. » Ils gardèrent un instant un silence inconfortable, puis Steven remua sur son siège et ouvrit son sac à dos. « Je viens de me rappeler que je n'ai pas terminé un devoir hier soir. Ça ne t'ennuie pas ? »

Dora secoua de nouveau la tête, un peu blessée en voyant Steven se plonger dans un gros manuel de biologie, et se tourna vers la vitre. Les gouttes de pluie ressemblaient à des larmes. Le doigt sur l'une d'elles, elle suivit son lent cheminement sur le verre. Elle avait eu raison, se dit-elle. Sortir avec Steven était hors de question. Ça ne serait pas bien.

Lorsque le week-end arriva, l'inquiétude sourde de ses parents s'était renforcée.

« Je vais téléphoner, dit Richard. On est samedi matin. Même si elle est sortie hier soir avec de nouveaux amis, elle devrait être dans sa chambre maintenant, tu ne crois pas ? »

Helen opina. « Ça fait une semaine, nous avons été plus que patients. Nous devrions téléphoner.

— Ce n'est pas trop tôt à ton avis ?

— Non. Appelle. »

Dora retint son souffle pendant que Richard cherchait sur le panneau d'affichage de la cuisine le bout de papier sur lequel étaient notées les coordonnées de la résidence universitaire de Cassie. Il composa le numéro et attendit qu'on décroche.

« Allô, oui, euh… allô. J'aimerais parler à Cassandra Tide. Elle occupe la chambre 132. C'est de la part de son père. »

Dora rougit. Il s'exprimait d'une façon si vieillotte et guindée. Elle imaginait presque une étudiante au bout du fil, en train de lever les yeux au ciel en allant chercher Cassie.

« Oui, je patiente, bien entendu. Merci. »

Assise à la table, Dora préparait les questions qu'elle voulait poser à sa sœur. Elle souhaitait savoir comment était sa chambre, si elle s'était déjà fait des amis et, surtout, quand elle voudrait bien qu'elle vienne la voir. Elle dormirait par terre, ça lui était égal, pourvu qu'elle puisse quitter quelque temps le Dorset.

Plusieurs minutes s'écoulèrent. Dora commençait à se demander si on ne les avait pas oubliés, s'il n'y avait pas un téléphone décroché à Édimbourg, si les étudiants s'affairaient, se rendaient à des cours et des fêtes, dans des pubs et des gymnases pendant que tous trois attendaient, figés.

Enfin Richard reprit la parole. « Oui, je suis toujours là. » Il écouta un moment, puis fronça les sourcils.

« Excusez-moi, je ne comprends pas. Que voulez-vous dire par elle ne s'est jamais présentée ? Il y aura bientôt une semaine qu'elle est partie de la maison. Peut-être ne l'avez-vous pas encore vue. »

Il y eut de nouveau un silence pendant que Richard écoutait la réponse.

« Mais ça n'est pas logique ! Il faut bien qu'elle soit chez vous. Où voulez-vous qu'elle soit sinon ? Que pourrait-elle faire d'autre ? »

Dora s'approcha tout doucement et essaya de décrypter le bourdonnement indistinct dans l'appareil.

« Non, je regrette, il doit y avoir une erreur dans vos inscriptions, répliqua fermement Richard. Cassie est partie de chez nous samedi dernier… » Richard écouta son interlocutrice. « Non, toute seule. Elle a pris le train toute seule. Elle a insisté. »

Alors, Dora comprit.

Tu sais, Dora, l'université n'est pas vraiment un but en soi... Il ne s'agit pas de véritable liberté. Ce n'est pas ce que j'appellerais s'évader.

La vérité la frappa soudain à l'estomac. Cassie n'était pas allée à Édimbourg. Elle n'avait jamais eu l'intention d'y aller. Voilà pourquoi elle avait tenu à voyager seule. Pas parce qu'elle voulait être indépendante et arriver à l'université sans ses parents, pas parce qu'elle était gênée qu'on la voie avec eux et n'avait pas envie de passer ces premières heures difficiles avec une famille encombrante dans les jambes. C'était parce qu'elle n'avait jamais eu l'intention d'aller là-bas.

Lorsque Richard mit fin à sa conversation téléphonique et se tourna vers sa femme et sa fille avec une expression incrédule, une question plus pressante vint à l'esprit de Dora : si Cassie n'était pas à Édimbourg, où était-elle ?

« Comment ça, vous ne pouvez rien faire ? » Richard était assis en face d'un policier – par malheur, c'était celui qui s'était occupé de la disparition d'Alfie l'année précédente – et, furieux, se tordait les mains. « Notre fille a disparu.

— Je comprends votre inquiétude, monsieur, mais Cassie a dix-huit ans. Au regard de la loi, c'est une adulte. Elle peut quitter le domicile familial quand elle veut et, si je comprends votre inquiétude, elle est dans son droit. Avez-vous une raison particulière de la soupçonner d'un délit ou d'une arnaque quelconque ?

Helen regarda Richard qui haussa les épaules. « Ce n'est vraiment pas son genre. »

Dora songea aux longues promenades solitaires de sa sœur, à ses soirées tardives, voire aux nuits où elle découchait. Puis elle songea aux furieuses égratignures qu'elle avait vues sur ses bras, qu'elle couvrait d'ordinaire avec soin. Cassie ignorait qu'elle les avait remarquées, mais Dora avait été obsédée par ce spectacle. Elle se demanda s'il ne faudrait pas en parler, puis décida de s'en abstenir et se mordit la langue.

« Vous n'avez aucune raison de penser qu'un crime a été commis ?

— Comment voulez-vous que nous le sachions ? Nous n'avons pas la moindre idée de l'endroit où elle se trouve. C'est pour ça que nous avons besoin de votre aide. »

Dora fut gênée en entendant sa mère s'exprimer de façon aussi impolie. Le policier ne faisait que son travail, elle aurait dû s'en rendre compte.

« A-t-elle donné des indications ou laissé échapper des indices sur l'endroit où elle aurait pu aller ? Est-ce qu'elle a des amis ou de la famille qui pourraient l'héberger ? Des petits amis chez qui elle aurait pu aller ? »

Richard secoua la tête.

« Vous rappelez-vous dans quel état d'esprit elle était en partant ? Est-ce qu'elle vous semblait bouleversée, capable de se faire du mal ? »

Dora eut peine à déglutir.

« Bien sûr que non ! s'écria Helen avec indignation. Elle avait hâte de commencer ses études à l'université. »

Encore une fois, Richard secoua la tête. « La seule chose dont nous sommes certains, c'est qu'elle a pris le train pour la gare de Waterloo. Elle devait arriver à Londres vers midi, puis prendre le métro jusqu'à Kings Cross afin d'attraper le train d'Édimbourg. »

Le policier s'éclaircit la gorge. « Londres est une grande ville. »

Dora jugea le moment venu de mettre son grain de sel. « Elle m'a dit quelque chose. » Malgré le regard perçant de ses parents, elle poursuivit : « La veille de son départ, elle m'a dit une chose assez curieuse. Elle a dit que l'université n'était pas un but en soi… pas ce qu'elle appellerait un moyen de s'évader. Sur le moment, ça ne m'a pas frappée, mais maintenant, j'y vois une certaine logique. Il me semble qu'elle n'avait peut-être pas l'intention d'aller à l'université. » Elle se tut un instant. « Je crois que, après réflexion, elle a changé d'avis. »

Sa mère la foudroya du regard.

Le policier hocha la tête d'un air encourageant. « Voilà un renseignement utile, Dora. Est-ce qu'elle a dit autre chose ? Y a-t-il des amis que vous connaissez, à Londres ou ailleurs, chez qui elle pourrait avoir envie d'aller ? »

Dora fit signe que non. « Seulement ceux qu'on avait avant notre arrivée ici. Mais il y a des années qu'on a perdu le contact. Non, je ne vois personne. »

Le policier soupira. « Bon, je pourrais demander à la police des transports londoniens de visionner les bandes des caméras de surveillance à la gare de Waterloo à l'heure où le train de Cassie est arrivé. Avec un peu de chance, nous pourrions voir si elle a rencontré quelqu'un et dans quelle direction elle est allée. Ce n'est pas gagné, mais je peux toujours demander qu'on procède à cette opération. » Il marqua une pause. « Et il serait sans doute bon que vous téléphoniez dans les hôpitaux. » Il évita de croiser leurs regards.

« C'est tout ? » Helen était atterrée. « Une fois de plus, un enfant disparaît et vous vous croisez les bras ?

— Helen ! lâcha Richard. Tu es injuste. »

Dora remarqua que le policier rougissait légèrement.

« Je comprends votre détresse, madame Tide. Je vais faire mon possible, mais entre-temps, vous pourriez envisager d'engager un détective privé – pour enquêter sur les faits et gestes de votre fille. Vous aurez peut-être de la chance. » Il se leva et s'apprêta à partir. « Je regrette, je ne peux pas faire grand-chose de plus pour vous. Je suis sûr que Cassie va se manifester. Si je me souviens bien, elle était assez dégourdie. Essayez de garder votre ligne téléphonique libre et ne vous découragez pas. Dès que j'apprendrai quelque chose, je vous contacterai. »

Et il s'en alla.

Les heures qui suivirent réveillèrent les douloureux souvenirs de la disparition d'Alfie. Très agité, Richard marchait à grands pas dans la maison, passait de multiples coups de fil, s'entretenait avec Helen d'une voix vibrante, émue, derrière des portes fermées, et se reprochait à la première occasion de ne pas avoir remarqué que Cassie n'allait pas bien. Avait-elle fait une fugue ? Était-elle retenue contre son gré ? Malade ? Ou, pire, abandonnée dans un fossé quelque part ? Il heurtait les meubles, claquait les portes, se déchaînait contre des objets et, dans son affolement, devenait terrifiant, presque méconnaissable.

En comparaison, Helen, plus calme, semblait en état de choc. Assise sur le canapé, les mains autour des genoux, elle oscillait sans cesse sur un rythme qu'elle seule percevait. Ses lèvres bougeaient, mais Dora ne comprenait pas ce qu'elle murmurait ; d'ailleurs, elle préférait l'ignorer et restait à distance respectueuse de ses parents, les contournant avec précaution, stupéfaite, terrorisée et incrédule : l'histoire pouvait-elle se répéter ?

Quand ils se retrouvèrent tous les trois dans la cuisine pour le dîner, ils semblaient sur pilotage automatique. Pendant qu'ils trituraient la nourriture dans leurs assiettes, Richard leur parla du détective.

« Il paraît très compétent – l'agence a un taux de réussite de quatre-vingt-dix-huit pour cent quand il s'agit de retrouver des personnes disparues. Il m'a promis de s'occuper personnellement du cas de Cassie. »

Helen inclina la tête, s'éclaircit la gorge, fit mine de parler, mais garda le silence en faisant tourner son verre d'eau sur la table. Le bruit était agaçant et Dora vit son père jeter un regard irrité à sa femme.

Richard repoussa son assiette. « Je me sens complètement démuni. Je ne sais pas quoi faire. » Sa voix se fêla lamentablement. « Dites-moi ce qu'il faudrait que je fasse ? »

Helen sembla le voir pour la première fois. Lentement elle tendit la main vers lui. Dora remarqua une étrange douceur sur ses traits et, dans ses yeux, une vulnérabilité qui trahissait la frayeur. Mais, au moment précis où Helen tendait la main, Richard, qui ne s'en était pas aperçu, repoussa sa chaise et se leva de table.

« Excusez-moi, je suis incapable de jouer à la famille heureuse comme s'il ne s'était rien passé. »

Dora vit sa mère tressaillir et retirer sa main.

Une fois à la porte, Richard se tourna vers sa femme et sa fille. « Si vous avez besoin de moi, je suis dans mon bureau. »

Lorsque la porte se referma derrière lui, elles gardèrent un silence blessé.

Comme il l'avait promis, l'officier de police les contacta vingt-quatre heures plus tard. Dora retint son souffle pendant qu'il donnait les dernières informations à son père qui avait une expression lugubre.

« Qu'est-ce qu'il y a ? souffla Helen. On l'a perdue elle aussi, c'est ça ? » Elle pressait la main devant sa bouche.

Richard raccrocha doucement et se retourna.

« Je ne sais pas, chérie. Franchement, je ne sais pas. Ils croient l'avoir repérée sur les bandes de vidéosurveillance.

— Où ? Qu'est-ce qu'elle faisait ? »

Richard expliqua avec précaution que la police londonienne avait retrouvé une image assez floue d'une jeune fille correspondant à la description de Cassie, qui descendait du train à la gare de Waterloo vers midi. Au lieu de se diriger vers le métro, comme prévu, elle était sortie dans la rue. Les caméras l'avaient perdue au tournant qui menait au pont de Westminster, mais, à l'évidence, elle avait quitté la station de son plein gré et la police n'était plus concernée et ne pouvait rien faire de plus.

« Au moins, nous savons qu'elle va bien, pas vrai ? dit Dora en se rongeant les ongles avec nervosité. Elle s'est enfuie, c'est clair, elle n'a pas… été… » Sa voix se perdit.

Richard soupira. « Je ne sais pas, Dora. » Il secoua la tête. « J'ai l'impression de ne plus rien savoir.

— Mais on va la retrouver, n'est-ce pas ? Ce n'est qu'une question de temps. »

Incapable de répondre, Richard attrapa le téléphone. Désormais, il n'avait qu'un seul but : retrouver Cassie.

Dora fut étonnée d'éprouver une colère qui la submergeait telle une coulée de lave brûlante. Comment Cassie osait-elle s'enfuir comme ça ? Partir auréolée de gloire pour l'université ne lui suffisait donc pas ? Elle tenait pourtant là une manière parfaite de s'échapper, mais, non, ce n'était pas assez bon pour elle. Il lui fallait disparaître sans laisser de traces, les abandonner tous à leurs soucis et à leur désarroi. Quel égoïsme ! C'était cruel, elle ne pouvait pas leur infliger de plus grande souffrance car elle était bien placée pour savoir que ça leur ferait revivre l'angoisse et la douleur qu'ils avaient éprouvées quand Alfie avait disparu. Ça lui était égal qu'ils souffrent ? Ils ne valaient pas la peine qu'elle leur passe un coup de fil pour les soulager ?

D'ailleurs, pourquoi n'avait-elle pas parlé à Dora de son projet ? Pourquoi ne s'était-elle pas confiée à elle ? Que Cassie ait organisé sa fuite sans lui en souffler mot, après tout ce qu'elles avaient partagé, voilà qui lui donnait vraiment l'impression d'être abandonnée.

Et tout ce que Cassie lui avait raconté quelques années plus tôt ? Qu'est-ce qui était arrivé à celle qui lui avait solennellement juré avant la naissance d'Alfie : « C'est toi et moi contre le monde entier… il faut qu'on se serre les coudes… c'est ce que font les sœurs. » Quel mensonge ! Sa sœur s'en gargarisait ; se rappeler ces paroles faisait bouillir le sang de Dora, car, une fois de plus, elle était renvoyée à sa solitude. Peut-être n'arriverait-elle jamais à lui pardonner ça.

Tel un épais brouillard d'hiver qui déferle de la mer, une atmosphère sinistre, tendue, s'abattit sur Clifftops. Helen s'enfermait dans son bureau, Richard semblait aller et venir à des heures indues. Aucun des deux ne paraissait s'inquiéter des faits et gestes de leur fille et, en les voyant aussi distraits, Dora errait dans les couloirs de la maison comme une orpheline. Elle se préparait à manger, fouillait dans le panier à linge pour trouver des vêtements pas trop sales, montait se coucher tous les soirs en coulant un regard sous la porte fermée du bureau de sa mère pour voir son ombre se déplacer.

Pendant que les heures s'égrenaient lentement, Dora se débattait avec son immense solitude. Elle envisagea de contacter Steven et d'accepter son offre pour se changer les idées, mais elle ne parvenait pas à décrocher le téléphone, paralysée par un manque de confiance en elle. Finalement, elle se tourna vers sa mère. Un matin, avant d'aller en classe, elle s'enhardit et frappa à la porte de son bureau.

« Tout va bien ? lui demanda Helen en lui jetant un regard las. Ton père a appelé ? »

Dora secoua la tête. « J'ai pensé que tu en aurais peut-être envie. »

Helen regarda la tasse de thé que Dora lui tendait en ayant l'air de ne pas savoir ce qu'était cet étrange objet. « Oh ! merci. » Elle la prit et la posa avec soin derrière elle, au bord du bureau.

« Je crois que le lait a tourné, désolée », ajouta Dora. Personne n'avait songé à faire les courses.

Helen hocha la tête. « Tu es prête pour aller au lycée ?

— Oui. »

À l'évidence, Helen avait la tête ailleurs. « Tu as trouvé quelque chose pour ton déjeuner ? »

Dora hocha la tête. Elle avait fouillé dans tous les placards et déniché des raisins secs et un vieux paquet de barres aux céréales.

« Bien. »

Elles se dévisagèrent un instant et Dora lut de la souffrance et de l'inquiétude dans les ombres violettes qui cernaient les yeux de sa mère. On aurait dit qu'elle regardait dans un miroir. Elle avait envie de s'approcher, de la toucher, de s'abandonner à son étreinte, de sentir la chaleur de ses bras autour d'elle, de respirer son odeur fraîche et propre. À ce moment-là, elle aurait donné n'importe quoi pour être serrée contre la poitrine de celle qui l'avait consolée et apaisée quand elle était petite – celle qui avait toujours chassé ses cauchemars et promis que tout irait bien. Elle sentit les larmes lui monter aux yeux et les ravala.

Helen pivota vers son bureau. « Bon, merci pour le thé…

— Maman… » Dora voulait désespérément prolonger ce semblant de partage. « Cassie va s'en sortir, n'est-ce pas ? Après tout, elle a dix-huit ans et ce n'est pas une mauviette. Elle sait se débrouiller, tu ne crois pas ? »

Helen considéra un instant sa fille. « Oui, finit-elle par reconnaître. Je suppose. Elle n'est plus un bébé. »

Dora ignorait si Helen avait l'intention de faire allusion à Alfie, toujours est-il qu'elle se cabra à ces mots. Voilà qui constituerait toujours un obstacle entre elles. N'y avait-il aucun espoir qu'elles le dépassent ? Sa mère ne se rapprocherait donc jamais d'elle ?

Le lendemain, il était quatre heures de l'après-midi quand Richard franchit brusquement la porte de derrière.

« Helen, Helen ! Où es-tu ? » Puis, voyant Dora

sortir de la salle de séjour, il ajouta : « Dora, vite, où est ta mère ?

— Dans son bureau, je crois. Qu'est-ce qui se passe ?

— Va la chercher. Dépêche-toi ! »

Au moment où Dora pivotait pour s'exécuter, Helen apparut dans le couloir.

« Qu'y a-t-il ? On l'a retrouvée ? »

Richard se dirigea droit sur sa femme et lui prit les mains avec précaution. « Il faut que tu restes calme, d'accord ?

— Que se passe-t-il, Richard ? Pour l'amour du ciel, dis-le-moi.

— On l'a retrouvée. »

Le ventre de Dora se noua. À en juger par l'expression de son père, les nouvelles n'étaient pas bonnes.

« Raconte, Richard, tu m'effraies.

— Elle… Elle… » Richard avait du mal à trouver ses mots.

Dora remarqua qu'il avait les mains tremblantes. Elle déglutit avec difficulté.

« Elle… Elle s'est jetée d'un pont, réussit-il enfin à sortir. Dans la Tamise.

— Quoi ? » Helen le considéra d'un air atterré.

Dora eut soudain l'impression d'avoir basculé dans un autre monde ; la journée avait pris une tonalité irréelle.

« Est-ce qu'elle est… ? »

Richard secoua la tête. « Non, elle est vivante. Elle est à l'hôpital. »

Helen lâcha un petit soupir de soulagement. En la regardant, Dora crut qu'elle allait s'effondrer.

« Dieu merci. »

Le silence emplit la pièce pendant qu'elles mesuraient la portée de cette information.

« Qu'est-ce que tu veux dire par “s'est jetée d'un pont” ? finit par demander Helen. Elle… »

Richard précisa : « Oui… elle a tenté de se suicider. » Il était livide et Dora se rendait compte qu'il lui avait été très difficile de prononcer ces mots.

« Non, c'est impossible. Cassie ne ferait jamais une chose pareille. » Helen se mordit la langue. « Non, ça devait être un accident. Elle a peut-être glissé ? »

Tous trois se plongèrent de nouveau dans le silence en visualisant la scène. Dora revit les bras esquintés de Cassie.

« C'est pourtant la vérité, reprit Richard. Quelqu'un, Dieu merci, l'a vue sauter et on a pu la repêcher juste à temps. On l'a emmenée à Saint-Thomas où on l'a réanimée et soignée pour une pneumonie. En plus, elle avait attrapé une vilaine infection dans l'eau. Elle est restée tout ce temps à l'hôpital. Il semblerait qu'elle ait donné un faux nom. C'est pourquoi il a fallu si longtemps pour la retrouver. » Il se passa la main dans les cheveux. « Le détective privé que j'ai engagé vient de m'appeler pour me prévenir. Je vais aller le retrouver tout de suite.

— Je viens avec toi, s'empressa de dire Helen.

— Non, chérie, je crois que tu ferais mieux de rester ici », répliqua gentiment Richard. Dora le vit faire un signe de tête éloquent dans sa direction. « De toute façon, ce type a conseillé d'y aller doucement avec Cassie et, à mon avis, il a raison. Ne la bousculons pas. Il paraît savoir de quoi il parle. Je vais essayer de la voir demain, de discuter un peu avec elle pour la convaincre de revenir avec moi. »

Helen secoua la tête. « Tout ça n'est pas logique.

— Je sais, chérie.

— Tu la ramèneras à la maison ?

— Oui.

— Très bien. Elle devrait être avec nous, du moins jusqu'à ce qu'elle se rétablisse. » Helen parut réfléchir un instant. « Je vais appeler l'université. Je suis sûre qu'on lui a gardé sa place. Nous pourrons la ramener ici pour qu'elle reprenne des forces et, dans quelques jours, nous la conduirons là-bas. Elle ne devrait pas avoir raté trop de cours. »

Dora jeta un coup d'œil incrédule à sa mère. Elle n'en croyait pas ses oreilles. Son père non plus, apparemment.

« Helen, est-ce que tu as bien compris ce que je viens de dire ? » Il avait l'air secoué. « Cassie a essayé de se suicider. Je ne crois vraiment pas que son inscription à l'université soit la priorité du moment.

— Elle ne peut tout de même pas compromettre son avenir ? »

Dora tressaillit, mais Helen ne semblait pas percevoir la triste ironie de ses paroles et poursuivit :

« Il faut la remettre en selle. Ce n'est pas le moment qu'elle s'apitoie sur son sort ou qu'elle recommence ses bêtises. Il faut qu'elle pense à son avenir et à sa carrière.

— Ses bêtises ? » La couleur revenait sur le visage de Richard. « Je ne pense pas que se jeter d'un pont dans la Tamise puisse être qualifié de "bêtise".

— Que veux-tu que ce soit ?

— Un appel au secours… ou pire… une façon de dire que la vie ne vaut pas la peine d'être vécue. » Richard se passa de nouveau la main dans les cheveux. « Je suis stupéfait que nous n'ayons rien vu venir. C'est vrai qu'elle ne parlait pas beaucoup, qu'elle était plus renfermée depuis qu'Alfie… mais je pensais sincèrement qu'elle allait bien. Je n'ai pas remarqué ce qui se passait… » Furieux, il secoua la tête. « Mais comment ai-je pu être aussi aveugle !

— Il ne s'agit pas de tes états d'âme, Richard, mais de Cassie ! cracha Helen. Je veux qu'elle rentre à la maison. Et je pense que je devrais moi aussi aller à Londres. Si nous attrapons le train du soir… »

Richard lui coupa la parole. « Non, reste ici avec Dora. Je peux m'en occuper. »

Perplexe, Helen s'interrogea : « Où avait-elle donc la tête ? Je me rongeais d'inquiétude…

— Je sais, moi aussi, dit Richard. Au moins, nous l'avons retrouvée. Je vais la ramener, je te le promets. Toute cette histoire sera oubliée avant le week-end. »

De plus en plus sceptique, Dora les écoutait. Ils auraient pourtant dû savoir qu'avec Cassie rien n'était jamais simple.

Dans la salle de séjour, Dora feuilletait le programme de télévision de ce samedi soir lugubre et hésitait sans conviction entre un vieux James Bond et un documentaire animalier quand les phares de la voiture de son père apparurent dans l'allée. Elle était bien décidée à accueillir Cassie avec désinvolture et ne pas donner à sa sœur la satisfaction de savoir à quel point elle les avait bouleversés, à quel point elle leur avait manqué, pourtant, le moment venu, elle se retrouva sur la plus haute marche de l'entrée, à côté d'Helen, et scruta l'obscurité avec angoisse en cherchant la tête blonde de sa sœur. Il y avait tant de choses qu'elle voulait lui dire.

La portière du conducteur s'ouvrit, une lumière s'alluma dans l'habitacle et la silhouette de Richard se dessina dans la pénombre. Il s'extirpa du siège, claqua sa portière et avança à pas las. Dora se démancha le cou, mais ne vit pas la silhouette de sa sœur.

« Où est-elle ? » demanda Helen d'une voix rendue aiguë par l'affolement.

Richard arriva devant les marches éclairées et regarda Helen et Dora. Cette dernière remarqua les cernes qu'il avait sous les yeux et fut étonnée de le trouver aussi vieilli.

« Elle n'a pas voulu venir. »

Helen sursauta. « Comment ça, elle n'a pas voulu venir, qu'est-ce que tu veux dire ?

— Ce que j'ai dit. J'ai tout essayé, Helen, mais elle tenait à rester à Londres. Je ne pouvais tout de même pas la forcer.

— Mais je croyais qu'elle sortait de l'hôpital, que son état le permettait ? »

Richard le confirma. « C'est un fait, mais elle veut rester à Londres. Que voulais-tu que je fasse ? Que je l'emmène de force et qu'elle se débatte et hurle ? ajouta-t-il d'un ton calme.

— Pourquoi pas ? Elle devrait être ici, avec nous, et non traîner à Londres et faire Dieu sait quoi. Où est-ce qu'elle est hébergée ? Tu avais dit que tu la ramènerais. Elle n'est pas dans son état normal, bon sang ! » L'affolement s'était mué en accusation. Dora recula légèrement dans l'ombre. « Je savais bien que j'aurais dû y aller moi-même.

— Franchement, Helen, je crois que ça n'aurait rien changé. La situation aurait même pu être encore plus tendue. Cassie n'a pas voulu en démordre : elle tient à rester à Londres et ne veut pas revenir à la maison. Elle ne s'est pas étendue sur le sujet, mais elle a dit que… bon… qu'elle était incapable de se trouver face à nous pour l'instant. Qu'elle avait besoin de temps pour prendre ses distances.

— Ses distances par rapport à quoi ? »

Richard dévisagea un instant Helen, fit mine de dire quelque chose, puis se ravisa. « D'après elle, elle a besoin de trouver qui elle est et ce qu'elle veut faire de sa vie. » Richard se passa la main dans les cheveux.

« "Qui elle est" ? "Ce qu'elle veut" ? » Helen secoua la tête. « C'est pour ça qu'elle va foutre en l'air une bonne place à l'université ? »

Richard haussa les épaules.

« J'espère que tu lui as dit qu'elle faisait une bourde ?

— Helen, elle a dix-huit ans. Je ne pouvais pas la forcer. J'ai fait de mon mieux.

— "Tu as fait de ton mieux" ? répéta Helen d'une voix sifflante. Tu m'avais promis de la ramener à la maison. Cassie va gâcher sa vie, tout foutre en l'air… exactement comme moi ! » Helen laissa échapper un sanglot.

Richard dévisagea sa femme. « Qu'est-ce que ça veut dire, ça ?

— Laisse tomber. Tu ne comprendrais pas. »

Richard remua la tête avec irritation. « Tu pourrais au moins essayer de m'expliquer. » Il se tut un instant. Quand il reprit la parole, son ton était plus mesuré. « J'ai fait ce que j'ai estimé le mieux pour elle. C'est notre fille. Je me suis dit que c'était la meilleure solution.

— Tu parles d'une solution ! Tu l'as laissée se débrouiller toute seule ! » Elle secoua la tête. « C'est pitoyable. Tu es trop faible. As-tu au moins essayé de la raisonner ou as-tu baissé les bras tout de suite ? Et comment savoir si elle ne va pas sauter du prochain pont qu'elle trouvera ? » Elle agita de nouveau la tête. « Je savais bien que j'aurais dû t'accompagner. »

Dora déglutit et vit son père passer sans un mot devant elles pour disparaître dans le couloir. Helen pivota et le suivit. Restée seule sur le seuil, Dora regarda la maison, puis leva les yeux vers le ciel sombre. Une odeur fraîche, automnale, dans l'air nocturne promettait feuilles mortes et feux de jardin. La lueur pâle d'un mince croissant de lune perçait un voile de nuages élevés, mais sinon, tout était plongé dans l'obscurité. Dora ne distinguait même pas le portail au bout de l'allée.

De nouveaux hurlements de colère retentirent derrière elle. Sachant qu'elle ne pourrait en supporter davantage, elle choisit le moindre des deux maux, descendit les marches et s'enfonça dans l'obscurité.

À mi-chemin, Dora s'aperçut qu'il faisait plus froid qu'elle ne l'avait cru. Elle regretta de ne pas avoir pris l'un des manteaux chauds suspendus près de la porte de derrière et continua à avancer en tâchant de se réchauffer, au moins mentalement. Ce que ses parents pensaient lui était égal ; elle doutait même qu'ils aient remarqué son départ, mais, dans le cas contraire, tant pis. D'abord Alfie, puis Cassie ; tous deux avaient disparu et c'était pourtant elle qui se sentait invisible. Que ses parents s'inquiètent un peu d'elle pour changer !

Un banc de nuages plus épais passa devant la lune et Dora lutta pour habituer ses yeux à l'obscurité de la nuit. Quelque chose bruissa dans les buissons, à côté d'elle, et, au loin, elle entendit le cri plaintif d'un renard. Elle s'arma de courage. Se trouver seule dans le noir était terrifiant, mais pas question qu'elle rebrousse chemin. Elle ignorait où elle allait et elle ne s'en souciait pas vraiment. Tout ce qu'elle savait, c'était qu'elle ne supportait plus de rester dans cette maison, d'écouter disputes et récriminations. Elle avait tenu le coup en attendant le retour de Cassie et, à présent, même cette petite joie lui avait été refusée.

Fichue Cassie ! Il fallait toujours qu'elle passe avant tout le monde. Ses humeurs. Ses crises. Ses besoins. Et maintenant, elle les avait tous bernés. Dora avait beau tourner le problème dans tous les sens, elle ne pigeait pas. Cassie n'avait tout de même pas eu l'intention de se suicider ? D'accord, elle était bouleversée, elle pleurait encore Alfie… comme eux tous. Mais elle s'était inscrite à l'université. Elle avait un endroit où aller. Pourquoi aurait-elle eu envie d'en finir ? Qu'est-ce qui pouvait l'avoir incitée à se jeter dans la Tamise ? Voilà qui n'avait aucun sens.

Pendant qu'elle avançait dans l'obscurité, trébuchait, dévalait les petits chemins, ces questions ne cessaient de se bousculer dans sa tête.

Ce fut la lumière qui, au bout du compte, l'attira. Orange, elle clignotait entre les branches sombres agitées par le vent, puis, lorsqu'elle s'approcha, elle aperçut Betty Dryden par la fenêtre de sa maison, sa tête grise penchée sur l'évier où elle faisait la vaisselle. Assis à la table, Bill lisait. Cette scène sentait tellement le confort, le bonheur, que Dora resta un instant sur le chemin obscur pour observer le couple âgé dans son rituel du soir. Ils avaient l'air paisibles. Ils avaient l'air normaux.

Betty se retourna pour dire quelque chose à son mari et Dora vit Bill lever les yeux et lâcher un petit rire. Là, au bord de la pelouse, elle entendait presque la musique de ce rire. Pourquoi sa vie familiale ne pouvait-elle être aussi simple ? Quand avait-elle entendu ses parents se parler tendrement pour la dernière fois ? Pourquoi étaient-ils tous aussi tordus dans cette famille ?

Betty venait de rincer la dernière assiette et se dirigeait à pas traînants vers la bouilloire quand Dora déclencha un spot à détection de mouvement en s'approchant. Un pinceau blanc aveuglant l'enveloppa soudain. Elle vit Betty sursauter et tourner la tête pour regarder dehors et fut gênée en se rendant compte que la vieille dame l'avait reconnue. Mince alors.

Betty disparut et, ne sachant que faire, Dora enfonça les mains dans les poches de son jean et commença à battre en retraite.

« Dora ? C'est toi ? » Betty l'appelait sur le seuil.

Mortifiée, Dora pivota. « Oui, excusez-moi, Betty, dit-elle à la vieille dame qui la dévisageait. Je ne voulais pas vous faire peur à tous les deux. J'étais seulement en train de me promener. »

Betty inclina la tête et Dora lui sut gré de ne pas demander d'explication.

« Tu veux entrer ? Il fait froid dehors et je viens de brancher la bouilloire. » La vieille dame frissonna et resserra son cardigan autour de ses épaules.

Dora hésita. Elle ne voulait pas s'imposer, mais elle savait aussi qu'elle n'avait aucune envie de rentrer à la maison.

« Allez, viens boire une tasse de thé avec moi. Un peu de compagnie ne serait pas de refus. Bill est plongé dans son journal. J'ai fait des crêpes tout à l'heure… »

Cette dernière phrase la décida. Elle franchit la porte basse derrière Betty. L'intérieur de la maison était chaud et douillet. Dora dut se baisser un peu pour entrer dans la cuisine.

« Bonjour, Dora. » Bill l'accueillit avec un sourire chaleureux. « Qu'est-ce qui t'amène par un temps d'automne aussi frisquet ?

— Je… euh… Je ne faisais que passer. J'ai eu envie d'aller me promener, de prendre un peu l'air… »

Dora vit Betty jeter à son mari un regard d'avertissement.

« Oui, reconnut-il avec un sourire prompt. C'est un soir pas plus mal qu'un autre pour aller se promener. »

Reconnaissante qu'il se contente de cette explication, Dora inclina la tête et Bill, sentant l'atmosphère changer dans la pièce, se leva de table.

« Si tu m'excuses, il y a une émission à la télé sur le jardinage que j'aimerais bien regarder. Je crois que je vais vous abandonner à votre thé et à votre conversation, mes petites dames.

— Oui, file, répliqua Betty, taquine. Qu'on ne puisse pas dire que je t'empêche de t'intéresser aux vers du compost et aux plantes vivaces. »

Bill sortit et Dora profita que Betty s'affairait avec les tasses et une boîte en fer-blanc pour regarder autour d'elle. La cuisine était petite mais bien agencée, avec des murs en pierre apparente, une grande cheminée et des casseroles en cuivre rutilantes accrochées au-dessus. Un vase de belles fleurs séchées était posé sur le rebord de la fenêtre et, dans un coin, devant le radiateur, Bill avait posé ses bottes boueuses sur de vieux journaux. Sur la table, un classeur rassemblant les excellentes recettes de Betty était ouvert.

« Vous devriez écrire un livre de cuisine, dit Dora, songeuse en voyant l'écriture arachnéenne avec laquelle était rédigée une recette de glace aux groseilles et aux fleurs de sureau.

— Je suis un peu trop vieille pour ça, répondit Betty en riant. D'ailleurs, les membres de notre association féminine ne me le pardonneraient jamais. Je les entends d'ici : “Cette Betty Dryden a toujours eu des idées de grandeur !”

— Ce n'est pas vrai ! s'exclama Dora. D'après ce que j'ai entendu dire, vous feriez une sacrée concurrence à Delia Smith !

— Allons, allons ! » Un rouge seyant lui était monté aux joues et, à sa façon de tripoter le couvre-théière, Dora savait qu'elle était flattée. « Et toi, Dora, comment vas-tu, ma chère petite ? » Betty apporta le plateau sur la table et versa du lait dans les tasses.

Dora prit une crêpe dans l'assiette que Betty avait poussée vers elle et en grignota le bord en se demandant ce qu'elle devait répondre à cette question. À la fin, elle opta pour la franchise. « Pas très bien. » Elle s'interrompit et respira un grand coup avant de poursuivre : « J'ai l'impression que tout se désagrège, Betty… » Elle prit une autre inspiration et ajouta : « Et je me sens coupable.

— Pourquoi donc, ma chère petite ?

— Pour tout ce qui est arrivé. La disparition d'Alfie. Le… départ de Cassie. Mes parents qui se disputent tout le temps. Tout est ma faute.

— Qu'est-ce qui te fait croire ça ? »

L'inquiétude que Dora lisait dans les yeux de la vieille dame l'encouragea à continuer.

« Parce que tout a commencé ce jour terrible, l'année dernière, où je suis partie alors que j'aurais dû surveiller Alfie. Le jour où je suis restée discuter avec un garçon de l'école et où j'ai mis trop longtemps à revenir dans la grotte. » Elle laissa tomber sa tête entre ses mains. « Et maintenant, Cassie s'est enfuie et mes parents recommencent à se disputer. Il me semble que cet horrible gâchis est la conséquence de ce que j'ai fait ce jour-là. » Elle lâcha un rire creux. « Maman a bien choisi mon prénom. Ce jour-là, sur la plage, j'ai ouvert la boîte de Pandore et j'ai laissé sortir toutes les souffrances du monde. C'est un peu comme si j'avais brisé le cœur de toute la famille en mille morceaux et que, maintenant, je ne savais plus comment les recoller. »

Elle prononça les derniers mots dans un souffle et, si elle ne pouvait pas croiser le regard de Betty, elle sentit sa main parcheminée presser la sienne avec chaleur et lui en fut reconnaissante.

« C'est trop de souffrance pour une seule famille, beaucoup trop, dit la vieille dame en secouant la tête. Ce n'est pas ta faute, Dora. Ce n'est la faute de personne. Une chose terrible est arrivée à Alfie, mais te faire des reproches n'arrangera rien. »

Dora soupira. Betty ne comprenait pas. Personne ne comprenait. Ils n'étaient pas obligés de vivre à Clifftops, entourés de souffrance et de chagrin, dans cette maison où elle tentait de ne pas voir les visages fantomatiques de ses parents anéantis, séparée d'une sœur torturée, hantée par les souvenirs d'un passé plus heureux qui aurait pu se prolonger.

« Des choses terribles arrivent à des gens bien, Dora. C'est triste, mais c'est la vie. N'empêche, malgré ce qui s'est produit, je suis sûre d'une chose : vous formez toujours une famille. » Betty exerça une pression sur sa main. « Ça t'aidera à t'y retrouver. »

Dora secoua la tête. « Vous vous trompez, Betty. Notre famille s'est désintégrée ce jour-là, sur la plage… avec la disparition d'Alfie. C'est comme si on s'était tous noyés avec lui. » Elle baissa les yeux. « Je ne me rappelle même plus la dernière fois où on s'est dit qu'on s'aimait.

— Voyons, tes parents t'aiment, Dora ! Ils ne sont peut-être pas capables de te le montrer en ce moment… ils ont des soucis jusque-là… mais ils t'aiment, je t'assure.

— Non ! Et ils ont raison, vous comprenez, parce que c'est moi qui suis responsable de tout ça. Je ne mérite plus leur amour. J'ai tout gâché. J'ai tout détruit. »

Aveuglée par les larmes qui ruisselaient sur ses joues, Dora sentit que la vieille dame la prenait dans ses bras accueillants. Elle s'accrocha à elle durant ce qui lui parut une éternité et la laissa la réconforter jusqu'au moment où ses pleurs se tarirent.

« C'est fini, c'est fini, dit Betty en lui tendant un mouchoir brodé. Tout va s'arranger, tu verras. Rien ne reste jamais inchangé. Vous allez tous dépasser ces chagrins. Ce sera dur, mais vous y arriverez. »

Dora secoua la tête. Si elle savait que les choses ne resteraient pas en l'état et qu'aucun d'eux ne pouvait continuer comme ça, contrairement à Betty, elle ne voyait pas comment la situation pourrait s'arranger.

« Un jour, tu fonderas ta propre famille, Dora, et alors, tu comprendras.

— Non, répliqua Dora avec véhémence. Ah ! non alors ! Je ne veux pas de famille, je ne veux plus jamais éprouver ce que j'éprouve en ce moment. »

Betty la regarda intensément. Elle ne la croyait pas, pourtant, au fond d'elle-même, Dora savait. Elle sentait dans son ventre noué qu'ils tombaient toujours dans un gouffre noir et qu'il se passerait encore beaucoup de temps avant qu'ils touchent le fond.

15

Dora

Aujourd'hui

Dora se cache. Ce n'est pas professionnel, elle le sait, tout comme elle sait que, avec le reste de l'équipe, elle devrait réviser les différents points de l'argumentaire conçu pour les céréales Sunrise, mais elle ne parvient pas à mobiliser l'énergie nécessaire… et son estomac barbouillé ne lui facilite pas la tâche. Un petit génie de la publicité a eu l'idée d'ouvrir les échantillons de Wheat Fizzies que le client leur a envoyés, et l'odeur aigre-douce de céréales sucrées qui flotte dans l'air lui donne mal au cœur. Fichues nausées matinales. Elle se force à déglutir et avise la corbeille à papier placée sous son bureau. C'est la seule possibilité. Courir vers les toilettes en traversant le hall bondé est exclu. Elle inspire profondément par la bouche et ferme les yeux en essayant de penser à quelque chose qui lui ferait oublier son malaise. De la neige, par exemple. La neige n'a rien d'écœurant, elle est constituée d'un rien du tout frais, blanc, merveilleux ; une vision bien moins dangereuse que les Wheat Fizzies.

Beurk. Ça recommence, voilà qu'elle repense à ces

céréales. Son esprit soumet son corps à une sorte de torture. En ce moment, les Wheat Fizzies lui empoisonnent l'existence. Elle ouvre un œil et regarde brièvement les panneaux d'ambiance posés sur son bureau : des enfants attablés avec leurs parents lui sourient, les dents très blanches, parfaitement brossées, les cheveux bien coiffés. Ils ne ressemblent à aucun gamin qu'elle a vu récemment, mais il est trop tard pour apporter des modifications.

Le client leur a demandé de lancer une campagne de pub peu conformiste visant les enfants qui, une fois conquis, convaincraient leurs parents d'acheter son produit. L'idée était de susciter un formidable harcèlement. Mais ce qu'elle voit n'est pas très différent d'un millier d'autres campagnes de pub pour des céréales. C'est parfaitement insipide et pourtant, si on peut reprocher des tas de choses aux Wheat Fizzies, on ne peut pas leur reprocher d'être insipides. La première fois qu'elle a goûté ces céréales soufflées, elle a failli courir aux toilettes. Une chose est sûre, les gosses vont les adorer. Une céréale capable de faire pétiller le lait leur paraîtra super, quant au palais des adultes, ce n'est pas gagné, il faudra leur faire accepter ce goût.

Elle saisit une maquette et la considère d'un œil critique. Leur mascotte, Captain Fizz, est le héros d'une BD. On le voit se battre contre les géants de la table du petit déjeuner ; il décolle d'une cuillère, fonce sur un toast tout desséché, atterrit dans un bol de muesli peu appétissant, écarte les dangers potentiels que représente un porridge dégoûtant. L'histoire se termine par ces mots : « On ne peut pas battre le Fizz. » Elle a vu des pubs plus originales, mais les directeurs des céréales Sunrise vont arriver dans moins d'une heure. Il n'est plus temps de changer quoi que ce soit.

Elle soupire. Voilà bien le côté du boulot qu'elle aime le moins : vanter aux clients des argumentaires auxquels elle ne croit pas et faire en sorte qu'ils s'en aillent ravis des services de l'agence et contents de les payer un prix exorbitant. Parfois, elle déteste le monde de la publicité.

À peine vient-elle de se ressaisir que Leela, la chef de projet, s'avance vers son bureau.

« Tu es prête, ma jolie ? demande-t-elle en posant son ordinateur portable sur le dossier qu'elle tient déjà dans son bras. Je vais dans la salle de réunion pour préparer… » En regardant Dora, elle s'interrompt. « Dis donc, t'as un air à chier. Comment tu te sens ? »

Malgré elle, Dora sourit. La minuscule Leela, avec sa peau parfaite couleur café, ses cheveux noirs brillants et sa langue acérée, ne tourne jamais autour du pot.

« Pas trop mal. J'ai mangé un plat tout prêt un peu suspect hier soir. Ça va passer.

— Tu es sûre ? Je ne voudrais pas insister trop lourdement, mais tu n'as pas l'air très fraîche.

— Ça va aller, je t'assure, Lee. C'est juste l'odeur de ces fichues céréales. »

Leela se met à rire. « Ouais, c'est pour ça que je file là-haut. Moi aussi, ça me retourne l'estomac. Les choses qu'on nous fait faire… Dominic a intérêt à nous verser une sacrée bonne prime pour cette campagne. »

Dora hoche la tête. « Vas-y. Je te rejoins dans un petit moment.

— D'accord. » Leela la dévisage avec inquiétude. « Écoute, ne le prends pas mal, mais tu ferais bien de te passer un peu de blush.

— Tu me trouves pâle ?

— Tu te rappelles Cate Blanchett à la fin d'*Elizabeth*… »

Dora lâche un petit rire. « N'en dis pas plus. Je me mets une touche de rouge. »

Les directeurs de Sunrise arrivent à l'heure et la réunion commence bien. Les clients sourient et font des signes de tête encourageants à Dora pendant qu'elle explique la stratégie de la campagne et la logique à l'œuvre derrière le personnage de Captain Fizz. Les rédacteurs et dessinateurs publicitaires leur montrent graphiques et story-boards et, après le visionnage du pilote, Dora se sent rassurée. La campagne semble accrocher les responsables de Sunrise.

Avant de lancer la projection du dernier visuel, Dominic se lève. « Rina, Rick… » Il appelle les clients par leurs prénoms et leur adresse son sourire ravageur. « J'espère que vous êtes aussi excités que nous par ce que vous avez vu aujourd'hui. Nous considérons votre commande comme le joyau de la couronne de Fielding & Fey. C'est un privilège de travailler avec votre entreprise, et commencer notre collaboration par le lancement des Wheat Fizzies est passionnant. Je crois que notre équipe a trouvé des idées sensationnelles et, au cours des semaines à venir, nous les mettrons en œuvre avec le plus grand enthousiasme. »

Les représentants de Sunrise lui retournent un sourire bienveillant. Dominic a le chic pour mettre les gens à l'aise et donner à ses clients l'impression qu'ils sont les personnes les plus importantes au monde.

« Pour conclure, nous aimerions vous montrer une courte bande promotionnelle, un montage effectué à partir de spots télévisés de Captain Fizz, qui vous indiquera jusqu'où nous sentons que nous pouvons aller dans cette campagne. Car nous croyons vraiment qu'il y a là un énorme potentiel. Comme Dora vous l'a dit, si nous parvenons à intéresser la tranche d'âge qui va de trois à huit ans, tous les espoirs seront permis. »

Avec une coordination parfaite, les lumières sont baissées dans la salle de réunion et tout le monde se tourne vers l'écran plasma géant qui occupe presque un mur entier. Dora pivote dans son fauteuil pour mieux voir. Elle n'a pas visionné la bande, à peine terminée, et elle est curieuse de savoir ce que Leela et son équipe ont concocté pour enlever le morceau. De l'autre côté de la pièce, Leela a un grand sourire. Sa satisfaction évidente est un bon signe.

Le montage commence d'une façon assez inoffensive. Il y a des plans des pubs télévisées et on voit Captain Fizz se battre contre les plus gros concurrents de Sunrise. Les clients gloussent et Dominic se tourne pour faire un clin d'œil à Dora. Puis le registre change. On voit des bambins de trois ou quatre ans en train de courir sur un terrain de jeu. Ils rient et s'amusent gentiment, mais, pendant que Dora regarde la scène, elle sent son ventre se nouer atrocement. Assise dans le noir, elle est hypnotisée par l'écran. Les enfants portent la tenue de leur nouvelle mascotte commerciale, Captain Fizz : pantalon rouge, tee-shirt bleu et longue cape maison. Tout en courant, ils lancent des Wheat Fizzies en éclatant de rire. « Tiens ! On ne peut pas battre le Fizz ! » s'écrient-ils avec entrain et, vers la fin, un petit garçon blond adorable se tourne vers la caméra et affirme avec un sourire innocent, édenté : « Moi, j'aime Captain Fizz, c'est le plus mieux de tous les superhéros. »

Dora sent son cœur lui monter à la gorge et, sans autre avertissement, elle se penche et vomit sur les chaussures impeccablement cirées du directeur des ventes de Sunrise.

Dominic la trouve assise à son bureau, la tête dans les mains. Avant d'entrer, il frappe un petit coup et s'assied en face d'elle.

« Bon sang, qu'est-ce qui t'est arrivé, tout à l'heure ?

— C'est… euh… c'est rien, une légère intoxication alimentaire. Excuse-moi. Je pensais que c'était terminé. J'espère sincèrement que je n'ai pas tout gâché pour la boîte. »

Dominic l'arrête d'un geste de la main. « Oublie la boîte pour l'instant. Une nouvelle paire de chaussures et un peu de Febreze sur les anciennes, c'est tout ce que ça nous a coûté. Sunrise est parti content et nous passons à la phase deux. C'est formidable ! Je n'y croyais presque pas. Je me disais qu'ils n'allaient pas mordre à cette connerie de Captain Fizz. »

Dora sourit faiblement.

« Non. C'est toi qui m'inquiètes. Depuis quelques semaines, tu n'es pas dans ton assiette. Et ne me raconte pas ton histoire d'intoxication alimentaire. Je te connais un peu mieux que ça, Dora. Si quelque chose t'embête, il faut m'en parler. »

Dora le considère avec étonnement. En temps normal, Dominic dirige ses équipes sans tenir compte des états d'âme de chacun. Il a une réputation de pit-bull. Elle ne sait pas quoi répondre. Bien sûr, elle peut lui dire la vérité, qu'elle est enceinte et qu'un sentiment de culpabilité la réduit en miettes à cause d'une tragédie qui s'est déroulée dix ans plus tôt. Mais à quoi ça l'avancerait ? Ce serait dur à avaler pour un pit-bull.

« Écoute, Dominic, je t'en parlerai, mais pas tout de suite, d'accord ? Il faut me faire confiance. C'est personnel. Je sais qu'il faut que je règle ce problème. » Elle soupire. « Tu ne pourrais pas laisser tomber pour l'instant et, si ça ne va pas mieux dans quelques jours, bon, eh bien, tu n'auras qu'à me virer, comme ça je ne t'emmerderai plus. D'accord ? »

Dominic la considère d'un air soucieux. « J'aimerais t'aider si je peux.

— Franchement, Dom, crois-moi, ce n'est pas toi qui peux m'aider dans l'immédiat. »

Il l'observe un moment, puis lève les mains pour reconnaître sa défaite. « D'accord. Je ne te poserai plus de questions. Prends quinze jours. Je ne veux pas te voir au bureau avant, tu as compris ? »

Dora acquiesce, reconnaissante que son patron n'ait pas demandé davantage d'explications.

Il se lève et s'avance vers la porte. « Tu t'es bien débrouillée tout à l'heure, dit-il en arrivant dans le couloir. Et je ne te virerai pas, tu penses bien, ce n'est pas une petite intoxication alimentaire qui risque de m'emmerder, comme tu dis. Sans compter que ces godasses étaient vraiment horribles. » Il lui fait un clin d'œil.

Dora soupire de soulagement.

« Bon, va vite te mettre au lit, avant de lâcher le reste de ton petit déjeuner sur ma moquette ! »

Comme elle se sent encore nauséeuse, au lieu de prendre le bus, elle décide de s'aérer et d'effectuer une partie du trajet à pied. Il fait chaud et, à en juger par les flaques sur le trottoir, elle vient juste d'éviter une averse d'été. L'air est encore humide et sans doute aussi pur qu'il peut l'être à Londres, si bien qu'elle respire à grandes goulées en essayant de ne pas penser aux gaz d'échappement qu'elle inhale par la même occasion.

Elle avance dans Old Street, passe sous le pont de chemin de fer couvert d'affiches, devant un graffiti du célèbre Banksy, puis coupe par Hoxton Square et se faufile entre logements sociaux, petits magasins de quartier et maisons mitoyennes victoriennes rénovées par des gens aisés appartenant au monde des médias. La municipalité n'a pas chômé ; des fleurs pointent des plates-bandes et des bacs, leurs couleurs vives contrastant avec le gris des bâtiments. Elle aperçoit une affiche jaune fluorescent placardée par la police, un appel à témoins suite à une agression, et, plus loin, des tonnelets de bière forment un mur devant un pub. Le soleil perce timidement derrière les nuages, comme s'il se demandait si c'était le moment de se montrer ; ses rayons tombent sur les tonnelets argentés et aveuglent un instant Dora.

Continuant à travers le labyrinthe de logements sociaux, elle aperçoit le canal. Le soleil perce encore et, en le voyant scintiller sur l'eau verdâtre, elle descend sur le chemin de halage. Il n'y a personne à droite ni à gauche et elle s'arrête un instant pour observer l'eau qui s'écoule lentement. À la surface, une flaque huileuse miroite et une bouteille en plastique vide flotte près du pont, s'enfonce et réapparaît tel le bouchon d'un pêcheur. Loin du bruit de la circulation et des gens, l'endroit est étrangement silencieux. Dora s'en réjouit ; il y a quelque chose dans le calme inattendu du canal, dans la beauté imparfaite, sale de l'eau, qui lui plaît ; elle reste là quelques minutes à scruter la masse sombre jusqu'à ce qu'un cycliste fonce sur elle en donnant des coups de sonnette. Elle le laisse passer avant d'avancer sur le chemin de halage.

Au bout de quelques pas, elle retire sa veste. Le soleil est plus confiant. Deux canards font jaillir des éclaboussures dans les roseaux de la rive opposée. Dora regrette de ne pas avoir de pain à leur lancer. De temps à autre, elle passe devant une péniche amarrée. La plupart sont vieilles et en triste état – peinture craquelée, bois pourrissant et bâches crasseuses – mais une ou deux sont bien entretenues. Elle vient de s'immobiliser pour admirer un beau bateau rouge et bleu aux rideaux à carreaux cerise et aux géraniums en pot éparpillés sur le pont quand elle voit un homme venir dans sa direction.

Il se trouve encore à une centaine de mètres, mais, en le voyant avec un petit garçon qui bondit à ses côtés, elle a l'impression de recevoir un coup. Ses poumons se vident, son sang ne circule plus et ses pupilles se dilatent sous le choc, comme le diaphragme d'un appareil photo sous l'action de la lumière. Autour d'elle, tous les bruits s'estompent, son cerveau se concentre sur les deux silhouettes qui avancent vers elle.

Lorsqu'ils sont à cinquante mètres de distance, elle sait sans le moindre doute que c'est lui – très mince, avec des hanches étroites sinueuses et de longs cheveux bruns.

Elle a reconnu l'homme de la plage.

Pendant qu'ils s'approchent, elle les scrute. Le petit garçon qui trotte à côté de lui porte un uniforme d'écolier. Il paraît avoir du mal à ne pas se laisser distancer. Sur son dos, un énorme cartable rebondit au rythme de ses pas précipités. Dora ne distingue pas son visage, mais sa tignasse dorée qui luit au soleil suffit à lui donner le vertige. Pour ne pas perdre l'équilibre, elle s'appuie à la péniche.

Trente mètres… vingt mètres. Elle est incapable de détacher les yeux du petit garçon.

Quinze mètres… il trébuche. L'homme le tire par son bras maigrichon, mi-irrité, mi-soucieux de le redresser. Du coin de la bouche, il lâche quelques mots et Dora voit le gamin baisser encore plus la tête.

Dix mètres… elle est pétrifiée.

« Allez, avance, entend-elle l'homme dire en tirant

le bout de chou. Je t'ai dit qu'on allait être en retard. On n'a pas de temps à perdre avec tes bêtises. »

À présent, Dora ignore l'homme, elle n'a d'yeux que pour le petit garçon. Elle voudrait bien qu'il lève la tête. Un teint pâle, semé de taches de rousseur, une grande bouche, les mêmes yeux d'un bleu limpide que ceux de son père ; elle voit tout cela mentalement, sait déjà à quoi il ressemble, mais a besoin de voir son visage pour avoir une confirmation. Immobile, elle ose à peine respirer. L'homme finit par la remarquer, la considère avec prudence en réduisant la distance qui les sépare et pose une main protectrice sur l'épaule du gamin.

« Mes souliers me font mal », gémit l'enfant.

Son cœur a un raté quand Dora entend cette plainte. La voilà de nouveau sur la plage. *Tu marches trop vite. J'ai soif. On peut s'arrêter ?* Elle reconnaît le timbre d'Alfie et se sent déchirée. C'est bien lui.

Sans prendre le temps de la réflexion, elle se campe devant eux et leur bloque le passage. Elle ne sait pas ce qui va se passer, elle ne se demande pas si l'homme est dangereux. Tout ce qu'elle veut, c'est voir les yeux du gamin. Il faut absolument qu'elle sache si c'est vraiment lui.

« Qu'est-ce que vous voulez ? » demande l'homme. Il est agressif, irrité.

Regarde-moi, Alfie, regarde-moi.

Enfin, il le fait. Pendant que l'homme le tire par le bras pour essayer de l'amener sur l'herbe de façon à contourner l'obstacle qu'elle représente, le petit garçon lève la tête et regarde Dora.

Elle voit un visage étroit en forme de cœur, un menton pointu, des yeux marron larmoyants emplis d'incertitude et de frayeur.

Dès qu'elle l'a scruté, Dora est accablée.

« Papa ? demande le petit garçon d'une voix hésitante, son regard se posant tour à tour sur son père et sur Dora.

— Avance, fiston, réplique l'homme d'un ton sec avant de se tourner vers Dora. Regardez un peu devant vous, ma petite dame.

— Je… Excusez-moi, je croyais… je croyais…, bégaie Dora.

— Quelle conne ! » marmonne l'homme.

Une fois qu'ils ont disparu derrière le tournant du chemin de halage, Dora s'affaisse sur le sol humide et, frissonnante, respire à grands coups.

Dans le bus qui la ramène à la maison, elle y pense encore. Croyait-elle sincèrement que ce garçon pouvait être Alfie ? Dix ans ont passé. Le seul fait qu'elle ait pu s'en convaincre, même brièvement, prouve qu'elle n'a plus toute sa tête. Le gamin qui marchait le long du canal ne devait pas avoir plus de huit ou neuf ans ; or, Alfie, s'il était en vie, en aurait quatorze.

Elle appuie la tête contre les graffitis du bus et voit défiler les échoppes de kebab et les épiceries de Kingsland Road. Est-ce vraiment ce qu'elle désire ? Voudrait-elle qu'Alfie soit encore en vie après tout ce temps ? Est-il possible qu'il ait vécu dix ans d'une autre vie, une vie bien différente de celle qu'il aurait menée dans le cocon familial ? C'est là une idée qu'elle n'a pu confier à personne. Mais, si elle veut être franche, cette éventualité a toujours rôdé dans les recoins sombres de son esprit, à côté des articles insupportables de la presse à scandale sur les pédophiles et le trafic d'enfants, pensées trop choquantes pour qu'elle s'y attarde.

Elle sait que la police n'a écarté aucune piste, que l'enquête, sur la base de solides présomptions, faute de preuve formelle, a conclu à la mort d'Alfie. Un certificat de décès leur a même été fourni pour leur permettre d'organiser les obsèques. Alors pourquoi ne parvient-elle pas à lâcher prise ? Pourquoi ces cauchemars, ces crises d'affolement, cette recherche désespérée de son visage ? Si elle ne veut pas devenir folle, Dora doit essayer de renoncer à l'idée que son frère puisse être toujours en vie, elle le sait. Mais c'est plus facile à dire qu'à faire avec un esprit qui lui joue ce genre de tour atroce.

Elle soupire et passe un doigt sur le minuscule bonhomme stylisé que quelqu'un a pris le temps de graver sur le dossier du siège devant elle. La journée a été rude ; d'abord, l'exposé, puis le vomissement, et enfin cette rencontre sur le chemin de halage. Comme son arrêt approche, elle appuie sur la sonnette, puis descend comme une vieille femme et se traîne jusqu'à la fabrique de boutons. Lentement, elle monte les trois étages, soulagée de voir que Dan n'est pas encore rentré, baisse les stores dans la chambre, se débarrasse de sa tenue de travail et se glisse sous les couvertures. Elle aimerait bien dormir, mais, deux heures plus tard, elle est toujours éveillée quand la clé de Dan grince dans la serrure.

Le dimanche matin, après le petit déjeuner, ils partent pour Chichester. Les routes sont étonnamment dégagées et ils arrivent juste après onze heures. Au moment où ils remontent l'allée, Dora aperçoit du mouvement derrière une fenêtre, à l'étage.

« Nous sommes en avance, déclare Dan.

— Oui, et je crois qu'on nous a vus arriver. »

Dan retire la clé de contact. « Tu es prête ? »

Ignorant si elle va pouvoir affronter ce qui va suivre, Dora respire un grand coup. Violet est adorable et, indéniablement, elle rend son père heureux – du moins aussi heureux que possible depuis la disparition d'Alfie. N'empêche qu'elle trouve curieux de les voir ensemble. « Oui, je crois », répond-elle.

Dan lit dans ses pensées. « Ça fait encore drôle, hein ? »

Elle confirme d'un signe de tête. « Elle est tellement différente de maman. Tellement… pétillante. Mais je l'aime bien… et je suppose que papa se sentirait très seul sans elle. »

Dan lève les mains en feignant de protester. « Tu n'as pas besoin de me convaincre. Je sais qu'elle lui fait du bien. Et elle est sexy… à la manière d'une Mrs Robinson.

— Allons, elle a l'âge d'être ta mère !

— Tout ce que je dis, c'est que… ton père s'est bien débrouillé. Elle l'aide à rester jeune, elle paraît pleine d'énergie pour une femme de son âge. »

Il met trop l'accent sur le mot « énergie » au goût de Dora qui fait la grimace. « Bon, ça suffit comme ça. Je n'ai vraiment pas envie d'y penser pour l'instant alors qu'on va déjeuner avec elle et mon père. Je me sens déjà bien assez nauséeuse comme ça… »

Dan lui prend la main, le regard soudain sérieux. « Ça va bien se passer. Pour nous. » Il lui coince une mèche de cheveux derrière l'oreille. « Nous avons eu raison de venir ici ensemble. Il y a longtemps qu'on aurait dû le faire. »

En essayant de se rappeler la dernière fois qu'elle est venue voir son père et Violet, Dora se rend compte que Dan dit la vérité. Ils se sont évités depuis trop longtemps. Elle regarde le beau visage de Dan, soucieux et bienveillant, et ne peut s'empêcher de sourire. « Oui. C'est vrai », reconnaît-elle.

Soudain, Dan sourit de toutes ses dents. « Bon, il ne nous reste plus qu'à prévoir comment battre en retraite. » Une lueur malicieuse est revenue se glisser dans ses yeux. « Au cas où les choses s'emballeraient quand tu annonceras à ton père que tu attends un bébé. J'ai vu un vieux fusil de chasse accroché au-dessus de la cheminée dans le Dorset. Si nous ne faisons pas gaffe, il nous traînera sans doute devant l'autel et nous obligera à nous marier illico pour "régulariser". »

Cette fois, elle l'attire à elle et rit encore au moment où leurs lèvres se joignent.

C'est Violet qui vient leur ouvrir. « Je me disais que ça devait être vous. J'ai entendu la voiture d'en haut. Venez tous les deux, ne restez pas plantés là. »

Elle attire Dora contre sa poitrine, une chaleureuse étreinte qui lui emplit les narines d'effluves réconfortants, viande rôtie et parfum musqué. Ce contact, cette odeur rappellent vaguement à Dora son enfance perdue, si bien qu'elle a la tête qui tourne et les yeux soudain embués. Fichues hormones, se dit-elle en chassant discrètement une larme au coin de l'œil.

Puis c'est le tour de Dan.

« Approchez, beau jeune homme. Laissez-moi vous serrer vous aussi dans mes bras. »

Dan succombe au contact de cette poitrine plantureuse et, par-dessus la tête de Violet, fait une mimique concupiscente à Dora. Celle-ci pivote pour masquer son rire derrière une quinte de toux.

« Entrez, entrez, faites comme chez vous, les exhorte Violet. Ton père est dans la salle de séjour. »

Dora et Dan s'engagent dans le couloir et leurs chaussures s'enfoncent dans la luxueuse moquette crème.

« Tout droit, tu connais le chemin, dit Violet dans leur dos.

— Oui, merci », répond Dora en se dirigeant vers l'arrière de la maison.

Les rares fois où elle est venue voir son père dans sa nouvelle maison, Dora trouvait étrange qu'il ait choisi de tourner aussi radicalement la page. Ici, tout est différent, et pas seulement sa nouvelle épouse, même si, à première vue, c'est le changement le plus évident. Pour Dora, les deux femmes ont toujours été aux antipodes. Helen est tendue, maîtresse d'elle-même, Violet est toute en courbes douces et sensualité ; à la retenue d'Helen s'oppose la décontraction pétillante de Violet ; alors qu'Helen est une intellectuelle, une universitaire, Violet aime bavarder et colporter les derniers potins. Dora suppose que c'est pour ça qu'elles étaient amies, attirées par leurs différences autant que les ions positifs et négatifs s'attirent en vertu d'une loi physique. Mais Violet ne constitue pas le seul changement. Il suffit de parcourir le couloir de la maison qu'habite maintenant Richard pour mesurer tout ce qu'il a laissé derrière lui dans le Dorset.

La maison sent encore le neuf et ne doit dater que de quelques années. Il s'agit de l'un des sept manoirs à l'architecture faussement Tudor, construits au bout d'un lotissement, juste à la sortie de Chichester. Elle regorge de moquettes épaisses, de séjours cathédrale, de magnolias et de robinets design, quintessence du chic de banlieue et décoration insipide qu'on retrouve dans la plupart des programmes immobiliers. Çà et là, Violet a posé des touches de couleur personnelles dans l'environnement beige. Dan et Dora remarquent une série de toiles accrochées au mur, corps féminins voluptueux qui font hausser les sourcils au premier et étouffer un rire à la seconde. Des bougies parfumées brûlent un peu partout, et, bien sûr, les vases de fleurs sont nombreux – bouquets audacieux, aux couleurs vives et à l'arôme très présent. Tout est un peu trop mis en scène au goût de Dora et à mille lieues du décor rustique et du charme bordélique de Clifftops. Dora essaie de ne pas trop y penser pour ne pas éprouver de colère. En effet, l'ironie de l'histoire, c'est que sa mère habite maintenant la propriété familiale des Tide, dans laquelle elle avait pourtant emménagé à contrecœur, tandis que son père mène une vie de banlieue dans un pavillon au chic ostentatoire. Elle ne comprend vraiment pas pourquoi Richard a abandonné sa maison, mais, chaque fois qu'elle y réfléchit, elle en arrive à la conclusion qu'il l'a voulu ainsi. Après tout, c'est lui qui a quitté Helen, et si Dora n'est pas au courant des négociations du divorce, elle a l'impression que Richard a laissé la maison du Dorset à Helen de son plein gré. Elle suppose qu'il ne supportait plus d'y rester après… ce qui était arrivé à Alfie.

Violet les entraîne vers la porte à double battant du salon. Dora aperçoit son père assis dans un fauteuil en cuir, au fond de la pièce. Les journaux dominicaux sont étalés devant lui, le téléviseur allumé et le vert brillant d'un terrain de golf emplit l'écran.

« Regarde un peu qui est là ! » s'écrie Violet d'un ton théâtral, comme si Dora et Dan étaient passés à l'improviste.

Richard lève la tête et les examine derrière ses lunettes de lecture à monture d'acier avant de se lever d'un bond. « Ha ! Vous voilà ! Je ne vous ai pas entendus arriver. » Il s'avance pour prendre Dora dans ses bras. « Bonjour, Panda, comment vas-tu ?

— Bien, papa. Et toi ?

— Impeccable, impeccable. Dan… » Il se tourne vers lui, la main tendue. « Comment allez-vous, jeune homme ? » Il lui serre la main avec énergie.

« Très bien, merci, Richard. Excusez-nous d'arriver un peu en avance. Les routes étaient plus dégagées que nous ne le pensions.

— Il n'y a pas de problème, dit Richard pour les rassurer. Content que vous ayez fait le déplacement. Nous avions très envie de vous voir tous les deux, pas vrai, Violet ?

— Ah oui alors ! confirme Violet avec un grand sourire. Ton père n'a parlé que de ça pendant toute la semaine.

— Allons, tais-toi donc, ils n'ont pas besoin de le savoir ! » Richard se met à rire. « Ils vont croire que nous n'avons rien d'autre à faire que rester les bras croisés en parlant d'eux.

— Bon, nous voilà. » Dora a un sourire embarrassé.

« Eh oui, vous voilà », répète Violet.

Tous quatre se considèrent un instant. Le poids de leurs attentes respectives les écrase et Dora se sent soudain étouffée par un millier de non-dits qui voudraient sortir. Par bonheur, Dan intervient pour briser le silence. Il se tourne vers la fenêtre.

« Hou ! vous avez fait des merveilles. Le jardin paraît métamorphosé. »

Il s'en faut de beaucoup. Depuis leur dernière visite, il y a environ deux ans, Dora ne constate que très peu de changements dans les plates-bandes tirées au cordeau, mais, heureusement, Violet saute sur l'occasion avec enthousiasme.

« Richard s'est énormément activé. Les arbustes que nous avons plantés l'année dernière viennent vraiment bien et les rosiers grimpants donneront de belles fleurs l'été prochain.

— Quelle structure intéressante vous avez là, dit Dan en montrant un gros ornement au milieu de la pelouse.

— Ah ! vous trouvez ? Richard n'était pas très content quand je l'ai rapportée à la maison, mais je n'ai pas pu résister. »

Ils regardent tous la grosse fontaine de pierre et son jet d'eau assez suggestif projeté à soixante centimètres au-dessus du rebord. Dora et Dan hochent poliment la tête et Violet poursuit son monologue.

« J'ai lu quelque part que c'était très feng shui d'avoir de l'eau qui coule dans son jardin. Ça porte chance… à moins qu'il ne s'agisse de santé ou de fortune, je ne me rappelle plus. » Elle lève les mains et se met à rire. « De toute façon, c'est bénéfique ! Et la serre sera livrée la semaine prochaine, ajoute-t-elle, tout excitée.

— Magnifique ! s'exclame Dan avec un entrain exagéré. Où allez-vous l'installer ?

— Là-bas, au fond. Bien sûr, moi, je m'intéresse davantage aux fleurs, mais Richard va essayer de faire pousser des légumes. Il m'a dit que ton grand-père avait la main verte, Dora, alors j'espère avoir des courges et des courgettes splendides avant la fin de l'été. À condition que les lapins ne les mangent pas, naturellement. Nous sommes envahis à cause des champs qui se trouvent derrière.

— Je ne cesse de proposer de les tirer, mais elle ne veut pas en entendre parler », rétorque Richard pour plaisanter.

Violet lui donne une petite tape affectueuse sur le bras. « Il est terrible ! De toute façon, nous aurons peut-être assez de place pour mettre une de vos sculptures dans le jardin, Dan, si c'est dans nos moyens, bien sûr ! J'ai entendu dire qu'on ne parlait que de vous dans le monde artistique londonien en ce moment. »

Dan sourit et gigote, gêné par ce compliment, ne sachant que dire, mais il n'avait pas besoin de s'inquiéter, Violet retourne à son jardin avant même qu'il ait eu le temps d'ouvrir la bouche.

« Les gens me demandent comment j'arrive à trouver le temps de m'occuper du jardin alors que je suis déjà très prise par mon métier, mais j'adore ça… Reconnaissez que l'art floral et la gestion d'une affaire, ce n'est pas la même chose que creuser la terre, planter et faire pousser la vie !

— En effet », admet Richard en souriant à Violet avec indulgence. Il se tourne vers Dora et Dan. « Saviez-vous que Violet possède trois magasins à présent ? Un véritable empire ! » La fierté perce nettement dans sa voix.

Dan se demande en secret si c'est grâce à ça que leur relation marche. Richard a toujours été un homme silencieux, plus à l'aise à sa table de travail ou le nez fourré dans les journaux qu'en société. Ses magasins doivent occuper Violet et l'empêcher d'être dans ses jambes le plus gros de la semaine jusqu'au week-end où elle lui insuffle de rares et bienvenues bouffées de gaieté. Et personne ne peut le nier, elle est folle de lui ; c'est évident à la manière dont elle le gâte, lève des yeux adorateurs sur lui ou effleure sa manche en jacassant.

« Mais je bavarde alors que vous avez sans doute envie d'un verre. Bon, qu'est-ce que je peux vous offrir ? Nous avons du sherry, du vin, à moins que vous vouliez une bière, Dan ? »

Ils déclinent son offre de boissons alcoolisées et se mettent d'accord sur une « bonne tasse de thé », et Violet se faufile hors de la pièce en laissant Dora et Dan avec Richard. Dora remarque que son père la suit des yeux jusqu'au seuil.

« Allons, asseyez-vous, dit-il en reportant son attention sur Dora et Dan. Ne faisons pas de chichis. Nous sommes en famille.

— Tout à fait, approuve Dan.

— Alors, il paraît que ça marche bien pour vous.

— Oui, enfin. »

Dan parle de ses nouvelles commandes et de sa récente exposition. Richard l'écoute avec un sourire bienveillant, puis se tourne vers Dora.

« Et toi, ma chérie ? Comment ça se passe à l'agence ?

— Tout va bien. Je gère depuis peu le compte de clients importants.

— C'est formidable. Tu t'es bien débrouillée. Il va falloir fêter ça en buvant une bonne bouteille au déjeuner. Et ton appartement ? À Hackney, c'est bien ça ? Tu es contente d'habiter Londres ? »

Pendant que Richard et Dan se lancent dans une conversation aride sur les prix de l'immobilier londonien et les taux d'intérêt des emprunts, Dora en profite pour scruter son père. S'il n'est plus un jeune homme, on ne saurait le qualifier de vieux monsieur. Ses cheveux blond-roux ont blanchi et se sont énormément éclaircis, laissant voir le haut de son crâne dégarni et luisant, ce qu'elle n'avait pas remarqué lors de sa visite précédente. Les lunettes de lecture cerclées de métal, perchées au bout de son nez, et les chaussons qu'il porte lui donnent l'air d'un grand-père et, bien qu'il soit plutôt en forme, une bedaine est maintenant visible sous son pull bleu. En surface, il ressemble à n'importe quel homme mûr confronté à un problème de poids et de calvitie, mais Dora aperçoit d'autres changements subtils que seuls noteraient ceux qui le connaissent depuis longtemps. Les rides se sont peut-être un peu plus creusées que l'on ne s'y attendrait chez quelqu'un de son âge ; et une tristesse fugace passe dans ses yeux, à peine perceptible maintenant que, confortablement assis dans son fauteuil, il plaisante et rit avec Dan, mais ce détail n'échappe pas à Dora.

Dan vient d'orienter la conversation sur le cabinet d'architectes de Richard quand Violet entre avec un plateau chargé de tasses cliquetantes et d'une assiette de petits gâteaux.

« Je ne savais pas si vous préfériez l'earl grey ou l'English breakfast, alors j'ai préparé les deux. Voulez-vous que je vous serve ? »

Elle les regarde avec un grand sourire qu'il est impossible de ne pas lui retourner. Le bon caractère de Violet jaillit d'elle comme l'eau de la fontaine installée sur sa pelouse.

« Qu'il ne soit pas dit que Violet laisse ses invités manquer de quoi que ce soit ! lance Richard sur le ton de la plaisanterie. Je suis sûr que c'est à elle que je dois ça, ajoute-t-il en se tapotant le ventre.

— Alors, est-ce que j'ai manqué quelque chose ? demande Violet en passant les tasses à la ronde.

— Non, presque rien, répond Dan avec un regard éloquent en direction de Dora qui comprend que le moment est arrivé.

— Nous avons bel et bien une nouvelle à vous annoncer », confirme-t-elle.

Richard lève les yeux de son thé. « Ah bon ?

— Oui. C'est une bonne nouvelle. » Elle a déjà décidé de présenter la chose d'une manière positive. « Je suis enceinte. »

Suit un silence éberlué.

Elle fait une nouvelle tentative. « Nous allons avoir un bébé. »

Dora voit la main de son père trembler légèrement lorsqu'il pose sa tasse et sa soucoupe sur la table basse. Il déglutit, puis la regarde. Elle ne sait si c'est la lumière qui joue dans ses yeux derrière ses lunettes ou si ce sont les larmes qui les font briller de cette façon.

Elle insiste. « Eh bien, dis quelque chose.

— Ma chérie… » Richard s'étrangle. « Ma chérie, c'est… une nouvelle fantastique. Mon Dieu, un bébé ! Ma toute petite fille va avoir un bébé ! »

Dora se met à rire. « Bon, je suppose que c'est une façon de voir les choses ! »

Violet s'est levée, a pris les mains de Dan dans les siennes et esquisse quelques pas de danse qui font tressauter d'excitation les parties dodues de sa personne. « Oh ! un bébé ! C'est magnifique ! Félicitations ! » Elle embrasse Dan sur la joue et laisse une empreinte rubis sur sa peau mal rasée.

Dora se retourne vers son père avec inquiétude. Il semble avoir du mal à respirer et bataille avec le col de sa chemise. « Je sais que ça doit te faire un choc…

— Non, non, ma chérie, ce n'est pas ça. » Il prend une profonde respiration, comme s'il avait enfin recouvré l'usage de ses poumons. « Excuse-moi. C'est vraiment une nouvelle merveilleuse. C'est seulement un peu… inattendu. Je pensais que des fiançailles…

— Papa ! s'écrie Dora. Ne me dis pas que tu deviens traditionnel à ce point. Après tout, maman était enceinte avant le mariage, non ? » Elle constate que ce n'était pas un jeu de lumière. « Oh ! papa, s'il te plaît, ne pleure pas. Nous n'avions pas l'intention de vous bouleverser. Nous espérions que vous seriez contents.

— Je suis content. » Richard ôte ses lunettes et se tamponne les yeux avec son mouchoir. « Je vous assure. Excusez-moi, je vous prie, je ne suis qu'un vieil imbécile. » Il serre si fort Dora dans ses bras qu'elle manque d'étouffer.

« Oui, c'est bien ce que tu es, Richard ! s'écrie Violet avec véhémence. Un bébé est une nouvelle fantastique. C'est tout à fait ce dont cette famille a besoin. »

Richard s'essuie de nouveau les yeux, puis s'approche de Dan et lui donne une tape dans le dos. « Félicitations, jeune homme. J'espère que vous vous occuperez bien de ma fille et de mon premier petit-enfant.

— Bien entendu, Richard. Ne vous inquiétez pas pour ça.

— J'en suis persuadé. Vous êtes un garçon très bien. » Il lui donne une seconde tape dans le dos, puis regarde autour de lui avec embarras. « Bon, je ne sais pas ce que vous en pensez, mais, pour ma part, je prendrais bien quelque chose de plus fort que du thé. Ça se fête, vous ne trouvez pas ?

— J'ai ce qu'il faut au frigo. » Violet est déjà debout et presque dans le couloir quand elle se tourne vers Dan et lui adresse un regard éloquent. « Dites, ça ne vous ennuierait pas de me donner un coup de main ? Je ne suis pas sûre d'arriver à attraper les flûtes. » D'un signe de tête, elle désigne le père et la fille.

« Bien sûr. » Dan se lève, adresse un coup d'œil encourageant à Dora, suit Violet et laisse Dora en tête à tête avec son père.

Dora vient se percher sur l'accoudoir de Richard. « Je regrette de t'avoir causé un tel choc. Je ne voulais pas te l'annoncer à froid. C'est très difficile de savoir comment faire ce genre de chose… » Ne sachant que dire d'autre, elle se tait.

Richard cille, ôte de nouveau ses lunettes et se met à les frotter sur sa manche. « Non, ma chérie, c'est moi qui te demande pardon. Ta nouvelle ne m'a pas perturbé. J'ai été surpris, mais c'est une merveilleuse surprise. » Il s'interrompt, se demande s'il doit poursuivre. « J'ai toujours eu envie de ces grands moments vécus en famille : mariages, naissances, tous les heureux événements que l'on attend de la vie. Je suppose que je les imaginais un peu différemment, nous tous réunis à Clifftops. » Il marque une nouvelle pause. « Est-ce que ta mère est au courant ? »

Dora incline la tête. C'est la première fois que Richard mentionne Helen depuis bien longtemps.

« Elle est contente ? »

Dora ne sait pas comment répondre, si bien qu'elle incline de nouveau la tête, mais avec moins de conviction.

« Tu as raison pour ta mère et moi. Cassie a été conçue alors que nous venions de nous rencontrer. Mais c'est la plus belle erreur de ma vie. Je ne la regrette pas une minute.

— Quand tu t'es aperçu… que tu allais être père… » Dora s'interrompt, puis lâche d'un trait : « Tu as su tout de suite que c'était ce que tu voulais ? Vous étiez heureux tous les deux ? »

Richard laisse échapper un petit rire. « Ça nous a fait un choc, bien entendu. Mais une fois que nous avons décidé de garder l'enfant, nous n'avons pas regardé en arrière. Je me rappelle que nous avons d'abord pris le train pour aller annoncer la nouvelle à ses parents. Ils étaient horrifiés, bien entendu. Ensuite, nous sommes allés à Clifftops pour le dire à mes parents. » Richard se tait brusquement et semble perdu dans ses pensées.

« Ça n'a pas dû être facile, suggère Dora.

— Tout le monde était un peu plus traditionnel à l'époque. Mais nous avions déjà décidé de nous marier, si bien que le drame s'est bientôt apaisé. » Richard replonge dans le silence.

« Notre nouvelle a dû te remémorer des souvenirs pénibles. Maman… devenir père, tout ça ?

— Oui, je suppose. Sauf qu'il ne s'agit pas de mes souvenirs ni de moi à présent, mais de ta vie, Dora. J'espère sincèrement que Violet et moi nous sommes montrés plus compréhensifs que tes grands-parents quand nous leur avons annoncé qu'Helen était enceinte de Cassie. » Après un petit rire, il remet ses lunettes. « Qu'est-ce qu'on dit, déjà ? Que l'histoire bégaie ?

— Mon Dieu ! j'espère bien que non ! » réplique Dora.

Richard semble se rendre compte de sa bévue. « Non, bien sûr que non. Je ne voulais pas parler… d'Alfie. Je n'aurais jamais… Excuse-moi, ma chérie. Je suis ravi pour toi, Dora. Tu feras une mère fantastique.

— Tu crois ? » Dora se jette sur ces mots avec voracité.

« Bien sûr. Vous êtes tous les deux heureux d'avoir un enfant ?

— Dan est aux anges. Il a hâte d'être père. J'ai un peu plus de mal à m'adapter…

— Avez-vous l'intention de vous marier ? »

Dora soupire. « Franchement, je n'en sais rien. Pour l'instant, ce n'est pas le plus important. Je pense que nous voulons tous les deux agir au mieux avec cet enfant. Alors, quelle différence si nous sommes mariés ou non ? De nos jours, beaucoup de mariages ne durent pas… » Elle se tait en prenant conscience de ce qu'elle vient de dire.

« Là, je ne te donne pas tort. »

Ils restent un instant silencieux. Dehors, l'appel d'un pigeon ramier porté par le vent rappelle à Dora les après-midi sur la pelouse de Clifftops. En fermant les yeux, elle sent presque l'odeur de l'herbe fraîchement tondue et le vent chargé de sel qui souffle dans les sycomores.

Richard s'éclaircit la gorge et met ainsi fin à sa rêverie. « Dora, je ne voudrais pas que les erreurs que ta mère et moi avons commises dans le passé puissent rendre les choses plus difficiles pour toi aujourd'hui.

Tu sais que, malgré ce qui s'est passé entre nous, je t'aime toujours beaucoup, beaucoup ?

— Je le sais. » Dora prend la main de son père entre les siennes.

« L'un de mes plus grands regrets, c'est que ta mère et moi n'ayons pas été capables de sauver notre couple. J'étais tellement amoureux d'elle. L'une des choses les plus cruelles que j'aie faites sans en avoir l'intention a peut-être été de tenter de la posséder en lui passant la bague au doigt. Mais Dan et toi êtes différents, je le vois bien.

— Tu trouves ? Vraiment, papa ? Parce que ça m'inquiète. Je sais que la situation était très critique après la mort d'Alfie, mais j'espérais que maman et toi franchiriez ce cap. Ça m'a fait un véritable choc quand tu es parti, admet-elle.

— Oui, je suppose, même si Cassie nous avait déjà quittés et que tu n'allais pas tarder à le faire. Je ne voyais plus la nécessité de feindre et de continuer à errer dans cette grande maison, aussi malheureux l'un que l'autre.

— Je peux le comprendre.

— Tu sais, après la disparition d'Alfie, nous étions torturés par le chagrin et par beaucoup de questions restées sans réponse. Un immense chagrin. Nous étions en miettes, trop brisés pour que chacun aide l'autre à guérir. Rester côte à côte semblait aggraver les choses. Nous nous déchirions. Quand nous essayions de nous consoler l'un l'autre, c'était encore pire. Nous n'avions pas seulement perdu la faculté de communiquer, nous avions perdu tout respect mutuel. Le gouffre était trop large entre nous. »

Dora est surprise d'entendre son père parler aussi ouvertement. Jusqu'à présent, ils n'avaient jamais eu une conversation aussi profonde. Elle garde le silence et espère qu'il va poursuivre.

« Je m'en veux. Ta mère ne voulait pas s'installer à Clifftops. J'aurais dû l'écouter, mais j'ai agi égoïstement. Je n'ai pas prêté attention à ses véritables désirs. Conserver la maison primait à l'époque. Elle a commencé à me dévorer. Je voulais m'en occuper exactement comme mes parents l'avaient fait, en faire un but, notre fierté et notre joie. Mais je me suis trompé. À la fin, elle ne représentait plus le toit au-dessus de nos têtes, mais le mur qui nous séparait. Tu as dû t'en apercevoir, les derniers temps, puisque tu étais avec nous ? C'est un soulagement d'en être libéré, de ne plus porter cette responsabilité. » Il regarde autour de lui dans le salon comme s'il voyait la pièce pour la première fois. « Oh ! je sais bien. Me voir dans cette nouvelle maison a de quoi t'étonner. Entre nous, je pourrais me passer de ces bougies à l'odeur un peu trop forte et de la lunette chauffante des toilettes. »

Dora ne peut s'empêcher de sourire.

« Mais Violet est heureuse comme ça, et la voir heureuse me fait plaisir d'une manière que je n'aurais jamais cru possible après ce qui est arrivé à Alfie.

— Il nous manque encore terriblement, n'est-ce pas ? Même après tout ce temps.

— Oui. »

Dora respire un grand coup. « Je voudrais te demander une chose, papa. Il faut que tu répondes franchement.

— Évidemment, ma chérie. » Ses yeux bleus limpides la regardent bien en face.

« Est-ce que tu me reproches ce qui est arrivé ce jour-là ? »

Richard la considère, cille, puis secoue vigoureusement

la tête. « Enfin, tu ne crois tout de même pas que c'était ta faute ? »

Dora ne répond pas. Elle ne veut pas l'influencer et attend ce qu'il va dire.

« Dora, c'était un accident, un accident terrible, tragique. Ce n'était la faute de personne. Dieu sait que j'ai cherché des responsables… moi… ta mère… et même, Dieu me pardonne, pendant un moment d'irréflexion, Cassie, puisqu'elle était l'aînée. Je m'en veux énormément. » Il la regarde dans les yeux. « Mais toi, jamais. Jamais je n'ai pensé que tu étais responsable de sa disparition. »

Dora secoue la tête. « Je ne comprends pas. C'était autant ma faute que celle de Cassie. Alfie a dû me suivre quand j'ai quitté le Rocher ce jour-là. Je ne l'ai pas vu. J'aurais dû faire attention. J'aurais dû revenir plus vite.

— Non ! Vous n'avez rien à vous reprocher, ta sœur et toi. Vous n'étiez que des gosses. »

Elle secoue la tête. À l'évidence, il y a quelque chose qu'il tient à garder pour lui, mais elle n'insiste pas. Au bout d'un moment, il la regarde.

« Il y a autre chose, pas vrai ? »

Elle hausse les épaules. « Je me sens un peu perdue, pour être franche. J'ai la trouille que Dan et moi, ça ne marche pas. Et j'ai encore plus peur de le perdre, lui ou le bébé. Je ne crois pas mériter ce bonheur dans ma vie et, sincèrement, je suis incapable de revivre tout ça. »

Richard hoche la tête. « Je comprends. Moi non plus, je ne croyais pas mériter mon bonheur après ce qui est arrivé à Alfie. Les rares fois où je me surprenais à sourire, à apprécier un repas, à partager un rire avec quelqu'un, j'étais rongé de culpabilité. Mais il se trouve que Violet et moi nous sommes rapprochés. Une fois que j'avais quitté ta mère… bien après. Nous nous sommes rencontrés par hasard à Londres. Je sortais de mon travail et elle était allée en ville faire ses courses. » Il rit tout bas. « Je me rappelle que c'était au rayon alimentation de Selfridges. Je ne l'avais pas vue. Elle m'a appelé du comptoir de dégustation d'huîtres. »

Dora sourit. Elle n'a aucun mal à imaginer la scène.

« Nous avons bu un verre de vin… passé environ une heure à bavarder et ce n'est qu'au moment où nous nous sommes dit au revoir que je me suis rendu compte que j'avais plus souri en une heure que pendant tout le temps écoulé depuis la disparition d'Alfie. » Il marque une pause. « Il n'y a aucune garantie dans la vie, j'en ai bien peur. Ça me fait de la peine de le dire, mais je ne peux pas te promettre que la vie ne va pas t'apporter de nouveau des souffrances. Mais alors, réponds-moi, Dora : qu'est-ce qu'on fait, on s'arrête de vivre, on s'arrête d'essayer parce qu'on a peur de souffrir ? C'est vrai, la vie n'évolue pas toujours dans le sens souhaité. Elle peut nous blesser, presque nous détruire, mais je sais aussi que nous pouvons guérir. Nous pouvons en ressortir plus forts, trouver le bonheur là où nous ne l'attendions pas… grâce à des gens dont nous n'aurions pas pensé qu'ils pouvaient nous l'apporter. »

Dora déglutit. Père et fille restent un instant silencieux, luttant visiblement contre leurs émotions.

« C'est Violet qui m'a aidé à saisir ma seconde chance, finit par dire Richard. Elle m'a sauvé. C'est une personne tellement chaleureuse, joyeuse. Elle m'empêche de me prendre trop au sérieux. Et surtout, j'ai vraiment tiré la leçon de mes erreurs. Je l'écoute. Je la respecte. J'adore la passion qu'elle éprouve pour son métier… son envie de profiter des cadeaux de la vie… sa faculté de voir ce que les gens ont de meilleur. J'ai même appris à aimer son goût pour les talons d'une hauteur vertigineuse, malgré le nombre de fois où elle me marche sur les pieds ! Je sais que, contrairement à moi, tout le monde n'a pas droit à une seconde chance. Dan et ce bébé représentent peut-être la chance que tu dois saisir. »

Dora incline la tête et ils restent encore un instant plongés dans le silence, puis Richard reprend la parole.

« Tu sais, c'est surtout à cause de la distance qu'il y a maintenant entre nous que je m'en veux. »

Étonnée, Dora lève les yeux. « Qu'est-ce que tu veux dire par là ?

— Toi. Cassie. Quand nous avons perdu Alfie, j'aurais peut-être pu mieux maintenir nos liens. J'étais perdu dans mon chagrin, mais, à présent, je sais que j'aurais dû faire plus d'efforts pour vous deux. Je n'ai pas vu venir le geste de Cassie. » Il soupire et se frotte l'arête du nez. « Ensuite, j'ai été pris par Violet et je ne voulais surtout pas vous imposer ma relation avec elle. Franchement, je ne savais pas quelle serait votre réaction. Je craignais que ça ne vous perturbe encore davantage. C'était peut-être lâche de ma part, mais j'ai préféré me mettre en retrait pendant quelque temps. Il n'empêche… j'espérais que vous reviendriez vers moi… et que vous vous rapprocheriez toutes les deux. » Il réfléchit un moment. « Vous voir aussi éloignées l'une de l'autre m'attriste. Est-ce que tu es en contact avec Cass ? »

Dora secoue la tête. « Pas vraiment. »

Comment lui expliquer ? Comment lui parler de la fois où elle a cherché à voir Cassie, où elle s'est plantée devant un café minable du nord de Londres pour observer derrière la vitre embuée sa sœur qui allait et venait entre les tables, apportait du café et un mélange de saucisses, œufs et bacon à des clients affamés après leur nuit de travail. Elle rassemblait son courage pour pousser la porte quand elle a vu sa sœur sourire à cause d'un client qui venait de lui dire quelque chose ; ce grand sourire chaleureux, facile, avait transformé ses traits, elle était redevenue la Cassie de son enfance. La voir là, au milieu des tables et des chaises, une cafetière fumante à la main, l'air en paix avec le monde, avait anéanti tout désir de se rapprocher d'elle. Au lieu d'entrer dans le café, elle était repartie vers le métro sans même jeter un coup d'œil en arrière. À l'évidence, Cassie n'avait pas besoin d'elle. Elle n'était pas la déprimée aux tendances suicidaires qu'elle avait imaginée dans ses rêves. Malgré le traumatisme et la tragédie, Cassie semblait se débrouiller très bien sans elle.

C'était la dernière fois que Dora avait essayé de la voir, même si sa sœur, pour sa part, lui avait tendu la main. Chaque année, le jour de l'anniversaire de Dora, une carte arrivait – illustrée de simples fleurs accompagnées de la mention : « Avec affection, Cassie. » Le message n'était jamais plus long, mais, pour les vingt et un ans de Dora, Cassie avait griffonné un numéro de téléphone portable à côté de son nom.

Dora avait envisagé de l'appeler. Elle avait conservé la carte pendant plusieurs mois, l'avait tourné et retournée dans ses mains, s'était demandé si elle oserait franchir le pas. Mais elle ne l'avait jamais fait. Même lors de ses soirées solitaires où elle n'avait qu'une bouteille de vin pour toute compagnie, une fois la nostalgie et le chagrin bien installés, même alors, elle n'avait pas pu. Car il lui suffisait de se rappeler la peine qu'elle avait éprouvée quand Cassie s'était enfuie, quand elle avait tenté de mettre fin à ses jours, ou d'évoquer son image dans ce café, son sourire éclatant sous la rampe lumineuse comme si elle n'avait pas le moindre souci, pour se dire que ça ne servirait à rien. Cassie avait choisi sa route il y avait bien longtemps, et elle ne croiserait jamais la sienne.

Dora avale sa salive avec difficulté. Elle se sent incapable de formuler ce qu'elle ressent pour Cassie, mais elle n'en est pas moins intriguée. « Tu l'as vue récemment ? demande-t-elle.

— Violet et moi l'avons vue il y a six mois. Apparemment, elle va très bien. Elle habite Oxford maintenant… Elle est retombée sur ses pieds, elle a un boulot. Un truc intéressant. » Il s'interrompt. « Je sais qu'elle aimerait te voir… » Il laisse cette suggestion en suspens, n'insiste pas, avant de reprendre : « Écoute, Dora, je comprends tes craintes. J'ai passé une bonne partie de ma vie à regretter de ne pas vous avoir protégées davantage, de ne pas m'être protégé davantage. Mais est-ce que j'aurais connu les moments heureux que j'ai eus avec vous et avec votre mère… et maintenant avec Violet ? Je pense qu'il faut donner un peu plus de soi et prendre quelques risques. Comment dit-on, déjà : "Une vie vécue dans la peur est une vie à moitié vécue" ? »

Dora incline la tête. Il y a du vrai là-dedans quand on y réfléchit tranquillement.

« Tu sais, Panda, je ne prétends pas tout savoir, mais je sais qu'on passe souvent trop de temps à s'occuper de choses qu'on croit importantes : une grande maison, un boulot stressant, une famille parfaite avec toutes les traditions et attentes qui vont avec. Il m'a fallu longtemps pour le comprendre, mais je sais maintenant que ce qui compte vraiment, ce sont les gens que tu aimes et la façon dont tu les traites. Alors cramponne-toi à Dan et au bébé. Ne les lâche pas et, quoi que tu fasses, ne les laisse pas partir. Accroche-toi, ma fille. »

Dora hoche de nouveau la tête, faute de pouvoir parler. Les mots de son père l'ont profondément remuée. Elle pense à tout ce qu'il a perdu sans le vouloir : son fils, sa femme, sa maison – et même, dans une certaine mesure, Cassie et elle. Tout cela s'est enfui. Et pourtant, son père mène une nouvelle vie surprenante, il a tiré la leçon de ses erreurs, il aime Violet et de nouvelles choses lui tiennent aujourd'hui à cœur.

Elle lui serre très fort la main et ils restent assis là en silence, cramponnés l'un à l'autre.

Enfin, Dan revient, portant des flûtes sur un plateau. Il ne semble pas remarquer l'émotion qui flotte dans la pièce.

« Et voilà ! annonce-t-il. Du champagne pour nous… et de l'eau gazeuse pour la future maman. » Avec un grand geste, il tend son verre à Dora.

Violet déboule sur ses talons avec la bouteille de champagne ouverte. « Il faut porter un toast. Richard, tu veux bien t'en charger ?

— Bien sûr. » Une fois debout, il lève son verre, s'éclaircit la gorge et regarde Dora avant de prendre la parole. « À cette nouvelle vie… et aux vies pleinement vécues. »

Violet lui adresse un sourire attendri. Après avoir trinqué, ils boivent une gorgée et feignent de ne pas remarquer les yeux larmoyants de Richard.

« Bon, il y a un beau rôti dans la cuisine qu'il faudrait découper, annonce Violet d'une voix gazouillante. Lequel des deux hommes de choix que nous avons là voudra bien s'en charger ? Dan ?

— Avec plaisir.

— Magnifique. Dan et Dora, allez-y pendant que je range un peu ici. »

Ils comprennent à demi-mot. En sortant, Dora se retourne. Violet ajuste le col de chemise de Richard, lui murmure quelque chose à l'oreille jusqu'à ce qu'un sourire malicieux s'élargisse sur son visage. Richard se penche pour effleurer de ses lèvres la joue de Violet, puis, en s'apercevant que Dora les observe du seuil, il cligne imperceptiblement de l'œil par-dessus les boucles blondes de Violet. Dora s'éloigne en souriant.

Ils sont soulagés de constater que l'atmosphère se détend et s'allège au cours du déjeuner. Violet prend au sérieux son rôle d'hôtesse et l'humeur n'est plus à la tristesse. Au dessert, Richard enchaîne des blagues rebattues et Dan les fait rire aux larmes en leur mimant la maladresse dont il a fait preuve le jour où il a rencontré un peintre célèbre qu'il admirait depuis longtemps. Tous tiennent à laisser tomber les questions douloureuses.

Juste au moment où la nuit commence à tomber, Dora et Dan prennent congé. Lorsqu'ils démarrent, Dora se retourne pour agiter la main une dernière fois et voit son père et Violet devant la maison. Richard entoure les épaules de Violet qui lève sur lui des yeux remplis d'adoration. Dora sourit, se retourne et pose une main sur celle avec laquelle Dan manie le levier de vitesse.

« Tu avais raison. »

Dan hoche la tête d'un air avisé. « J'ai toujours raison. » Il s'interrompt pour mettre son clignotant. « Mais rappelle-moi à quel propos j'avais raison cette fois ?

— Violet convient vraiment à papa. »

Il le confirme d'un signe de tête. Dora se carre sur son siège et voit défiler les haies devant sa vitre dans un grand flou vert. *Une vie à moitié vécue.* Cette phrase résonne puissamment en elle. Depuis la disparition d'Alfie, tous ont mené une vie contrainte, une moitié de vie, chacun à sa façon. Son père ne lui a pas fourni toutes les réponses, mais il lui a indiqué la direction dans laquelle elle devait aller.

Lorsque les haies font place aux lampadaires, ses yeux se ferment, succombant au pouvoir hypnotique d'une succession de lumières orange qui se précipitent vers elle dans le noir, toutefois un visage continue à apparaître et à disparaître au seuil de sa conscience.

Celui de Cassie.

Il est temps qu'elle revoie Cassie.

16

Helen

Neuf ans plus tôt

Plus tard, une fois que les choses se furent un peu tassées, Helen nota avec ironie que son mariage s'était terminé au moment précis où le reste du monde s'apprêtait à tourner la page pour commencer un nouveau chapitre étincelant.

On était à la veille du nouveau millénaire. Le pays entier se préparait à fêter l'entrée dans le XXIe siècle, mais, en se levant ce matin-là, Helen ne pensait qu'à brancher la bouilloire pour boire une tasse de thé, à jeter du muesli dans un bol, et peut-être à monter le chauffage d'un ou deux degrés. Cassie était encore aux abonnés absents, cachée à Londres, sans qu'on puisse la contacter. Dora passait le week-end chez une amie. Richard et elle n'avaient aucun projet et elle savait qu'ils passeraient une soirée tranquille avec une bouteille de vin et le téléviseur en sourdine pour voir les fêtes bruyantes qui auraient lieu aux quatre coins du globe. Cela lui convenait parfaitement.

Elle descendit l'escalier, avança dans le couloir balayé par des courants d'air et serra sa robe de chambre contre elle en se dirigeant vers la cuisine.

Ce fut en passant devant la porte ouverte du séjour que, dans un recoin de son esprit, elle nota quelque chose de bizarre. Elle faillit ne pas s'arrêter, mais un sixième sens communiqua à son cerveau ce que ses yeux n'avaient pas réussi à lui transmettre. À pas lents, elle revint en arrière et se planta sur le seuil.

Le paysage lugubre de Tobias était toujours accroché à sa place dans son cadre doré. Tout était parfait, inchangé, à l'exception d'une série de lacérations sur la toile qui laissaient voir le blanc choquant du mur derrière. Apparemment on s'était acharné avec un cutter.

Helen sentit ses jambes céder.

Elle s'avança pour s'asseoir sur le bras du canapé et examina les dégâts. On aurait dit une installation dans une galerie d'art contemporain. Elle entendait presque les critiques d'art se répandre en formules emphatiques extravagantes sur ce symbolisme et sur le message ironique et audacieux du peintre. Sauf qu'elle n'était pas dans une galerie de peinture et que ce geste indéniablement symbolique exprimait la colère et non l'ironie. Il y avait une seule explication.

Richard savait.

Il avait découvert sa liaison.

Songeant à la confrontation qui allait suivre, Helen agrippa l'accoudoir du canapé. Sa liaison avait pris fin deux ans plus tôt, au moment où on avait descendu le cercueil vide d'Alfie dans la fosse et où elle avait dit adieu à son fils. Elle s'attendait à voir son sentiment de culpabilité s'émousser avec le temps, mais elle s'éveillait encore tous les matins en étant incapable de se pardonner ses échecs en tant qu'épouse et mère, incapable de se regarder dans la glace sans lire dans ses yeux autre chose que du dégoût et de la haine de soi.

Paralysée, peu désireuse d'affronter la scène qui

l'attendait, elle resta encore un instant assise devant la toile saccagée. Un maelström d'émotions s'empara d'elle et, surprise, elle constata que, mêlée à la culpabilité et à la peur, se glissait une lueur plus douce qu'elle ne pouvait appeler autrement que du soulagement. Elle avait été démasquée ; une fois ses secrets sordides mis au jour, elle n'aurait plus besoin de mentir ni de se cacher. Quelle que soit l'issue, il était temps d'y faire face.

Dieu sait que, depuis deux ans, elle avait envisagé d'innombrables fois de tout avouer à Richard. Après l'enterrement d'Alfie, les mots lui brûlaient la langue comme du sel sur un ulcère, si bien qu'elle avait failli hurler de douleur.

Elle n'avait pas mis fin à sa liaison aussitôt après la disparition d'Alfie. Si des aveux lui auraient peut-être apporté une sorte de paix, elle se rendait compte qu'il aurait été cruel d'imposer une peine supplémentaire à un homme déjà noyé dans son chagrin. Depuis, elle n'avait pas réussi à surmonter cette hantise. Chaque fois qu'elle envisageait de confesser sa trahison à son mari, elle se disait que ce serait là un geste purement égoïste. Car, en soulageant sa conscience et en cherchant le pardon, ne transférerait-elle pas le fardeau de l'adultère sur les épaules de son mari ? Il devrait alors vivre avec ce poids comme il pourrait. D'ailleurs, pour être franche, elle n'estimait pas Richard de taille à surmonter cette nouvelle épreuve.

Aussitôt après l'enterrement, elle passa par une phase étrange, nébuleuse. Des souvenirs épars refirent surface : odeur de cuir de la voiture qui les avait ramenés chez eux après la cérémonie, mouchoir humide qu'elle avait serré dans sa main tout l'après-midi, pour s'apercevoir ensuite qu'il était brodé aux initiales d'Alfred Tide, les mêmes que celles de son fils. Une fois chez eux, Richard s'était écroulé dans un coin de la cuisine, les yeux fixés sur le jardin, un verre de whisky à la main. David Chamberlain, son associé, lui tournait autour en lui tapotant maladroitement l'épaule et en répétant à quel point il était navré, si bien qu'Helen avait envie de hurler et de le mettre à la porte ainsi que sa femme. Bill et Betty Dryden, qui avaient tous deux activement participé aux recherches, étaient revenus avec eux. Betty préparait du thé et sortait des petits gâteaux pendant que Bill était assis à la table de la cuisine avec Cassie et Dora, et tous trois se remémoraient des temps plus heureux. Ainsi, l'été précédent, Alfie avait voulu aider Bill à biner les plates-bandes. Bill fit rire les deux filles en rappelant qu'Alfie, un grand sourire aux lèvres, avait porté à sa bouche un ver bien gras qui gigotait et avait dit : « Miam… paghetti. » Lorsqu'ils se rendirent compte tous les trois qu'Alfie ne pourrait plus confondre vers et spaghettis, les rires se perdirent dans un silence larmoyant et, peu après, Bill et Betty prirent congé.

Il ne restait plus que Violet qui, vêtue d'une robe noire moulante, un rouge trop vif sur les lèvres, s'activait dans la cuisine à préparer du thé et des toasts aux haricots blancs. Aucun d'eux n'avait faim, mais, au moins, le repas les distrayait de leur chagrin immense et quelque peu intimidant.

Avec un soupir las, Helen regarda Violet et se versa un autre verre de vin : « Tu es un ange. Merci d'être venue.

— Ne dis pas de bêtises, voyons. Tu as besoin d'un peu d'affection en ce moment. Alors, je suis là. De toute façon, je n'ai rien de mieux à faire… »

Richard s'éclaircit la gorge. « Si vous voulez bien m'excuser… je crois… j'aimerais… » Ses traits étaient pâles et il butait sur les mots. « Je crois que je vais devoir m'allonger.

— Bien sûr. » Violet lui tapota le bras. « Vas-y, mon chou. Je m'occupe des filles. »

Helen échangea un regard inquiet avec Violet. « Il est fatigué, c'est tout. » Elle cherchait surtout à se rassurer. « La journée a été longue. »

En réalité, il n'était que trois heures de l'après-midi.

Richard venait de sortir quand le téléphone sonna. Helen se précipita et décrocha quelques secondes avant que Cassie le fasse.

« Allô ?

— Tu peux parler ? » C'était Tobias.

Ils ne s'étaient pas contactés depuis deux jours.

« Oui. Un instant, je vous prie. » Sa voix était empreinte d'une efficacité polie. Elle se tourna vers les autres : « C'est une collègue de travail. Vous m'excusez ? »

Violet hocha la tête. « Allez, les filles, on va voir ce qu'il y a à la télé. Un vieux film, peut-être ? »

À contrecœur, Cassie et Dora sortirent de la cuisine derrière les hanches ondulantes de Violet et laissèrent Helen à sa communication.

« Tu es toujours là ?

— Oui. Comment vas-tu, ma chérie ? J'ai pensé à toi toute la journée. »

Elle ferma les yeux. « Il paraît qu'on se sent un peu mieux après la cérémonie, mais franchement, c'est encore pire. La maison est tellement vide sans lui. Je m'attends à tout moment à le voir débouler dans la pièce en réclamant son repas ou en me demandant de trouver un jouet.

— Mon pauvre amour. Je serais bien venu à l'église, mais j'avais l'impression que ça n'aurait pas été correct.

— En effet, reconnut Helen.

— Quand puis-je te voir ? Je meurs d'envie de te serrer dans mes bras. »

Helen se contenta de respirer calmement. « Tobias, mon fils est mort. Il est parti.

— Je sais. Je suis navré. Je me demandais seulement comment je pourrais te consoler un peu.

— C'est impossible. » Elle s'interrompit pendant que les mots faisaient leur chemin. Pour la première fois, elle ne supportait pas l'idée d'être avec lui.

« Tu pourrais au moins me laisser essayer, non ? demanda-t-il d'une voix plaintive. Tu me manques.

— Le moment est mal choisi. J'ai besoin d'être avec ma famille. »

Tobias resta un instant muet. « Écoute, Helen, moi, j'ai besoin de toi. »

Helen secoua la tête. « Non, il faut que je reste ici avec Richard. »

Il y eut un lourd silence au bout du fil. « Qu'est-ce que tu es en train de dire, Helen ? »

Elle soupira. Elle se sentait fatiguée, trop fatiguée pour ce genre de conversation.

« Je ne sais pas. Il faut que je rassemble mes idées. Je n'aurais jamais dû te voir ce jour-là. C'était une erreur. Une terrible erreur. » Étrange, hystérique, sa voix monta dans l'aigu. « Le fait que nous ayons été ensemble pendant qu'Alfie disparaissait me torture. Je n'ai pu en parler à personne et ça me tue. Je me sens tellement seule. » Elle lâcha un sanglot étouffé d'angoisse.

« Chérie, tu n'es pas toute seule. Je suis là pour toi. Pourquoi ne pas nous voir ? Nous pourrons en discuter. Tu te sentiras mieux, je te le promets. Tu seras bien avec moi. Tu ne te rappelles pas comme tu étais bien ? »

Ces mots lui soulevèrent le cœur. « Non, Tobias. Je ne peux pas faire ça. Ma famille a besoin de moi.

— Alors, moi, je ne compte pas ? C'est ça ? » gémit-il d'une manière peu séduisante.

Helen s'étonna de ne pas avoir remarqué jusque-là ce côté puéril, égocentrique. Elle se remémora plusieurs moments passés avec lui dans des chambres d'hôtel, sur la banquette arrière de sa voiture, des moments volés, gorgés de désir et de sexe, que l'interdit rendait encore plus excitants, et elle sentit de nouveau son cœur se soulever. Emportée par la passion, elle n'avait pas vu à quel point cette liaison était d'une affreuse et pathétique banalité. Elle avait magistralement joué à l'épouse incomprise, dépeint Richard sous les traits du mari négligent, distrait, et Tobias avait endossé à la perfection le rôle de l'amant. Il fallait se ressaisir. Comment s'était-elle retrouvée dans cette situation ? C'était donc pour ça qu'elle avait risqué tout ce à quoi elle tenait ? Elle avait compromis toutes ces années passées avec Richard à construire une vie et une famille pour une simple tocade ?

Soudain, elle revit Richard devant l'église, le visage livide, crispé de chagrin, les yeux perdus à l'horizon, un bras serrant chacune de ses filles. Dora enfouissait son visage dans sa veste et Richard remuait lentement les lèvres, offrait des paroles de consolation aux petites alors même qu'Helen percevait l'angoisse qu'il ressentait au fond de lui-même. Son brave époux, si fort. Quelle folle elle avait été !

« Pour l'instant, non », répondit-elle.

Soudain, elle eut une vision claire des choses, plus claire que depuis bien longtemps. Elle avait déjà perdu son fils et ne pouvait prendre le risque de perdre ses filles et son mari.

« Je suis désolée. Je ne voudrais pas paraître insensible, mais je pense qu'il vaudrait mieux ne plus nous voir. En ce moment, ma famille est ce qui compte le plus pour moi.

— Ce dont tu as besoin, c'est de temps et d'une plage de liberté…

— Non. »

Tobias se tut. Quand il reprit la parole, sa voix était coupante. « Je n'en reviens pas ! Après des semaines de "Tobias, j'ai envie de toi", et "Tobias, j'ai besoin de toi", tu veux tout arrêter ?

— Je regrette. Je ne peux plus continuer.

— Alors, c'est fini ? Comme ça, tout d'un coup ?

— Oui.

— Je vois. »

Tous deux gardèrent un instant le silence. Elle l'entendait respirer au bout du fil et se rendit compte qu'elle ne ressentait rien, absolument rien. Son béguin pour lui s'était évanoui.

Ce fut lui qui reprit la parole. « Bon, dans ce cas, je crois qu'il n'y a rien à ajouter…

— Non. »

Après une pause, il ajouta : « Au revoir, Helen.

— Au revoir. »

Il y eut un autre silence, comme s'il s'attendait à ce qu'elle change d'avis, mais Helen se tut et, quand elle l'entendit raccrocher, elle n'éprouva que du soulagement. Elle resta une minute à écouter le son strident de la tonalité de son téléphone, puis laissa les bruits familiers de sa maison reprendre le dessus.

Les jours suivants, elle s'effondra de temps à autre, à des moments inattendus. Parfois, elle se sentait bien, presque dans son état normal, et, soudain, des bouffées de tristesse insoutenable la submergeaient. Ce qui les provoquait pouvait être n'importe quoi : un jouet débusqué sous les coussins du canapé, les marques au crayon sur le mur de la cuisine qui correspondaient à la taille d'Alfie, une vieille boîte de raisins secs entamée retrouvée au fond de son sac à main. Ces petites choses pouvaient la faire suffoquer et la précipiter dans la salle de bains où elle s'écroulait et expulsait la souffrance à grands sanglots. Ou encore elle montait dans la chambre d'Alfie, fermait la porte et s'allongeait sur son lit frais. Là, elle humait les derniers précieux effluves de son odeur et tachait l'oreiller de ses larmes.

Quant à Richard, il était complètement anéanti. Son mari, d'ordinaire si fort, sur lequel elle avait toujours pu compter, était en miettes. Jusqu'au moment où on avait descendu le petit cercueil vide dans la fosse, Richard avait fait preuve d'une grande volonté. Il avait passé toutes ses heures de veille à chercher Alfie. Puis, lorsque l'espoir s'était éteint et que la police avait mis fin aux recherches, il avait reporté toute son énergie sur l'organisation des obsèques. Mais maintenant que la cérémonie avait eu lieu, Richard avait craqué.

Il resta alité pendant une semaine. Helen et les filles essayèrent vainement de le faire lever. Accablé de chagrin, il était allongé dans la pénombre de la chambre, le visage tourné vers le mur. Helen voulait lui tendre la main, le prendre dans ses bras, elle voulait qu'il la serre contre lui pour sentir le poids rassurant de son corps. Pourtant elle se contentait de s'asseoir au bout du lit, dans l'obscurité, et d'écouter sa respiration régulière. Elle attendait qu'il parle, se demandait si elle devait lui avouer où elle était allée ce jour-là. Comme il ne disait rien, elle se tut elle aussi.

À la fin, ce fut elle qui rompit le silence, non pour évoquer sa liaison, mais Alfie. En phrases hachées, elle parla de sa naissance et des moments privilégiés qu'ils avaient partagés au-dessus de son berceau en le regardant dormir. Elle lui remémora qu'il avait été précoce en tout ; à six mois, il avait eu sa première dent, à sept mois, il se traînait à quatre pattes sur le sol du séjour pour suivre ses sœurs, et, à onze mois, il s'essayait à quelques pas chancelants. Son premier mot avait été « papa », rappela-t-elle à Richard. Lorsqu'il avait attrapé la varicelle, ils avaient veillé toute la nuit et, une autre fois, sous l'effet d'une forte fièvre, il avait vomi sur les couvertures. Au soleil, ses cheveux étaient dorés et les vieilles dames de Bridport s'arrêtaient pour s'extasier devant lui quand elle le promenait. Il ne cessait de sortir les livres des rayonnages jusqu'au moment où, exaspérée, elle avait passé la matinée à les serrer de telle sorte qu'il lui soit impossible d'en retirer un seul. Un jour de fin d'été, il était sorti et, innocemment, avait lancé une par une des cerises pourries ramassées au pied de l'arbre sur le mur fraîchement repeint de la maison. Et il esquissait de comiques pas de danse, sautait, tournoyait dans le salon avec les filles quand on passait leurs CD préférés. Assise au bout du lit, elle dressait le catalogue de leurs souvenirs, tantôt en riant, tantôt en sanglotant, parfois les deux en même temps, pendant que Richard demeurait immobile, muet, le visage tourné vers le mur.

Dans un moment de manque et de solitude, elle s'était déshabillée sans bruit et glissée dans leur lit pour presser sa nudité tiède contre le dos de son mari. Il ne dormait pas, elle le savait à sa respiration et avait envie qu'il la prenne dans ses bras. Elle aurait voulu s'oublier, enfouir sa souffrance dans son odeur et sa peau familières. Mais Richard restait figé, sous le drap, si bien qu'elle finit par s'écarter et s'endormir.

Exaspérée, à bout de ressources, elle s'en ouvrit à Violet.

« Je ne sais plus quoi faire. Je m'inquiète. Il ne peut

pas continuer comme ça… il va se rendre malade… et moi, je ne suis pas sûre de pouvoir m'en sortir toute seule.

— Bon, je suis là, moi, proposa Violet. Je t'ai déjà dit que je n'avais rien d'urgent à faire, alors je veux bien t'aider. » Elle s'interrompit en se rendant compte qu'elle n'avait pas bien compris. « Je vois ce que tu veux dire. Ça doit être dur pour toi. Je suppose que Richard est terriblement triste. D'une certaine façon, je crois que c'est peut-être encore plus dur pour un homme. »

Helen haussa un sourcil et la considéra d'un air sceptique. « Ah bon ?

— Écoute, je ne dis pas que c'est facile pour toi. Après tout, tu es la mère d'Alfie. Mais Richard est le soutien de famille, celui qui doit tous vous protéger. Il a peut-être l'impression qu'il n'a pas fait son devoir envers vous, envers Alfie. Ce n'est bien sûr pas le cas, s'empressa-t-elle d'ajouter. Je crois seulement que, par moments, il doit se faire de terribles reproches. Pauvre homme !

— Mais ce n'est pas sa faute !

— Je le sais bien. Ce n'est la faute de personne. Excuse-moi, je ne m'exprime pas comme il faudrait. Tout ce que je veux dire, c'est que Richard est un homme qui a un grand sens de l'honneur. Tu comprends ? »

Helen inclina la tête. Personne ne le comprenait mieux qu'elle. Tous les jours, elle se sentait coupable d'avoir passé la journée avec Tobias au lieu de s'occuper de son fils. Si elle avait agi autrement, si elle n'avait pas fait ce choix ce matin-là, Alfie serait toujours en vie.

Violet interrompit le cours de ses pensées. « Tu pourrais appeler un médecin pour qu'il lui donne des antidépresseurs… ou qu'il l'oriente vers une aide psychologique ? Je sais que, de nos jours, il y a des tas de traitements contre la dépression. »

Helen secoua la tête. « Richard ne souffre pas de dépression. » Elle s'interrompit. « Non. Il a du chagrin. Il est terrassé par ses émotions. Il n'a jamais été expansif. Voilà ce qui se passe quand on garde tout à l'intérieur. »

Violet était d'accord.

« Je ne sais vraiment pas quoi faire, Violet. » Helen s'affaissa sur la table. « Comment reprendre une vie normale quand tout a été détruit ? Je ne pense pas en être capable toute seule.

— Je crois que vous êtes tous bien loin de pouvoir reprendre une vie normale pour l'instant. Il faudra un peu de temps, mais ça ira, tu verras. » Elle lui tapota le bras. « Essaie d'être patiente. »

Helen haussa les épaules. Elle n'avait pas d'autre solution.

Au bout du compte, et de façon inattendue, ce fut Violet qui réussit à communiquer avec Richard. Le dernier jour qu'elle passa avec la famille, Helen lui demanda si, avant de partir, elle voulait bien apporter à Richard un plateau avec du thé et des toasts.

« Ça ne t'embête pas ? Tu pourras lui dire au revoir par la même occasion… sauf qu'il ne te répondra sans doute pas, ajouta Helen d'un ton désabusé. Mais, au moins, il saura que tu t'en vas.

— Bien sûr, si je peux te rendre service, pas de problème, tu le sais. »

Violet avait monté le plateau à l'étage. Comme, quelques minutes après, elle n'était pas redescendue, la curiosité d'Helen en fut piquée. Elle se faufila sur le palier. La porte de la chambre était entrebâillée, si bien qu'elle voyait Violet assise sur le côté du lit qu'elle occupait elle-même d'ordinaire. Richard lui tournait le dos. L'air mal à l'aise, Violet gigotait sur le matelas et tripotait les boutons des poignets de son chemisier pendant qu'elle lui parlait tout bas. Helen saisissait à peine ses paroles.

« C'est épouvantablement triste, Richard. Alfie vous manque à tous et chacun de vous le pleure à sa façon. Je comprends que tu aies envie de rester ici, à l'écart du monde. Mais je ne veux pas que, dans ton chagrin, tu oublies que tu as deux filles magnifiques, sensibles, là en bas, qui ont terriblement besoin de toi en ce moment. Et une épouse merveilleuse qui t'aime beaucoup. »

Un petit soupir monta de l'autre côté du lit.

« Helen s'inquiète à ton sujet. Comme tout le monde. Je sais que tu te lèveras quand tu seras prêt à affronter ta famille et je ne mets pas la pression sur toi, je t'assure. Je voulais juste te rappeler que, si Alfie est parti, il reste encore ici de la vie dont tu pourras profiter dès que tu t'en sentiras capable. » Violet s'interrompit et rabattit une mèche blonde derrière son oreille. « Bon, voilà que je n'arrête pas de bavasser alors que j'étais seulement montée te dire que je m'en allais. Il faut que je regagne le Sussex pour m'occuper de mes magasins. En automne il y a beaucoup de travail pour les fleuristes. C'est étrange, non ? Mais si toi ou les filles avez besoin de moi, décroche le téléphone. J'arriverai en un rien de temps. »

Violet se pencha pour embrasser doucement le crâne de Richard. Ce contact électrisa Richard. D'un geste brusque, il se redressa, lui attrapa la main et regarda Violet avec des yeux égarés.

« Je n'y arrive pas, dit-il d'une voix rauque. Je ne peux pas continuer comme ça. Je pense sans cesse à lui, dans l'eau… son petit corps malmené par les vagues, jeté contre les rochers ou… » Sa voix se fêla. « Ou entraîné au fond de la mer. Je ferme les yeux et je le vois déchiqueté par les récifs, son beau visage tout blanc et enflé. Les poissons le grignotent, les crabes le tirent par les mains et les pieds… »

Helen frémit. Elle avait le cœur au bord des lèvres et, si elle ne supportait pas d'écouter Richard décrire ses cauchemars, elle ne parvenait pas non plus à s'éloigner.

« Je ne peux pas en parler à Helen. Je ne veux pas la bouleverser encore davantage. Ce ne serait pas juste. Oh ! mon Dieu… » Richard sanglota. « Comme j'aurais envie de le prendre dans mes bras… je donnerais n'importe quoi pour le serrer contre moi, pour sentir sa peau, pour toucher ses cheveux. Mon beau petit garçon… mon beau petit garçon est parti. »

Sur ces mots, il lâcha un cri et se cramponna à Violet. Il l'enlaça, posa la tête au creux de son épaule et laissa échapper des sanglots sonores qui n'avaient rien de policé et le firent trembler de tout son corps.

À l'évidence, Violet ne savait pas comment réagir. Elle ne bougeait pas, impuissante, pendant que Richard s'accrochait à elle. Puis, lentement, elle tendit la main, caressa la tête de Richard et murmura des petits mots réconfortants. Bientôt, Richard cessa de pleurer. Tous deux restèrent un instant dans la même position puis, comme si elle avait senti la présence d'Helen, Violet jeta un coup d'œil vers la porte. Un instant figées, les deux femmes s'observèrent par-dessus la tête de Richard, puis Helen adressa un « merci » muet à son amie et tourna les talons.

Une heure plus tard, Violet s'en alla, et une heure environ après son départ, Richard descendit en robe de chambre, entra dans la cuisine, brancha la bouilloire et demanda à Helen : « Tu as envie d'une tasse de thé ? » comme si les sept jours d'isolement qu'il s'était imposés n'avaient été qu'un rêve.

Helen décida de jouer le jeu et fit comme si tout était normal. « Oui. Oui, ce serait gentil. Merci.

— Je pense retourner au travail lundi, ajouta Richard en cherchant des tasses dans le placard.

— Tu crois ?

— Oui », fut tout ce qu'il répondit.

Et la question fut réglée.

Helen se secoua. Plus de deux ans après, les souvenirs étaient encore frais dans sa mémoire. Tout comme son chagrin et son sentiment de culpabilité. Elle regarda de nouveau la peinture lacérée accrochée au mur, soupira, puis se leva avec lassitude de l'accoudoir. Dehors, il faisait froid et ses articulations étaient raides et douloureuses. Elle se sentait fatiguée, vieille et fatiguée. Après avoir resserré sa robe de chambre contre elle, elle traversa le couloir glacial et rassembla son courage pour la confrontation qui n'allait pas manquer d'avoir lieu.

En traversant la salle à manger, elle détourna comme d'habitude les yeux des photos encadrées disposées sur le buffet, souvenirs de temps plus heureux. Depuis l'enterrement, ils n'avaient pas songé à photographier la famille. On aurait dit que la vie s'était arrêtée chez les Tide, qu'elle ne valait plus la peine qu'on la célèbre. C'était triste, mais Helen n'avait pas l'énergie d'y remédier. Continuer à faire fonctionner la maison jour après jour réclamait tous ses efforts.

Lorsque Richard avait repris son travail, elle avait espéré que les choses se tasseraient. Les filles étaient retournées en classe. Helen s'était cuirassée et avait commencé un nouveau trimestre à l'université. Mue par une étrange force, un élan auquel elle ne pouvait résister, elle se réveillait, s'habillait, allait au travail. Elle faisait ses courses, préparait le dîner, se brossait les dents, allait se coucher, telle une actrice qui jouerait son rôle sur une immense scène vide, quotidiennement, dans la douleur.

Si elle tâchait de l'éviter, Tobias la poursuivait. Il se présentait dans son bureau à l'improviste et la suppliait d'une voix basse, pressante, de revenir sur sa décision. Il laissait des fleurs et des petits mots sur sa table de travail, des messages sur son répondeur, mais Helen n'en tenait pas compte. Elle ne supportait plus de le voir ni de penser à ce que leur liaison avait détruit. Chaque petit mot qu'il griffonnait, chaque fleur flétrie qu'il avait cueillie et lui offrait en gage d'affection ne faisait que raviver son furieux sentiment de culpabilité. La mort d'Alfie avait épuisé toute la passion qu'elle avait pu éprouver pour lui, tout comme un incendie aspire tout l'oxygène autour de lui. En outre, perdre Alfie avait mis en lumière une vérité qu'elle avait eu la folie d'ignorer : c'était à Richard qu'elle tenait et à lui seul. À présent, elle se rendait compte que son sérieux, son sens de la famille et du devoir, sa bonté intrinsèque n'étaient pas des signes de faiblesse, des aspects agaçants de sa personnalité, mais des qualités qu'elle se devait d'admirer et de respecter.

Pourtant, Richard était curieusement absent. Ses déplacements professionnels s'éternisaient et, quand il revenait, il errait sans but dans la maison ou faisait de longues promenades solitaires le long du cap et revenait au bout de plusieurs heures sans que la lueur distraite ait disparu de son regard. Le soir, une fois qu'ils avaient comme de coutume fermé les portes et éteint les lumières, ils se retiraient dans leur chambre, se changeaient pour la nuit et, dans le noir, se glissaient sans bruit sous les couvertures.

« Bonne nuit, chérie, disait-il d'un ton guindé, celui d'un homme beaucoup plus âgé que lui qui n'avait que quarante ans.

— Bonne nuit », répondait-elle, puis elle s'écartait de lui et remontait les draps sous son menton, alors que, en secret, elle aurait apprécié la chaleur de son contact. Elle ne savait plus quand ils avaient fait l'amour pour la dernière fois. Après dix-neuf ans de mariage durant lesquels elle s'était sentie étouffer, elle découvrait à présent qu'elle ne désirait rien tant que la sécurité, la vie rassurante qu'elle avait connues avec son mari. C'était plus qu'ironique, c'était pervers. Pourtant, elle se disait qu'elle méritait son sort. Cassie, chamboulée, se terrait à Londres, Dora s'enfermait dans sa chambre ou, à la première occasion, sortait, si bien qu'Helen errait dans Clifftops comme une âme en peine. La maison vide, pleine d'échos, était la croix qu'elle devait porter, le châtiment qu'on lui infligeait, bref son purgatoire.

Malgré la douleur, la tristesse qu'ils avaient tous deux provoquées et endurées, elle voulait croire que Richard n'avait pas cessé de l'aimer. Il fallait seulement lui accorder un peu de temps, se disait-elle, afin qu'il se remette de son chagrin et revienne à elle car, cette fois, elle l'attendrait.

Devant la cuisine, elle s'immobilisa. Et si la révélation de sa liaison leur permettait de sauver leur couple ? Finis les secrets, les mensonges. C'était peut-être là le feu qu'ils avaient besoin de traverser pour purifier leur mariage. Les deux années écoulées avaient été les pires de son existence, mais elle espérait encore qu'ils avaient un avenir devant eux car, sinon, que lui resterait-il ?

Elle prit son courage à deux mains. Après avoir respiré un grand coup, elle poussa la porte et entra.

Richard était assis à la table de la cuisine. Il lui tournait le dos, mais elle le vit se raidir lorsqu'elle entra. Il la prit de court en demandant :

« Depuis combien de temps, Helen ? » Il ne la regarda pas. À sa voix qui râpait comme du papier de verre, on sentait qu'il avait pleuré. « Depuis combien de temps ça dure ? »

Elle déglutit. « Ça a duré deux mois… peut-être trois, mais c'est fini depuis longtemps. Ce n'était rien, Richard, ça n'avait pas d'importance. » Même à ses oreilles, les mots sonnaient creux. Elle contourna la table pour se trouver face à lui, mais il regarda par la fenêtre. Devant lui, il y avait un morceau de papier. Lorsqu'elle baissa les yeux pour y jeter un coup d'œil, Richard perçut son intérêt et poussa la feuille vers elle.

« Tu voudras sûrement garder ce petit souvenir. »

Il s'agissait d'une esquisse au fusain, une femme nue allongée à l'ombre d'un arbre, saisie dans une pose osée par le coup de crayon habile de l'artiste qui avait pris la peine de dater et de signer le dessin dans le coin inférieur droit. Helen considéra le croquis avec horreur.

« Tu es jolie là-dessus, dit Richard.

— Je… Je n'avais aucune idée…, bégaya Helen.

— N'essaie pas de nier, Helen. On te reconnaît bien. Comme tu me l'as dit toi-même il y a plusieurs années quand tu as rapporté cette affreuse peinture à la maison, c'est un peintre génial. La ressemblance est saisissante, tu ne trouves pas ? »

De nouveau, Helen déglutit. Discuter d'une liaison était une chose, mais en avoir sous les yeux la preuve accablante était à la fois inattendu et mortifiant. Pauvre Richard.

« Comment… Où as-tu trouvé ça ? C'est lui qui te l'a donné ? » Les idées se bousculaient dans la tête d'Helen.

Richard grogna. « Quelqu'un m'a pris en pitié et a décidé de m'envoyer ce dessin à mon travail. Je l'ai reçu hier. Je suppose que c'est sa femme qui a pris les choses en main et m'a mis au courant. Quel pauvre cocu je fais ! J'imagine qu'elle en avait assez des infidélités de son mari. »

Helen se mordit l'intérieur de la joue. L'idée que Richard ait pu ouvrir l'enveloppe qui contenait cette esquisse explicite, à son bureau, qui plus est, lui était insupportable. « Je ne sais pas quoi dire… C'est fini. Il faut me croire. C'est fini depuis longtemps. Depuis l'enterrement. Je n'aurais jamais pu… »

Ses mots se perdirent lorsque Richard la regarda avec un dégoût manifeste dans les yeux.

« Tu n'aurais jamais pu coucher avec un autre, un homme marié, qui plus est, alors que ton fils était perdu ? Mort ? C'est vraiment très digne de ta part, Helen, dit-il d'un ton sarcastique. Très noble.

— Je ne suis pas fière de moi, Richard. Depuis deux ans, je vis avec un sentiment de culpabilité. Je voulais t'en parler, je t'assure.

— Et pourquoi ne l'as-tu pas fait ?

— Je ne voulais pas ajouter à ton chagrin. Nous pleurions notre fils. Cette liaison était terminée. J'ai pensé qu'il valait mieux… » De nouveau, sa voix se perdit.

Ils étaient assis face à face. Richard la regarda, puis secoua la tête, incrédule. La feuille de papier blanc était un rappel implacable de ce qui avait mal tourné pour eux au fil des ans.

« Tu l'aimes ? finit-il par demander.

— Non ! s'écria-t-elle. Mon Dieu, non ! C'était une erreur, une folie.

— Quand est-ce que ça a commencé ? Raconte. Ne m'épargne aucun détail. Je ne veux plus de mensonges, tu comprends ? » Sa voix était sévère.

Helen acquiesça. « Au début, il s'agissait d'un simple flirt. Nous nous sommes rencontrés à Bridport le jour où je suis entrée dans sa galerie et où j'ai acheté le tableau. »

Richard hocha la tête.

« Ce jour-là, nous avons un peu plaisanté, mais ça n'allait pas bien loin. Nous venions de nous installer dans le Dorset. C'était une période difficile. Tu te rappelles ? »

De nouveau, Richard hocha la tête et se tourna vers la fenêtre. Helen voyait les larmes s'accumuler au coin de ses yeux. Malgré l'envie qu'elle avait de se pencher par-dessus la table pour le prendre dans ses bras, elle se retint. Elle lui devait une explication.

« Et puis j'ai été enceinte d'Alfie. Tobias est alors… sorti de mes pensées. Il ne s'était rien passé, il ne devait rien se passer. Toi et moi, nous étions heureux. Tu t'en souviens ? » Il y avait du désespoir dans sa voix. Il était important qu'il sache ce qu'ils avaient, ce qu'ils pourraient retrouver.

« Quand est-ce que tu as commencé à coucher avec lui ? Qu'est-ce qui avait changé ?

— Pendant ma deuxième année à Exeter. Il a été nommé artiste peintre en résidence à l'université. »

Richard acquiesça. « Continue.

— Nous nous croisions de temps à autre. Et puis, avant les vacances d'été, il m'a invitée à déjeuner.

— Donc, vous avez déjeuné et, par hasard, vous vous êtes retrouvés au lit, c'est ça ?

— Non, pas du tout. Nous étions amis depuis un certain temps. »

Richard lui lança un regard soupçonneux. « Je croyais que tu ne devais pas mentir.

— Bon, nous étions un peu plus qu'amis. Nous avons flirté pendant quelques mois. C'était agréable d'être l'objet de ses attentions. » Elle soupira. Il valait mieux être franche. « Je me sentais seule, je m'ennuyais. J'en avais assez d'être considérée comme une épouse et une mère, j'en avais assez de cette vie de village. Toi et moi, nous ne parlions plus que des gosses, des cars de ramassage scolaire et des déjeuners à emporter, des factures et de la lessive. Tobias me donnait l'impression d'être quelqu'un de spécial ; avec lui, je me sentais séduisante, désirable. Ça me plaisait. Il me plaisait.

— Donc c'était ma faute ? demanda Richard d'un air méprisant. Avec moi, tu ne te sentais pas suffisamment femme ? Je ne t'accordais pas assez d'attention ?

— Non ! Bien sûr que ce n'était pas ta faute. Je n'ai pas dit ça. J'essaie simplement d'expliquer ce que je ressentais. Et, reconnais-le, nous traversions une phase vraiment difficile. Il y avait eu le déménagement… l'adaptation à cette maison…

— Oui, c'est ça… cette horrible maison. » Dans sa voix perçait la lassitude, mais on remarquait aussi une pointe d'amertume.

Helen ne releva pas. Inutile de mettre de l'huile sur le feu. Pas maintenant.

« Nous avons commencé à coucher ensemble juste avant les grandes vacances, l'été où Alfie est mort. Et j'ai mis un terme à cette liaison dès que notre fils a disparu. Ça n'a duré que trois mois, tout au plus. C'était une terrible erreur. Nous avions perdu Alfie. Je ne supportais pas l'idée de te perdre ou de perdre les filles. C'est d'ailleurs toujours le cas. » En sentant sa voix se fêler, Helen lutta pour ne pas s'effondrer.

Richard perçut son trouble et pivota pour la dévisager. Leurs regards se croisèrent par-dessus la table. Dans le bleu limpide de ses yeux, elle vit une tempête émotionnelle et tendit la main car elle avait besoin d'un contact physique avec lui. Richard vit son geste mais ne bougea pas et continua à l'interroger.

« Pourquoi lui ? Pourquoi Tobias ? »

Elle secoua la tête. « Je ne sais pas. Il était là. Il me désirait.

— Et toi, il t'attirait… depuis le début ?

— Oui. » Inutile de le nier à présent.

« Combien de fois vous êtes-vous rencontrés ? Combien de fois avez-vous couché ensemble ?

— Je ne sais pas… huit, dix, peut-être ? » Elle ne se rappelait plus au juste.

« Tu l'as vu ici ? Tu as couché avec lui dans notre lit ?

— Non !

— Est-ce que les filles sont au courant ?

— Non ! répéta-t-elle. Je faisais attention. Je ne voulais pas qu'elles le sachent.

— As-tu pensé à me quitter ? »

Après avoir réfléchi un instant, Helen se dit que cette idée ne lui était jamais venue à l'esprit. Malgré l'intensité de sa relation avec Tobias, malgré les rêves fous qu'il entretenait pendant qu'ils étaient ensemble, elle n'avait jamais vraiment envisagé de quitter Richard pour lui. « Non. »

Richard réfléchit à son tour. « Et c'est vraiment fini ? Tu n'as eu aucune relation avec lui depuis que tu as mis fin à cette liaison ?

— Non, je te le jure. Je ne l'aurais pas supporté. C'est fini. Perdre Alfie m'a fait comprendre que notre couple comptait beaucoup pour moi, Richard. » Elle lui jeta un coup d'œil. « Regarde-moi, Richard ! »

Il leva les yeux et elle soutint son regard.

« Richard, je t'aime. J'ai commis de terribles erreurs. J'ai causé beaucoup de chagrin. J'ignore ce que l'avenir nous réserve, mais je sais que je ne veux pas te perdre. Je ne le supporterais pas. Notre vie de couple n'a peut-être pas démarré comme il l'aurait fallu. Nous avons traversé des moments difficiles… et même horribles… mais s'il y a une chose dont je suis absolument certaine, c'est que je veux rester avec toi. »

Elle le pensait. Après dix-neuf ans passés ensemble, ils étaient séparés par un gouffre d'incompréhension et de souffrance, et Helen comprenait à présent qu'elle y était pour beaucoup. Depuis le début, elle avait secrètement reproché à Richard d'avoir insisté pour qu'ils se marient alors qu'elle ne le souhaitait pas. Lorsqu'il avait décidé de quitter Londres pour se terrer dans un village côtier, elle en avait été agacée. Plus tard, elle lui en avait voulu de faire passer Clifftops et sa piété filiale avant les besoins de sa femme et de ses enfants. Et pourtant, elle savait à présent que c'était elle qui s'était trompée. Elle avait oublié à quel point il était gentil, fort, fidèle et attentionné. Afin de justifier son infidélité, elle éprouvait du ressentiment pour lui et pour tout ce qu'il représentait et, emportée par sa douleur, elle avait laissé le gouffre se creuser entre eux. À présent, elle se rendait compte qu'elle voulait un homme qui respectait les traditions familiales et avait le sens des responsabilités, un homme capable de soutenir ses deux filles alors qu'il se sentait brisé de chagrin, un homme qui, tous les matins, étalait avec soin du beurre sur son toast et, tous les soirs, éteignait les lumières, fermait les portes et l'embrassait au lit pour lui souhaiter une bonne nuit avec une régularité sans faille. Parce que c'était comme ça qu'il était. Et, tout bien considéré, une fois la crise de leur vie commune passée, c'était Richard qu'elle désirait par-dessus tout.

« Faisons une nouvelle tentative, supplia-t-elle. Pendant tout ce temps, nous avons été enfermés dans notre souffrance, isolés, déboussolés… et pourtant tu es la seule personne au monde qui puisse comprendre par quoi je suis passée avec Alfie. Et je représente la même chose pour toi. » L'air triste, elle secoua la tête. « Cet événement aurait pu nous rendre plus forts au lieu de nous éloigner l'un de l'autre. » Elle leva les mains en guise de protestation. « Je sais, je me fais des reproches. Mais est-il vraiment trop tard pour nous, Richard ? Trop tard pour tourner la page et essayer de trouver un peu de bon caché sous ce désastre ? »

Richard soutint longtemps son regard. Puis, peu à peu, sa main avança sur la table et se referma sur celle qu'elle lui tendait. Les doigts entrelacés, ils restèrent un moment silencieux.

« C'est seulement que je ne vois pas comment avancer désormais, dit Richard tout bas. Je ne crois pas être capable d'encaisser d'autres coups. »

Les larmes aux yeux, Helen hocha la tête.

« Mais je ne veux pas essayer tout seul, Helen. »

Helen eut la gorge nouée.

Richard déglutit. « Peut-être qu'en prenant le temps qu'il faut… », conclut-il en exerçant une pression sur sa main et en fermant les yeux.

Helen faillit se mettre à pleurer. C'était plus qu'elle ne méritait. Elle avait souvent imaginé cette confrontation et la scène se terminait toujours de façon catastrophique. Que Richard lui accorde une nouvelle chance, entretienne l'espoir de sauver leur couple, voilà plus qu'elle n'avait rêvé.

« Tu ne le regretteras pas, Richard, je te le promets. Je t'aime et je te le prouverai, même si je dois passer les dix-neuf prochaines années à me rattraper. »

Richard inclina de nouveau la tête, ouvrit les yeux et prit une profonde inspiration. « Nous devons tous les deux nous rattraper. Je suppose que je ne suis pas totalement exempt de reproches dans cette histoire. J'aurais pu être un mari plus attentif. Je n'ai pas toujours su entendre ce que tu voulais, ce qu'il te fallait. Bon, passons l'éponge, d'accord ? On recommence tout depuis le début ? Faisons-le pour nous et pour les filles. Je suis sûr qu'elles ont toutes les deux besoin de nous en ce moment. »

Helen acquiesça tristement et, en pensant à leurs filles et à toute la souffrance qu'elle avait attirée sur sa famille, elle se mit à verser des larmes silencieuses. Richard les essuya avec ses doigts. Reconnaissante pour ce geste, elle nicha un instant son visage au creux de la main de son mari. Une larme coula sur son menton et tomba sur la feuille de papier qui se trouvait entre eux. Elle atterrit sur les traits au fusain et rendit les contours du nu brumeux, gris, indistincts à tout jamais. Helen baissa les yeux et tressaillit.

« Brûlons ce dessin. » Elle renifla et s'essuya le nez. » Débarrassons-nous-en une fois pour toutes. J'ai du mal à le regarder. »

Richard acquiesça. « C'est une bonne idée. Ça nous permettra de repartir du bon pied. »

Il allait prendre le morceau de papier quand il aperçut quelque chose qui le figea à mi-parcours.

« Qu'est-ce qu'il y a ? » demanda Helen en le voyant hésiter.

Il ne répondit pas et continua à fixer l'esquisse pendant que son visage devenait livide.

Ne sachant ce qu'il regardait, elle baissa elle aussi les yeux. Il semblait examiner la signature de Tobias dans le coin de la page, dans la zone où il avait griffonné son nom et la date. Soudain, Helen sentit son ventre se nouer.

La date. Elle était là, en noir sur fond blanc.

Le jour où Alfie avait disparu.

Helen voyait presque les rouages se mettre en marche dans le cerveau de Richard et sentit que l'atmosphère s'était soudain alourdie. Il leva enfin les yeux sur elle : ils n'étaient plus emplis d'indulgence, mais de fureur.

« Tu étais avec lui ce jour-là ? » Ce n'était qu'un murmure.

Helen fut incapable de répondre.

« Tu étais avec Tobias Grey le jour où Alfie a disparu ? »

Elle ouvrit la bouche, mais aucun son n'en sortit.

« Ce type et toi, vous étiez enfermés dans un hôtel minable pour vous adonner à vos ébats sordides pendant que notre fils errait tout seul sur la plage ? Ton amant et toi, vous étiez en train de baiser pendant que notre petit garçon, notre beau petit garçon… » La voix de Richard se fêla, mais il n'en continua pas moins à éructer et cracha les derniers mots d'un ton venimeux : « … sombrait dans les vagues… se noyait ? »

Elle le considéra d'un air horrifié. Il semblait complètement dévasté.

« Tu as dit que, ce jour-là, tu étais au travail. Tu as dit qu'on t'avait demandé d'aller à l'université. Que tu ne pouvais pas faire autrement. » Ses mots se précipitaient. « Mon Dieu ! » Il secoua la tête. « Depuis tout ce temps, tu me caches la vérité. Depuis tout ce temps, tu me fais croire que c'était un terrible et tragique accident. Alors que tu savais que, sans ta sale petite liaison, notre fils serait encore en vie. Tu l'as tué.

— Non ! » s'écria Helen.

Richard secoua la tête. « Regarde un peu ça, vas-y, regarde ! » Il lui agita l'esquisse sous le nez. « Comment peux-tu le nier alors que nous avons la preuve sous les yeux ? Tu es une criminelle. Tu as assassiné notre fils. Il faudrait t'enfermer ! Quand je pense que j'ai failli me laisser convaincre. J'étais à deux doigts... » Il rapprocha pouce et index. « Mon Dieu ! Comment as-tu pu faire une chose pareille ?

— Richard, tu ne comprends pas...

— Qu'est-ce que je ne comprends pas, Helen ? » Il rugissait à présent. C'était terrifiant. Richard n'élevait jamais la voix. Elle ne l'avait jamais vu aussi furieux. « Que pourrais-tu dire pour te racheter après ce gâchis écœurant ? »

Elle le regarda. Il avait raison. Il n'y avait rien à dire. Son attitude était indéfendable. Elle était coupable de tout ce dont il l'accusait. C'était sa faute si Alfie était mort. C'était entièrement sa faute.

« Richard, s'il te plaît...

— S'il te plaît... quoi, s'il te plaît, Helen ? lâcha-t-il. S'il te plaît, ne me quitte pas ? ironisa-t-il d'une voix aiguë gémissante.

— Oui, avoua-t-elle tout bas.

— Écoute, depuis le début, je savais que tu ne m'aimais pas vraiment. »

Helen était sous le choc et ne savait pas si elle avait bien entendu.

« Oui, c'est vrai. Je sais que tu me trouves idiot, mais je le savais. J'étais prêt à faire un pari, à attendre. Je me disais que je pourrais te montrer ce qu'était le véritable amour. Je croyais que je pourrais t'amener à m'aimer. Mais je me trompais.

— Non ! hurla Helen, désespérée. Je t'aime, Richard.

— Ha ! » Il émit un petit rire aigre. « Tu ne sais pas ce que ce mot veut dire, Helen. J'en ai assez. Assez de ce mariage moribond. J'arrête les frais, tu m'entends ? Je ne supporte plus ta présence. Tu me dégoûtes. » Il se leva avec une telle violence que sa chaise se renversa derrière lui avec un craquement sonore. Il ne parut pas s'en apercevoir. « Je te conseille de ne plus m'approcher. Je monte. Je ne crois vraiment pas que tu aies envie de te trouver près de moi en ce moment, Helen. » Il se tordait les mains. « Je ne me fais pas confiance moi-même. Reste à bonne distance de moi, ça vaut mieux.

— Richard ! » hoqueta-t-elle. Elle n'avait plus de mots, mais le regarda d'un air implorant, le visage ruisselant de larmes.

« Quoi ? Tu veux que je te plaigne ? C'est ça ? Pas question, Helen. Ne t'approche pas de moi, je ne plaisante pas. »

Il pivota et sortit de la cuisine. La porte claqua derrière lui et Helen resta seule près de la chaise renversée et du morceau de papier qui avait fait écrouler son château de cartes. Elle s'affaissa sur le sol et s'abandonna aux larmes.

Richard partit une heure plus tard. Il prépara un sac, passa deux ou trois coups de fil rapides, puis, en dévalant l'escalier pour gagner sa voiture, il eut ces derniers mots :

« Je t'appellerai… dans quelques jours. Je te dirai où je suis au cas où les filles auraient besoin de moi », ajouta-t-il d'un ton éloquent. À l'évidence, il ne se souciait plus d'Helen.

Elle se contenta de hocher la tête et de se mordre la lèvre, terrifiée, sachant que, si elle ouvrait la bouche, elle pourrait recommencer à gémir et à supplier.

C'était fini. Il n'y avait plus rien à dire.

Un instant plus tard, la voiture de Richard descendit l'allée, et Helen resta seule avec le silence sinistre de la grande maison vide qui résonnait tout autour d'elle.

17

Dora
Aujourd'hui

Dora se gare sur le bas-côté mal entretenu et considère le vieux manoir croulant qui se trouve devant elle. Elle jette un coup d'œil à l'adresse gribouillée au dos de l'enveloppe écornée qu'elle tient à la main : Swan House, Little Oxington. C'est bien là, mais la ruine qu'elle aperçoit au bout de l'allée n'est pas ce à quoi elle s'attendait. C'est tout le contraire de la pension folklo qu'elle imagine depuis quelques années. Certains commentaires que ses parents ont lâchés sur Cassie et son lieu de résidence évoquaient en effet une communauté de hippies adeptes de la fumette, des marginaux végétariens, mais cet endroit ne cadre pas du tout avec ça. Ce qu'elle a devant les yeux, c'est un manoir magnifique.

Dix ans, c'est long. C'est trop long pour prétendre qu'une sœur autrefois idéalisée n'existe plus, mais Dora y a réussi. Si elle se reporte en arrière, les souvenirs qu'elle a gardés d'elle lui paraissent étrangement confus : une série d'instantanés de son enfance sur papier glacé se mêlent aux scènes et aux images sombres d'une adolescence troublée. Pourtant, déjà dans les moments les plus heureux, il y avait des crises, des portes qui claquaient, l'humeur cafardeuse de Cassie, son comportement impulsif et ses périodes prolongées d'isolement volontaire. L'ensemble forme un tourbillon déconcertant, mais ce dont Dora se souvient surtout, c'est d'avoir été rejetée par une sœur qui avait le monde à ses pieds et qui avait choisi de s'imposer un exil.

Oui, dix ans, c'est long, et Dora croit avoir à présent maîtrisé sa colère. Elle n'est plus la même, elle n'est plus l'adolescente naïve, rêveuse, toujours prête à faire plaisir, désireuse de se concilier les bonnes grâces de tout le monde. Aujourd'hui, elle a un métier, un petit ami, un appartement… et un bébé en route. Mais puisque dix ans l'ont changée à ce point, elle se demande avec nervosité qui elle va voir dans cette maison. Malgré sa terreur, elle sait qu'il n'est plus temps de se cacher. Il faut qu'elle se retrouve face à face avec Cassie, ne serait-ce que pour tourner enfin la page.

Mal à l'aise, Dora s'agite sur le siège de sa voiture en contournant une énorme fontaine de pierre installée au milieu de l'allée et voit ses jeunes nymphes pâles la considérer de leurs yeux morts. Il y a dix ans qu'elle n'a pas vu Cassie et une bouffée de culpabilité la submerge au moment où elle arrête le moteur devant l'élégant manoir. Elle aurait dû venir plus tôt. Elle aurait dû s'en donner la peine.

Paralysée par la culpabilité et la nervosité, elle lutte pour ne pas tourner la clé de contact et faire demi-tour. Enfin, elle attrape son sac et descend de son véhicule.

Le temps est magnifique, l'air tiède l'enveloppe comme une couverture. Il lui apporte une odeur estivale entêtante et l'appel d'un merle perché dans les arbres. Ses chaussures font crisser le gravier et, lorsqu'elle atteint le perron majestueux à colonnades, elle s'immobilise pour regarder la vieille maison. L'entrée sombre et menaçante, bouche noire ouverte, contraste fortement avec la luminosité de cette journée. Dora frissonne, puis rassemble son courage, grimpe les marches deux par deux, soudain impatiente de savoir ce qu'il y a à l'intérieur puisqu'elle est venue jusque-là. Tout ce qu'elle a à faire maintenant, c'est en terminer au plus vite et foutre le camp. Elle s'approche de la porte et, avant de pouvoir changer d'avis, appuie fermement sur la sonnette.

Un homme très grand, aux cheveux nattés rassemblés en queue-de-cheval, aux yeux tombants d'épagneul, lui ouvre. L'air soupçonneux, il la scrute et demande : « Que puis-je faire pour vous ? » en jetant des coups d'œil nerveux vers l'allée, derrière elle. Il paraît presque redouter qu'elle entre de force.

« Est-ce que Cassie est là ?

— Qui la demande ?

— Je suis sa sœur, Dora. »

L'homme semble se détendre un peu et l'examine des pieds à la tête. « Vous ne lui ressemblez pas beaucoup.

— C'est vrai », reconnaît-elle. Elle patiente en espérant qu'il va l'inviter à entrer, mais il ne bouge pas et lui bloque le passage jusqu'à ce qu'une voix sonore retentisse derrière lui.

« Qui est-ce, Jacob ? »

L'homme à la queue-de-cheval sursaute. « C'est quelqu'un qui demande Cassie. Elle dit qu'elle est sa sœur. »

La porte s'ouvre toute grande et Dora se trouve soudain face à un homme séduisant, au teint mat, aux cheveux frisés indisciplinés et aux pommettes slaves. Il lui sourit.

« Vous devez être Dora, dit-il en tendant la main. Moi, c'est Felix. Felix Reveley-Jones. Ravi de faire votre connaissance. Désolé pour Jacob, c'est notre théoricien du complot maison. Il est persuadé que tous ceux qui se présentent chez nous sont des espions ou des journalistes résolus à faire échouer notre petit projet de jardin secret. »

Avec un sourire poli, Dora serre la main qu'il lui tend, ne sachant pas vraiment de quoi il parle.

« Cassie vous attend, poursuit Felix. Venez. Elle est sûrement derrière. Est-ce que vous nous avez trouvés facilement ? Vous venez de Londres, c'est ça ? »

Dora incline la tête et regarde furtivement autour d'elle. Felix l'entraîne dans un hall d'entrée impressionnant mais presque vide, et ses talons résonnent sur le sol en marbre. On y voit seulement quelques bottes crottées alignées près de la porte et une vieille table en chêne sur laquelle s'entasse une montagne de courrier non ouvert. Au-dessus est accroché, dans un cadre doré, le portrait d'un jeune homme sévère, vêtu de noir, le blanc de son col ecclésiastique contrastant avec les couleurs passées de la toile. Il semble regarder vers un avenir peu engageant. Des marques grises sur les murs montrent que d'autres peintures ont jadis orné la pièce. Un élégant escalier en bois courbe conduit aux étages et quelques balustres manquent.

« Jacob, tu veux bien aller chercher Cassie ? Je m'occupe de Dora. »

L'homme à la queue-de-cheval jette un dernier regard soupçonneux à Dora avant de disparaître sans un mot derrière une porte.

« Ne vous inquiétez pas, il est vraiment gentil quand on le connaît », explique Felix.

Dora sourit en espérant que sa sœur va vite arriver. Elle a les nerfs à fleur de peau. De nouveau, elle jette un coup d'œil au portrait accroché au mur. Ce pasteur a vraiment l'air malheureux.

« Mon arrière-grand-père, dit Felix qui a suivi la direction de son regard. Le révérend Robert Reveley-Jones, un sacré comédien, apparemment. »

Dora sourit malgré sa nervosité.

« Dieu seul sait comment il a réussi à courtiser mon arrière-grand-mère, lady Isabella Swan, mais tant mieux, parce que nous ne serions pas là. » D'un grand geste, Felix désigne le majestueux manoir qui les entoure. « Il y a un moment que Cassie et vous ne vous êtes pas vues, n'est-ce pas ? » Felix la dévisage avec un franc intérêt.

C'est au tour de Dora d'éprouver des soupçons. Elle se demande s'il est le petit ami de Cassie et ce qu'il sait de leur passé. À cette pensée, elle rougit, puis s'éclaircit la gorge. « Oui, ça fait un moment. Plusieurs années.

— Je sais qu'elle a hâte de vous voir et de vous montrer notre petite entreprise. Le jardin secret existe surtout grâce à elle, je dois dire.

— Alors, vous aussi, vous travaillez ici ? demande Dora, ne sachant toujours pas ce qu'est le “jardin secret” dont Felix parle.

— Oui, je suppose. Cette propriété m'appartient, la maison et le terrain. Je suis un rasta friqué typique : un gosse de riche qui peut se permettre de vivre son rêve grâce à son héritage. Je n'ai pas les dreadlocks qui vont avec, c'est tout.

— La maison est belle.

— Oui. Bien sûr, elle l'était encore plus autrefois, mais elle nous convient parfaitement. »

Pendant qu'ils bavardent, deux femmes traversent

le hall. Elles portent de grandes caisses de légumes et sourient timidement à Dora et à Felix en passant.

« Salut ! » Felix se tourne vers Dora. « Scarlett et Sophie, nos cuisinières. Si vous pouvez, restez donc dîner. Vous serez la bienvenue.

— Merci, mais il faudra sans doute que je rentre, murmure Dora qui aimerait bien que Cassie se dépêche.

— Pas de problème. Une autre fois, peut-être ? »

Heureusement, Jacob revient avec son air de chien battu. Il y a quelqu'un derrière lui.

« La voilà, dit Felix.

— Dora, ça fait une paye ! » Cassie s'approche en souriant et enlace sa sœur.

Dora se sent raide et mal à l'aise dans ses bras.

« Alors, pourquoi as-tu mis aussi longtemps ? reprend Cassie.

— Excuse-moi. » Dora se libère et essaie d'observer Cassie. « La M25 était complètement embouteillée. » Les mots sont à peine sortis de sa bouche que Dora se rend compte que Cassie parlait non pas de son arrivée tardive aujourd'hui, mais de l'absence de contact durant ces dernières années. Elle rougit et jette des regards affolés dans le hall. Ça commence mal. Elle n'aurait pas dû venir.

« Seigneur ! Ne prends pas tout au pied de la lettre. Je plaisantais ! » Cassie éclate d'un rire sonore qui rappelle celui de leur père, ce qui ramène Dora à Clifftops, à l'époque où elles s'installaient dans la chambre de l'une ou de l'autre, feuilletaient des magazines pour chercher des modèles de coiffures et de vêtements, parlaient de top-modèles ou d'une pop-star démodée. Elle se détend un peu. Cassie est toujours la même, malgré ce qui s'est passé.

« Excuse-moi, je suis un peu nerveuse. »

Felix s'éclaircit la gorge. « Bon, on vous laisse, les

filles. Ravi d'avoir fait votre connaissance, Dora. À bientôt, j'espère. »

Dora incline la tête. « Merci. Moi aussi, ça m'a fait plaisir de vous connaître. » Elle se tourne vers Cassie. « Tu as bonne mine. » C'est vrai. Elle n'est pas la personne pâle et recluse qu'elle imaginait en venant, elle a l'air en forme, bronzée, comme si elle revenait de vacances au bord de la Méditerranée ou d'une thalasso de luxe. Dora est surprise de sentir un petit pincement de jalousie. Cassie a toujours été plus belle qu'elle.

Sa sœur ne paraît pas avoir entendu ce compliment. « Je pensais que nous pourrions aller nous promener, sortir prendre un peu l'air, si ça te dit », suggère-t-elle.

Dora acquiesce. « Parfait. Ça me fera du bien de me dégourdir les jambes et le temps est magnifique.

— Bon. Alors, on y va. »

Sur les talons de Cassie, Dora sort du hall en marbre et retrouve la lumière du jour. Avec ses longues jambes, sa sœur marche vite et emprunte bientôt une allée de gravier qui contourne la maison. Tout en se hâtant pour rester à sa hauteur, Dora remarque que Cassie est plus grande que dans son souvenir et qu'elle porte une longue natte dans le dos, dorée au soleil. Sa tenue, tee-shirt blanc, tennis et vieux Levi's, fait regretter à Dora d'avoir choisi une robe d'été et de petits talons. Elle pensait montrer de cette manière combien elle se sentait sûre d'elle, mais, à côté de sa sœur, elle se sent chichiteuse et guindée.

À l'arrière de la maison, de magnifiques pelouses en terrasses descendent le versant de la colline et, au loin, Dora aperçoit le chatoiement d'un cours d'eau à travers les arbres. Au lieu de s'y diriger, Cassie traverse la pelouse à fond de train, descend quelques marches et arrive devant une porte en bois discrète ménagée dans un mur en brique. Dora doit légèrement se baisser pour franchir le seuil derrière sa sœur. Au bout de trois ou quatre pas, elle s'immobilise soudain. D'une main, elle s'abrite les yeux du soleil et regarde autour d'elle, émerveillée.

Elles sont entrées dans un jardin invisible de la maison car protégé par une haute muraille. Son apparition soudaine surprend moins que l'afflux de couleurs et d'odeurs qui assaille Dora. Les plantes sont en pleine floraison. Des teintes vives de joyaux, rubis, ambre, améthyste, jade, dansent devant ses yeux. Elle voit des tritomas, un entrelacs de roses fuchsia, des tournesols, des asters d'un rose soutenu, des hélianthes, de robustes tiges de joubarbes et d'échinopes à côté de dahlias écarlates. Le long d'un mur, les lourds hortensias bleus d'une haie vivace penchent la tête au soleil. Aux pieds de Dora, une touffe de lavande pointe ses fleurs lilas vers le ciel et emplit les narines d'un parfum enivrant. Stupéfaite, elle pivote et aperçoit des arbustes resplendissants de romarin, du basilic, de la menthe, des feuilles bleu-vert de sauge et du thym. Derrière les plantes aromatiques, il y a un potager bien entretenu : joncs supportant des haricots grimpants, rangs de touffes vertes qui trahissent la présence d'oignons, de poireaux et de carottes nichés dans le sol. Encore un peu plus loin, adossée à un mur, une vieille serre luit d'un reflet argenté au soleil de cette fin de matinée.

C'est superbe ; un potager pittoresque, minuscule oasis où le temps paraît s'être arrêté. Dora s'attend presque à voir surgir d'un moment à l'autre une fille de cuisine, un gros panier et des ciseaux à la main, prête à cueillir les légumes et les herbes du dîner. Elle songe au jardin secret des contes de son enfance. Tout vibre de vie, de couleurs, de sons et de parfums, et elle se repaît de ce qui l'entoure, aperçoit des abeilles bien grosses, ivres du pollen des buddleias et portées par la brise, des papillons qui dansent avec élégance au-dessus des plates-bandes, et elle entend quelque part, à peine couvert par le bourdonnement des insectes, le glouglou faible et régulier d'une eau qui coule. Ce dernier bruit enchanteur est à mettre au compte d'une petite mare, au centre du jardin. Tout près, un treillage couvert de clématites roses abrite un banc bas en bois vers lequel Cassie se dirige. Après avoir chassé une poussière invisible, elle s'assied et tapote le siège.

« Viens t'asseoir à côté de moi. »

Dora s'avance sous la voûte qui libère des senteurs de lilas et de basilic.

« Alors, qu'est-ce que tu dis de notre jardin secret ? » Tout en parlant, Cassie se tourne pour examiner les rangs de légumes d'un œil critique. « C'était ma petite idée.

— Ta petite idée ?

— Oui, créer ce jardin, qu'est-ce que tu crois ? » Cassie semble amusée par l'incrédulité de Dora.

« C'est… superbe… magnifique. » Dora lutte pour trouver les mots qui résumeraient une chose dont la beauté peut tirer des larmes. « C'est toi qui as fait tout ça ? demande-t-elle, un grand geste à l'appui.

— Pas toute seule, mais oui, c'est moi. Ça m'a bien occupée, ces dernières années. »

Dora est stupéfaite. « Depuis quand as-tu la main verte ?

— Je ne sais pas trop. » Cassie hausse les épaules. « Un jour, je suis venue ici et je me suis mise à bêcher. Le terrain était dans un triste état, envahi de mauvaises herbes, de ronces, sans parler des vieilleries mises au rebut qu'on avait empilées ici. » Elle montre un endroit, près de la serre. Mais dès que j'ai commencé à dégager un petit carré, à préparer une plate-bande, j'ai compris que, dessous, il y avait quelque chose qui ne demandait qu'à repartir. La plupart des plantes étaient encore là, étouffées par le reste, cachées, et attendaient d'être ramenées à la vie. »

Dora s'assied près de sa sœur sur le banc. En voyant ce cadre enchanteur, il est difficile d'imaginer autre chose que la perfection qu'elle a maintenant sous les yeux.

« En fait, l'idée vient de Bill, poursuit Cassie.

— Bill ? répète Dora, déconcertée.

— Ouais, le vieux Bill Dryden. Tu te rappelles, le jardinier de nos parents ? »

Bien sûr qu'elle se souvient de lui. « Bill est venu ici ? » Dora est encore désorientée.

« Oui, je sais. Moi aussi, j'étais surprise quand il a débarqué. Franchement. Il m'a dit qu'il rendait visite à un vieil ami à Oxford et en profitait pour passer voir comment j'allais. Maman avait dû lui donner mon adresse.

— Bill Dryden est venu te voir ici ? » Dora secoue la tête.

« Au début, j'étais gênée, je ne savais pas quel sujet de conversation aborder avec lui. Et puis nous avons parlé du Dorset, de la maison, des parents, de toi, d'Alfie…

— Vous avez parlé de moi ? Et d'Alfie ? » Dora ne suit plus très bien.

« Bon, il n'a rien dit de spécial. Il m'a rappelé qu'on lui demandait tout le temps de nous trimballer dans sa brouette ; qu'on avait chipé tous ses pots de fleurs et ses cannes pour faire sauter par-dessus nos chevaux imaginaires ; qu'Alfie s'était caché dans le tas d'herbe coupée et que maman avait piqué une crise parce qu'il semait de l'herbe dans toute la maison. »

Cassie s'interrompt. « Tu te souviens que Bill nous avait montré comment faire des boutures de géranium ? J'avais complètement oublié ce détail, mais pas lui. Un homme tellement gentil. Il est mort, tu le savais ?

— Ouais, j'ai vu maman il y a quelques semaines. Elle me l'a dit. »

Cassie la regarde avec intérêt. « Tu as vu maman ? Comment ça s'est passé ?

— Oh ! ce n'était pas évident. »

Cassie la scrute de ses yeux bleus limpides, mais Dora n'est pas prête à lui en parler pour l'instant.

Cassie hausse les épaules. « Je travaillais comme serveuse à Londres, en fait, je tuais le temps, quand j'ai fait la connaissance de Felix. Nous nous sommes bien entendus et il m'a invitée à lui rendre visite ici. Il venait d'hériter de cette vieille maison et ne savait pas quoi en faire. J'avais l'intention de passer le week-end, et, à ma grande honte, j'avoue que je n'en suis plus repartie. Swan House est devenue mon chez-moi. »

Dora hoche la tête et, de nouveau, se demande si Felix et sa sœur sont en couple.

« Bref, Bill est venu me voir, il y a environ cinq ans. Nous nous sommes promenés dans la propriété. C'est lui qui a déniché la porte donnant sur le jardin. Il était fou car, malgré l'état déplorable du terrain, il comprenait ce qu'on pouvait en tirer. Donc, tout a commencé grâce à lui. Il a vu les promesses de ce qui était enfoui sous la terre et m'a suggéré de me mettre à l'ouvrage. Il m'a dit : “Fais-en ton petit projet personnel. Il semblerait que tu as le temps.” Quel toupet ! » Cassie se met à rire.

« Je vois. » Mais Dora ne voit pas très bien et ne peut réprimer une déplaisante bouffée d'amertume. Donc, pendant qu'elle passait ces dernières années à se débattre avec son chagrin et son sentiment de culpabilité, sa sœur menait la vie d'un personnage de la série télévisée *The Good Life* ; retirée dans un nid d'amour majestueux, les mains dans la terre, le soleil sur les cheveux. Sans doute est-ce possible quand on abandonne derrière soi sa famille accablée de souffrance et d'angoisse et qu'on gambade au soleil couchant sans un seul souci dans la vie.

« Quoi qu'il en soit, il m'a fallu plusieurs mois avant de trouver le cran de me lancer, continue Cassie sans avoir l'air de remarquer la poussée de colère de Dora. L'idée de Bill me trottait dans la tête, mais je me contentais de passer devant la porte, de jeter un coup d'œil et de repartir en courant tant j'avais la trouille. Jusqu'au jour où je me suis réveillée en me disant : aujourd'hui, je me lance. J'ai trouvé de vieux gants de jardinage dans un placard, je suis venue ici et je me suis mise à arracher les ronces dans l'après-midi. Au bout d'une semaine environ, Felix m'a procuré de vrais outils... bêche, sécateurs, déplantoir, brouette. C'était suffisant pour me donner envie de continuer. Plus j'avançais, plus j'étais prise par ma tâche. C'est devenu une sorte de thérapie.

— Alors, c'est ça, le jardin secret dont parlait Felix ? demande Dora, la lumière se faisant soudain dans son esprit.

— En partie, oui. Le jardin était le point de départ. Nous avons commencé à faire pousser des légumes et des fleurs. D'autres amis sont venus se joindre à nous, ils nous ont aidés et, bientôt, Felix s'est aperçu que nous ne pouvions pas tout consommer. Alors, plutôt que de jeter le surplus, nous l'avons vendu sur des marchés de producteurs locaux. Tout est bio, naturellement, et les rupins du coin ont aussitôt raffolé de nos produits. Maintenant, nous faisons non seulement des fruits et des légumes, mais aussi des confitures, des soupes, des gâteaux… nous avons même notre propre marque de muesli ! C'est Felix qui a trouvé le nom de Jardin Secret. Ça marche plutôt bien, qu'est-ce que tu en dis ? »

Dora approuve. Elle constate que leur affaire s'inscrit dans l'air du temps en misant sur le bio et les produits maison. « Mais comment t'es-tu débrouillée pour organiser tout ça ? demande-t-elle, toujours estomaquée par le talent de sa sœur. Moi, je n'aurais pas su par quel bout prendre ce jardin.

— J'ai consulté des tas de livres et Bill m'a aidée. Je lui écrivais pour lui dire ce que je faisais et il m'envoyait des renseignements et des conseils sur différentes plantes. Il y joignait des dessins d'herbes aromatiques et de potagers. Il m'a beaucoup appris.

— C'était un peu comme un cours par correspondance. N'empêche, tu es douée. Tu as la main verte. Tu dois tenir ça de grand-père. »

Cassie sourit. « Oui, je suppose. Maintenant que beaucoup de gens m'aident, nous formons une sorte de coopérative. Nous partageons les bénéfices et nous en investissons une partie pour l'entretien de la maison. Comme Felix est nul en matière de gestion, nous poussons à la roue. Une chaîne de supermarchés est même intéressée par la distribution de nos produits dans certains magasins locaux, mais ça nous rend tous un peu nerveux. Nous ne voulons pas perdre l'esprit initial. C'est important de rester à un stade artisanal et local.

— Est-ce que Felix est ton petit ami ? »

Cassie lâche un petit rire. « Felix et moi ? Seigneur non, ce n'est qu'un ami. »

Dora hoche la tête, perplexe devant cette réaction. Le peu de temps qu'elle l'a vu, elle a trouvé Felix plutôt agréable.

La conversation s'interrompt pendant quelques

minutes. Dora ferme les yeux et respire profondément en essayant de chasser la tension de son cou et de ses épaules. Ses oreilles sont pleines du bourdonnement des insectes et du chant des oiseaux et, soudain, elle se rend compte que ça fait du bien de ne plus être à Londres. Quel que soit le tour que prendra cette visite, elle a eu raison de venir. Elle se tourne vers sa sœur et l'examine prudemment avant de lui demander :

« Alors, tu es… heureuse ? » Son ton est plus agressif qu'elle n'en avait l'intention.

Cassie la dévisage un instant avant de répondre. « Ouais, je crois. » Elle s'adosse aux lattes usées du banc et ajoute avec un léger sourire : « J'aime bien vivre ici. J'y ai mes amis, et le jardin m'occupe. Pour le moment, ça me suffit.

— Hum… » Dora essaie d'avoir l'air contente, mais l'amertume, de nouveau, lui noue l'estomac. Elle voudrait en savoir davantage. Il y a encore tellement de non-dits entre elles.

Pour sa part, Cassie semble ne plus avoir envie de parler. Elle ferme les yeux et tourne la tête vers le soleil. Toutes deux restent silencieuses quelque temps avant que Dora ait le courage de poser la question suivante.

« Cassie ?

— Oui ?

— J'ai besoin de savoir pourquoi tu es partie, enfin, plutôt pourquoi tu es partie comme ça. » Après une hésitation, elle reprend : « Tu devais entrer à l'université, moi, je restais dans le Dorset avec les parents et, tout d'un coup, j'apprends que tu es à l'hôpital parce que tu as tenté de te tuer. Ensuite, papa quitte maman et se met avec Violet, et, pendant tout ce temps, je suis coincée à Clifftops, plus ou moins livrée à moi-même. » Malgré ses efforts, Dora ne peut gommer le reproche qui se glisse dans sa voix. « Pourquoi tu ne m'as pas dit ce que tu envisageais de faire ? Où tu comptais aller ? Tu ne te rendais pas compte de ce que ça nous ferait ? »

Cassie secoue la tête. « Ç'a été sûrement très dur pour toi », dit-elle tranquillement.

Un autre silence s'installe. On n'entend que le battement d'ailes d'un oiseau qui s'envole d'un poirier à côté. Une fois que l'air a retrouvé sa quiétude, Cassie poursuit :

« Franchement, je ne pensais à aucun de vous. Je regrette, mais c'est la vérité. Je sais que tu as dû te sentir exclue, penser que je me fichais de toi, mais je ne supportais plus de rester avec vous tous. À Clifftops, je me sentais cernée par Alfie… et par l'émotion qui entourait sa mort. Je ne pouvais pas vous regarder, je lisais la souffrance dans vos yeux. Ça me faisait trop mal. Au fond de moi, je savais qu'aller à Édimbourg n'était pas la solution. Je voulais tourner définitivement la page, je voulais me libérer de tout ça, des attentes des parents, de toute cette souffrance. Je me disais sans doute que ma disparition vous soulagerait. Je croyais vous rendre service. Bien sûr, avec le recul, je m'aperçois que je me suis trompée. » Cassie se tourne vers sa sœur et lâche un petit soupir triste. « C'était plutôt cruel, non ? »

Dora acquiesce d'un signe de tête et, de nouveau, Cassie soupire en ayant l'air d'avoir pris une décision.

« Alors je pense qu'il est temps que nous parlions de tout ça, de tous les secrets qui nous ont amenées là où nous en sommes aujourd'hui, si c'est bien ce que tu souhaites. »

Muette, Dora retient son souffle de crainte que, si elle prenait la parole, Cassie puisse changer d'avis et que cette ambiance de confession se dissipe. Sa sœur n'hésite pas, toutefois, et poursuit son monologue lent et régulier.

« Ce jour-là... » Elle s'interrompt et une ombre passe sur son visage. « Le jour où Alfie a disparu a changé à jamais les choses pour nous tous. Après sa mort, j'étais dans un sale état. Nous l'étions tous, chacun à sa façon, mais j'ai vraiment eu du mal. J'étais incapable de manger, de dormir. Je savais que les parents pensaient que c'était ma faute, que j'étais responsable.

— De la mort d'Alfie ? » Dora est sous le choc. Cassie se faisait donc elle aussi des reproches ?

« Pourquoi pas ? Après tout, Alfie a disparu sur une plage très fréquentée alors que j'étais censée le surveiller.

— Nous étions toutes les deux responsables ce jour-là, Cassie. S'il y a des reproches à te faire, ça vaut aussi pour moi. » Dora se sent mal ; on en arrive au point qu'elle redoutait, mais Cassie secoue vigoureusement la tête.

« Non, Dora, tu te trompes. Crois-moi, ce n'était pas ta faute. Pas du tout. S'il y a un membre de la famille qui n'a pas à se reprocher ce qui s'est passé cet été-là, c'est bien toi. Toi et Alfie, bien sûr. Pauvre Alfie.

— Oui, pauvre Alfie. » Dora soupire.

« Ils n'ont jamais rien dit, continue Cassie après un silence, mais je savais ce que pensaient les parents. Du moins, je croyais le savoir. Chaque fois que j'entrais dans une pièce, ils se taisaient ou détournaient les yeux. J'aurais pu jurer que papa allait sortir dès que j'arrivais. Ça ne faisait que renforcer mon sentiment de culpabilité. » Du bout d'une tennis, Cassie gratte la terre. « Je n'en pouvais plus. Il fallait que je m'échappe mais je n'avais nulle part où aller. La fin de mes études secondaires approchait. Maman et papa avaient de telles ambitions pour moi… Ils semblaient mieux savoir que moi qui j'étais et ce que je devais faire. J'étais paumée. Je n'avais pas la moindre idée de ce que je voulais. J'essayais seulement d'oublier comme je le pouvais, en faisant la fête, en couchant avec des garçons, en buvant et en me droguant. Je crois que j'essayais de sentir quelque chose, tout sauf cet affreux trouble lié à l'adolescence et au chagrin provoqué par la perte d'Alfie. » Cassie frotte une tache sur son jean.

Dora déglutit et se demande si elle va avoir le courage de poser la question. « C'est pour ça que… tu te coupais ? »

Cassie montre ses poignets et toutes deux voient les fines cicatrices argentées qui parcourent ses avant-bras bronzés, telle une toile d'araignée. Dora tressaille, mais Cassie se contente de hausser les épaules.

« C'était aussi une façon de sentir que je gardais le contrôle, je suppose. »

Dora hoche la tête.

« Quand j'ai eu mes résultats de fin d'année, j'ai été profondément déprimée. L'avenir qui se dessinait était celui que les parents avaient décidé pour moi. Sauf qu'ils ne me connaissaient pas. Ils ne savaient pas à quel point j'étais éloignée de l'enfant prodige qu'ils pensaient que j'étais. Je me sentais étouffée… Il fallait que je parte… Il fallait que je vous quitte tous. Je ne pouvais pas supporter l'idée de vous décevoir une nouvelle fois. C'est pour ça que je suis allée à Londres. C'est pour ça que j'ai tenté de me suicider. »

Dora croit savoir le reste, mais Cassie continue.

« Quand je me suis réveillée à l'hôpital et que j'ai compris que j'étais encore en vie, j'étais hystérique à l'idée de retourner à Clifftops. Papa a fait de son mieux pour me convaincre, mais je n'ai pas cédé. J'étais incapable de rentrer à la maison, de me trouver face à vous tous. J'ai fini par bosser comme serveuse dans un café miteux pendant quelque temps. C'était vraiment merdique. La paye était dérisoire et les clients dégueulasses… Ensuite, j'ai rencontré Felix. Nous avons sympathisé et il m'a invitée à venir dans sa propriété familiale. Et le reste a suivi, comme on dit. Depuis, je sens que je guéris, que je me réconcilie avec le passé – et avec le chagrin et la culpabilité que j'éprouvais à cause de la disparition d'Alfie.

— J'en connais aussi un rayon en matière de culpabilité.

— Tu n'as pas à te sentir coupable, Dora, je te l'ai déjà dit. Absolument pas.

— Tu me le dis, Cassie. Dan le dit. Papa le dit. Mais ça ne m'aide pas. Ce jour-là, j'étais sur la plage avec toi. C'était autant ma faute que la tienne. Si maman ou papa pensent, ne serait-ce qu'une seconde, que tu peux être responsable de ce qui s'est passé, moi aussi, je dois endosser une part de responsabilité. Ça n'a aucun sens sinon.

— Crois-moi, Dora, toi et moi, ce n'est pas pareil.

— Pourquoi ? Pourquoi est-ce que ça ne serait pas pareil pour moi ? Je n'ai que dix-huit mois de moins que toi. Notre différence d'âge n'est pas si grande que ça. Est-ce que, à cause de ces quelques mois de plus, tu aurais dû veiller seule à la sécurité d'Alfie ce jour-là ? » Dora secoue la tête. « Je ne le pense pas. »

Cassie scrute sa sœur avec soin. « C'est pour ça que tu es venue ? Tu n'arrives toujours pas à oublier ? »

De nouveau, Dora secoue la tête. « Non, je n'y arrive pas. » Après une interruption, elle reprend tout d'un trait : « Je pense sans arrêt à ce jour-là, au Rocher. Pas toi ?

— Certains jours, oui, mais pas tout le temps. D'ailleurs, je trouve que c'est plutôt une bonne chose. »

Dora est d'accord, mais elle est troublée. Elle avait toujours pensé que sa sœur était la plus instable et voilà que Cassie semble en paix avec le monde alors qu'elle-même se débat avec son passé, paralysée par les cauchemars et les crises de panique.

« Alors, pourquoi es-tu venue, Dora ? Au bout de tout ce temps, ce n'est pas une simple visite de courtoisie. Tu cherches quelque chose, je me trompe ?

— Non, c'est vrai.

— Alors, vas-y, sors-le. Je t'ai raconté un peu de mon histoire. Est-ce que ce n'est pas le moment de me raconter la tienne ? »

Inutile de tourner plus longtemps autour du pot. « Je suis enceinte, Cassie.

— Mon Dieu ! » Cassie se tourne vers elle avec un sourire émerveillé. « C'est une nouvelle fantastique. Pourquoi n'en as-tu pas parlé plus tôt, bêtasse ? » Elle se penche pour poser une main chaude sur le bras de sa sœur. « Je n'ai pas arrêté de parler de moi et tu avais cette nouvelle extraordinaire à m'apprendre ! Félicitations ! Oh, là, là, ma petite sœur va devenir maman ! »

Dora lui jette un regard plein d'espoir. Elle ne s'attendait pas à cette réaction après celle de ses parents, plus modérée. « Ça te fait plaisir ?

— Bien sûr, ça me fait bougrement plaisir. Je vais être tante. » Cassie sourit d'une oreille à l'autre, mais, lorsqu'elle observe sa sœur, son sourire s'efface. « Et toi, tu es contente ? C'est ça le plus important.

— Ouais, je crois. Je me fais à l'idée. Dan est aux anges, mais je me suis rendu compte au cours des dernières semaines que j'étais terrifiée. À cause d'Alfie, tu comprends. Je me sens paralysée. Coincée. Comment accueillir une nouvelle vie alors que je pleure toujours Alfie ? Et comment envisager la maternité alors que je n'ai pas été capable de veiller sur mon petit frère ? Quelle sorte de mère je vais être, Cassie ? Tu peux me le dire ? » Dora respire un grand coup avant de continuer. « Être mère me terrifie. » Elle déglutit. « Je fais des cauchemars, d'horribles cauchemars où je perds des choses, des choses importantes. Et si je refaisais les mêmes erreurs ? Tout est tellement fragile, tout se casse avec une telle facilité. Je ne crois pas être capable de revivre la souffrance que j'ai éprouvée quand nous avons perdu Alfie cet été-là. Ça me déchirerait. Je ne suis pas assez forte. Tu comprends ? » Ses mots se bousculent.

« Il faut que tu cesses de te sentir coupable, Dora. Tu te trompes. Tu te trompes complètement.

— Comment peux-tu dire ça alors que tu laisses entendre que c'est ton sentiment de culpabilité qui t'a poussée à vouloir en finir avec la vie ? »

Cassie tressaille. « Ce n'est pas la même chose.

— Je ne vois pas pourquoi. »

Elle prend son temps pour répondre. « Parce que j'avais une bonne raison de me sentir coupable… une raison que tu ne soupçonnes pas. »

Le rayon de soleil qui tombe sur Dora l'oblige à plisser les yeux, mais, même en étant éblouie, elle remarque une expression terrible sur les traits de sa sœur. Les paroles de Cassie parviennent alors lentement à sa conscience, se logent dans son cerveau et résonnent avec une insistance irritante. Elle les laisse bruire un instant, ce qui contraste avec le calme du jardin. *Une bonne raison. Une raison que tu ne soupçonnes pas*.

« Viens, dit soudain Cassie. Descendons au lac. C'est superbe à cette heure-là. D'ailleurs, tu commences à être un peu rouge », ajoute-t-elle.

Cassie est déjà debout et se dirige vers la porte

basse avant que Dora ait le temps de protester. Il ne lui reste qu'à la suivre.

Elles sortent du jardin entouré de hauts murs et s'éloignent de la grande maison, passent devant une pergola croulante et un if si vieux que ses branches lourdes semblent effleurer le sol qui l'entoure, et elles arrivent sur une pelouse à l'herbe très haute. Cassie marche vite, le dos droit, les épaules crispées, un pas ou deux devant sa sœur qui, avec ses talons, s'enfonce dans le sol spongieux et s'efforce de ne pas se laisser distancer.

Tout à coup, Dora se revoit à Clifftops, petite sœur agaçante qui ne lâche pas son aînée et veut participer à ce qui lui paraît être une aventure extraordinaire. Elle entend presque les éclaboussures des flaques et le bruit que font ses bottes en caoutchouc peu assurées. Bien qu'elle soit adulte à présent, elle a l'impression d'avoir neuf ou dix ans. Si ce n'était pas aussi ridicule, elle en éprouverait de l'irritation. Elle décide de ralentir le pas, elle n'a pas à se plier aux humeurs de Cassie, mais, le temps qu'elle atteigne le bord du lac, sa sœur a disparu. Les yeux plissés à cause du soleil, elle la cherche en regardant à droite et à gauche.

Enfin, elle l'aperçoit, silhouette sombre qui tranche sur le lac, courbée, semble-t-il, pour attraper quelque chose par terre. Dora s'approche prudemment et, juste au moment où elle arrive à côté d'elle, Cassie se penche en arrière et lance un caillou sur l'étendue lisse et miroitante. Toutes deux observent ses ricochets avant qu'il s'enfonce.

« Tu as toujours été douée pour ça », dit Dora.

Une libellule bleue électrique frôle la surface de l'eau. Dora aperçoit des cigales d'eau qui rasent l'étendue peu profonde et des moucherons qui volettent au-dessus des roseaux comme autant de grains de poussière. Plus loin, près de l'autre rive, un cygne glisse languissamment devant un abri pour bateaux pourrissant et plonge la tête avec grâce pour se nourrir.

« C'est vraiment beau ici.

— Oui. » Cassie ne semble pas vouloir en dire davantage et se contente de danser d'un pied sur l'autre. Si Dora ne la connaissait pas aussi bien, elle verrait de la nervosité dans cette attitude. Enfin, Cassie brise le silence. « Viens, on va s'asseoir à l'ombre du saule pleureur. »

Elle longe la rive jusqu'au vieil arbre, en écarte les frondaisons luxuriantes vert-jaune et fait signe à sa sœur de venir la rejoindre sous cet abri frais qui, une fois les branches basses refermées derrière elles, ressemble à une pièce ombragée préservant l'intimité. Le reflet luisant des feuilles verticales agitées par le vent rappelle à Dora une pluie d'été. Elle ôte ses chaussures, s'assied et contemple les branches au-dessus de sa tête. Cette vue magnifique donne l'impression de se trouver sous une cascade.

« Dora, il faut que je te dise une chose que je n'ai encore jamais dite à personne. » Cassie respire profondément avant de poursuivre. « Écoute, j'étais furieuse ce matin-là. Folle de rage. Je sens encore la colère qui montait en moi quand tu es venue me dire que maman devait s'absenter et que nous devions toutes les deux emmener Alfie à la plage. »

Dora déglutit, n'ose pas parler. Elle ne veut surtout pas interrompre sa sœur alors qu'elle a enfin décidé de se confier.

« Tu comprends, Sam et moi nous avions concocté un plan. C'était la dernière journée que nous passions ensemble. Nous devions aller au Rocher, juste elle et moi. Nous étions… branchées l'une sur l'autre. J'étais salement accro. » Elle jette un regard éloquent à Dora.

« Nous voulions être seules. Surveiller Alfie avec toi ne cadrait vraiment pas avec notre projet. »

Les yeux de Dora s'écarquillent à la lueur verte irréelle du feuillage. « T'es lesbienne ? »

Cassie hausse les épaules. « Ouais. »

Dora hoche la tête et une série de petits rouages se mettent en place. *Ils ne me connaissaient pas... Felix et moi ? Seigneur non !*

« Tu as une petite amie ? » Dora est curieuse.

Les joues de Cassie s'empourprent un peu. « Il y a quelqu'un. Ce n'est que le début… mais elle est bien, vraiment bien. Nous ne voulons pas nous précipiter. »

Dora sourit en se rendant compte qu'elle est contente pour Cassie.

« Bref, si on laisse de côté ma vie amoureuse actuelle, voilà pourquoi j'étais de mauvais poil ce matin-là. Et aussi à cause des mensonges éhontés de maman.

— Quels mensonges éhontés ?

— Tu te fiches de moi ? » Cassie n'en revient pas. « Ne me dis pas que tu n'es pas au courant ? »

Dora secoue la tête. « Au courant de quoi ?

— De sa liaison. »

Déconcertée, Dora regarde sa sœur. « Quelle liaison ?

— La liaison de maman avec Tobias Grey. » En voyant l'expression perplexe de Dora, elle précise : « Le peintre. Celui qui a peint l'horrible tableau que maman avait accroché au-dessus de la cheminée à Clifftops. Tu ne te rappelles pas ? »

Le cerveau de Dora s'active et va récupérer l'image oubliée d'un paysage lugubre peint à l'huile. « Maman avait une liaison avec un peintre ? demande-t-elle en secouant la tête. Tu es sûre ?

— Ouais. Il a téléphoné à la maison un jour… il y a longtemps. Il a cru lui parler quand j'ai décroché.

Au début, je ne comprenais pas qui il était, et puis tout s'est mis en place. J'ai fait semblant d'en savoir plus que je n'en savais et papa a fini par cracher le morceau. Il se trouve que maman était avec lui le jour où Alfie a disparu. Je crois que c'est pour ça que papa l'a quittée.

— Mon Dieu ! »

Dora est choquée. C'est dur à avaler. Sa mère était avec son amant le jour où Alfie a disparu. Elle avait une liaison. Dora se remémore la visite qu'elle a rendue à sa mère quelques semaines plus tôt, son comportement crispé. Elle revoit la chambre d'Alfie, inchangée, comme si le temps n'existait pas, chaque chose à la même place que le jour de sa disparition, et, soudain, la lumière se fait dans son esprit. Dora avait toujours cru que sa mère laissait cette chambre en l'état pour la punir, pour lui rappeler qu'elle avait mal agi ce jour-là. À présent, elle voit les choses autrement. C'est elle-même qu'Helen punit tous les jours. En restant dans le Dorset, en habitant Clifftops et en s'entourant des souvenirs d'Alfie. C'est sa propre prison qu'elle a créée parce qu'elle a failli à son devoir de mère. Elle cherchait partout des coupables parce que savoir qu'elle était avec Tobias pendant qu'Alfie disparaissait était intolérable. Incrédule, Dora secoue la tête. Dire qu'elle a ignoré tout cela pendant tout ce temps ! Cette révélation époustouflante lui donne le vertige.

Cassie reprend la parole. « Mais, tu comprends, au bout du compte, l'endroit où était maman ce jour-là n'a aucune importance. » Sa voix se brise et Dora lui lance un regard surpris. « C'est moi. C'est moi qui l'ai tué. »

À peine murmurés, ces mots parviennent pourtant avec acuité à la conscience de Dora et lui vident les poumons. Elle voit les yeux bleus de Cassie se voiler de larmes. « Qu'est-ce que tu racontes ?

— Tu ne sais pas ce qui s'est vraiment passé ce jour-là au Rocher. Personne ne le sait dans la famille. »

Soudain, Dora se demande si sa sœur est folle. Elle a l'air normale, mais, après tout, ce n'est peut-être qu'une illusion.

« Qu'est-ce que tu dis, Cass ? Je ne suis pas sûre de te comprendre. Tu me fais peur. »

Incapable de croiser son regard, Cassie baisse la tête. « Quand tu es allée acheter des glaces, Alfie... s'est approché de nous. Il s'ennuyait et voulait qu'on joue avec lui.

— Attends un peu ! Il était avec Sam et toi dans la grotte ? » Déconcertée, Dora fronce les sourcils.

Cassie le confirme d'un petit signe de tête. « Il a continué à ramasser des bâtons et à chercher des crabes et il voulait qu'on l'aide. Je ne sais pas vraiment pourquoi. »

Dora se rappelle le petit bois qu'elle avait empilé avec lui. Alfie était donc resté dans la grotte avec Cassie. Ça n'avait aucun sens. Pourquoi ne l'avait-elle pas dit ?

« Il n'arrêtait pas de nous embêter, reprend Cassie avec un petit sourire attristé. Tu sais comment il était dans ces cas-là, grognon, pleurnichard. Il était furieux parce que Sam et moi nous ne voulions pas jouer avec lui. Il était planté là, tapait sur la paroi de la grotte avec son bâton et frappait du pied. Boum, boum, boum. Sans arrêt. Ça résonnait horriblement. »

Dora se représente son frère en train de serrer ses petits poings et de cogner sur le sol irrégulier de la grotte avec ses bottes rouges.

« Sam et moi, on était vraiment dans les vapes. Tout ce qu'on voulait, c'était s'allonger ensemble toutes les deux. J'étais désespérée… Sam retournait chez elle le lendemain. Quand tu es partie, j'ai vu là notre dernière chance. Sauf qu'Alfie pleurnichait et donnait des coups sans arrêt. Il me rendait folle. »

Dora imagine la situation : le petit Alfie qui fait une scène et Cassie, les nerfs à vif, sur le point d'exploser.

« J'ai essayé d'être patiente. Je lui ai dit d'aller chercher des crabes de l'autre côté de la grotte, mais il trouvait ça rasoir. Alors je lui ai dit de se cacher. De compter jusqu'à cent, et alors, on se mettrait à le chercher.

— Il voulait seulement jouer avec quelqu'un, lâche Dora d'un ton triste.

— Bref, il a dit qu'il ne savait pas compter jusqu'à cent et que jouer à cache-cache ne l'amusait pas. Alors j'ai craqué. Je lui ai dit que, s'il s'ennuyait à ce point dans la grotte, il n'avait qu'à partir. Après tout, on ne lui avait pas demandé de venir avec nous. »

Dora n'en revient pas.

« Je lui ai dit… de… nous laisser tranquilles. Je lui ai dit d'aller te chercher, d'aller se promener, de ramasser des coquillages. Il continuait à pleurnicher. *Non, non et non.* Et à donner des coups de bâton. C'est à ce moment-là que je le lui ai dit.

— Quoi ? » Le cœur de Dora cogne violemment dans sa poitrine.

Cassie met la main devant la bouche, comme si elle ne se sentait pas la force de prononcer les mots suivants, mais ils sortent d'un trait. « Je lui ai dit que s'il s'ennuyait à ce point dans la grotte, il n'avait qu'à aller nager. »

Dora déglutit avec difficulté. « Mais tu savais bien…

— Oui. Il ne savait pas nager. C'est ce qu'il m'a expliqué. Il m'a dit : "Cassie, je sais pas nager, je suis trop petit." »

Dora se fige. Elle n'a pas envie d'entendre la suite, mais elle ne veut pas non plus que Cassie se taise.

« Alors je lui ai dit : "Mais enfin, Alfie, tu es Superman. Tu peux tout faire, non ? Donc, tu peux nager." » Cassie regarde au loin et une larme coule sur sa joue.

Muette d'effroi, Dora n'en croit pas ses oreilles. Pendant toutes ces années, Cassie n'a soufflé mot de tout ça à personne.

« C'était cruel, pervers, et je ne comprends toujours pas pourquoi je lui ai dit ça. Tout ce que je sais, c'est qu'il a haussé ses petites épaules, nous a tourné le dos et il est sorti. Et en le voyant s'éloigner, je me suis sentie… »

Paralysée, Dora ne se croit pas capable d'en supporter davantage.

« … soulagée. Délicieusement soulagée parce que Sam et moi allions enfin être seules. »

Dora ravale la bile qui lui est montée à la gorge.

« Nous… Dora, je n'en suis pas fière… nous avons… bon, tu comprends. Et ensuite, tu es revenue avec ton ami. J'avais l'impression qu'Alfie venait de partir, mais j'ai tout de suite senti que quelque chose ne tournait pas rond. Je savais ce que j'avais fait. Quand tu m'as demandé où il était, j'ai répondu que je ne l'avais pas vu, que je le croyais parti avec toi. » Elle secoue la tête. « J'ignore encore pourquoi j'ai dit ça. La grotte était plongée dans un silence irréel… Je me suis représenté Alfie sortant sur la saillie rocheuse. Je l'ai vu en train de regarder l'eau qui aspergeait ses petites bottes, inconscient du danger que représentait le mouvement des vagues qui venaient frapper le pied de la falaise. À ce moment-là, j'ai compris… j'ai tout compris.

— Tu savais qu'il pouvait s'être approché des trous d'eau ? »

Toujours incapable de croiser son regard, Cassie hoche la tête. « Mais je n'ai jamais voulu lui faire le moindre mal. Je n'ai jamais voulu faire de mal à Alfie.

— Pourquoi as-tu menti ? Pourquoi n'as-tu pas dit la vérité, tout simplement ? Nous… Nous aurions pu le retrouver… » La voix de Dora devient presque inaudible. «… à temps. »

Cassie incline la tête. Une autre larme roule sur sa joue, tombe sur son jean et forme une tache bleu marine sur la teinte plus claire. « J'avais une trouille terrible. Je savais que j'aurais des ennuis, alors j'ai menti pour nous protéger, Sam et moi.

— Et Sam, pourquoi n'a-t-elle rien dit ? La police l'a interrogée elle aussi.

— Elle a dit la même chose que moi. Quand nous sommes parties de notre côté pour chercher Alfie, je l'ai prévenue qu'elle devait s'en tenir à ma version des faits. Je savais bien qu'on n'envoie pas un bambin sur la plage pour qu'il nage tout seul. J'ai dit à Sam que nous aurions toutes les deux des ennuis avec la police si on apprenait ce que j'avais dit à Alfie, ce que nous avions fait dans la grotte… les pétards et le reste… qu'on serait arrêtées pour usage de stupéfiants. Elle était terrorisée et réticente, mais elle m'a suivie. »

Dora revoit la série d'enveloppes bleues sur le lit d'adolescente de Cassie. Les lettres de Sam. Pas étonnant que Cassie ait cherché à les dissimuler. Les pièces de ce puzzle compliqué se mettent en place. « Mais alors, pendant que nous perdions du temps à chercher partout dans la grotte, tu savais déjà… qu'Alfie n'y était pas ? » Elle se débat avec l'énormité de ce que vient d'avouer sa sœur. « Plus tard, tu as même dit à maman que tu le croyais avec moi. C'est pour ça qu'elle… qu'elle m'en voulait autant. » Dora s'étrangle en prononçant les derniers mots.

Cassie baisse toujours la tête. « Je sais. Excuse-moi.

— Mais pourquoi avoir menti ?

— En voyant maman ce jour-là, j'ai lu dans ses yeux qu'elle ne me le pardonnerait jamais. Je n'aurais pas pu le supporter. Alors j'ai dit que je n'avais pas vu Alfie. Sur le moment, je n'ai pas réalisé, mais, pour toi, c'était sans doute le pire mensonge que j'aurais pu sortir. »

Dora songe aux reproches qu'elle a lus dans les regards furieux de sa mère depuis la disparition d'Alfie. Elle songe au sentiment écrasant de culpabilité qu'elle a éprouvé durant toutes ces années, aux heures de torture qu'elle a endurées en essayant de reconstituer le déroulement de cette journée, de comprendre pourquoi Alfie avait quitté la grotte et où il avait bien pu aller. Tout ce temps, elle s'en est voulu en croyant que c'était pour la suivre qu'Alfie avait décidé de sortir tout seul du Rocher. Elle l'imaginait en train d'avancer sous un soleil éblouissant, de la chercher sur la plage, avant de retourner, pour une raison ou pour une autre, vers les trous d'eau dans les rochers. Elle avait toujours cru que c'était sa faute et seulement sa faute.

La voix de Cassie se faufile à travers ces pénibles réminiscences. « Alors, tu vois bien, Dora, que, même si nous sommes toutes les deux marquées et si nous nous sentons coupables, c'est moi qui le suis le plus. Tous les jours, je vis avec l'idée que je l'ai envoyé sur les rochers. Si j'avais dit tout de suite la vérité, nous aurions peut-être eu une chance de le retrouver vivant. Et je vis dorénavant avec la souffrance que je vous ai infligée à vous tous, pas seulement à Alfie. »

Cassie se passe les mains dans les cheveux, lisse sa natte sur le côté de son cou et en triture le bout entre ses doigts nerveux. « Maintenant tu sais que j'ai manqué à tous mes devoirs. Je vous ai trahis. Je m'en veux de vous avoir causé cette souffrance. Mais toi, Dora, tu n'as rien fait de mal. » Sa voix s'élève, insistante. « Tu comprends ? »

Dora ferme les yeux.

Elle en a trop entendu.

Cassie pleure en silence à côté d'elle, mais Dora ne peut se résoudre à la consoler. Les aveux de sa sœur lui résonnent dans la tête et son estomac se soulève.

Des fragments de cette journée fatale l'assaillent. Helen qui descend l'allée à toute vitesse pour aller rejoindre son amant. Cassie et Sam qui veulent s'isoler dans la grotte. Alfie qui essaie d'atteindre les crabes avec un long bâton noueux. Une boule de glace qui tombe dans les vagues. La cape trempée d'Alfie dans les bras de Cassie. Le regard incrédule de sa mère au moment où elle apprend qu'Alfie a disparu.

Bientôt les images qui se bousculent dans son esprit lui donnent le vertige. Elle presse ses tempes pour essayer de ralentir ce défilé. À présent, elle comprend. Chacun d'eux a joué un rôle dans les événements tragiques qui ont entraîné la mort d'Alfie et chacun a payé jour après jour pour ses choix, ses défaillances et ses secrets. Tous, elle, Cassie, Helen, et même Richard, ont mené une vie de culpabilité et de repentir. Les pulsions secrètes de Cassie, la cruelle suggestion qu'elle a faite à son petit frère, ses mensonges, la liaison d'Helen, voilà autant de nouvelles pièces du puzzle qui, assemblées, forment l'ensemble du tableau regrettable de cette journée durant laquelle Alfie leur a été ravi. Pourtant, la seule certitude qui domine au milieu de ce tourbillon d'émotions, c'est que les larmes, les récriminations, les aveux, les punitions auto-infligées ne leur rendront pas Alfie.

Le cours de ses pensées est interrompu par une question de Cassie.

« Tu me détestes ? Je le comprendrais. Je trouve déjà difficile de me pardonner moi-même, donc je ne vois pas pourquoi tu le ferais. » Ses mots se bousculent.

Pétrifiée sous les branches luisantes, Dora est incapable de répondre. Elle a la nausée à l'idée de ce que Cassie a fait. Elle est scandalisée d'apprendre la trahison de sa mère. Ces révélations tourbillonnent dans sa tête. Il lui faudra du temps pour les digérer.

Pendant que le silence s'étire, elle remarque que sa sœur s'affaisse à l'ombre du saule. Sur ses joues, les larmes sèchent et les cicatrices entrecroisées sur ses poignets brillent dans cette étrange lumière verte, on dirait des bracelets délicats en argent. Alors, la vérité apparaît. Elle n'est pas sûre de pouvoir lui pardonner, mais elle sait qu'elle ne déteste pas Cassie.

« Non, je ne te déteste pas. Tu t'es bien assez détestée toi-même. »

Cassie lâche un petit soupir et joint les mains en un geste de prière. Toutes deux gardent un instant le silence, puis Cassie reprend d'une petite voix : « Tu sais, si je pouvais revenir en arrière, je donnerais ma vie avec joie pour protéger Alfie. »

Dora hoche la tête. « C'est ce que nous ferions tous, je crois. »

Après avoir examiné ses mains, Cassie lève les yeux. « Écoute, Dora, rien ne t'oblige à m'écouter à présent. Si tu retournes à ta voiture pour t'en aller et si tu ne veux plus jamais me revoir, je ne t'en voudrai pas. Mais puisque tu es là, autant que tu saches qu'ici j'ai eu largement le temps de réfléchir à tout ça. Je sais que, si nous avions la possibilité de revenir en arrière, nous agirions tous différemment. Mais c'est impossible. Rien ne nous ramènera notre petit frère, pas vrai ? »

Dora sent les larmes lui monter aux yeux.

« Alors, tu ne crois pas que la meilleure chose que nous puissions faire pour Alfie aujourd'hui, c'est d'aller de l'avant et de vivre de notre mieux ? »

Dora s'essuie les yeux pendant que sa sœur continue.

« Il est peut-être trop tôt pour que tu m'accordes de nouveau une place dans ta vie. Ce que j'ai fait ce jour-là… la façon dont je suis partie… bon, je serais la dernière à te le reprocher. »

Ne sachant comment répondre, Dora déglutit.

« Mais laisse-moi te dire une dernière chose. J'ai eu beau décortiquer ces événements, c'est sans doute Bill Dryden qui m'a aidée à y voir clair. » Cassie fait un ample geste. « La restauration du jardin… c'est pour Alfie. J'ai fait ça pour lui. C'est une tentative de rédemption, si tu veux. J'ai rendu les plantes à la vie, c'était ma façon de guérir. » Cassie pose la main sur le bras de Dora et ajoute d'un ton éloquent : « Et maintenant, toi, tu as une vie qui pousse en toi. Il est temps de lâcher prise, Dora. Il est temps d'aller de l'avant. Nous ne pouvons pas le faire revenir, mais nous pouvons penser à lui en accomplissant certaines choses dans notre vie. »

Dora incline la tête. Soudain, tout s'éclaire. Ce qu'elle a combattu et redouté s'efface. Elle n'a plus besoin d'avoir peur, de se sentir coupable. La seule chose qu'elle doit à Alfie, à sa famille et à Dan, c'est de vivre intensément. « Une vie à moitié vécue. » Les mots de son père lui résonnent aux oreilles. Ils ont tous été tellement préoccupés par la mort qu'ils ont oublié qu'ils avaient une vie devant eux.

En silence, les doigts entrelacés, elles écoutent le bourdonnement des insectes et l'envol des oiseaux hors de l'oasis chatoyante. Un rayon de soleil filtre à travers les branches et tombe sur les genoux de Dora, tel un chat. Assise à côté de sa sœur, Dora se sent soudain envahie par un sentiment de paix, de calme, qu'elle n'avait pas éprouvé depuis bien longtemps. Elle imagine sa mère, dans sa cuisine à Clifftops, en train de mettre des roses aux longues tiges dans un des vases en cristal de Daphne, et Richard, ses chaussons aux pieds, en train de lire le journal dans son salon beige pendant que Violet le cajole ; elle pense à sa sœur agenouillée sur le sol pour ramener plantes et graines à la vie, et à Dan, dans son atelier, en train de travailler l'argile et la cire pour en faire une nouvelle création magnifique. Puis elle pense au bébé, minuscule être lové en elle, avec son cœur qui bat à un rythme parfait. Elle pense à tout cela et, de nouveau, elle sent une bouffée de paix la submerger.

18

Helen

Aujourd'hui

Dans le jardin, Helen est en train d'arracher chardons et liserons de la plate-bande qui se trouve sous la fenêtre de la cuisine quand elle entend la sonnerie stridente du téléphone. Elle se redresse aussitôt, retire ses gants de jardinage et se précipite dans la maison en espérant que la personne qui appelle ne raccrochera pas. Elle a de la chance.

« Allô ?

— Maman, c'est toi ? »

Helen a la gorge nouée. « Dora ?

— Oui. »

Il y a un bref silence au bout du fil. Questions et réflexions assaillent Helen. Pourquoi Dora la contacte-t-elle ? Elles ne se sont pas parlé depuis sa visite. Serait-il arrivé quelque chose ? Un problème avec le bébé ? « Que se passe-t-il ?

— Rien, tout va bien.

— Le bébé aussi ?

— Oui, répond Dora, surprise. Le bébé va bien, et nous aussi.

— Ah ! Tant mieux. » Helen se détend un peu.

« Je me demandais… je me disais que tu… aurais peut-être envie de passer une journée à Londres ? »

Helen sent son cœur se gonfler d'émotion.

« De venir à Londres ? Pour te voir ?

— Oui.

— Quand ?

— Je pensais au week-end prochain… Mais si tu n'es pas libre, on pourrait…

— Non, s'empresse de dire Helen. Le week-end prochain me va très bien. » Mentalement, elle feuillette son agenda. Elle pourra réorganiser quelques petites choses, ce n'est pas un problème.

« Tu es sûre ?

— Oui.

— Alors, c'est entendu. »

Un long silence s'installe et Helen entend la respiration régulière de sa fille au bout du fil. « Et toi, ça va ? Tout se passe bien ?

— Oui, maman, tout va bien. » Dora lui donne le nom et l'adresse d'un salon de thé à Primrose Hill, le *Rosie Lee's*, un établissement situé dans une rue tranquille, à l'écart des grands mouvements de foule.

« Ce sera agréable de revenir dans ce quartier. Je t'appellerai si j'ai du mal à trouver le salon de thé.

— Parfait. Samedi prochain à onze heures ?

— Très bien.

— D'accord. Au revoir, maman.

— Au revoir, Dora. »

Helen entend le déclic lorsque Dora met fin à la communication. Debout dans la cuisine, elle colle le combiné sonore sur sa poitrine et sent une chaleur inattendue remonter vers son cœur.

Le samedi suivant, elle prend un train qui arrive à la gare de Waterloo juste avant dix heures, puis descend dans le métro et emprunte la Northern Line en direction de Chalk Farm. Le wagon est presque vide, mais il a gardé l'odeur des milliers de corps qui en ont franchi les portes durant la semaine. En percevant ces effluves tièdes, Helen se remémore l'époque où, jeunes mariés et parents angoissés d'un premier enfant, Richard et elle habitaient le nord de Londres. Elle a l'impression que ça fait une éternité. Tant de choses se sont passées depuis.

Une jeune femme qui a à peu près l'âge de Dora est assise en face d'elle. Le nez percé d'un diamant qui brille de tous ses feux à la lumière artificielle, elle bouge la tête au rythme de la musique qui lui parvient par de minuscules écouteurs blancs. En croisant son regard, Helen lui sourit. La jeune femme retrousse à peine les lèvres avant de lever discrètement les yeux vers les affiches publicitaires. Helen se rend compte qu'elle s'est absentée trop longtemps de Londres pour être familiarisée avec les usages en cours dans le métro.

Elle détourne le regard, tripote son ticket et repense au coup de fil de Dora. C'était curieux. Sa fille ne lui a pas donné d'explication pour cette soudaine invitation. La dernière fois qu'elles se sont vues, à Clifftops, Dora lui a annoncé sa grossesse et, quand elles ont parlé d'Alfie, la conversation a été malaisée. Depuis, Helen se reproche amèrement son comportement. Dora lui a tendu la main et elle l'a repoussée. Une fois de plus, elle a mal agi avec sa famille. Elle est obsédée par cette conversation et furieuse contre elle-même car elle n'a pas eu le courage d'avouer la vérité à sa fille alors que, à l'évidence, elle avait besoin de savoir.

Entre-temps, Helen a bien songé à l'appeler, mais chaque fois qu'elle s'approchait du téléphone de la cuisine et levait la main vers le combiné, elle entendait dans sa tête une petite voix insistante qui répétait :

Arrête. Elle n'a pas besoin de toi. Laisse-la tranquille. De fait, il était plus facile de s'éloigner et de se laisser gagner par la routine de ce village assoupi que de décrocher le téléphone pour affronter sa fille.

Clifftops, lorsqu'ils s'y sont installés, c'était une prison pour elle, un endroit dont elle voulait s'échapper. Puis, après la disparition d'Alfie, c'est devenu son châtiment. Quand Richard l'a quittée, elle a eu la certitude que c'était la croix qu'elle devait porter. Richard ne voulait plus y habiter, il l'avait clairement dit pendant la rude procédure de divorce, si bien qu'elle y est restée et a considéré la vieille et vaste maison comme une pénitence. Cette croix s'est révélée très lourde à porter tant les lieux étaient imprégnés de douloureux souvenirs.

Pourtant, au fil des ans, un changement inattendu s'est produit. La maison s'est pour ainsi dire insinuée en elle, l'a enveloppée dans ses pesants murs de pierre, l'a attirée dans une étreinte rassurante. Peut-être Helen est-elle à présent capable de s'attarder sur les autres souvenirs qu'elle recèle, ceux de moments plus heureux passés en compagnie de Richard et des enfants. Ou alors c'est le jardin qui la retient ; elle a pris goût aux simples tâches comme arracher les roses fanées, désherber et ramasser les pommes dans le verger car elles lui rappellent l'ordre naturel du monde, le flux et le reflux d'une force vitale à la fois éternelle et inévitable. Même l'énorme cuisinière Aga cliquetante, l'accumulation d'antiquités et de tableaux poussiéreux, les vieilles fenêtres qui ferment mal, qui craquent et gémissent quand souffle le vent marin, toutes choses qu'elle détestait au début, sont devenues des présences amicales. Maintenant, elle se rend compte qu'elle a fait office de gardienne pour cette grande propriété. Elle la maintient en bon état… pour la génération suivante, peut-être ? Que les choses en soient arrivées là, elle en est la première étonnée, mais, au cours des dix dernières années, elle a appris que la vie réserve toujours des surprises, bonnes et mauvaises.

Et voilà que Dora l'appelle. Comme elle l'a invitée à venir la voir à Londres, Helen ne peut s'empêcher de se demander si les choses vont enfin pouvoir s'arranger. Est-il saugrenu d'imaginer que sa fille l'admette de nouveau dans sa vie, lui permette d'attendre avec joie son premier petit-enfant ? C'est plus qu'elle ne mérite, elle le sait, pourtant une petite bouffée d'espoir monte en elle. Et si c'était là sa dernière chance de se réconcilier avec Dora ?

La journée est douce pour un mois de septembre, plus chaude dans la capitale que sur la côte du Dorset. En sortant du métro et en avançant dans une rue encombrée de véhicules qui crachent leurs gaz d'échappement puants et font crisser leurs freins, elle ôte son manteau et retrousse ses manches. Elle passe devant un pressing miteux, une épicerie à l'étal de fruits et de légumes ratatinés et des immeubles sociaux en briques rouges, puis tourne à gauche dans Primrose Hill Road. Sur la droite, le parc déploie sa pelouse verte attirante, mais Helen continue son chemin pour arriver au salon de thé à l'heure.

Le *Rosie Lee's* se niche au bout d'une rue calme bordée d'élégantes maisons victoriennes. Une jolie tonnelle de roses mène à la porte de l'établissement et des tables sont sorties sur le trottoir, recouvertes de nappes imprimées, avec des chaises pourvues de coussins. Elles ont été prises d'assaut par des clients qui ont voulu profiter du soleil. Helen entre dans la salle confortable.

L'extérieur tranquille ne prépare pas au bruit qui

règne à l'intérieur. Une foule de jeunes gens assurés, qui exercent sans doute des professions libérales, téléphonent avec leurs portables, boivent du café au lait et lisent les journaux du week-end. Au moment où Helen se dit qu'elle ne trouvera pas de place, elle aperçoit un bras qui s'agite avec détermination.

« Maman ! Par ici. »

Dora est assise au fond, à une table, une théière devant elle. Il semble qu'Helen ne soit pas la seule à arriver en avance à ses rendez-vous. Après un petit signe de la main, Helen se faufile entre les tables encombrées pour rejoindre sa fille.

« Bonjour. »

Lorsque Dora se lève, Helen lui donne un petit baiser sur la joue et exerce une pression sur son bras en remarquant avec un plaisir secret le renflement sous le tee-shirt de sa fille.

« Tu es en beauté. Radieuse, dit-elle.

— Merci, maman. J'aime bien ta nouvelle coiffure. »

Helen tapote ses cheveux d'un air gêné. « C'est un peu plus court que ce que je voulais, mais je m'y habitue. »

Dora sourit. « Ça te va bien.

— Merci. »

Elle s'assied face à sa fille et plie son manteau sur ses genoux. Ses mains tremblent, elle a soudain les nerfs à vif. « Comment te sens-tu ? Les nausées matinales sont toujours aussi pénibles ?

— Non, elles ont cessé il y a quelques semaines. Je me sens bien maintenant.

— Bon, parfait. » En regardant Dora, elle voit que c'est vrai. Ses joues sont plus rondes, ses seins plus pleins et sa peau et ses cheveux resplendissent. Elle est belle.

Une serveuse en tablier à fleurs apparaît à côté d'Helen et patiente poliment, le stylo en l'air au-dessus de son bloc.

« Tu veux autre chose ? demande Helen.

— Non, mon thé me suffit, merci.

— Alors, un café noir pour moi, s'il vous plaît. »

La serveuse prend note et, avec un signe de tête, s'éloigne.

« Merci d'être venue, dit enfin Dora. Je n'étais pas sûre que tu le ferais. »

Helen sursaute. Dora croyait-elle vraiment qu'elle ne viendrait pas ? Le gouffre qui les sépare est-il donc aussi large ? Constater à quel point elle a laissé la situation se détériorer la fait souffrir. « J'étais contente que tu appelles, admet-elle enfin. Je voulais te téléphoner, je t'assure. À plusieurs reprises, j'étais à deux doigts de décrocher l'appareil, mais quelque chose m'en empêchait. Je ne savais pas si tu serais contente de m'entendre. »

Sa phrase se termine presque comme une question, mais Dora se contente de hausser les épaules avant de dire : « Bien sûr que j'aurais été contente.

— C'est vrai ?

— Ouais.

— Quand tu es venue me voir, les choses étaient… difficiles. »

Dora le confirme d'un signe de tête.

« Je m'y suis mal prise. »

De nouveau, Dora hoche la tête.

Je mérite ce reproche, pense Helen.

À ce moment précis, la serveuse revient avec sa consommation. Helen s'affaire un instant avec le sachet de sucre qu'elle déchire soigneusement pour en verser le contenu dans sa tasse, puis elle remue son café avec la cuillère en argent et observe le tourbillon noir qui se forme. C'est un peu à l'image de notre relation, se dit-elle, sombre, profonde et amère. Elle cesse de remuer, secoue la cuillère contre la tasse et la pose sur sa soucoupe.

« Bon, eh bien, nous sommes là maintenant. »

Elle adresse un sourire nerveux à Dora qui semble sur le point de dire quelque chose, puis se ravise et s'empare de la carte plastifiée posée devant elle, la tord dans un sens, dans l'autre, ce qui fait un drôle de bruit. Derrière elles, un homme lâche un rire tonitruant. Quand il s'arrête, Dora prend enfin la parole.

« Il y a quelques jours, je suis allée voir Cassie. »

Helen sursaute. « Ah bon ? Elle allait bien ?

— Oui. Elle semblait en pleine forme. »

Helen est soulagée. « Elle paraît avoir trouvé sa voie.

— Oui, on dirait. »

Elles se taisent un instant.

« Nous avons reparlé du jour où Alfie a disparu.

— Ah ? » Helen ne laisse pas voir son trouble, mais elle a soudain la bouche sèche. Ses mains tremblent lorsqu'elle saisit sa tasse.

« Cassie m'a appris certaines choses que j'ignorais… sur ce jour-là, sur elle… sur toi. »

Helen avale une gorgée. Le café lui brûle la langue et la gorge, mais elle l'avale quand même. Nous y voici. Elle s'arme de courage pour affronter le flot de récriminations qui va suivre, mais ce que dit Dora la surprend.

« Je ne veux surtout pas revenir là-dessus. Je me suis beaucoup creusé la cervelle et j'en suis arrivée à la conclusion que la manière dont c'est arrivé… toutes les décisions individuelles que nous avons prises ce jour-là et qui ont entraîné la disparition d'Alfie ne comptent plus aujourd'hui. Il n'est plus là. Nous ne pouvons rien y changer. Alors il est peut-être temps de cesser de nous torturer avec des remords. »

Déconcertée, Helen la regarde. « Tu es au courant… pour Tobias ? »

Lentement, Dora incline la tête.

Helen se sent rougir. La honte est encore cuisante. « Écoute, je voulais t'en parler lors de ta visite, je t'assure. Sauf que j'ai encore du mal à l'avouer tout haut. Je suis horrifiée par ce que j'ai fait.

— Ça n'a plus d'importance, maman. J'ai réussi à accepter certaines choses à présent. Nous avons tous les quatre passé trop d'années à nous culpabiliser et à souffrir. Notre nostalgie, nos remords, notre chagrin, notre douleur, rien de tout cela ne pourra nous le ramener. »

C'est au tour d'Helen d'incliner la tête. Elle baisse les yeux, essaie de ne pas pleurer, surtout pas maintenant.

« Je voulais juste te dire que je comprends un peu mieux à présent. Tu avais raison, il est temps de lâcher prise. »

Du coin de l'œil, Helen voit sa fille caresser le petit renflement de son ventre. C'est un geste tellement inconscient, tellement intime, que les larmes qu'Helen retenait coulent à profusion. La tête baissée, elle pleure en silence et, bientôt, elle sent que Dora lui fourre une serviette en papier dans la main.

« Tiens.

— Excuse-moi. » Helen renifle et se tamponne les yeux. Il lui faut un moment pour se ressaisir et regarder sa fille. « Je n'avais vraiment pas l'intention de m'écrouler devant toi, je voulais au contraire te demander pardon. » Elle voit Dora pencher légèrement la tête. « Pardon pour la manière désastreuse dont je me suis conduite quand tu es venue me voir l'autre jour. Je sais que je n'en avais pas l'air, mais j'étais vraiment ravie de te savoir enceinte. C'est une nouvelle merveilleuse. Dan et toi vous ferez des parents extraordinaires, j'en suis certaine. »

Dora se détourne elle aussi.

« Dora, s'il te plaît, regarde-moi. Il faut que je te dise une chose importante. »

Quand Dora tourne la tête, Helen voit qu'elle a les larmes aux yeux.

« C'est dur à avouer, mais quelque chose en moi était jaloux en apprenant la nouvelle. Je sais, ça peut sembler insensé. Je suis ta mère. Que tu aies un enfant est mon souhait le plus cher. Mais je n'ai pas pu m'empêcher d'éprouver une pointe de jalousie à cause de ce nouveau départ qui vient de t'être accordé. Une nouvelle vie ; une nouvelle aventure. » Helen s'interrompt et se passe la main dans les cheveux. « Ce n'est pas facile de vieillir, de se regarder dans la glace et d'y lire le passage du temps.

— Tu n'es pas obligée de me donner des explications, maman. Je ne veux vraiment pas remuer le passé.

— Non, Dora, il faut que je t'explique. Je ne cherche pas à susciter de la compassion. J'ai commis des erreurs… de nombreuses erreurs. Et je vis avec mes remords. Car je ne me rendais pas compte de ce que j'avais jusqu'à ce que ça me soit enlevé : ton père, Alfie, mes deux filles. Mais quelque chose de bien en résultera peut-être si mes erreurs parviennent à t'aider d'une manière ou d'une autre. »

Dora incline lentement la tête.

« Quand Alfie a disparu, je ne pouvais pas regarder en face ce que j'avais fait. Je cherchais un coupable et je regrette que ce soit toi qui en aies fait les frais. Je me suis montrée horriblement injuste envers toi, Dora. J'en suis navrée. »

En croisant le regard de sa fille, Helen voit une lueur fugitive derrière les larmes – de soulagement, peut-être.

Désireuse d'aller jusqu'au bout, elle poursuit : « J'ai aussi manqué de perspicacité avec Cassie, je n'ai pas compris ce dont elle avait besoin. Je l'ai poussée vers les études en ne pensant qu'à ce que je désirais pour elle, et la pression était trop forte. Enfin, bien sûr, j'ai été au-dessous de tout avec Alfie. Je n'étais pas là pour le protéger au moment où il l'aurait fallu. Je ferais n'importe quoi pour revenir en arrière et pour tout arranger. Mais c'est impossible. Tout ce que je peux faire, c'est te dire que je suis désolée. Je regrette de vous avoir tous fait souffrir. »

De nouveau, Dora hoche lentement la tête. « Maman, nous avons tous commis des erreurs. Inutile de ressasser tout ça. Il fallait que je te dise que nous pouvions désormais tourner la page. L'eau a coulé sous les ponts. Je m'en sors, maintenant. »

Helen baisse les yeux. Son manteau est en boule sur ses genoux et elle le lisse du plat de la main. Elle voudrait tellement demander à Dora si elle lui pardonne, si elle lui permettra de se rattraper. Elle voudrait tellement savoir si elle peut avoir une toute petite part dans sa vie, mais ce serait aller trop loin.

Derrière elles, l'homme éclate à nouveau de son rire tonitruant. Dora regarde autour d'elle, puis elle dévisage Helen et lève les yeux au ciel. « On s'en va ? »

Helen acquiesce. Dora appelle la serveuse et, avec discrétion, laisse sa mère essuyer ses larmes et ôter les taches de mascara avec la serviette humide qu'elle serre toujours dans sa main.

Une fois les consommations payées, Helen suggère une promenade à Primrose Hill. Elle ne se sent pas encore prête à quitter Dora et rien ne l'attend à Clifftops. Il y a un beau soleil et ça lui fera du bien de se dégourdir les jambes avant le long trajet du retour.

« Il y a des années que je n'y suis pas retournée, avoue-t-elle en gravissant un des chemins menant au sommet. Ça remonte à l'époque où Cassie et toi étiez toutes petites. Nous vous y avions emmenées, ton père et moi, un jour de printemps où il y avait des jonquilles partout. Je me souviens que Cassie voulait descendre jusqu'en bas en faisant des roulades et qu'elle a dû s'arrêter à mi-pente car elle avait mal au cœur. » Helen lâche un petit rire et voit que Dora sourit à côté d'elle. « Bien sûr, le London Eye et le Gherkin n'existaient pas encore à l'époque. Mon Dieu, ça doit faire plus de vingt ans.

— Oui, c'est ça », confirme Dora d'une voix calme.

Elles avancent encore un peu et arrivent devant un banc libre d'où on peut admirer le paysage urbain qui s'étend en bas.

« On s'assied une minute ? » propose Helen.

Dora acquiesce et elles s'installent côte à côte pour contempler la ville grouillante, en bas. Helen aperçoit de hautes tours de verre et de béton, chatoyantes au soleil, et la tour de British Telecom, en forme de navette spatiale, qui pointe au-dessus des cimes de Regent's Park. Ce tableau lui est très familier, elle l'a vu la moitié de sa vie. D'une certaine manière, elle n'a pas beaucoup changé par rapport à la jeune femme qui venait de s'installer à Londres avec Richard. Et pourtant, il s'est passé tant de choses depuis. Elle prend une profonde inspiration, puis pose la main sur le bras de Dora en regardant intensément dans ses yeux vert d'eau.

« Je sais que je n'ai pas toujours été une bonne mère.

— Maman… » Dora lève une main pour l'interrompre, mais Helen n'en tient pas compte.

« Non, il faut que je te dise une chose. »

La main de Dora retombe le long de son corps.

« Je n'ai vraiment pas bien agi avec toi. Je t'ai laissée tomber.

— Maman, tu n'es pas obligée…

— Si. »

Dora se tait.

« Je n'aurais jamais dû te laisser porter ne serait-ce qu'une part infime de responsabilité pour la disparition d'Alfie. J'aurais dû faire en sorte que tu ne te sentes pas coupable. Une bonne mère aurait su mieux te protéger. »

En voyant une larme couler lentement sur le joli visage de sa fille, Helen tend la main et l'essuie.

« Je regrette de ne pas m'être bien comportée avec toi, de t'avoir fait souffrir. Tu veux bien me pardonner ? »

Dora lui prend la main.

« Avoir un enfant est merveilleux, mais ce n'est pas facile. Tu t'en apercevras bien assez tôt. Mais je sais que tu seras une bonne mère. Et si tu me laisses une chance, j'aimerais essayer d'en être une meilleure pour toi. »

Des larmes coulent à présent des yeux d'Helen. Telle une pluie de fin d'été, elles mouillent le manteau posé sur ses genoux. Helen exerce une pression sur la main de Dora. Toutes deux sont trop émues pour parler. Bientôt Dora retrouve sa voix.

« On va y aller doucement ! Pas à pas. »

Helen acquiesce.

« Après tout, ce bébé va avoir besoin d'une grand-mère », ajoute Dora en indiquant son ventre arrondi.

Helen sent que son cœur a un raté. « On pourra peut-être faire une autre promenade un de ces jours avant la naissance du bébé ? » En attendant la réponse de sa fille, elle retient son souffle.

Dora hoche lentement la tête. « Oui, ça me ferait plaisir. »

Les deux femmes restent encore un moment sur le banc et observent d'autres promeneurs grimper la pente raide. Certains marchent plus vite que d'autres ; certains courent, d'autres avancent très lentement, s'arrêtent pour reprendre leur respiration, mais Helen se dit que tous atteindront le sommet, chacun à son rythme, en mettant un pied devant l'autre.

19

Dora

Aujourd'hui

Les ouvriers sont déjà à l'œuvre sur le toit de l'ancienne usine quand Dora referme la lourde porte métallique, descend l'escalier et sort dans la rue. Depuis leur arrivée, à sept heures du matin, ils posent bavettes en zinc et gouttières et lâchent de gros morceaux de couverture bitumée dans la manche de la benne garée en bas.

« À plus tard ! » lui lance l'un d'eux avec un petit signe de la main.

Elle lui sourit. « C'est ça. »

Ils forment une joyeuse bande. La bouilloire a dû faire des heures supplémentaires dès qu'ils se sont mis au boulot la veille, mais ils sont polis, bossent dur, et ça ne gêne pas Dora qu'ils aiment blaguer. Enfin les fuites du toit vont être réparées et c'est un soulagement à présent que la chaleur passagère de l'été cède la place à la bruine grise de l'automne. Heureusement, aujourd'hui il fait sec, avec un petit vent. En avançant, Dora voit les feuilles marron racornies et les sachets vides de chips s'envoler sur le trottoir. Elle a de la chance : un 38 presque vide s'arrête au moment où elle arrive à l'arrêt. Elle y monte et s'assied à l'arrière du bus.

Elle regrette un peu que Dan n'ait pas pu changer la date de son interview. Bien sûr, c'est là une occasion fantastique de se faire connaître et d'obtenir quelques commandes de particuliers, mais l'échographie était programmée depuis plusieurs semaines. Elle est triste de ne pas pouvoir partager ce moment avec lui, triste qu'il ne voie pas le bébé.

« Vérifie bien s'il n'a pas mon nez… ni mes dents. On ne pourrait pas payer le dentiste, a-t-il dit pour plaisanter.

— Je ne crois pas que ce soient les dents qu'on examine, Dan ! Tu n'as pas feuilleté les livres que je t'ai mis de côté ?

— Si, si. »

En voyant une lueur amusée passer dans ses yeux, elle a compris qu'il ne l'avait pas encore fait.

« Tu es sûr que tu ne veux pas savoir si c'est une fille ou un garçon ? »

Dan a haussé les épaules. « Non, je ne crois pas. Et toi ?

— Non, moi, je préfère avoir la surprise.

— Bon, moi aussi. » Il l'a attirée à lui. « Essaie de rapporter une photo si tu peux, un de ces trucs en noir et blanc où on voit une sorte de crevette spatiale géante. Je t'appellerai dès que j'en aurai terminé avec le journaliste. On se retrouve tout à l'heure, d'accord ? » Il l'a embrassée sur la bouche, a caressé son ventre de plus en plus proéminent et il est parti rejoindre le journaliste dans un café de l'East End.

Une crevette géante… et puis quoi encore ? se dit-elle en observant les magasins et les cafés d'Essex Road par la vitre sale du bus. Elle est tout excitée à la perspective de l'échographie. Ce sera la deuxième fois qu'elle verra le bébé et, à présent, sa grossesse lui semble poser moins de problèmes. Pas seulement parce que les nausées matinales ont fini par passer, mais à cause des meilleures relations qu'elle a à présent avec Dan. Depuis qu'elle est allée voir Cassie à Swan House, elle se sent différente. Plus légère, plus vive, plus alerte, ce qui est ridicule : elle n'a pas besoin de monter sur la balance pour savoir qu'elle a déjà pris près de douze kilos.

La vérité, c'est que Dan et elle ont compris que cette visite à sa sœur lui a procuré une sorte de délivrance. Si Alfie lui manque toujours, si elle déplore ce qui s'est passé, elle ne se torture plus autant en ressassant les détails de sa disparition, elle ne se sent plus aussi coupable, ne guette plus le visage de son petit frère dans la foule ; et surtout, elle ne fait plus de cauchemars ni de crises de panique depuis. Elle ne se résoudra jamais à la perte d'Alfie, mais elle a enfin l'impression d'être sur la bonne voie et d'avancer.

D'une main, elle caresse le renflement ferme de son ventre. C'est dur, chaud, et elle a plaisir à sentir sous ses doigts quelque chose d'aussi sûr, d'aussi réel.

À l'avant du bus, il y a une bousculade lorsque des gamins montent, valident leurs cartes sur la machine installée près du chauffeur et lancent plaisanteries et hurlements ; des garçons qui font l'école buissonnière, suppose-t-elle. Ses nerfs sont mis à rude épreuve par cet assaut de bruits et de mouvements. En voyant le vent soulever les cheveux, écharpes et vestons des passants sur le trottoir, elle a soudain envie d'être à leur place. D'un bond, elle se lève et franchit les portes juste à temps, alors que le signal sonore retentit déjà. Il ne reste que deux arrêts, elle peut finir le trajet à pied.

Ça fait du bien de ne pas être au bureau. La plupart des gens, elle le sait, doivent déjà avoir commencé leur journée de boulot, les yeux sur l'écran de leur ordinateur, le combiné du téléphone à la main, pour régler des affaires, prendre des décisions. Ce n'est pas très souvent qu'elle a l'occasion de se trouver dans une rue londonienne à l'heure où les personnes âgées s'aventurent dehors et où les jeunes parents poussent leurs landaus vers le parc. Elle entend le vrombissement des coursiers motorisés qui se faufilent dans la circulation et voit un groupe de touristes dans un café, près de la vitre, qui se chamaillent en consultant un plan de la ville. Elle s'écarte pour éviter une infirmière pâle, en tenue de travail, qui rentre chez elle après son service de nuit, et décourage le bénévole enthousiaste d'une association caritative qui brandit un bloc et aborde des passants souriants. Bien qu'il s'agisse de la même ville – la sienne –, Dora la voit sous une lumière différente, perçoit un autre rythme. Après la naissance du bébé, ce côté-là lui deviendra sans doute plus familier.

À l'agence, tout le monde a été formidable. Annoncer à Dominic qu'elle était enceinte inquiétait Dora, mais il l'a serrée dans ses bras et lui a dit d'aller discuter des modalités de son congé de maternité avec le service des ressources humaines. Sa place l'attendrait à son retour. S'il était frustré de se passer pendant quelques mois d'une gestionnaire de comptes clients fraîchement promue, il l'a bien caché. À mesure que les filles apprenaient la nouvelle, elles affluaient autour de son bureau et lui demandaient comment elle se sentait, quand la naissance était prévue, si elle avait choisi le prénom du bébé et savait déjà si ce serait un garçon ou une fille. Aborder ouvertement ce sujet avait donné à sa grossesse une réalité intimidante. Avec son franc-parler providentiel, Leela l'avait regardée de haut en bas et s'était exclamée : « Bon sang, je voulais justement te demander où tu avais déniché ce soutien-gorge pas possible. Tes nichons sont fantastiques ! »

L'hôpital n'est pas loin de l'arrêt du bus et elle y arrive en avance. Après avoir parcouru un labyrinthe de couloirs et de salles, elle trouve enfin le service d'échographie, donne son nom à l'accueil et s'installe dans la salle d'attente après s'être emparée d'un magazine écorné. Apparemment, il lui faudra patienter ; plusieurs personnes sont déjà là. Elle espère que ça ne durera pas trop longtemps car on lui a demandé d'avoir la vessie pleine et elle ne pourra tenir très longtemps.

Le magazine ouvert sur ses genoux, elle feint de lire un article sur la façon de se sculpter un corps parfait pour le bikini et jette des regards furtifs aux autres femmes qui attendent. Elles ont pour la plupart entre vingt et quarante ans, suppose-t-elle ; pourtant, l'une d'elles paraît plus âgée et, un attaché-case de femme d'affaires à côté d'elle, tape avec ardeur sur son BlackBerry. Il y a aussi des compagnons qui font les cent pas, certains, maladroits, gênés, parlent à voix basse, d'autres, fiers, le verbe haut, posent une main possessive sur le ventre arrondi de leur épouse. Dora voit un homme à l'air épuisé courir après un bambin surexcité pendant que sa compagne observe la scène avec un sourire indulgent ; dans le coin opposé, une femme pâle, mal en point, respire profondément par la bouche en serrant un sac en papier. Dora reconnaît les symptômes des nausées matinales et lui adresse un timide sourire de compassion.

Malgré elle, son regard est attiré par les ventres fascinants de toutes ces femmes. Elle essaie de les comparer avec le sien, mais c'est difficile. Ils ont tous des tailles et des formes différentes – certains sont encore très plats, d'autres vraiment énormes. Soudain, il lui semble extraordinaire de se trouver là, entourée par tant d'espoir, de nouvelles vies bourgeonnantes.

Une femme en sari sort de sa séance d'échographie, suivie par un homme à l'air fier et triomphant. Pendant qu'il règle le montant de l'examen, Dora regarde la femme qui, debout près d'un caoutchouc flapi, scrute la petite photo en noir et blanc qu'elle tient à la main. Elle paraît incapable d'en détacher les yeux. Dora pense à la « crevette spatiale » de Dan et sourit. Le couple remercie l'hôtesse d'accueil et franchit la porte battante pendant que deux nouvelles femmes arrivent dans la salle d'attente. Elles arborent des coiffures identiques – cheveux habilement effilés au rasoir – et se tiennent la main. L'une est de toute évidence enceinte. En les voyant, Dora songe à Cassie.

Elle a beaucoup pensé à sa sœur au cours de ces dernières semaines. Le contraire aurait été étonnant. Pour elle, ça ne change rien que sa sœur soit lesbienne. Dora est contente qu'elle lui en ait parlé ouvertement. Dissimuler quelque chose d'aussi important n'a pas dû être simple et, malgré son langage cru et son envie de choquer, Cassie devait avoir peur d'avouer ses penchants à sa famille. Dora est contente également que sa sœur ait trouvé quelqu'un qui la rende heureuse.

Non, ce sont les autres secrets qu'elle lui a révélés dans les jardins de Swan House qui ont ébranlé les fondations de son propre sentiment de culpabilité et lui donnent plus de mal. Le mois dernier, à Primrose Hill, elle était sincère en disant à sa mère qu'il était temps de laisser le passé derrière elles, et pourtant, les aveux de Cassie sont durs à avaler.

La nuit, elle reste éveillée, les yeux au plafond, et

se repasse le film de cette affreuse journée. Elle appuie sur pause, revient en arrière, puis avance jusqu'à ce que les images nouvelles que lui a fournies Cassie se mêlent à ses propres souvenirs. Les pièces de ce puzzle gigantesque se sont mises en place et, à présent, elle recule et voit l'ensemble du tableau, discerne le rôle que chacune a joué et, si comprendre enfin ce qui s'est passé ce jour-là l'a soulagée, cela n'a pas été sans émotion nouvelle, troublante.

Car elle a éprouvé de la colère. Que Cassie ait pu se montrer aussi cruelle… aussi égoïste, qu'elle ait repoussé Alfie et dissimulé ses erreurs pendant tout ce temps en provoquant de si longues souffrances ! Oui, il s'agissait seulement d'erreurs, d'erreurs d'une adolescente égoïste. Au fond de son cœur, Dora sait que Cassie ne voulait pas qu'Alfie se noie… elle ne voulait pas qu'il meure. Il n'y avait rien de prémédité dans ce qu'elle a fait, rien de malveillant. Et Dora sait mieux que quiconque, si elle en juge par le sentiment de culpabilité qui l'a elle-même torturée durant les dix années qui viennent de s'écouler, que sa sœur a payé. Elle a souffert.

Pourtant, quelque chose l'a empêchée de recontacter Cassie. Elle est persuadée que, si elle ne parvient pas à pardonner à sa sœur le rôle qu'elle a joué ce jour-là, elle ne pourra pas vraiment tourner la page et laisser derrière elle la tragédie de leur passé commun. Si elle n'y réussit pas, c'est à elle-même qu'elle fera du tort. N'empêche, elle ne sait toujours pas si elle est prête à renoncer à la colère qu'elle sent encore bouillir en elle.

« Dora Tide ? Est-ce que Dora Tide est là ? »

L'appel de l'infirmière arrache Dora à ses pensées. Elle prend son sac à main, se lève avec raideur et se dirige vers la salle d'examen. Une technicienne souriante l'accueille, la fait allonger et tripote l'équipement de pointe installé devant elle.

« Je m'appelle Maria. C'est un peu froid, désolée, dit-elle en lui appliquant du gel sur le ventre. Est-ce que votre vessie est pleine ?

— Et comment ! grogne Dora.

— Bon. Ne vous inquiétez pas, il n'y en a pas pour très longtemps. C'est votre premier bébé ? »

Dora acquiesce.

« Très bien, on va jeter un coup d'œil. »

Soudain nerveuse, Dora scrute le grand écran fixé au-dessus d'elle. Jusqu'à présent, cette échographie lui semblait un examen de routine, une occasion d'apercevoir son bébé, mais, à présent qu'elle est entourée de matériel médical et de machines bruyantes, elle est terrifiée. Et s'il y avait un problème ? Et si quelque chose était arrivé au bébé sans qu'elle s'en doute ? Elle regrette que Dan ne soit pas là.

Maria appuie la sonde sur sa peau et la déplace. Bientôt, l'écran s'emplit de lignes grises et blanches et d'étranges tourbillons. La technicienne passe la sonde plus bas, Dora regarde avec attention et, soudain, elle voit les contours du petit être humain niché en elle. Une tête de profil, un minuscule nez rond et la courbe de la colonne vertébrale. Bientôt l'image bouge et Dora ne reconnaît plus la forme du bébé.

« On dirait que vous avez un bébé remuant. Il vient de se retourner. Je vais essayer de le retrouver. Allons, petit… » Elle enfonce un peu plus la sonde.

Dora s'accroche à ses mots. *Un bébé remuant*. C'est bon signe. Un signe de bonne santé. Dan sera content. Elle oublie la gêne occasionnée par sa vessie pleine. Maintenant, la technicienne peut appuyer aussi fort qu'elle veut si c'est pour apercevoir le minuscule être dans son ventre. Ah, le voilà, c'est bien un bébé, pas une crevette. Dora ne peut empêcher les larmes de lui monter aux yeux lorsqu'elle le voit se tortiller et donner des coups de pied.

« Des battements de cœur bien marqués, dit Maria pendant qu'elles écoutent un bruit qui évoque les sabots d'un cheval lancé au galop.

— Il ne bat pas trop vite ?

— Non, il est parfaitement normal. » Elle tripote l'appareil et entoure des taches noires indéfinissables sur l'écran. « Voici les quatre cavités du cœur. » Après une interruption, elle ajoute : « Et la circulation du sang. Tout a l'air parfait. »

Dora déglutit.

« Et regardez, une main, là. » Elle déplace légèrement l'image et agrandit une partie floue. « Les cinq doigts de la main gauche. » Elle répète l'opération. « Et les cinq de la main droite. Tout va bien. »

Maria vérifie une liste abominablement longue de parties du corps et de fonctions, des choses dont Dora ne savait même pas qu'il fallait se préoccuper, comme la longueur des os, la taille de la tête, la circulation du sang dans le cordon et les reins. Dora s'aperçoit qu'elle respire à peine. Elle a passé tant de temps à se demander si elle voulait garder ce bébé qu'elle n'a pas pensé à tous les problèmes qu'il pourrait avoir. Par chance, l'angoisse ne dure pas ; le bébé réussit brillamment tous les tests.

« Ah ! regardez ! dit Maria vers la fin de l'examen. Votre bébé suce son pouce. Je vais voir si je peux vous obtenir cette image. »

Et puis, trop vite, c'est fini. Dora quitte l'hôpital en serrant contre elle le cliché noir et blanc. Elle a hâte de le montrer à Dan.

Comme elle dispose d'une heure avant de devoir retourner au travail, elle fait la queue dans une minuscule sandwicherie, commande un toast au fromage, va s'asseoir sur un banc dans un petit jardin public et regarde le sillage que trace un avion dans un coin de ciel bleu. Malgré la brève apparition du soleil d'automne, il fait toujours froid. Dora serre sa veste contre elle et remarque qu'elle ne peut plus le fermer. Puis elle sort de son sac la photo du bébé et s'émerveille devant cette perfection. On ne peut pas encore déceler de ressemblance avec Dan ou avec elle, ce n'est pour l'instant qu'un dessin flou montrant un tout petit être, mais elle ne peut en détacher les yeux. Leur bébé. Dan et elle ont créé une nouvelle vie. C'est là un lieu commun, elle le sait, n'empêche que ça tient du miracle. Une bouffée de bonheur monte en elle et, pour la première fois, elle se rend compte qu'elle a hâte de voir leur enfant.

Le portable de Dan est toujours éteint. L'interview se passe sûrement bien, pourtant Dora se sent frustrée. Elle voudrait partager son enthousiasme avec quelqu'un, parler de l'échographie, rire à propos des ailes de papillon qui s'agitent en elle, ce qui, d'après Maria, est ce qu'elle ressent quand son bébé bouge, s'émerveiller parce qu'une personne grandit dans son corps, un vrai bébé qui gigote, donne des coups de pied et suce son pouce.

Après avoir tourné et retourné son portable dans ses mains, elle compose de nouveau le numéro de Dan. Elle est aussitôt renvoyée à la boîte vocale. Déçue, elle fait défiler la liste de ses contacts. Un nom la fait hésiter. Elle le fixe jusqu'à ce que les lettres se fondent les unes dans les autres. Son doigt reste en suspens au-dessus de la petite touche verte du cadran. Après un moment de réflexion, elle redresse les épaules, appuie sur la touche, porte l'appareil à son oreille et attend ce qui lui paraît une éternité avant d'entendre une voix familière au bout du fil.

« Cassie, c'est moi… Dora. Comment vas-tu ? » Elle sourit. « Moi ? Je vais bien. Formidablement bien, en fait. Je sors de l'échographie. » Elle écoute un instant, puis secoue la tête. « Non, tout va bien. Le bébé est parfait. Tout est à la bonne place, Dieu merci. » Elle rit en entendant la réflexion de sa sœur et s'appuie au dossier du banc. « Comment ça se passe pour toi ? » Après la réponse de Cassie, un silence s'installe. Dora sait que c'est maintenant ou jamais, alors, après avoir respiré un grand coup, elle se lance. « Écoute, je me demandais… si tu aurais envie de… je ne sais pas, de venir dîner un soir ?… Oui, nous habitons le nord de Londres. Ce n'est pas loin. » Cassie reprend la parole et Dora sourit. « Super, viens avec ta petite amie, si tu veux. Tu feras la connaissance de Dan. Je sais qu'il serait ravi de te connaître. » Dora écoute sa sœur, puis hoche la tête. « Moi aussi, ça me ferait plaisir. »

Tout en prenant date, Dora observe les feuilles dorées qui se détachent du grand orme, voltigent et atterrissent à ses pieds comme autant de petites bénédictions.

20

Cassie

Aujourd'hui

Tôt le matin du 24 décembre, Cassie se libère doucement des bras tièdes de Scarlett, traverse la chambre pleine de courants d'air et va se mettre sous le filet d'eau chaude de la douche. Après s'être habillée à la hâte, elle soulève son petit sac préparé pour le week-end et un gros bouquet de roses blanches, de houx et de jasmin d'hiver, et quitte sans bruit Swan House.

Il fait un temps d'hiver merveilleusement sec qui lui emplit le cœur de joie. Les jours précédents ont été sombres, lugubres, difficiles à supporter, mais, aujourd'hui, le ciel a la couleur d'une coquille d'œuf et le soleil, pâle, argenté, se faufile à travers les arbres dénudés. Comme convenu, un taxi attend Cassie dans l'allée.

« Où on va ? demande le chauffeur quand elle monte à l'arrière.

— À la gare, s'il vous plaît.

— Très bien, ma jolie. » Il l'examine dans le rétroviseur. « Vous en avez, de belles fleurs, fait-il remarquer quand elle claque sa portière.

— Merci. Elles sont pour ma mère.

— Vous rentrez chez vous pour les vacances ?

— Oui, répond Cassie avec un timide sourire. Je rentre chez moi. »

C'est Helen qui a eu l'idée de ce Noël à Clifftops afin de réunir tout le monde, comme jadis. Cassie est nerveuse ; elle n'y est plus retournée depuis son départ bien des années plus tôt. Retrouver sa famille et les souvenirs qui hantent la vieille maison l'inquiète. Helen a su toutefois se montrer persuasive. À l'évidence, elle souhaite organiser les réjouissances, jeter des ponts entre eux tous, voire se réconcilier enfin avec le passé. Alors, de quel droit Cassie s'y opposerait-elle ? Les choses ne seront sans doute pas faciles, mais son séjour ne durera que deux, trois jours et, si Richard et Violet font preuve d'assez de sagesse pour se joindre à la fête, pourquoi n'en serait-elle pas capable ?

Pourtant, avant de prendre sa décision, elle a appelé sa sœur pour en parler avec elle.

« Oui, a confirmé Dora. Dan et moi y allons. Avec mon gros ventre qui enfle de jour en jour, devrais-je ajouter. Je ne vais pas pouvoir aller à la plage de peur qu'on ne me confonde avec une baleine échouée sur la grève. »

Cassie a ri. « Je parie que tu es stupéfiante.

— Hum… plutôt d'une énormité stupéfiante », a répliqué Dora, sceptique.

La ligne est devenue silencieuse.

« Ça va faire drôle, hein ? a repris Cassie. De retourner…

— C'est vrai. Mais je crois qu'il est temps.

— Oui », a reconnu Cassie.

Les deux sœurs ont bavardé un moment en évitant les sujets trop sensibles et ont décidé de passer ce Noël en famille.

Lorsque le train arrive à la gare de Weymouth, il fait déjà nuit. Comme prévu, Richard attend Cassie, le col de son manteau remonté jusqu'aux oreilles à cause du froid.

« Vite, viens te mettre au chaud, dit-il en prenant son sac et en l'enlaçant de son bras libre. Tout le monde est arrivé et t'attend. Et ta mère prépare un bon repas. »

Sceptique, Cassie hausse un sourcil.

« Ne t'inquiète pas, explique Richard en mettant le moteur de la voiture en route. La friterie est ouverte jusqu'à neuf heures. Dora a déjà vérifié. »

La Volvo ronronne en traversant Weymouth, puis en empruntant les chemins de campagne sinueux. De temps à autre, une maison ou un cottage illuminés percent les ténèbres. Cassie voit des familles assemblées autour de la table du dîner, en train de manger et de rire, du feu flamber dans les cheminées, des arbres de Noël décorés de boules et de guirlandes lumineuses, des enfants excités qui s'amusent et supplient sans doute qu'on leur permette de rester encore quelques minutes avec les adultes avant d'aller se coucher.

« On dirait une pub pour Noël, dit-elle, rêveuse, en passant devant un autre cottage brillamment éclairé.

— Oui, sans doute. » Richard s'interrompt un instant. « Je suis content que tu te sois décidée à nous dire ce qui s'était passé là-bas… avec Alfie. Ça n'a pas dû être facile pour toi.

— Non. » Elle ne sait pas quoi ajouter.

Richard s'éclaircit la gorge. « Et… euh… tu sais que Scarlett aurait été la bienvenue si tu avais voulu l'amener. J'espère que tu ne penses pas… »

Même dans l'obscurité, Cassie sent que les joues de son père se sont empourprées. Elle le tire d'embarras.

« Merci, papa. Je le lui avais proposé, mais elle s'était déjà engagée ailleurs. Nous pourrons peut-être faire quelque chose pour le Nouvel An ?

— Oui, j'aimerais bien », dit Richard. Il s'interrompt pour mettre son clignotant avant de tourner. « En tout cas, nous sommes tous vraiment contents que tu aies accepté de venir.

— Bon, je ne pouvais pas rester éternellement dans mon coin.

— Sans doute. Je sais que c'est très important pour ta mère. Et aussi pour moi, bien sûr. »

Pendant une fraction de seconde, ses yeux quittent la route pour regarder sa fille. Malgré la pénombre de la voiture, Cassie y lit de l'émotion.

« Moi aussi, je suis contente d'être ici », dit-elle.

Ils se taisent un instant, puis Richard s'éclaircit la gorge. « Comment ça se passe à Swan House ? Est-ce que tu vas enfin nous donner la recette de ce fameux muesli ? »

Cassie sourit. « C'est celle de Scarlett, et ma vie serait un enfer si je la révélais. »

Richard se met à rire. « Bon, dans ce cas... Et vous avez réussi à signer le contrat de distribution que vous vouliez ?

— Oui, tout a fini par très bien se passer. Nous allons commencer modestement en travaillant avec quelques épiceries de luxe indépendantes, ce qui nous permettra de nous constituer une clientèle et de gérer notre stock pendant que nous nous développerons. Tout le monde est très excité. »

C'est la vérité. Felix et les autres sont enthousiasmés par la façon dont évolue le jardin secret. À présent, non seulement ils rentrent dans leurs frais, mais ils commencent à engranger des bénéfices, lesquels sont réinvestis dans l'entreprise et dans la maison. Au printemps, ils envisagent de remettre en état l'orangerie et une deuxième serre, énorme, de tester de nouvelles recettes et de nouveaux produits et de consacrer une parcelle de fruits rouges à une cueillette par les clients. Le travail ne va pas manquer.

Mais ce sera l'année prochaine. Pour l'instant, il suffit à Cassie de retourner dans la maison familiale. En pensant à Clifftops et à tous ceux qui s'y trouvent déjà et attendent son arrivée, elle a le trac. Au cours des dernières années, elle a parcouru beaucoup de chemin, mais elle n'est jamais retournée à l'endroit où tout a commencé à se déliter. Si elle sait qu'il est grand temps, elle ne peut s'empêcher d'avoir un peu peur. C'est le dernier pas qu'il lui faut faire.

Richard semble percevoir sa nervosité. « Nous y sommes presque. Ça va ?

— Ouais. » Brusquement, elle se rend compte qu'elle ne doit pas être la seule à trouver étrange de passer les fêtes dans cette maison. « Et vous… ça ne vous semble pas bizarre, à Violet et à toi, de revenir à Clifftops après tout ce temps ? »

Richard sourit. « Si tu m'avais dit au début de l'année que nous fêterions Noël tous ensemble, je serais tombé à la renverse. Je ne savais pas au juste ce que j'éprouverais, mais c'est plutôt agréable d'y être sans avoir le fardeau de cette maison sur les épaules. Je ne me rendais pas compte que ça me pesait à ce point. C'est marrant comme les choses évoluent, tu ne trouves pas ? »

Cassie regarde son père et voit une nette expression de légèreté sur ses traits.

« Nous sommes encore tous en train d'essayer de nous en sortir, poursuit-il. Ta mère a eu une attitude très élégante, et Violet, bon, Violet a tellement bon cœur que, à mon avis, elle ne voit dans cette réunion qu'une merveilleuse occasion de réjouissances. »

Cassie sourit. « Je suis contente de revoir Dora et Dan. Dora m'a invitée à dîner le mois dernier. J'ai fait la connaissance de Dan et j'ai pu constater que le ventre de Dora avait encore des proportions raisonnables. Depuis, il paraît qu'il est devenu gigantesque. »

Richard se met à rire. « C'est la vérité. On a peine à croire qu'il reste encore plusieurs semaines avant l'accouchement. Elle a une mine superbe, mais si tu veux mon avis, on dirait qu'elle va éclater. »

En regardant par la vitre, Cassie voit le panneau indiquant Summertown illuminé par les phares. À peine un peu plus d'un kilomètre. Ils sont presque arrivés.

C'est Helen qui ouvre la porte d'entrée. Plantée sur la plus haute marche du perron, son long cardigan serré contre elle, elle semble nerveuse pendant que Richard remonte l'allée en voiture. Cassie prend son sac et le bouquet de fleurs sur la banquette arrière et avance sur le gravier crissant. Mère et fille s'examinent un instant avant que Cassie se précipite dans les bras que lui tend Helen.

« Ça me fait plaisir de t'avoir à la maison, Cassie. »

Cassie s'abandonne à l'étreinte chaleureuse de sa mère. « Merci, maman, c'est bon de revenir ici. » Elle s'écarte un instant pour laisser sa mère lui caresser les cheveux et exercer une pression sur son épaule. « Ne pleure pas. Après tout, c'est Noël. »

Helen incline la tête et se mord la lèvre. « Je sais. Je ne suis pas triste, mais heureuse au contraire. Ça me fait tellement plaisir de te voir. C'est merveilleux d'avoir mes deux filles à la maison. »

Dora apparaît à point nommé dans le couloir. « Je

me disais bien que j'avais entendu une voiture. Tu as vraiment de la chance, tu arrives juste à temps pour le repas. »

Derrière le dos d'Helen, elle fait une grimace, si bien que Cassie a du mal à se retenir de rire. Les deux sœurs s'enlacent et Cassie sent la poussée du ventre dur de Dora.

« Ce n'était pas une plaisanterie, tu es énorme ! dit Cassie en s'écartant pour considérer sa sœur.

— Je sais, répond Dora, rayonnante, en tapotant son ventre. Comment s'est passé le trajet ? Pas de problème dans le train ?

— Oh ! du retard, des wagons bondés, puants… mais je suis là. Ah, dit-elle en repensant aux fleurs. C'est pour toi, maman, dit-elle en les tendant à Helen.

— Elles sont magnifiques. Elles viennent de ton jardin ?

— Oui, nous faisons pousser les roses en serre.

— Bravo. » Helen baisse la tête pour les sentir. « Merci. Allons dans la cuisine. Pendant que je chercherai un vase, tu me diras comment les choses se passent pour toi. »

Elle suit sa mère dans le couloir. La maison paraît inchangée depuis qu'elle l'a quittée, bien des années plus tôt. Même papier peint défraîchi, mêmes lourds lambris en chêne, mêmes plinthes éraflées et tapis usés, mêmes photos sur le buffet. D'une certaine manière, c'est réconfortant de constater que tout est demeuré intact à Clifftops.

Helen pousse les portes battantes qui donnent dans la cuisine et une bonne odeur d'agneau rôti, d'ail et de romarin leur monte aux narines. Cassie salive déjà et sent son estomac gargouiller. Elle se rend compte qu'elle n'a rien mangé depuis le déjeuner et qu'elle meurt de faim.

Comme si elle lisait dans ses pensées, Helen lui dit : « J'espère que tu as faim. J'ai préparé un énorme gigot – bien trop gros pour nous sept. Mais nous aurons de la viande froide pour le jour de Noël.

— Ça sent bon ! s'écrie Cassie. Qu'est-ce qui s'est passé ? »

Helen lâche un petit rire. « D'accord, d'accord, j'avoue ! dit-elle en levant les mains. J'ai pris des cours. »

Cassie hume l'air délicieusement odorant qui flotte dans la cuisine. « Si j'en juge par ce que je sens, tu as trouvé un excellent professeur.

— Oh ! sans doute le meilleur qui soit. Betty Dryden m'a proposé de me donner des leçons. Je vais chez elle une fois par semaine et nous passons la journée dans sa cuisine. Elle me montre comment préparer ses recettes préférées et me dévoile les ficelles du métier. Voilà un de ses plats : gigot d'agneau rôti à feu doux avec de l'ail et du romarin, accompagné de patates douces et de haricots verts.

— Miam, miam ! Je ne regrette pas d'être venue. »

Helen sourit. « Je n'étais tout de même pas aussi mauvaise cuisinière, si ?

— Ne réponds pas, Cassie. C'est un piège. » Dora a franchi la porte de la cuisine avec un plateau vide dans les mains. « Papa cherche une carafe et j'ai besoin de verres à vin. » Elle s'immobilise. « Qu'est-ce que je sens ? » Sceptique, elle regarde Helen, puis Cassie. « C'est le repas qui dégage cette odeur alléchante ? » demande-t-elle d'un air incrédule.

« Maman a pris des cours de cuisine avec Betty Dryden, lui révèle Cassie.

— Ça alors ! Je vais dire à Dan que ce n'est pas la peine de courir au *fish and chips*. »

Helen se force à sourire. « Les verres et la carafe

sont dans le buffet de la salle à manger. Prends les plus beaux. Après tout, c'est une grande occasion. »

Dora acquiesce. « Cassie, viens m'aider avec les verres.

— Vas-y, dit Helen. Je termine ici et je vous rejoins dans un instant. »

En suivant Dora dans la salle à manger, Cassie l'observe avec intérêt. Elle se dandine nettement à présent, cambre le bassin, roule des hanches. C'est fascinant de la voir aussi changée physiquement, rebondie, prête à éclater pour donner la vie. Dora se retourne et surprend son regard.

« C'est fou, hein ? Je me regarde dans la glace et je n'en crois pas mes yeux. Bien sûr, je sais que je suis enceinte. Je sens les coups de pied du bébé, mais tout ça… » Elle montre son ventre distendu. « C'est tellement… énorme !

— Je te trouve magnifique. » Cassie pense ce qu'elle dit. « Alors, comme ça, tu sens bouger le bébé ?

— Oui. Il n'arrête pas de gigoter. Tu veux mettre ta main ? »

Cassie n'en est pas sûre, mais Dora la lui a déjà saisie et l'a posée contre son ventre.

« Attends, ça ne va pas tarder… »

Cassie retient son souffle. Elle n'est pas vraiment persuadée qu'elle arrivera à sentir quoi que ce soit, mais, tout à coup, elle perçoit un coup, petite poussée insistante d'une jambe qui s'agite. « Oh ! mon Dieu ! s'écrie-t-elle en riant. Ça fait drôle ! C'est agréable, mais bizarre.

— À qui le dis-tu ! Et encore, tu ne sens pas ça de l'intérieur. »

En souriant, Cassie songe qu'elle ne fera peut-être jamais cette expérience. Elle ne sait pas au juste si elle a envie ou non d'être enceinte un jour, mais elle est heureuse pour Dora. « Alors, c'est mon neveu ou ma nièce ? » La main toujours posée sur le ventre de sa sœur, elle se baisse un peu. « Coucou, bout de chou, c'est tata Cass. J'ai hâte de te connaître. » En sentant un nouveau coup de pied, elle se met à rire. « Je crois que ça veut dire "bonjour". »

Cassie est stupéfaite par la transformation que Dora a subie depuis sa visite à Oxford l'été dernier. Le plus impressionnant est moins le changement de son corps que la nouvelle sérénité qui émane d'elle. Elle semble avoir réglé son trouble intérieur et trouvé la paix. Cassie est contente de la voir à ce point épanouie.

Les deux sœurs se taisent un instant, ne sachant comment poursuivre la conversation.

« Merci encore pour le dîner du mois dernier, tente Cassie. Ça m'a fait plaisir de rencontrer Dan. Il m'a l'air fantastique. »

Dora incline la tête. « Il l'est. Et lui aussi, il t'aime bien.

— Je n'étais pas sûre d'avoir de tes nouvelles après ta visite à Swan House… Écoute, Dora, ce que j'essaie de te dire c'est que… ça compte beaucoup pour moi que tu aies téléphoné. » Les mots sont enfin sortis.

Dora sourit. « Tant mieux. Je crois que nous ne pourrons pas avancer si nous ne faisons rien, pas vrai ? Après tout, tu es mon unique sœur. »

C'est au tour de Cassie de sourire. « Ben, dis donc, t'as gagné le gros lot avec moi ! » Elle se rend compte qu'elles n'ont pas besoin d'ajouter quoi que ce soit. Ça prendra du temps, mais les racines d'une nouvelle amitié semblent avoir commencé à pousser. « Alors, est-ce que maman et Violet en sont déjà venues aux coups ? J'espère que je n'ai pas loupé une scène à la *Dynasty* ? lance-t-elle en guise de plaisanterie.

— Jusqu'ici, tout le monde s'est comporté de façon exemplaire, répond Dora, narquoise.

— Attends qu'ils aient un peu bu… »

Dora se met à rire. « Seigneur, ne dis pas ça !

— Allez, on ferait mieux d'y aller. » Cassie attrape le plateau de verres. « Ils doivent mourir de soif. »

« Ce n'est pas trop tôt ! s'écrie Dan lorsqu'elles entrent dans la salle de séjour. Bonsoir, Cassie ! Ça fait plaisir de te revoir. Tu as bonne mine. » Il la serre dans ses bras, Cassie se soumet de bonne grâce à cette étreinte robuste et sent son souffle tiède et une odeur de savon. Elle aime bien Dan. Il est gentil, authentique et, à l'évidence, follement amoureux de sa sœur. Elle est contente que Dora ait fini par se rendre compte de la chance qu'elle avait.

« À mon tour ! lance une voix féminine derrière eux. Moi aussi, je veux lui dire bonjour. » Violet est resplendissante dans une robe en soie magenta juste un peu trop décolletée et un peu trop courte.

« Violet, comment vas-tu ? »

Les deux femmes s'enlacent chaleureusement.

« Très bien, merci. C'est merveilleux de se retrouver ici. Tu ne trouves pas que c'est très gentil de la part de ta mère de nous accueillir pour Noël cette année ? Je disais justement à Betty que nous réunir tous devait lui avoir donné beaucoup de travail. »

Cassie incline la tête. Dora avait raison. Malgré les tensions et la gêne perceptibles, tout le monde fait de son mieux pour que les choses paraissent normales.

Elle se tourne et voit Betty Dryden installée sur l'un des profonds canapés. « Ne vous levez pas, Betty, j'arrive », dit-elle quand la vieille dame s'efforce de s'extraire de son siège. Elle se penche pour l'embrasser sur une joue à la peau aussi fine qu'un mouchoir en papier, mais douce et poudrée de talc au parfum floral.

« Cassie, comme ça me fait plaisir de te voir !

— Merci, Betty. Comment allez-vous ?

— Oh ! on fait aller. Depuis quelque temps, je deviens un peu gâteuse et mon Bill me manque. Mais je ne dois pas me plaindre. Entre nous, certaines vieilles personnes du village sont bien plus mal en point que moi. »

Betty va bientôt avoir quatre-vingt-dix ans. En souriant, Cassie exerce une pression sur sa main ridée. « Moi aussi, Bill me manque. »

Les yeux de Betty s'embuent. « Il était très fier de toi. Il adorait recevoir tes lettres et tes photos. Le soir, il me les lisait.

— C'est grâce à lui que je fais ce métier. Sans lui…

— Allons, allons ! » D'un geste vif, Betty la réduit au silence. « C'est en travaillant dur que tu en es arrivée là. Bill t'a peut-être mis le pied à l'étrier, mais tu mérites largement ton succès. »

Cassie hausse les épaules. « Il n'empêche, je lui dois beaucoup.

— Le dîner est servi, annonce Helen en entrant dans la pièce. Venez donc dans la salle à manger. Et prenez vos verres. Richard, tu veux bien apporter le vin ? »

Dora et Dan s'exécutent les premiers. Dan pose une main protectrice dans le dos de Dora pour la guider. Sur le seuil, il se penche pour lui murmurer quelque chose à l'oreille et Dora sourit et lui effleure la joue. Violet leur emboîte le pas, oscillant sur ses hauts talons, pendant que Richard aide Betty à se lever. Cassie dépose les verres de vin sur le plateau et les apporte dans la salle à manger. Les rideaux ont été fermés et des bougies sont allumées sur la table et sur le buffet, de sorte que la pièce baigne dans une douce lumière ambrée. Helen a dressé la table avec une nappe blanche, de l'argenterie, et chaque place est décorée de houx et de baies.

« C'est magnifique, maman !

— Merci, dit Helen en reculant pour examiner son œuvre. C'est vrai que c'est joli et que ça fait fête. Pour les fleurs, il faut remercier Violet. » Elle lui adresse un petit sourire.

Violet la regarde d'un air rayonnant et, pour lui retourner le compliment, elle s'exclame : « Eh bien, Helen, je dois dire que je sens des odeurs de cuisine alléchantes. »

Cassie fait un clin d'œil à Dora qui lutte pour réprimer son envie de rire.

« Allons, ne restez pas debout, reprend Helen. Asseyez-vous. »

Pendant qu'ils s'installent, la pièce vibre de conversations, de tintements de verres et de couverts. Richard tourne autour de la table pour ajouter du vin dans le verre de chacun et tous attendent le toast qui ne va pas manquer de suivre.

Après s'être éclairci la gorge, Richard se lance : « Je crois qu'il est juste que nous nous remémorions nos amis et parents qui ne sont plus là pour passer avec nous cette agréable soirée. Nos chers disparus. »

Cassie voit sa mère le regarder et acquiescer. Pendant que Richard marque un temps d'arrêt, tout le monde pense aux absents. Daphne et Alfred, Bill… et Alfie, bien sûr. Betty renifle tout doucement et Cassie prend la main de la vieille dame et la serre.

« À nos chers disparus », répète Richard. Il lève son verre et tous boivent en silence.

« Si ça ne vous ennuie pas, Richard, j'aimerais moi aussi faire une petite déclaration », dit Dan au moment où tout le monde repose son verre et lorgne avec envie sur les plats fumants qui trônent au milieu de la table.

Le regard de Cassie passe de Dan à Dora, dont les yeux brillent et les joues sont empourprées.

« Vous allez avoir des jumeaux ! lance Cassie, déclenchant un éclat de rire général.

— Non, répond Dan. Pour autant que nous le sachions, il n'y a qu'un bébé là-dedans. » Il caresse le ventre de Dora d'un air protecteur.

« Bien que, à en juger par ma taille, on pourrait croire que je vais avoir des sextuplés ! s'écrie Dora, ce qui fait rire de plus belle la tablée.

— Non, sérieusement, il y a une nouvelle que j'aimerais partager avec vous tous. »

Dans le silence attentif qui suit, Dora se lève soudain et prend la main de Dan. En souriant, elle annonce : « Nous voulions vous annoncer que nous nous sommes mariés ce matin à Londres. »

Tous en restent muets de stupéfaction.

Cassie considère Dora, Dan, puis de nouveau Dora. Sa sœur sourit d'une oreille à l'autre, tel le chat du Cheshire, et jette un rapide coup d'œil à leur mère qui regarde Dora bouche bée sans dissimuler sa surprise. Cassie voit une ombre passer sur les traits d'Helen, puis disparaître aussitôt. Semblant se ressaisir, Helen sourit avec bienveillance à sa fille. Puis, tout à coup, la pièce s'emplit de bruits. Violet lâche un hurlement strident mais ravi. Richard bondit de sa chaise pour secouer avec une énergie forcenée la main de Dan pour le féliciter. Helen prend Dora dans ses bras et, pendant tout ce temps, Cassie, radieuse, est restée assise et attend son tour pour féliciter les nouveaux mariés parmi les rires, les plaisanteries et les larmes.

« Non, mais, regardez-moi un peu ces cachottiers ! s'écrie Richard. Vous êtes allés en catimini vous passer la corde au cou ? Vous espériez couper court aux réjouissances, c'est ça ? »

Cassie voit Helen libérer Dora pour la regarder dans les yeux. Elle sait que leur mère est déçue de ne pas avoir été conviée à cette cérémonie, mais, au moins, elle essaie de le cacher.

« Vous ne vouliez pas de fête ? Nous vous aurions offert un merveilleux mariage si vous l'aviez voulu. Je me disais que vous vous marieriez peut-être ici, dans la petite église de Summertown. Nous aurions monté une tente dans le jardin… »

Dora l'interrompt. « Je sais, maman. Je suis désolée si tu as l'impression que nous t'avons privée d'une grande fête de famille, mais nous ne nous sommes décidés que cette semaine. Nous nous sommes mariés sous le coup d'une impulsion et nous voulions le faire discrètement. Ça nous semblait préférable. Je ne suis pas sûre que j'aurais pu tenir le choc dans cette église. Tu comprends ? »

Helen incline légèrement la tête.

« Je me suis dit qu'il était grand temps de faire d'elle une honnête femme, ajoute Dan avec un sourire en passant un bras sur les épaules de son épouse.

— Vous n'êtes pas trop déçus ? Ça nous paraissait la meilleure solution. »

Helen secoue la tête et sourit. « Non, ma chérie, si tu es heureuse, je le suis aussi. »

Cassie voit les épaules de sa mère se détendre peu à peu.

« Mince alors, c'est raté ! s'exclame Violet d'un air théâtral. J'avais là une excuse toute trouvée pour m'acheter une belle robe. Merci, Dora ! »

Richard lève les yeux au ciel et tout le monde éclate de rire autour de la table. « On dirait que nous allons devoir porter un autre toast, dit-il. Aux nouveaux mariés… et joyeux Noël !

— Joyeux Noël », répondent-ils tous.

Une fois le tumulte apaisé, Betty Dryden se penche vers Cassie. « Dis-moi, ma petite, ils vont avoir des jumeaux, c'est ça ? » souffle-t-elle.

De l'avis unanime, le repas d'Helen est jugé tout à fait réussi. Autour de la vieille table en acajou, tous les sept parlent, rient et se régalent d'agneau et d'un cabernet sauvignon parfait que Richard a triomphalement sorti de la cave. Cassie mange avec appétit et observe avec intérêt le déroulement de la soirée. Son père et sa mère semblent être devenus amis, depuis quelques mois. Leurs échanges et leurs rires témoignent d'une légèreté qu'elle ne se rappelle pas avoir remarquée dans le passé. Tension, ton cassant, insultes à peine voilées et critiques acerbes ont disparu pour faire place à une affection sincère et chaleureuse.

Après le dîner, on passe au salon. Helen prépare du café et propose une assiette de petits-fours délicats que Betty a confectionnés le jour même. Puis Violet, un peu grise à cause du vin rouge et du cognac, suggère de jouer aux charades. Une partie bruyante met Dora et Richard en concurrence et tout le monde boit et rit jusqu'à onze heures passées.

« Mon Dieu, il est si tard que ça ? s'écrie Betty en regardant sa montre. J'ai complètement oublié la messe de minuit ! »

Après des embrassades et des étreintes, les convives se séparent et se souhaitent une bonne nuit. Richard, Violet, Betty et Dan iront à l'église du village. Cassie et Dora préfèrent s'en abstenir. Il faut tout ranger et Dora est fatiguée. Les deux sœurs restent sur le seuil et agitent la main pour prendre congé de la joyeuse petite bande qui s'éloigne dans la nuit.

« Je suis claquée ! s'écrie Dora lorsque la dernière torche a disparu dans l'allée. Je vais vous aider avec la vaisselle et me coucher, sinon, je ne serai bonne à rien demain.

— Oui, et tu pourrais manquer le père Noël si tu ne te lèves pas assez tôt, raille Cassie.

— Ha, ha, ha ! Alors, tu couches dans ton ancienne chambre ce soir ?

— Je suppose. Je me disais… »

Helen l'interrompt en arrivant du couloir avec les derniers verres. « Oui, je t'ai mise dans ton ancienne chambre, Cass. Ça ne t'ennuie pas ? Richard et Violet sont dans la chambre d'amis. Dora et Dan dans la chambre de Dora. Alors, toi aussi, je t'ai mise dans ton ancienne chambre, ça me paraissait la chose à faire… » Plissant soudain le front, Helen, inquiète, ne termine pas sa phrase.

« C'est parfait, maman, dit Cassie pour la rassurer.

— Bon, tant mieux. » Helen semble vouloir ajouter quelque chose. Toutes trois restent dans l'expectative, gênées, puis Helen reprend la parole : « Écoutez, les filles, je sais que vous êtes fatiguées. Laissons tout en plan jusqu'à demain matin. Il y a quelque chose que j'aimerais vous montrer. Vous montez à l'étage avec moi ? »

Intriguées, les deux sœurs suivent leur mère dans l'escalier de derrière en se regardant. Apparemment, Dora n'en sait pas plus que Cassie. Elles passent devant leurs chambres, devant la salle de bains et s'arrêtent à la porte de l'ancienne chambre d'Alfie. Après avoir respiré un grand coup, Helen se tourne vers ses filles. » J'ai pensé qu'il était temps de débarrasser la chambre d'Alfie. »

Dora pose la main sur le bras de sa mère. « Maman,

c'est une excellente idée. Vraiment. Il est grand temps, en effet. »

Helen tripote sa bague, la tourne et la retourne de ses doigts nerveux. « Je ne savais pas comment vous réagiriez. »

Cassie secoue la tête. « Non, il est temps d'avancer.

— Alors, ça ne vous ennuie pas ?

— Non ! s'écrient-elles toutes les deux en chœur.

— Je t'assure, maman, c'est ce qu'il faut faire, dit Dora. Ce doit être horrible de vivre dans cette maison avec ce… sanctuaire, inchangé depuis le jour où Alfie est mort. »

Helen le confirme. « Je pense que ce serait un soulagement de se débarrasser de certaines choses. Je me disais que vous pourriez être bouleversées, mais, effectivement, le moment semble venu. »

Cassie lui prend la main. « On va t'aider, maman, d'accord ? Il ne faut pas faire ça toute seule.

— Merci, les filles. Je m'y suis mise au début de la semaine, mais il y a tant de souvenirs là-dedans. » À son tour, elle exerce une pression sur la main de Cassie. « Je me disais que vous auriez peut-être envie de garder certaines de ses affaires. » Elle se tourne vers Dora. « En souvenir de lui… et aussi pour le bébé, bien sûr.

— Merci, maman, dit Dora. Ça me ferait plaisir.

— Bon, alors, on y va ? »

Cassie prend une profonde inspiration et acquiesce. « Oui, allons-y. »

Helen pousse la porte et les deux sœurs la suivent dans la chambre silencieuse du petit garçon.

Le lendemain matin, il n'est pas six heures et il fait toujours nuit dehors quand Cassie se réveille. Elle savoure encore un instant la chaleur douillette de la couette et écoute le silence ouaté de la maison. Peu à peu, ses yeux s'habituent à la pénombre et elle examine les posters et photos de magazines épinglés tels des trophées sur les murs de sa chambre, souvenirs d'une enfance enfuie depuis longtemps. On dirait qu'elle est montée à bord d'une machine à remonter le temps et qu'elle a été ramenée une dizaine d'années en arrière. D'un œil détaché, elle considère les mannequins décharnés, les moues boudeuses et les yeux maussades, noircis au khôl des rock-stars qui l'entourent, héros d'une période révolue. Aucun doute là-dessus, elle est bien passée par une phase grunge dans son adolescence.

Soudain, elle sait où elle a envie d'aller. Elle consulte sa montre. Personne ne s'apercevra de son absence avant un certain temps et, si elle se dépêche, elle pourra être de retour avant le petit déjeuner. D'un bond, elle se lève, enfile un vieux jean, deux paires de chaussettes épaisses, un tee-shirt et un sweat matelassé. Il fait froid dehors et, si elle ne veut pas se geler, elle doit s'habiller chaudement.

Seul le bourdonnement du réfrigérateur brise le silence de la cuisine. Dans le vestiaire, Cassie a à sa disposition de multiples manteaux et bottes. La plupart semblent ne pas avoir été portés depuis des années ; ils datent sans doute de l'époque de ses grands-parents. Comme elle n'attache pas d'importance à son allure, elle choisit un grand imper Barbour à l'odeur de terre mouillée et de tabac ; sa frêle carrure disparaît complètement dessous, mais elle se sent bien protégée. Elle enfile ensuite de vieilles bottes en caoutchouc et sort sans bruit par la porte de derrière.

Le froid glacial lui pique les joues et s'immisce dans ses vêtements, si bien qu'elle remonte le col de son imper et enfonce les mains dans les poches fourrées.

La tête rentrée dans les épaules, elle se dirige avec détermination vers le cap. À l'horizon, elle n'aperçoit qu'une insignifiante lumière gris acier lorsqu'elle traverse le jardin et descend dans le verger.

Pendant qu'elle avance, la première lueur grise se mue en aube avec ses couleurs pastel. Son corps commence à se réchauffer, ses muscles à se détendre, si bien qu'elle baisse les épaules, lève la tête et observe le paysage. Comme sa chambre, le décor n'a pas beaucoup changé. L'hiver a imposé une palette terne, couleur de terre, mais, à mesure que Cassie arpente des sentiers boueux et traverse des prés, elle a l'impression de retrouver de vieux amis en apercevant des repères familiers tel le vieil if noueux solitaire dans le champ de blé de Plummer. Au cours des années, le vent marin implacable l'a sculpté, courbé exagérément, de sorte que ses branches touchent le sol comme si l'arbre tenait une pose de yoga. Les haies qu'elle longe, à présent revêtues de leurs teintes hivernales, la guident dans un parcours maintes fois effectué. Elle caresse le bois rugueux de l'échalier avant de se hisser dessus, rassurée de le sentir pencher et grogner à sa façon habituelle. Et le bruit apaisant de l'eau l'accompagne, compagnon bavard, lorsqu'elle suit la rive du ruisseau sinueux où elle jouait avec sa sœur à lancer des bâtons bien des étés plus tôt. Le couinement constant de ses bottes lui donne l'impression d'être redevenue une petite fille. C'est déconcertant et, en même temps, étrangement réconfortant. Elle est revenue chez elle.

La mer oblige à faire une pause. En contournant le sommet du cap, elle l'aperçoit soudain devant elle, aussi sombre que du goudron. À la lueur matinale, elle semble dangereuse, menaçante, mécanisme froid, abyssal, qui roule et frappe le rivage, en bas. Pendant un instant, Cassie hume l'air salé, pas vraiment décidée à aller jusqu'au bout. Mais elle a déjà effectué la plus grande partie du chemin. S'armant de courage, elle met un pied devant l'autre et emprunte le sentier qui mène à la plage.

Le temps qu'elle atteigne les galets, le soleil s'est levé, mais le temps est couvert et ses rayons sont pâles derrière l'épais banc de nuages gris. À présent, elle entend le rugissement des vagues qui déferlent sur la grève, puis refluent avec un sifflement qui fait penser à un vieillard en train d'aspirer du thé entre ses dents. Au bout de la plage, elle distingue tout juste une colonie de mouettes serrées les unes contre les autres, les pattes raides, les plumes hérissées par le vent hivernal. Derrière, au loin, l'étendue d'eau salée dont l'écume monte en frappant les rochers. Cassie s'engage résolument sur la plage de galets.

C'est la première fois qu'elle se rend au Rocher depuis que la police a cessé de rechercher Alfie, la première fois qu'elle pénètre dans ses profondeurs lugubres depuis plus de dix ans. Étonnée, elle constate que ses mains et ses pieds n'ont pas oublié où se trouvent les fissures et les prises, et elle se hisse avec facilité sur la saillie rocheuse et retombe dans la grotte. Ses pieds atterrissent en faisant crisser le sol sableux. Elle cille plusieurs fois pour percer le noir d'encre et, peu à peu, elle parvient à distinguer vaguement ce qui l'entoure : graffitis sur les parois, énorme tas de bouteilles et de canettes d'un côté, tee-shirt d'un rouge passé qui pend à un long bâton, drapeau dépenaillé hissé par de jeunes paumés.

Cassie frissonne. Immobile à présent, elle sent soudain le froid la pénétrer jusqu'aux os.

La grosse pierre plate trône toujours au milieu et, plus que jamais, évoque un étrange autel sacrificiel. En s'en approchant, elle se remémore clairement certains détails de cette journée fatidique : les dents blanches que Sam découvrait en réagissant d'un rire de gorge à une de ses plaisanteries ; le hurlement aigu d'Alfie pendant qu'il poursuivait les mouettes qu'il prenait pour des chauves-souris dans les coins sombres ; l'eau qui ruisselait goutte à goutte des parois couvertes de lichen pendant que Sam et elle s'embrassaient tant qu'elle devait s'arrêter parce que la tête lui tournait ; Dora, campée à l'entrée de la grotte, les mains sur les hanches, en colère, crevant de chaud. Elle ferme les yeux et respire à fond. Ses bras ont la chair de poule et elle pourrait jurer qu'elle sent encore l'odeur des joints de Sam, dont la fumée âcre flottait dans l'air. Là, dans l'obscurité de la grotte, Cassie a vraiment l'impression que dix années ont été effacées d'un coup ; que le temps lui joue un tour cruel ; qu'elle est transportée dans la noirceur de ce jour tragique.

Elle avance au milieu de la grotte. La pierre plate est froide et humide sous ses doigts. En frottant la surface rugueuse, elle soulève une fine couche de sable, geste que Sam avait fait elle aussi, elle s'en souvient. Son souffle se détache en blanc sur le fond obscur. Il fait un froid glacial, encore plus que sur la plage, mais Cassie n'y pense pas. Quand elle voit les parois griffonnées de la grotte, elle comprend tout à coup pourquoi elle est venue. Elle sait ce qu'elle doit faire.

Il ne lui faut qu'un instant pour dénicher un bout de métal rouillé à moitié enfoui dans le sol, et une vingtaine de minutes pour accomplir sa tâche. Pourtant, quand elle jette le bout de métal et recule pour considérer son œuvre, elle tremble violemment.

Les mots luisent, blancs sur le gris de la paroi.

Alfie Tide
Notre fils et frère adoré

L'instrument s'est révélé d'une efficacité étonnante. Ce mémorial n'est pas grand-chose comparé au jardin qu'elle a fait renaître, mais elle a l'impression qu'il s'imposait. En outre, il est ineffaçable et rappellera à jamais la mémoire d'un frère à la vie trop courte.

« Adieu, Alfie, murmure-t-elle. Pardonne-moi. »

De quelque part, derrière elle, lui parvient un infime soupir, murmure triste qui s'évanouit aussitôt.

Cassie se retourne et sonde l'obscurité.

« Il y a quelqu'un ? » Elle sait que c'est idiot, mais elle pose quand même la question.

« Il y a quelqu'un… quelqu'un… quelqu'un… », lui répond l'écho, les hautes parois lui renvoyant sa voix d'une manière qui lui fait froid dans le dos.

Elle retient sa respiration.

Rien.

Ce n'est que son imagination, ou une mouette, peut-être, qui niche dans la grotte. Elle frissonne, pivote pour s'enfuir. Les parois lugubres du Rocher resteront éternellement silencieuses, mais Cassie a besoin de lumière à présent et veut rejoindre sa famille qui doit l'attendre à la maison.

Au moment où elle s'élance, un morceau de roche et du gravier se détachent d'une haute saillie rocheuse et atterrissent à ses pieds sur le sol sableux. De nouveau apeurée, elle sursaute, écarquille les yeux. « Y a quelqu'un ? »

« Quelqu'un… quelqu'un… quelqu'un… » L'écho la raille de nouveau.

Puis le silence revient.

Elle tremble. Voilà qu'elle devient parano. La grotte lui fait perdre l'esprit. Ce n'est qu'un minuscule éboulement. Sa présence a sans doute agité l'air au-dessus d'elle et délogé une pierre posée en équilibre instable. Il est vraiment temps de partir.

Pourtant, au moment de sauter sur la plage, elle s'immobilise.

Voilà que ça recommence.

Ce n'est qu'un petit soupir triste, à peine un souffle sur sa nuque, mais bien réel. Elle a la chair de poule et pivote pour scruter l'ombre.

Rien. Il n'y a rien. Elle délire.

Son cerveau lui joue des tours. Il faut qu'elle retourne à la maison.

Vite, elle saute sur la plage en faisant crisser les galets, trébuche, se rétablit et entame le trajet du retour en longeant le bord de l'eau et en accélérant le pas.

Crunch, crunch, crunch.

Elle garde le regard résolument fixé sur l'horizon et pense à la maison perchée sur les falaises, qui doit commencer à s'animer.

Crunch, crunch, crunch.

Elle pense à Dora, à Helen, à Richard et aux autres, qui bougent dans leurs lits et s'éveillent à la lueur du jour et à la promesse du matin de Noël.

Crunch, crunch, crunch.

Pendant que ses pieds avancent sur les galets, Cassie imagine les membres de cette famille imparfaite, qui essaient de tirer le meilleur parti de la vie et de l'amour qu'ils partagent.

Il faut bien ça pour l'aider à accepter l'écho des petites bottes en caoutchouc d'Alfie, dont le souvenir l'accompagne sur le rivage jusqu'à ce qu'elle ait regagné la maison.

Épilogue

« Elle respire ?

— Oui.

— Tu es sûre ? Je ne vois pas sa poitrine se soulever.

— Elle respire, Dan. Fais-moi confiance.

— Qu'elle est jolie ! Tu ne trouves pas ? »

Dora sourit en regardant leur bébé endormi. « Elle est parfaite. » Elle repousse une mèche brune sur le front de sa fille.

« Ne la réveille pas ! murmure Dan.

— Non.

— À quoi peut-elle bien rêver, à ton avis ?

— Je n'en sais rien. Je ne suis pas sûre que les bébés de quatre semaines rêvent.

— Tu as raison. »

Ils continuent un instant à se repaître du spectacle de leur fille bien protégée dans son moïse, puis Dan prend la main de Dora et l'entraîne tout doucement hors de la pièce. En fermant la porte, il se retourne avec un sourire.

« Viens, je voudrais te montrer quelque chose. »

La main qui la guide est tiède. Dora sent l'enthousiasme qui gagne Dan par vagues. Ça fait des mois qu'il lui interdit d'entrer dans son atelier et elle comprend qu'il a décidé de lui montrer ce qui se trouve à l'intérieur. Lorsqu'il pousse la lourde porte et entraîne Dora dans la pièce brillamment éclairée, elle regarde autour d'elle avec curiosité.

À l'évidence, il a fait le ménage. Disparu, le désordre habituel : restes d'argile et de cire, bâches tachées, instruments et produits chimiques ont été rangés d'un côté de la pièce ou empilés sous la table à tréteaux installée tout au fond. En fait, la pièce est presque vide. Il ne reste qu'un volumineux objet au centre, enveloppé d'un drap blanc immaculé. Méfiante, Dora se penche pour l'examiner.

« Dis donc, c'est pas un des draps que j'ai achetés chez Habitat l'autre jour ? »

Dan lève les bras, l'innocence incarnée. « Tu crois ? J'ai pris ça dans le placard ce matin. »

Malgré elle, Dora sourit. Il est difficile de résister à la mine effrontée de Dan.

Il hausse les épaules. « De toute façon, ce n'est pas pour voir le drap que je t'ai amenée ici. Ce qui compte, c'est ce qu'il y a dessous. »

Dora regarde attentivement son mari. Elle voit une succession d'émotions passer sur ses traits : excitation, impatience, fierté et, dessous, une anxiété visible.

« J'espère qu'elle va te plaire, je l'ai faite pour toi. Tu m'as inspirée, toi et ce par quoi tu es passée. »

Dan tire le coin le plus proche du drap qui s'étale alors sur le sol en bruissant et révèle une grande statue en bronze. Elle fait une fois et demie la taille de Dora. Cette dernière met un moment à s'habituer à cette échelle. La statue est impressionnante tant par ses proportions que par sa matière. À la lumière de l'atelier, le métal luit comme de la mélasse. Elle est d'un marron doré, mais, çà et là, on aperçoit une patine, une teinte bleu-vert sous la surface, qui souligne la courbe gracieuse d'une jambe ou la saillie d'une clavicule. Lorsqu'elle est capable d'embrasser l'ensemble du regard, de voir la statue comme un tout, Dora, émerveillée, se tourne vers Dan.

« Oh, elle est exquise, lâche-t-elle dans un souffle. Simplement exquise.

— Elle s'appelle *Pandora.* »

La sculpture représente une femme assise sur un banc bas. Les jambes ramenées sous elle, la tête légèrement penchée, elle semble perdue dans ses pensées. L'une de ses mains est posée sur le renflement éloquent de son ventre, l'autre main effleure l'accoudoir, paume vers le ciel. La femme regarde avec une tranquille intensité l'objet qu'on voit dans sa paume.

Dora fait le tour de la statue pour la voir sous tous les angles. De ses doigts, elle caresse les lignes lisses, les courbes douces en admirant ce travail magnifique. Curieusement, le métal est tiède, sans doute à cause de l'éclairage de l'atelier et du chauffage électrique, dans le coin, mais, qu'importe, la statue paraît ainsi incroyablement vivante. Dan l'a intitulée *Pandora*, comme elle, et pourtant elle ne lui ressemble pas tout à fait. Il y a des différences évidentes dans les traits, les cheveux et la stature, mais Dora se retrouve quand même dans la façon de pencher le corps, la courbe du dos, le ventre arrondi, la manière de ramener les pieds sous elle et la coiffure qui dégage le visage. On dirait que Dan a saisi l'essence de son être et l'a coulée dans le bronze. Elle s'approche et examine le visage pendant un long moment. L'expression est tellement paisible et satisfaite que Dora a envie de pleurer.

« Qu'est-ce qu'elle regarde ? demande-t-elle sans bien se rendre compte qu'elle chuchote.

— Approche-toi. »

Dora s'exécute et voit dans la main ouverte un minuscule coffret à bijoux. Le couvercle est ouvert. Dora aperçoit le tortillon d'une chaîne délicate, un collier, ou peut-être un bracelet à breloques, auquel sont accrochées des lettres. S. E. P. R. I. O. Elle jette à Dan un regard interrogateur.

« Si tu arranges autrement ces lettres, qu'est-ce que ça donne ? »

Elle réfléchit un instant, puis sourit. « ESPOIR. La sculpture tient l'espoir dans sa main. C'est la boîte de Pandore. »

Dan le confirme. « Elle te plaît ? »

Dora est incapable de parler. Les mots s'étranglent dans sa gorge. Avec son immense talent et beaucoup de patience, Dan a créé quelque chose de beau et de poignant avec des matériaux très simples, argile, cire et métal. La sculpture est parfaite, elle symbolise à merveille leur avenir commun. La boîte de Pandore est ouverte. Tous les maux de la vie ont déjà été lâchés dans le monde en causant malheurs et souffrances, mais Dora sait que ça n'a plus d'importance. À présent, elle le sait. L'espoir demeure. Tant que Dan et elle, avec leur jolie petite fille, tant que Cassie et Helen, Richard et Violet, tant qu'eux tous mèneront leur vie confuse, désordonnée, elle sait qu'il leur restera de l'espoir. De l'espoir et de l'amour. Après tout, que peut-on vouloir de plus dans la vie ?

Dora prend la main de Dan et la porte à ses lèvres. « Elle est absolument parfaite. »

Puis, avec un grand sourire, elle l'entraîne vers leur appartement et leur vie commune, et le son de leurs rires retentit dans leur sillage.

Remerciements

Mes remerciements les plus chaleureux vont à Sarah Lutyens, mon agent littéraire, et à la merveilleuse équipe des éditions Lutyens & Rubinstein, Kate Mills, Lisa Milton, Susan Lamb, Jade Chandler, Vanessa Radnidge, Fiona Hazard et Matt Hoy, Jaki Arthur et à de nombreuses autres personnes bourrées de talent qui ont travaillé sur ce livre chez Orion et Hachette Australia.

Je tiens à remercier tout spécialement ma sœur, Jessica Tatham-Thompson, qui a relu mon manuscrit plus de fois qu'il n'était raisonnable de le faire et a toujours trouvé une façon gentille et amusante de m'en indiquer les défauts ; Mari Evans qui m'a conseillée et encouragée dès le début, Ilde Naismith-Beeley qui m'a souvent requinquée grâce à son café et son esprit positif, et enfin David Griffiths et Samantha Powell pour leurs photos.

Je n'aurais jamais entrepris l'écriture de ce livre sans le soutien et la patience de ma famille et de mes amis proches ou lointains, en particulier Matt, Jude et Gracie. Merci. Je vous dédie ce livre avec affection.

Composition et mise en pages
Nord Compo à Villeneuve-d'Ascq

Imprimé en France par

MAURY IMPRIMEUR
à Malesherbes (Loiret)
en août 2015

POCKET – 12, avenue d'Italie – 75627 Paris Cedex 13

N° d'impression : 200476
Dépôt légal : septembre 2015
S25657/01